Stephen King

史蒂芬金選

FIRESTARTER

燃燒的凝視

新譯本

STEPHEN KING

史蒂芬・金

陳芙陽 譯

導讀——

既是一場驚險連連的逃亡之旅，也是一名父親對女兒的成長焦慮

——談史蒂芬．金的《燃燒的凝視》

城堡岩小鎮粉絲頁創立人／出前一廷

【本文涉及部分情節設定，請斟酌閱讀】

英文版發行於一九八〇年九月的《燃燒的凝視》，可說是史蒂芬．金的代表作之一。事實上，就連近年被視為掀起好萊塢八〇年代復古潮推手之一的網飛熱門影集《怪奇物語》，也同樣深受《燃燒的凝視》影響，讓擁有超能力的女孩，以及陰謀規劃這些實驗的政府機構，就此成為劇情中的主要元素。

雖然金以「恐怖小說之王」這個稱號聞名，但只要是金的書迷，便會知道「超能力」這項元素在他作品裡占有的重要性。在他於《燃燒的凝視》前以本名發表的五本長篇中，便有三本與不同的超能力有關，分別為《魔女嘉莉》、《鬼店》與《死亡禁地》。至於《燃燒的凝視》一書，則可以被視為當時他對超能力題材的一次總結，使他直到十六年後的《綠色奇蹟》，才又再度以這個元素作為推動情節發展的主要關鍵，並於日後陸續寫出《捕夢網》、《魔島》與《機構》等

與此有關的長篇小說。

至於在金以超能力作為題材的眾多作品裡，與《燃燒的凝視》最為息息相關的，則勢必非他的處女作《魔女嘉莉》莫屬。

要是我們將這兩本小說相互比較，便會發現雖然《燃燒的凝視》與《魔女嘉莉》表面上的情節看似相距甚遠，前者以對政府的不信任作為核心，後者以校園及家庭問題作為主軸，但就內在主題與隱喻方面而言，則有明顯的互通之處。

首先，這兩本書的主角都是擁有超能力，而且年紀尚輕的女孩，而她們與家長之間的關係，也因為各自不同的情況，比起通常家庭的狀態更為密切，甚至還到了一種相互依賴的地步。最重要的是，這兩個角色均處於成長期，對於自己的強大能力仍不夠熟悉，正在學著適應，甚至是被迫得要努力壓抑。

若從這樣的角度來看，我們便會清楚地發現，原來這兩本小說，都是與「性」有關的故事。

《燃燒的凝視》中的主角形象，其實是按照金的女兒娜歐蜜打造而成。金曾表示，這本書的寫作動機，與他對女兒的擔憂有關。雖然當時的娜歐蜜還只是個孩子，但金已開始擔心等她進入青春期時，將會遇到哪些事情，而自己是否又有足夠的能力可以保護她。

於是，在這本小說中，主角嘉莉的超能力則變成一種雙面刃的存在，雖然威力強大，但若是不加以控制，便可能會傷害到父母與她自己，而神秘機構「商店」對主角父女窮追不捨，想要利用嘉莉的能力，以及她的父親安迪屢次告誡她使用超能力是「壞事」的情節，也都在表面合情合理的情況下，使我們考慮到小說背後的創作緣起時，則因此有了一種恍然大悟的感受，彷彿就此看到了另一個版本的故事。

有趣的是，就算你在看《燃燒的凝視》時還不知道這件事，或許也會在潛意識裡察覺這樣的內在主題，因此對本書的反派角色印象深刻，並由於他的行為及想法深感不安。

這些部分，正是《燃燒的凝視》與《魔女嘉莉》所共享的內在主題。在《魔女嘉莉》中，像是開頭的主角初經來潮，又或者是最後引發悲劇的那一桶豬血，均是與性有關的隱喻。而《燃燒的凝視》正如以上所說，透過安迪對女兒超能力可能引發的問題，以及部分反派角色的心理描述，就此讓金從一個父親的角度再度切入相同主題，藉由一則驚險連連的科幻驚悚故事，呈現出他的相關焦慮。

值得注意的是，雖然在《燃燒的凝視》大部分情節裡，都可以讓你感受到金的焦慮，但是綜觀整則故事來看，我們也會發現，這本小說的主角終究還是嘉莉而非安迪，因此就這點而言，本書也仍是展現出了金對孩子成長的真正看法，也就是縱使再怎麼焦慮，那畢竟還是屬於孩子的人生，因此終有他們孤身上路，甚至是擁抱自己「超能力」的那一日到來。

一九八四年五月，改編自《燃燒的凝視》的電影《勢如破竹》上映，並在那個金的作品首度掀起好萊塢改編熱潮的時期創下紀錄，成為短短九個月內所推出的第五部史蒂芬．金改編電影（前四部分別為改編自《狂犬庫丘》的《狂犬驚魂》、改編自《死亡禁地》的《再死一次》、改編自《克麗絲汀》的《克麗絲的魅力》，與改編自短篇〈玉米田的孩子〉中的《鐮刀大煞星》），足見其作品受到歡迎的驚人程度。

如今，就在本文寫作的當下，由於影集《怪奇物語》與新版電影《牠》大獲成功的推波助瀾，使金的小說又在近年成為好萊塢炙手可熱的改編及重拍對象，因此使《燃燒的凝視》也再度被搬上大銀幕，即將於台灣以《燃火的女孩》之名上映，使這本小說又一次成為了眾人矚目的焦點。

事實上，對於金在台灣的長期書迷而言，《燃燒的凝視》還有另一番重要意義。

在數十年前，皇冠出版社才剛推出「當代名著精選」書系不久的時代，《燃燒的凝視》正是他們於日後推出多本金著作的開路先鋒之作，因此對許多資深讀者而言，這本小說也因此成為了他們首度接觸史蒂芬．金的第一本作品。

如今，隨著《燃火的女孩》即將上映，全新中譯版《燃燒的凝視》也在無數書迷期盼多年後捲土重來。倘若你也是渴望這本小說已久的一份子，或許你還會在閱讀本書時發現——

原來，不只是嘉莉的凝視足以讓物品燃燒，就連你閱讀這本小說時的視線，也同樣會因為投入程度，彷彿燃燒著一股閱讀好故事的興奮之火……

來自各界的好評！

史蒂芬．金太棒了！他寫過《魔女嘉莉》、《鬼店》、《撒冷地》和《死亡禁地》等暢銷書……這是他迄今為止「溫度最高」的讀物。

——《時代雜誌》

故事大師史蒂芬．金呈現經典的「恐怖」……精心打造的背景和強烈引起人類同情共感的故事主線……一本扣人心弦的娛樂小說。

——《邁阿密先驅報》

史蒂芬．金以一種特殊而驚人的方式，打磨出一塊小小的美國故事瑰寶。

——《芝加哥論壇報》

你將會被史蒂芬．金對人類行為的獨到見解、獨特的人物塑造，以及帶有微妙差異的恐怖小說對白深深吸引。

——《哥倫布快報》

史蒂芬．金的驚悚小說中劇情最縝密，也是最恐怖的一本，他所描寫的邪惡就是人類本身，有極強的說服力……這是他至今最好的小說！

——《**柯夢波丹**》

令人印象深刻……老練、快節奏的懸念……令人興奮的驚悚故事。

——《**普羅維登斯日報**》

令人心碎的懸疑小說。

——《**丹佛郵報**》

大規模無情的恐怖……一場浩瀚的冒險……令人振奮。

——《**紐哈芬日報**》

精心策劃的恐怖……力道從未減弱。當讀者快速翻動書頁時，將不斷冒出冷汗。很明顯，史蒂芬．金又做到了。

——《**辛辛那提詢問者報**》

心理驚悚片的大師巧妙地編織了情節……史蒂芬．金處於最佳狀態。

——《**美聯社**》

史蒂芬・金端出了全新熱騰騰的故事，在恐怖的類型他比任何人玩得都好。

——《**花花公子**》

令人毛骨悚然，可怕……超越可怕。

——《**出版家週刊**》

當故事往前推進，讓人忍不住安靜下來……老天，他傳達出了想說的事情。

——《**韋恩堡前哨新聞**》

充滿想像力和主張。

——《**費城詢問者報**》

毫無疑問，在當代恐怖小說和超自然領域，史蒂芬・金是該類型的王者。

——《**休士頓紀事報**》

令人恐懼，令人信服！

——《**印第安納波利斯星報**》

很棒的閱讀體驗！

——《巴爾的摩太陽報》

· CONTENTS ·

追憶
永遠不需要抬高聲音的雪莉・傑克森

《鬼入侵》
《樂透》
《我們一直住在城堡裡》
《日晷》

「燃燒是一種樂趣。」

——《華氏四五一度》雷・布萊伯利

第1章 紐約，奧爾巴尼

1

「爹地，我累了。」穿著紅褲綠上衣的小女孩煩躁地說：「我們不能停下來嗎？」

「寶貝，還不行。」

他是個肩膀寬厚的高大男子，一身破舊磨損的燈芯絨夾克和棕色條紋休閒褲。他拉著小女孩的手，急急走在紐約市第三大道，幾乎像在跑步。他回頭看，綠色汽車還在，仍沿著人行道旁的馬路緩緩行駛。

「求求你，爹地，**求求你啦**。」

他看向她，見到她的臉兒蒼白，眼底青黑。他抱起她，讓她坐在自己的臂彎裡，卻不知道他還能這樣撐多久。他也累了，而嘉莉也不再輕盈。

現在是下午五點半，第三大道壅塞。兩人橫越上六十街區，這些街道顯得較暗，行人較少……而這正是他害怕的。

兩人撞上一個推著助行車的女士，車架上滿是雜貨。「怎麼不看好你們的路啊？」她說完，就繼續往前走，身影淹沒在熙熙攘攘的人群中。

他的手臂痠了，改換另一隻手抱嘉莉。他再次迅速回頭瞄了一眼，綠色汽車依舊在，仍在大約半個街區外跟著他們。前座有兩個人，他心想，後座還有第三個人。

我現在怎麼辦？

他沒有答案。他既疲倦又恐懼，難以思考。他們逮到他的這個時機真不妙，這些混帳東西可能也知道。他好想就直接在骯髒的人行道路邊坐下來，吶喊出他的挫折和害怕。但是，沒有答案。他是大人，他必須為兩人設想。

我們現在怎麼辦？

沒錢，這可能是僅次於綠車追蹤的最大問題。在紐約，沒錢什麼也做不了；在紐約，沒錢的人會消失，隱入人行道，再也不見蹤影。

他轉頭看，發現綠車稍稍拉近了距離。汗水開始加快滑落他的背部和手臂。如果他們真如他猜想的那樣得知狀況——得知他的「推力」其實所剩無幾——他們可能會現在就試圖在這裡抓走他。他們同樣用不著在意這些路人，在紐約，如果事不關己，大家就會出現可笑的眼盲。他們是不是一直在記錄我的狀況？安迪絕望地揣測。如果有，他們就會發現我的現況，而這樣就全完了，只能大聲呼救。如果他們記錄過我的狀況，就會發現模式。在安迪有了錢之後，他們感到興趣的怪事就會停止好一陣子。

繼續走。

當然，是的，老闆，是的，老闆，往哪裡呢？

他在中午時分去過銀行，因為心中雷達一直示警——一種他們已逐漸逼近的古怪預感。銀行裡有錢，如有必要，他和嘉莉就可以仰賴這些錢逃亡。這是不是很可笑？安德魯．麥吉在紐約化學聯合銀行已不再擁有帳號，沒有個人支票帳戶，沒有商務支票帳戶，也沒有儲蓄帳戶，全都憑空消失，正是此時，他了解到他們這一次的確打算來真的了。這一切當真只是五個半小時前的事嗎？

不過，或許還可以來一次輕搔，一次小小的輕搔。距離上一次使用「推力」已快一星期，當時一個自殺前期人士在「信心夥伴」團體的週四晚間定期忠告課程，以一種詭異的鎮靜情緒開始談論海明威如何自殺，在散會的途中，安迪不經意地攬著前自殺人士的肩膀，施展推力。現在，他憤憤不平地希望這真的值得，因為看起來，他和嘉莉很可能就要為此付出代價。他幾乎盼望能夠出現回聲效應——

但是不可以。他甩開這個念頭，害怕並且厭惡這樣的自己。不能希望這種事情發生在任何人身上。

他祈求還有一次小小的輕搔，上天，這樣就可以了，只要有足以讓我和嘉莉脫困的一次小小輕搔就夠了。

哦，老天，你會付出……而且之後還會有一個月像真空管壞掉的收音機那樣死寂，或許是六個星期，也或許會真的死去，你無用的腦漿會從耳朵溢出。到時候，嘉莉怎麼辦呢？

他們即將到達第七十街，交通號誌是紅燈。車輛川流不息，行人聚集堵塞在路口。他驀然察覺這裡就是綠車人要來抓他們的地方，如果可以，當然就是活捉，但要是看來有麻煩，就……嗯，他們可能也已經聽取過嘉莉的狀況。

或許他們甚至不想要我們再活下去，或許他們已決定只要維持現狀。要怎麼處理錯誤方程式？從黑板上擦掉。

背後捅一刀，消音手槍給一槍，很可能是更隱秘的東西——針尖淬上一滴罕見毒藥。他會在第三大道與第七十街路口痙攣抽搐。警察先生，這男人似乎是心臟病發作了。

他必須嘗試那個輕搔，別無他法。

他們來到等著過馬路的人群中，對面「不可穿行」的號誌平穩亮著，彷彿永恆不變。他回頭望，綠車已經停下，靠人行道的車門打開，兩名穿著西裝的男人下車。他們很年輕，臉頰光滑，看起來遠比安迪．麥吉的感覺更加精神抖擻。

他開始往前擠過人群，視線狂亂搜尋空的計程車。

「嘿，老兄——」

「天啊，小夥子！」

「拜託，先生，你踩到我的狗——」

「借過……借過……」安迪拚命說著。他找尋計程車，卻不見半輛，換成其他時候，街道上總是有滿滿的計程車。他感覺得到綠車男子逼近，想對他和嘉莉動手，把他們帶到天知道是什麼地方、到「商店」組織、某個該死的地方，或是採取更加可怕的行動——

嘉莉把頭靠在他的肩膀，打了個呵欠。

安迪看到一輛空的計程車。

「計程車！計程車！」他高喊，瘋狂揮動空出的那隻手。

在他身後，那兩名男子放下所有偽裝，開始追趕。

計程車靠邊停下。

「慢著！」其中一個男子大喊：「警察！警察！」

在路口人群後方一名女子放聲尖叫，大家開始四處逃散。

安迪打開後車門，把嘉莉塞進去，旋即上車。「拉瓜地亞機場，快開車。」他說。

「**計程車，停下來。我們是警察！**」

計程車司機轉頭面向聲音來源，安迪接著非常輕柔地施展推力。他的額頭正中央傳來一陣刺痛，又迅速退去，只留下隱約的疼痛核心，就像因為睡姿不對而出現的晨間頭痛。

「我想他們是在追那個戴格子帽的黑人。」他對司機說道。

「沒錯。」司機回應，淡定地駛離路邊，沿著東七十街開走。

安迪往後看，兩名男子獨自站在人行道上，其他人完全不想招惹他們。其中一名男子從腰帶拿出無線對講機，對著它說話，接著兩人就離開了。

「那個男人做了什麼？」司機問：「你覺得是搶了賣酒的店，還是什麼的？」

「我不知道。」安迪說，努力思考要如何繼續，如何以最少的推力讓司機發揮最大功效。他們有記下車牌號碼嗎？他必須假設他們已經記下。不過，他們不會願意去找市警或州警，所以起碼會出現一陣子的驚訝和慌亂。

「這城市的黑佬全都有毒癮。」司機說：「我告訴你，用不著對我說。」

嘉莉快睡著了。安迪脫下他的燈芯絨夾克，摺好後枕著她的頭。他已經開始感覺到一絲希望，如果運用得當，可能會有用。幸運女神已為他送來一個他覺得容易掌控的人（這句話完全沒有偏見）。對方似乎是最容易被徹底推動的那種人：他是白人（東方人不知道為何最是頑強），相當年輕（老年人幾乎不可能），而且智力中等（聰明人最容易推動，愚笨的人比較困難，而心智遲緩者則完全不可能。）

「我改變主意了。」安迪說：「請載我去奧爾巴尼。」

「**哪裡？**」司機從後視鏡瞪著他。「老兄，你瘋了嗎？我可不載到奧爾巴尼。」

安迪拿出皮夾，裡面只有一張一元美鈔。他感謝上天，這不是設有防彈格板，只能透過送鈔口接觸到司機的計程車。沒有阻礙的接觸往往更容易施展推力，他一直沒弄清楚這是否跟心理作用有關，但現在這不重要。

「我要給你一張五百美元的鈔票。」安迪輕聲說：「載我和我女兒去奧爾巴尼，好嗎？」

「**天啊**，先生——」

安迪把鈔票塞進司機手中，等司機低頭檢視時，安迪意念一推……再用力推。在可怕的一瞬間，他擔心這並不管用，擔心自己已毫無殘餘能力，擔心當他讓司機看到並不存在的格子帽黑人時，其實已耗掉最後能力。

此時，感覺浮現——一如既往伴隨著狠狠的刺痛。同時，他的胃部像是承受了重物，腸道被緊緊攫住，感覺噁心及疼痛難耐。他顫抖的手摀著臉，心想自己是不是快吐了……或是快死了。在這剎那間，他真的**想**死，每當過度使用能力時，他都會有這種感覺。腦海裡令人作嘔地迴響起很久以前的ＤＪ最後結語：使用，勿濫用——管他這裡使用的是什麼。如果就在這時候，有人往他手中塞了一把槍——

然後，他斜眼看了一下嘉莉。嘉莉睡著了，嘉莉相信他可以像往常一樣讓他們脫離困境，嘉莉確信她醒來時他仍會在她身旁。對，所有困境，只除了這全是同樣的困境，同樣該死的困境，而他們所能做的就是再次逃跑。黑暗的絕望重重壓在他的腦海。

感覺消失了……但頭痛依舊。頭痛會愈來愈嚴重，讓整個頭頸隨著每一次血液脈搏劇烈抽痛。強光會讓他淚流不止，眼睛後方肌肉陣陣刺痛，鼻塞到只能透過嘴巴呼吸。太陽穴有如鑽刺般疼痛。細微聲音放大，尋常音量變得彷彿電鑽啟動，噪音更是無法忍耐。頭痛會更加惡化，直到整個頭部像是被審問者的愛用刑具擠壓。這樣的劇痛會穩定持續六到八小時，或是十小時。這次他不知道會持續多久，他從未在能力逼近枯盡時，如此竭力施展。不管要受制於這樣的頭痛多久，他都會處於幾乎無助的地步，必須由嘉莉照顧他。天知道她以前就承受過這樣的事……而他們一直很幸運，只是能幸運多少次呢？

「天哪，先生，我不知道——」

這意味他認為這樣會有法律問題。

「只要你不跟我女兒提起這件事，這筆錢就是你的。」安迪說：「這兩星期她都跟我在一起，但明天一早就得跟她媽媽回去。」

「探視權。」司機說：「我全都明白。」

「瞧，我原本應該帶她上飛機的。」

「去奧爾巴尼機場？可能要到奧札克，我說得對嗎？」

「沒錯。但問題是，我很怕坐飛機。我知道這聽起來很蠢，但事實如此。通常我會開車送她回去，但這一次我前妻開始批評我，而……我不知道。」安迪的確不知道，他一時衝動編造了這個故事，看來現在已走進死巷子，而且主要也是因為他筋疲力竭了。

「所以我在奧爾巴尼舊機場放你下車，而就媽媽看來，你是搭飛機到的，對嗎？」

「沒錯。」他的頭陣陣抽痛。

「而且，就媽媽看來，你就不是咯咯咯咯的小孬孬，我說中了嗎？」

「沒錯。」咯咯咯咯的小孬孬？什麼意思呀？他的頭更痛了。

「用五百美元逃搭飛機。」司機沉思。

「對我很值得。」安迪說，施展最後一推。他幾乎對著司機耳朵，以非常平靜的語氣，加上一句：「而這對你應該也很值得。」

「聽著。」司機以恍恍惚惚的聲音回答：「我可是不會拒絕五百美元的，我告訴你，用不著對我說。」

「好。」安迪說，身體往後靠。司機心滿意足，他沒有疑惑安迪虎頭蛇尾的故事；沒有疑惑七歲小女孩怎麼會在學校開課期間的十月，去跟爸爸住兩星期；也沒有疑惑兩人甚至沒帶過夜行李。他什麼都不在意，他的想法已經被推動過了。

現在，安迪可以繼續前進，同時承受代價。

他把一隻手放在嘉莉的腿上。她很快就睡著了，畢竟他們整個下午都在逃亡——打從安迪到她的學校，用他已快記不得的藉口把她從二年級班上帶走……奶奶生重病……打電話到家裡……抱歉在上課途中帶走她。當時他真是如釋重負，他原本好怕探看密許金老師的教室，害怕看到嘉莉的座位空無一人，只剩下書本整齊堆放在她的書桌裡，害怕聽到：**哦不，麥吉先生……她兩小時前就跟你朋友走了……他們帶了你寫的字條過來……沒什麼事吧？**對維琪的回憶浮現，那天看到家中空蕩蕩時，突如而至的恐懼。還有他瘋狂追著嘉莉的行蹤，沒錯，他們以前曾抓走過她。

不過，嘉莉在學校。情況有多危急？他是否搶先他們半小時？十五分鐘？還是更少的時間？他不願去想這件事。他帶嘉莉去納森小館吃了有點晚的午餐，之後下午所有時間都一直在**行進**——安迪現在可以對自己承認，他當時處於一種盲目的恐慌狀態——搭地鐵、搭公車，但主要是在走路。而現在，她累壞了。

他充滿愛意，深深看著她。她的頭髮齊肩，是純然的金髮，她在沉睡中顯現一種寧靜的美麗。她跟維琪長得好像，像到令人心痛。他閉上了眼睛。

司機在前座一臉驚嘆地看著拿到的五百美鈔，然後把鈔票塞進他用來放置小費的腰帶特殊口袋。至於後座這傢伙帶著小女孩在紐約趴趴走，身上卻帶著一張五百大鈔，他並不覺得有何奇怪。他也沒在想怎麼跟派車調度員說清楚這件事，只想到他的女友葛琳會有多興奮。葛琳一直跟他說，開計程車是慘淡乏味的工作。喲，她就等著瞧這慘淡乏味的五百大鈔吧。

安迪在後座閉上雙眼，仰頭靠著椅背坐著。頭痛不斷襲來，就像送葬隊伍中無人駕馭的黑馬那樣無法阻擋。他聽得到那匹馬踩在他太陽穴的馬蹄聲：**噠**……**噠**……**噠**。

他和嘉莉在逃亡。他今年三十四歲，而直到去年都還是俄亥俄州海利森州立大學的英文講師。海利森是個清靜的小小大學城，就在美國中部正中央，如今那已是美好的往昔，而優秀挺拔的年輕安德魯．麥吉同樣也成了美好的過去。還記得那個謎語嗎？為什麼農夫是所屬社區的頂梁柱？因為他在田裡總是很突出。

噠，噠，噠。無人駕馭的黑馬雙眼血紅，重重奔馳在他腦海的通道，鐵蹄挖進柔軟大腦組織的灰色土壤，留下鮮血滿溢的神秘月牙形蹄印。

司機是容易掌控的人，當然也是突出的計程車司機。

他打盹兒，見到了嘉莉的臉蛋，然後嘉莉的臉蛋變成了維琪的臉龐。

安迪．麥吉和他的妻子，漂亮的維琪。他們拔出了她的指甲，一片接著一片，拔出了四片指甲，然後，她開口了。至少，這是他的推測。拇指、食指、中指、無名指，然後：住手，我說。別再傷害我，我會告訴你們想知道的一切，求求你們。所以，她就說了。接著……可能是意外……然後，他的妻子就死掉了。嗯，有些事比我們兩人來得龐大，而其他事比我們所有人都來得龐大。

例如說，「商店」。

噠，噠，噠，無人駕馭的黑馬來了，來了，來了：瞧，一匹黑馬。

安迪睡著了。

同時想起來了。

2

實驗負責人是溫勒斯博士，他身材肥胖，快要禿頭，而且至少有一種怪癖。

「我們將為你們十二位年輕的先生女士，每人注射一針。」他說，一邊撕開一根香菸到眼前的菸灰缸。他短小的粉色指頭拽開香菸的薄紙，落下裡面齊整的小小圓錐狀菸草。「其中六針的注射液是水，另外六針則是水溶液，混合了少量我們稱為『命運六號』的化學化合物。該化合物的確切性質是機密，但基本上它具備催眠及輕微致幻的作用。你們要了解的是，針劑配發是採取雙盲的方式……就是說，我們跟你們都不知道誰拿到無添加的針劑，誰又不是，要到後來才會揭曉。接受注射後的四十八小時期間，你們十二人都會受到嚴密監管，有問題嗎？」

有幾個問題，而大部分都是關於命運六號的確實成分——**機密**這個字眼簡直就像放出獵犬追蹤逃犯蹤跡。溫勒斯相當巧妙迴避這些問題，而在海利森大學心理學系和社會學系共同大樓這個近乎無人的大講堂中，都沒有人問出二十二歲的安迪．麥吉最感興趣的問題，他考慮要不要趁著空檔舉手提問：嘿，為什麼你要這樣撕開完好的香菸？不過最好別問，最好就讓想像力在這枯燥時間自由奔馳吧，或許溫勒斯正在努力戒菸，口腔期是直接抽菸，來到肛門期就是撕菸[1]。（想到這裡，安迪嘴角帶上笑意，他連忙捂嘴掩飾。）或許溫勒斯有個哥哥死於肺癌，他便這樣象徵性地挑釁香菸產業。或許這只是大學教授覺得必須張揚而不是壓抑的一種誇張抽動行為（tics），安迪在海利森大學唸大二時，就有一個英文老師如此（幸虧這人現在已經退休），他會在傳授「美國小說家威廉．迪恩．豪威爾與現實主義的興起」這門課時，不斷嗅聞自己的領帶。

「如果沒有其他問題，請填好這些表格，然後我們下星期二的九點準時見。」

兩名研究生助教分發影印問卷，上面列出問答「是」或「否」的二十五個可笑問題——第八題：

是否接受過精神科諮詢？第十四題：是否相信自己有過真正的超自然經驗？第十八題：是否使用過致幻藥物？看到這一題，安迪稍稍停頓了一下，勾選了「否」，心中卻在想：**在一九六九年這樣的無畏年代，誰沒用過呢？**

他來參加這項測試是因為大學室友昆西．崔蒙特的介紹。昆西主修心理學，他知道安迪的經濟狀況不太好，當時是安迪大四那年的五月，他即將在五百零六人的畢業班中以排名第四十，英文課程排名第三的成績畢業。但就像他跟昆西說的，這沒什麼太大幫助。他在秋季開學後準備擔任研究生助教，加上獎學金和貸款，剛好足夠他支應生活開銷及海利森的研究生課程。不過，那都要等到秋天，而且還有暑假這段空檔。到目前為止，他所能找到最可靠、最有挑戰性的職務，只有Arco加油站的夜班加油員。

「你覺得迅速賺個兩百美元怎麼樣？」昆西這麼問。

安迪掠開他綠色眼眸前的長長黑髮，露齒一笑。「我要在哪個男士洗手間出讓我的東西呀？」

「不是啦，這是心理實驗。」昆西說：「只是先警告你，它的負責人可是個瘋狂博士。」

「是誰？」

「溫勒斯，傻瓜。他是心理學系的醫學大佬。」

「為什麼叫他瘋狂博士？」

「呃，他是愛好老鼠實驗的老鼠人，同時信奉史金納學派[2]。」昆西說：「他是行為主義者，

【本書註釋全為譯註。】

1. 安迪在此是藉用佛洛伊德的五階段人格發展理論，前兩階段就是口腔期、肛門期。

2. B.F. Skinner（一九〇四～一九九〇），美國心理學家、行為主義學家，他的知名實驗包括研究並訓練老鼠按下槓桿獲得食物的「史金納箱」。

而近來的行為主義者並不真的只研究愛情。」

「哦。」安迪迷惑不解。

「而且，他戴著又厚又小的無框眼鏡，看起來就像《巨人博士》[3]中把人類縮小的那個傢伙，你看過這部電影嗎？」

安迪是深夜節目的愛好者，他看過這部電影，這讓他感覺踏實多了。不過，他還是不確定要不要參加一個又稱老鼠人又稱瘋狂博士的人所主持的實驗。

「他們不會試圖縮小人類吧？」他問。

昆西放聲大笑。「不，只有為B級恐怖電影工作的特效人員才需要。」他說：「心理系跟美國情報單位合作，一直在試驗一系列的低階致幻藥劑。」

「中央情報局嗎？」安迪問。

「不是中央情報局、國防情報局或國家安全局。」昆西說：「是比它們都低調的單位，你聽過稱為『商店』的組織嗎？」

「或許在報紙的星期天增刊上看過，我忘了。」

昆西點燃他的菸斗。「這些事在各領域都以同樣的方式運作。」他說：「心理學、化學、物理學、生物學……甚至是社會學的傢伙都拿到一些資金。某些計畫受到政府補助，從嗤嗤蠅的交配儀式到鈽廢料的可能處置方法，包羅萬象。像商店這樣的組織必須用完所有年度預算，以證明下一年度也需要大概的數字。」

「這些烏煙瘴氣的事可真讓我苦惱。」安迪說。

「幾乎每個有想法的人都會對此苦惱。」昆西無憂無慮地沉穩一笑。「不過，事情還是繼續進行。情報單位想用低階的致幻藥做什麼？誰知道呢？我不知，你不知，他們可能也不知。但在更新預算的時候，這些報告在封閉式委員會中看起來都很不錯。每個部門都有他們的寵兒，在海利森，溫勒斯就是他們在心理系的寵兒。」

「行政部門不介意嗎？」

「別天真了，朋友。」他滿足地抽著菸，在這破爛的公寓客廳吐出一大團一大團難聞的煙霧。他的聲音相應地變得更加有波動、更加洪亮，也更加有保守主義評論家巴克利式的語氣。「對溫勒斯有利，就是對海大心理系有利，心理系明年就會有它自己的教學大樓——再也用不著跟社會系擠在一起了。而對心理系有利，就是對海利森州立大學有利，也對俄亥俄州有利，諸如此類。」

「你覺得這安全嗎？」

「如果不安全，就不會在學生志願者身上試驗。」昆西說：「如果真有一絲疑慮，他們就會先拿老鼠試驗，然後是囚犯。他們即將注射到你身上的東西，肯定之前已大約有三百人注射過，而這三百人的反應也得到仔細監控。」

「我不喜歡這事務跟中央情報局有關——」

「是商店。」

「有什麼不同呢？」安迪悶悶不樂地問。他看著昆西那張尼克森的海報，圖中的尼克森站在一輛破舊的老爺車前，面帶笑容，雙手高舉代表勝利的V字。安迪至今仍難以相信，這個人不到一年前被選為美國總統了。

「呃，我只是以為你可能用得著這兩百美元，就這樣。」

3. Dr. Cyclops，美國一九四〇年上映的電影，獲奧斯卡最佳視覺效果提名。

「他們為什麼給這麼多錢？」安迪語帶懷疑。

昆西攤攤手。「安迪，這是政府請客呀！你沒聽懂嗎？兩年前，商店對大量製造爆裂自行車的可行性的一項研究，大概付了三十萬美元——這件事曾刊登在星期天紐約時報。我猜，這又是一個和越南有關的東西，但大家都不清楚。就跟喜劇角色費柏．麥吉常說的：『當時看起來像是不錯的主意。』」昆西以神經質的動作迅速滅熄菸斗。「對這些人來說，美國各個大學校園就像是大型梅西百貨，他們在這裡買買，在那裡逛逛櫥窗。好，如果你不想去——」

「嗯，我或許會去，你也參加嗎？」

昆西笑了笑。他爸爸在俄亥俄及印第安納，經營了極為成功的男裝連鎖店。「沒那麼需要兩百美元。」他說：「而且我討厭打針。」

「哦。」

「聽著，老天，我不是在推銷它；只是你看起來有點吃不飽。反正，你有百分之五十的機會是在對照組。注射清水就可以拿到兩百美元，提醒你，這甚至不是自來水，而是**蒸餾水**。」

「你可以敲定這件事嗎？」

「我跟溫勒斯的一個研究生助教在約會。」昆西說：「他們可能會收到五十件申請書，其中有許多人是馬屁精，想要得到瘋狂博士的肯定——」

「希望你別再這麼叫他了。」

「好吧，溫勒斯。」昆西說，然後大笑。「他會親自看著這些馬屁精一一被剔除，而我的女朋友會看照你的申請書歸入『通過』的籃子。在這之後，親愛的兄弟，就得靠你自己啦。」

所以在心理系布告欄貼出徵求志願者的通知單後，他就填寫申請書。提交一星期之後，一名年輕的研究生助教（就安迪所知，對方是昆西的女友）打電話來詢問了幾個問題。他告訴她自己的資料：父母雙亡；血型O型；以前從未參加過心理系的實驗；目前的確是一九六九年畢業班的大學生，這學期選修了超過正式生所需要的十二個學分。而且沒錯，他已經年滿二十一歲，不管是在私法或公法上，都得以合法簽訂任何所有協議。

一星期過後，他從校園郵件接到一封信，通知他已被錄取，要求他在同意書上簽名，並在五月六日攜帶簽署好的同意書到傑森葛奈大樓的一〇〇號教室。

因此，他現在就來到這裡，交出同意書。在撕香菸的溫勒斯離開後（他長得的確有點像巨人博士那部電影裡的瘋狂博士），開始連同其他十一名大學生回答和自己宗教經驗相關的問題。他曾經癲癇發作嗎？沒有。他爸爸在安迪十一歲時死於心臟病發作，媽媽則在安迪十七歲時，死於車禍——這是極其痛苦的經歷。他唯一的近親是柯拉阿姨，她是安迪媽媽的姊姊，已上了年紀。

他繼續回答問題，勾選「否」，「否」，「否」。他只在一個問題勾了「是」：是否曾經骨折或有過嚴重扭傷，如果有，請詳細說明。他在提供的空白處，草草寫下，在十二年前一場小聯盟棒球賽，滑向二壘造成左腳踝骨折。

他從頭一一檢視答案，原子筆筆尖微微上揚。就在此時，有人輕拍他的肩膀，一個甜美、略略沙啞的女聲傳來：「如果你寫完了，可以借我筆嗎？我的筆沒水了。」

「沒問題。」他轉身遞給她。對方是個漂亮的女孩子，身材高挑、紅褐色的頭髮，肌膚極其光潔。她穿著粉藍毛衣及短裙，露出一雙沒穿絲襪的美腿。這是安迪對未來妻子漫不經心的估量。

他遞出筆，她含笑道謝。她的頭髮以白色寬緞帶隨意綁起，當她俯首再次填寫表格時，上方燈光讓她的秀髮閃耀著紅銅光澤。

他把表格交給大講堂前方的研究生助教。「謝謝。」助教有如羅比機器人般機械式地說：「星期六上午九點，七十號教室，請準時。」

「暗號是什麼呢？」安迪嘶啞地小聲問道。

助教禮貌地笑了笑。

安迪離開大講堂，準備穿過通往雙扇大門的大廳時（外面廣場因為夏天腳步接近，顯得一片翠綠，學生來來往往），想起了他的筆。他幾乎想算了，畢竟只是十九美分的原子筆，而且他還要準備期末考。但就像英國人說的，那女孩好漂亮，可能值得搭訕。他對自己的長相和言談毫無幻想，兩者都非常平庸；對女孩目前的狀態（有男友或訂婚了）也沒有幻想，但今天天氣很好，他的感覺也不錯，於是他決定守候。最起碼，他可以再看一眼那雙美腿。

大約三、四分鐘後，她出來了，手臂夾著一本課本和幾本筆記本。她真的非常漂亮，安迪判定她的長腿值得等待，這雙腿不僅僅是美，簡直是令人驚豔。

「哦，你在這裡。」她面帶笑容說道。

「是呀。」安迪．麥吉說：「妳對實驗有什麼看法？」

「不知道欸。」她說：「我朋友說經常有這樣的實驗，她上學期參加了萊茵超感知覺卡的測試，雖然幾乎全猜錯，還是拿到五十美元，所以我想——」她聳聳肩，結束她的意見，然後把紅銅色的頭髮撥齊到肩膀後方。

「對，我也是這麼想。」他說，接過他的筆。「妳朋友在心理系？」

「對。」她說：「我男朋友也是。他是溫勒斯博士的學生，所以不能參加測試，因為利益衝突之類的問題。」

男朋友，像這樣的高挑紅髮美女有男友是顯而易見的事，世道如此。

「你呢？」她問。

「一樣，我有朋友在心理系。還有，我叫安迪，安迪．麥吉。」

「我是維琪．湯林森。安迪．麥吉，我對這個實驗有點緊張，要是我產生了恐怖的幻覺怎麼辦？」

「在我聽來是覺得藥劑很溫和，就算它是致幻毒品，呃……實驗室的致幻毒品也和在街頭買到的毒品不一樣，我聽說是這樣。它非常穩定溫和，而且在非常安定的環境下施打，他們可能還會放上奶油樂團或傑佛森飛船的音樂[4]哩。」

「你對LSD（麥角酸二乙醯胺）致幻劑了解多少？」她嘴角微斜輕笑，這正是他非常喜歡的那種笑容。

「很少。」他坦承。「我試過兩次，一次是兩年前，一次是去年。就某方面來說，它讓我感覺好多了，清理了我的頭腦……至少，我覺得是這樣。後來，許多從前的討厭事物似乎都消失了。但是，我不想養成使用它的習慣，不喜歡對自己如此失控的感覺。我請妳喝一瓶可樂好嗎？」

「好呀。」她答應，然後兩人就一起走向聯合大樓。

他最後請她喝了兩瓶可樂，並且跟她共度下午時光；當天晚上兩人又去當地酒吧喝了幾杯啤酒。原來，她和男友的看法有了分歧，她不知道要怎麼處理這件事。她告訴安迪，她男友開始認為他們算是結婚了；嚴格禁止她參加溫勒斯的實驗。正因為這個理由，她簽下了同意書，現在更下定決心要完成實驗，儘管心中有一點害怕。

「那個溫勒斯看起來真的像是瘋狂博士。」她說，一邊用啤酒杯在桌面製造圈圈。

「妳對他撕香菸的把戲是怎麼想的？」

4. 奶油樂團（Cream）是一九六六年成軍的英國搖滾樂團，傑佛森飛船（Jefferson Airplane）則是一九六五年成立的美國樂團，兩者都是迷幻搖滾的先鋒。

維琪咯咯大笑。「詭異的戒菸方式，對吧？」

他問說，能不能在接受實驗的那天早上去接她，她滿懷感激地同意了。

「跟朋友一起去讓我感覺好多了。」她清澈的藍色眼眸注視著他。「你知道的，我真的有點害怕。喬治真的太——我不知道怎麼說，他太**堅決**了。」

「為什麼？他說了什麼？」

「就只是這樣。」維琪說：「除了跟我說他不信任溫勒斯之外，他真的沒有對我透露任何事。他說心理系也沒什麼人信任溫勒斯，但因為溫勒斯負責研究生課程，所以很多人就報名他的實驗。而且，他們也知道自己很安全，因為溫勒斯只會再次淘汰他們。」

他伸出手越過桌面，輕觸她的手。「反正我們兩人可能都會得到蒸餾水。」他說：「小姑娘，放輕鬆，不會有事的。」

最後卻發現，出事了，全都出事了。

3

奧爾巴尼

嘿，先生，奧爾巴尼機場

嘿，先生，我們到了

一隻手，搖晃著他，讓他的頭部晃動。頭痛欲裂，老天！砰然重錘般的劇痛。

「嘿，先生，機場到了。」

安迪睜開眼睛，但上方的鈉燈白光又旋即讓他閉上眼睛。一陣可怕的轟然聲響襲來，愈來愈大聲，他皺著臉抗拒，感覺就好像一堆鋼製繡針塞進他的耳朵。這是飛機起飛的聲音，穿過疼痛的紅霧朝他而來。哦，是的，醫師，現在一切又回到我身上了。

「先生？」司機聽起來憂心忡忡。「先生，你沒事吧？」

「頭痛。」他的聲音彷彿從遠方傳來，淹沒在飛機引擎聲浪之中。謝天謝地，引擎聲現在已逐漸消失。「幾點了？」

「快半夜十二點了，花了不少時間才到這裡。我告訴你，用不著對我說，如果你計畫搭公車，現在已經沒有班次了。確定不用我載你回家嗎？」

安迪在腦海裡搜索他跟司機說過的故事，不管頭痛是否劇烈，記住這件事很重要，因為會有回聲效應。如果他現在和之前說的故事有矛盾，就可能在司機心中產生打水漂般的彈跳效應。它可能會消失——事實上很可能會消失——但也可能不會。司機可能會抓住一個漏洞，執著在這件事上；不久，情況就會失控，司機會一直想著這件事；再過不久，可能就會直接撕裂他的思緒。以前發生過這種事。

「我的車子在停車場。」他說：「一切都在我掌控之中。」

「哦。」司機微笑，鬆了一口氣。「知道嗎，葛琳絕對不會相信的。嘿，我告訴你，用不著——」

「她當然會相信的，你也是，對吧？」

司機咧嘴大笑。「我有一張大鈔可以證明這件事，先生，謝謝你。」

「謝謝你才是。」安迪說，努力保持禮貌，努力為了嘉莉撐下去。如果他是隻身一人，老早就自殺了，人不該承受這樣的痛苦。

「先生，你確定沒事嗎？你看起來好蒼白。」

「我沒事，謝謝。」他搖醒嘉莉。「嘿，小乖乖。」小心不叫出她的名字，這可能不要緊，但對他來說，保持謹慎已跟呼吸一樣自然。「醒醒，我們到了哦。」

嘉莉嘀咕了幾聲，試著轉身遠離他。

「來吧，寶貝。醒醒，親愛的。」

嘉莉眼皮翕動，睜開遺傳自她媽媽的清澈藍眸，然後坐起身子，搓揉臉蛋。「爹地，這是哪裡？」

「親愛的，奧爾巴尼，到機場了。」他湊過去輕聲說：「先不要說話。」

「好。」她朝著計程車司機微笑，司機也回報笑容。她鑽出車子，安迪跟著下車，努力保持腳步平穩。

「老兄，再次謝謝你。」司機大喊：「嘿，聽著，我告訴你，用不著對我說，你真是好乘客。」

安迪握握司機伸出來的手。「保重。」

「我會的，葛琳不會相信這件事的。」

司機重新上路，沿著漆了黃線的路緣駛離。另一架噴射機起飛，引擎不斷加速，直到安迪感覺腦袋就要裂成兩半，像空葫蘆般摔落在人行道上。他踉蹌了幾步，嘉莉摟住他的手臂。

「哦，爹地。」她說，聲音縹緲。

「到裡面，我得坐下來。」

他們走進機場，一個是紅褲綠上衣的小女孩，一個是黑髮凌亂、肩膀垮下的高大男子。一個機場搬運工看著兩人，心中想著，這真是造孽呀，這高大男子三更半夜出門，一副酩酊大醉的模樣，早該幾小時前就上床睡覺的小女兒卻跟在身邊，像導盲犬般牽著他走路。這樣的父母應該絕育，搬運工心想。

兩人穿過電眼感應的大門，然後機場搬運工就忘了他們的事，直到四十分鐘後，一輛綠色汽車在路邊停下，兩名男子下車，前來詢問他。

4

現在是半夜十二點十分，航廈大廳已換上一群清晨人士：即將收假的軍人；臉色苦惱的婦人管束著太晚未睡的不安分小孩；眼睛底下帶著疲累眼袋的商務人士；蓄著長髮、穿著厚實靴子的年輕人，他們到處遊蕩，有些背上負著背包，一對情侶背著網球拍球袋。廣播系統彷彿夢中的萬能聲音，播報離站及到站的航班，並且呼叫尋人。

安迪和嘉莉並肩坐在架立電視機的桌子旁，電視機身傷痕累累、凹凸不平，漆成烏黑的顏色。在安迪眼中，它們看起來就像是未來主義的邪惡眼鏡蛇。他投入最後兩枚二十五美分硬幣，這樣他們就不會被要求離開座位。嘉莉的電視在重播「菜鳥警察」；安迪的電視中則是「今夜秀」的約翰．卡森在逗鬧桑尼．波諾和巴迪．海克特。

「爹地，我非得這麼做嗎？」嘉莉的淚水在眼眶裡打轉，第二次問了這個問題。

「親愛的，我已經耗盡能力。」他說：「我們沒有錢，沒辦法留在這裡。」

「壞人快來了嗎？」她壓低聲音到近乎耳語的地步。

「我不知道。」他的腦袋咚咚重擊。不再是無人駕馭的黑馬，現在是裝滿尖銳鐵片的郵袋從五樓窗戶砸向他。「我們必須假設他們會來。」

「我要怎麼拿到錢？」

他遲疑了一下，然後說：「妳知道的。」

淚水開始湧現，撲撲簌簌流下她的臉頰。「這不對，偷東西是不對的。」

「我知道。」他說：「但他們一直追我們也是不對的，嘉莉，我跟妳解釋過，至少我是試著跟妳解釋過了。」

「是說小小壞事和大大壞事嗎？」

「對，小惡和大惡。」

「你的頭真的很痛嗎？」

「非常痛。」安迪說。再一、兩小時，他的頭就會劇烈疼痛到再也無法有條理地思考，只是告訴她這件事也沒用，她已經夠害怕的了，沒必要嚇壞她，也沒必要告訴她說，他不認為他們這次逃得掉。

「我試試。」她溜下椅子。「可憐的爹地。」她說，親了親他。

他閉上眼睛。電視在他面前播放，在逐漸加劇的頭痛中，像是遙遠的胡言亂語。當他再次睜開眼睛，她成了一個隱約的身影，非常嬌小，如耶誕裝飾般的紅綠衣服，在航廈大廳散落的人群中載沉載浮地遠去。

上帝，懇求祢，別讓她出事，他心中想著，**別讓任何人擾亂她，別讓任何人嚇到她，她已經夠害怕的了。上帝，求求祢，也謝謝祢。好嗎？**

他再次閉上了眼睛。

5

一個小女孩身著紅色內搭褲和綠色嫘縈上衣，金髮及肩，深夜未睡，而且顯然是獨自一人。她的所在地是小女孩午夜獨自行動，卻不會受人注意的少數幾個地方之一。她經過人們，但沒有人真正留意到她。如果她哭了，保全人員會過來問她是不是迷路，知不知道爸媽訂的飛機航班，爸媽叫什麼名字，這樣才能廣播呼叫他們。但她沒哭，而且看起來像是知道要去哪裡。

其實不然——但她很清楚她要找的東西。他們需要錢；爹地是這麼說的。壞人就要來了，而且爹地的頭好痛。每次他這樣頭痛的時候，就很難思考。他必須躺下來，盡可能待在安靜的地方。他必須睡覺，等到頭痛消失。而壞人可能會來……商店來的壞人，想要拆散他們，想要了解他們怎麼得到能力——看看能不能利用他們，為他們做事。

她見到垃圾桶上方露出一個購物紙袋，就拿走它。她沿著航廈大廳又走了一陣子，終於見到她要找的東西：一排投幣式電話亭。

嘉莉駐足看著它們，她很害怕。她害怕是因為爹地曾經一再又一再告訴她，她不該施展它……自從很小的時候，它就一直是「壞東西」。她不是一定可以控制住壞東西，她可能會傷害到自己，傷害到別人，或是傷害到很多人。在廚房的那一次

（哦，媽咪，對不起，造成這些疼痛、這些繃帶、這些尖叫，她尖叫說我讓媽咪尖叫了，我永遠不會再這麼做了……絕對不會……因為它是「壞東西」）

她還很小……但想到它就好痛。它是壞東西，因為放開它，它就會……到處都是。這樣好嚇人。

還有其他東西，像是「推力」；爹地是這麼稱呼它的，推力。只是她的推力比爹地強好多，

而且之後也從來不會頭痛。但有時候，在那之後……會起火。

當她緊張地看著公共電話亭時，壞東西的名字在她腦海中噹啷作響：**意念控火**。「別在意。」爹地曾這麼對她說，當時他們還住在波特市，像傻子般以為自己很安全。「親愛的，妳是燃火者，就像大型 Zippo 打火機一樣。」那時候，這個說法聽起來很好笑，她還咯咯笑了起來，但現在它似乎一點也不好玩了。

另一個她不應該施展這項推力的原因是，**他們**可能會發現，就是商店來的壞人。「我不知道他們現在對妳了解多少。」爹地告訴她：「但我不想他們再知道更多，寶貝，妳的推力和我的完全不一樣，妳沒辦法讓別人……呃，改變想法，是不是呢？」

「是……是呀。」

「但妳可以移動物體，如果他們注意到模式，把這模式和妳聯繫在一起，我們的狀況就會比現在更加糟糕了。」

而這是偷東西，偷東西也是壞東西。

不用在意。爹地的頭很痛，必須在頭痛惡化到讓他無法思考之前，找到一個安靜溫暖的地方。嘉莉向前走去。

這裡大約有十五個電話亭，全都裝設了圓形拉門。進入電話亭之後，就像是進到裝了電話的大型康得膠囊裡面。嘉莉慢慢經過這些電話亭，發現它們大多是暗著的。有個電話亭裡塞著一個褲裝打扮的胖女人，她帶著笑容，起勁說個不停。倒數第三個電話亭裡是一個穿軍服的年輕人，他坐在小小的高腳凳，沒拉上門，雙腿直接伸出門外。他急促說著話。

「莎莉，聽我說，我知道妳的感覺，但我可以解釋一切。當然。我知道……我知道……但如果妳可以讓我——」他抬起頭，看到有個小女孩盯著他，便馬上收腿拉上門，就像烏龜縮回龜殼裡，一個動作流暢完成。嘉莉心想，一定是跟女朋友吵架了，她可能被放鴿子，我絕對不會讓人放我鴿子。

廣播擴音器迴響，恐懼有如老鼠在她的潛意識嚙咬。周圍盡是陌生的臉孔，她感覺孤單渺小，即使現在，想到媽媽，她還是悲傷到受不了。這是偷東西，但又怎麼樣？他們已經偷走了媽媽的生命。

她溜進最後一個電話亭，購物袋劈啪作響。她拿起話筒，裝作在講電話──喂，爺爺，對呀，我跟爹地剛到，我們很好──然後透過玻璃查看是否有人在打探。沒有人。附近只有一個人，一名黑人女性背對著她，從機器抽出旅遊保險單。

嘉莉盯著投幣式電話，倏然**推**它。

她發出小小的使勁呻吟，她咬住下唇，喜歡嘴唇擠壓在牙齒底下的感覺。不，她絲毫不覺得疼痛，推動東西的感覺**真好**，而這是另一件讓她害怕的事。萬一她**喜歡**上這危險的東西怎麼辦呢？

她的意念再次非常輕微地推了一下投幣式電話，忽然間退幣口傾洩出一大堆銀色硬幣。她試著拿購物袋去接，卻慢了一步，大部分的二十五美分、五美分、十美分硬幣都已掉落在地板上。她彎下腰，盡可能把硬幣掃進袋子，並且一再又一再瞄向窗外。

撿完所有硬幣之後，她走進下一個電話亭。那個阿兵哥還在隔壁亭子裡講電話，他又重新打開門，一邊抽著菸。「小莎，對天發誓，我真的是這樣！如果妳不信，就去問妳哥！他會──」

嘉莉拉上門，隔絕他略微哀號的聲音。她只有七歲，但聽到花言巧語，還是分辨得出來。她注視著電話，不一會兒，它就吐出了硬幣。這一次她完美地先放好袋子，硬幣悅耳地叮噹作響，傾落到袋子底部。

她出來時，軍人已經離去。嘉莉接著進入他的電話亭，椅子還熱熱的，而儘管有抽風扇，裡面仍瀰漫著噁心的菸味。

錢幣噹啷落入她的袋子，她繼續前進。

6

艾德．戴葛多坐在硬塑膠的休閒椅裡，仰看天花板，吞雲吐霧。賤人，他心想。下一次，她就會仔細想清楚要不要合上她的腿。什麼艾德這個，艾德那個，艾德我再也不想見到你，艾德你怎麼可以這麼**狠心**。不過，他已經改變了她的想法，不再老是說「我再也不想見到你」。他還在三十天的休假期間，他現在要去紐約市，那裡可是大蘋果，他要去觀光，逛逛單身酒吧。等他回來之後，莎莉本身就會像顆成熟的大蘋果，熟透，準備掉落。來自佛羅里達州馬拉松市的艾德．戴葛多不會再聽到「難道你不尊重我」這種話，莎莉．布萊福會同意跟他上床，而如果她真的相信他已經做過結紮手術的屁話，也是她活該。然後，隨便她去找當中學老師的鄉巴佬哥哥求救吧，到時候艾德．戴葛多會在西柏林開軍用補給車，他會在——

腳底傳來的奇異暖意打斷了艾德半是憤恨半是愉快的一連串白日夢；就好像地板溫度驟然提高了華氏十度[5]。伴隨而來的是一股奇怪但不算陌生的味道……不是有東西在燃燒，而是……有東西燒焦了吧？

他睜開雙眼，第一眼見到的是剛才在電話亭周圍閒晃的那個小女孩，她大概七、八歲，看起來非常疲累的模樣。這時，她捧著一個大型紙袋，動作像是袋子裡裝滿了雜貨。

不過，他的腳才是要緊的事。

腳上的暖意不再，變成了**發燙**。

艾德．戴葛多低頭一看，高喊：「我的天！」

他的鞋子起火了。

艾德猛然跳起身，許多人跟著轉頭看他，一名婦女看到當下情況，驚慌大叫，而剛才一直在跟亞利根尼航空公司售票員聊天的兩名保全人員也望過來，查看發生了什麼事。

這一切對艾德都毫無意義，關於莎莉．布萊福以及對她進行愛情報復，早已拋諸九霄雲外。他的軍用鞋暢快吐著火舌，軍裝褲腳也著火了。他彷彿彈弓射出的彈丸，飛奔衝過航廈大廳，身後留下一道濃煙。女子洗手間就在眼前，艾德的自我保護感覺異常清晰，毫不遲疑便推門而入。

一名年輕女子正好從隔間出來，輕撩裙角到腰際，調整著內褲連褲襪。她見到成了人體火炬的艾德，驚聲尖叫，叫聲在貼著瓷磚的洗手間牆壁發出巨大迴響。其他幾間有人的隔間紛紛傳來「怎麼了？」和「發生什麼事了？」的聲音，艾德在付費廁所的隔門彈回鎖上前，連忙拉住門板，然後抓住隔間兩側頂端，舉高雙腳踩進馬桶裡。水面滋滋作響，冒出陣陣顯著的煙霧。

兩名保全人員衝進來。

「裡面的人，不准動！」其中一人大喊，拔出手槍。「兩手交握放在頭頂，出來。」

「能不能等我的腳滅火之後再說？」艾德．戴葛多咆哮。

5. 華氏溫度提高一度，大約相當於攝氏提高零點五五度。

7

嘉莉回到爸爸身邊，再次哭了起來。

「寶貝，發生什麼事了？」

「我拿到錢了，但是……它又從我身上跑出去。爹地……有一個人……一個阿兵哥……我沒辦法……」

安迪感覺到恐懼浮現，儘管頭痛和頸後的疼痛讓恐懼沒那麼明顯，但它的確存在。「嘉莉，是……是起火了嗎？」

她說不出話，只能點點頭，淚水滾落她的臉頰。

「哦，老天。」安迪輕呼，設法站了起來。

這讓嘉莉徹底崩潰，她雙手捂著臉，無助地啜泣，身體來回搖晃。

一群人聚集在女子洗手間的門口，門板已被打開撐住，但安迪看不清楚狀況……然後他看到了。追進洗手間的兩名保全人員領著一個身著軍服、表情兇惡的年輕人走出洗手間，前往保全辦公室。年輕人對他們大聲嘮叨，內容大多是別出心裁的髒話。他膝蓋以下的軍裝褲大概都燒掉了，手中提著兩個原本應該是鞋子，現在卻不斷滴水的焦黑東西。他們走進辦公室，門隨後砰然關上。航廈大廳響起一片興奮的嘈雜交談。

安迪再次坐下，伸手摟住嘉莉。他現在很難思考，思緒有如在陣陣抽痛所形成的浩瀚黑色海洋中四處游動的銀色小魚，但他必須盡力而為。他需要嘉莉，才能逃脫目前困境。

「嘉莉，他沒事，他沒受傷，他們把他帶到保全辦公室了。好了，是怎麼回事呢？」

嘉莉逐漸收起眼淚，告訴他事情經過。她無意中聽到軍人講的電話，感覺他像是在欺騙電話另一頭的女孩。「後來，走回你身邊時，我看到他……我還來不及停住它……它就發生了。它就是跑出去了。爹地，我可能會傷到他，可能會嚴重傷害到他。我讓他著火了！」

「小聲一點。」他說：「嘉莉，妳聽我說，我覺得它是這段時間最令人振奮的事情了。」

「真──真的嗎？」她看著他，露出明顯的訝異表情。

「妳說它從妳身上跑出去。」安迪強迫自己說出話。「它的確跑出去了，但不像以前，只是跑出一點點。親愛的，剛才發生的事情很危險，但是……妳原本還可能讓他的頭髮，或他的臉著火的。」

這個想法嚇得她皺起小臉，安迪輕輕把她的臉蛋轉向他。

「這是潛意識的東西，總是針對妳不喜歡的人。」他說：「但是嘉莉……妳不是真的想要傷害那個人，妳……」但接下來的話隱去，只剩下劇痛。他還在說話嗎？剎那間，他甚至無法確定。

嘉莉仍然可以感覺到那個東西，那個壞東西，在她的腦海裡急速打轉，想要再度跑出去做些別的事。它就像是一隻愚蠢的兇猛小動物，必須放它出牢籠，去做些像是從電話拿錢的事……但它還會做其他事，其他相當壞的事

（就像對當時在廚房的媽咪，哦，媽咪，對不起）

才能再把它收回來。但現在，這不重要了。她現在不會去想這件事，不會再想

（繃帶，媽咪必須纏著繃帶，因為我傷害了她）

關於它的任何事。現在重要的是爸爸，他現在癱倒在電視座椅裡，神情痛苦不堪，臉色慘白，眼睛充血。

哦，爹地，她心想，**如果可以，我真想跟你平均一下。你的東西會害你疼痛，卻不會跑出籠子外。我有厲害的東西，它完全不會讓我疼痛，但是，哦，有時候我會好害怕──**

「我拿到錢了。」她說：「我沒有跑完所有電話亭，因為袋子愈來愈重，我怕它會破掉。」

她焦慮地看著他。「爹地，我們可以去哪裡呀？你得躺下來休息。」

安迪把手伸進袋子裡，開始一把一把將硬幣放進燈芯絨外套的口袋。他在想，這一夜是否有結束的時候。他只想招一輛計程車回到城裡，然後住進看到的第一家旅舍或汽車旅館……但他害怕。計程車可能會被追蹤，而且他有強烈的感覺，綠車上的那些人仍緊追不捨。

他努力匯集他對奧爾巴尼機場所知道的一切。首先，它是奧爾巴尼郡立機場；其實不是在奧爾巴尼，而是位於科隆尼鎮。這裡是震顫教派的地區——他爺爺不是跟他說過這裡是震顫教派的地區？還是現在這些教徒都不在了？高速公路呢？收費高速公路呢？答案緩緩浮現。這裡有一條路……叫什麼路來著？他心想，是北大路還是南大路？

他睜開眼睛看著嘉莉。「小乖，妳可以走路嗎？可能要走好幾英里哦？」

「可以。」她睡過覺了，精神相對好一點。「你可以嗎？」

問題就在這裡，他不知道。「我會努力試試。」他說：「我想我們應該走到大馬路上，試著找輛車，親愛的。」

「搭便車嗎？」她問。

他點點頭。「嘉莉，追蹤搭便車的人相當困難。幸運的話，我們會搭到明天上午前要到水牛城的車子。」不幸的話，我們就會站在岔路處一直舉著拇指招車，直到那輛綠色汽車開過來。

「你覺得可以就好。」嘉莉拿不定主意。

「來吧。」他說：「幫我一下。」

起身時，一陣劇痛襲來，他晃了一下，便閉上眼睛，然後重新張開眼睛。人群看起來非常超現實，顏色也太過明亮。一名穿著高跟鞋的女子經過，她踩在機場地磚的每一個喀噠聲，聽起來就像保險庫大門砰然關上的聲音。

「爹地，你確定你可以嗎？」她的聲音微小，非常恐懼的樣子。

嘉莉。只有嘉莉看起來正常。

「我想我可以。」他說：「走吧。」

他們沒走進來的那一道大門，改走另一道門離開了。注意到他們下計程車的那個機場搬運工，忙著從一輛汽車的後車廂卸下行李，沒看到他們走出去。

「爹地，哪一邊？」嘉莉問。

他往兩邊看了看，見到北大路在下面轉彎，通往航廈的右方。問題是，要怎麼到那裡。到處都是道路——高架路、地下通道，禁止右轉、燈亮停車、保持左線、全天禁止停車。交通號誌彷彿不安的精靈，在黑暗的凌晨中閃動。

「我想是這一邊。」他說。他們沿著林立「僅限上下貨」標誌的接駁道路，走過航廈。人行道只鋪設到航廈盡頭。一輛大型的銀色賓士漠不關心地呼嘯駛過他們身邊，車身反射上方鈉燈的光芒，讓他眉頭緊蹙。

嘉莉探詢地看著他。

安迪點點頭。「盡量靠邊走，妳會冷嗎？」

「不會，爹地。」

「幸好今天晚上很溫暖，妳媽媽會——」

他猛然閉上嘴巴。

兩人走進黑暗之中，紅褲綠上衣的小女孩牽著肩膀寬碩的高大男子的手，幾乎像是在引領他。

8

綠車大約十五分鐘後來到，在畫黃線的路緣旁邊停了下來。兩名男子下車，就是在曼哈頓追逐安迪和嘉莉的那兩人，而駕駛員仍坐在駕駛座。

一名機場警察走過來。「先生，這裡不能停車。」他說：「可以把車子停到——」

「我可以停。」駕駛員把他的證件拿給警察看。機場警察看看證件，看看駕駛員，又回頭看看證件上的照片。

「哦。」他說：「對不起，先生，是我們應該了解的事嗎？」

「對機場安全沒有影響。」駕駛員說：「但或許你可以幫上忙，你今天看過這兩個人嗎？」他把安迪的照片遞給機場警察，然後是嘉莉的模糊照片。她當時的頭髮比較長，在照片中，她綁成了一條辮子。當時，她媽媽還活著。「女孩現在大概再大一歲左右。」駕駛員說：「頭髮稍稍短一點，大約到肩膀。」

警察仔細端詳兩張照片，像在洗牌一樣，不斷來回檢視。「知道嗎？我相信我真的看過這個小女孩。」他說：「淡黃色頭髮，對吧？照片看不太出來。」

「沒錯，淡黃色頭髮。」

「這男人是她爸爸？」

「別問了，省得我騙你。」

機場警察對這位面無表情坐在尋常綠色汽車的駕駛座的年輕人，產生一股厭惡之情。他之前和聯邦調查局、中央情報局及他們稱為商店的組織，有過一些外圍合作。他們的探員全都一個樣，徹底的傲慢，一副屈尊俯就的態度。他們認為穿藍色制服的全是小警察。但是，在五年前這裡發生的劫機事件中，讓渾身掛滿手榴彈的劫機犯下飛機的可是小警察；結果兇嫌卻在「真正」警察的拘留中，以指甲劃開頸動脈自殺了。做得好，兄弟。

「聽我說……先生，我問這人是不是她爸爸，是想要看看兩人是否有相似的家族外貌，這從這兩張照片很難看出來。」

「他們看起來有點像，但頭髮顏色不一樣。」

混蛋，這我自己就看得出來，機場警察心想。「兩人我都見過。」警察告訴綠車駕駛員：「他是高大的男子，比照片上高大，看起來像生病了的模樣。」

「是嗎？」駕駛員似乎很愉快。

「總之，我們今天過了忙碌的一晚。有個笨蛋不知怎地讓自己的鞋子著火了。」

駕駛員立刻在駕駛座上坐直身子。「你說**什麼**？」

機場警察點點頭，很高興探進駕駛員不耐煩的表象。但如果駕駛員告訴他，他剛為自己贏得前往商店在曼哈頓辦公室匯報任務執行狀況的行程，他可就高興不起來了。而且艾德·戴葛多可能會揍扁他，因為他休假期間的大蘋果之旅，要從周遊單身酒吧（以及按摩院、時報廣場的色情小店），改為多數時間處於藥物誘導全面回憶的狀態，要一再又一再描述他鞋子著火前後所發生的事情。

9

那兩名從綠色轎車下來的男子到處詢問機場員工，其中一人找到那個注意到安迪和嘉莉下計程車並進入航廈的搬運工。

「對，我見過他們。我還想說這真是造孽，醉得那樣的男人這麼晚還帶著一個小女孩出門。」

「他們可能搭飛機走了。」其中一人指出。

「可能吧。」搬運工附和。「真不知這孩子的媽媽會怎麼想，是不是知道發生這種事。」

「我想她不知道吧。」穿著 Botany 500 深藍西裝的男人說，語氣極為誠懇。「你沒見到他們離開？」

「沒有，先生。就我所知，他們還在這裡某個地方待著……當然，除非他們的班機已經開始登機。」

10

兩名男子迅速掃視主航廈，然後不斷對保安警察亮出識別證，分頭穿梭在各個登機門，最後在美國航空售票櫃檯附近碰頭。

「沒有。」第一個人說。

「你認為他們上飛機了嗎？」第二個人問，就是那位一身 Botany 500 深藍西裝的男人。

「我想那混蛋身上的錢頂多只有五十美元……或許還更少。」

「我們最好查一下。」

「好，但動作要快。」

聯合航空、亞利根尼航空、美國航空、布蘭尼夫航空，都沒有肩膀厚實、一臉病容的男人去買票。不過，奧爾巴尼航空的行李員覺得像是見過紅褲綠衣的小女孩，她有一頭及肩的漂亮金髮。

兩人在安迪和嘉莉不久前坐過的電視座椅附近再度碰頭。「你認為呢？」第一個人問。

深藍西裝的探員顯得很興奮。「我認為我們應該地毯式搜尋這個區域。」他說：「我想他們是步行離開。」

他們幾乎小跑步，急急返回綠色轎車。

11

安迪和嘉莉沿著機場接駁道路的路邊軟地，穿過黑暗夜色，偶然會有汽車經過他們。現在已快凌晨一點。在他們身後一英里[6]處的機場航廈，兩個男子和綠車上的第三名夥伴會合。安迪和嘉莉現在走在和北大路平行的道路，鈉燈淺淺炫光照亮的北大路就在他們右側下方。他們或許可以蹣跚爬下邊坡，在供緊急停車的狹道，舉起拇指攔搭便車，但要是警察過來，他們僅存的渺茫逃脫機會就會跟著消失。安迪心想，他們還得走多遠才會碰到引道。每當他踩下步伐，就會產生一個在他腦海迴盪的重重撞擊聲，讓他非常不舒服。

「爹地，你還好嗎？」

「到目前，還好。」他說，實際上卻不怎麼好。他不是在騙自己，但懷疑自己是不是在騙嘉莉。

「還有多遠？」

「妳累了嗎？」

「還不累……但爹地……」

6. 一英里大約等於一點六一公里。

他停下腳步，鄭重地看著她。「嘉莉，怎麼了？」

「我感覺那些壞人又出現了。」她輕聲說。

「好。」他說：「親愛的，我想我們最好直接走捷徑。妳可以走下邊坡，小心不要跌倒好嗎？」

她看著斜坡，上面覆滿乾枯的十月枯草。

「應該可以吧。」她遲疑。

他跨過護欄纜線，協助嘉莉翻過來。就像有時在感到極度疼痛和壓力時會出現的那樣，他的思緒試著逃離到過去，以擺脫目前的壓力。他們曾經有過美好的歲月、美好的時光，直到陰影開始籠罩，逐漸偷走他們的生活——先是影響他和維琪，然後是他們三人全部，如月蝕般勢不可擋，一次抹殺掉一點點的歡樂。過去曾經——

「爹地！」嘉莉突然驚叫，她的腳步失去平衡。枯草很滑，危險四伏。安迪抓向她胡亂揮舞的手臂，卻沒抓到，自己反而跌倒了。摔落地面的重擊聲，在他的腦海造成劇烈疼痛，他失聲大叫。然後兩人都翻滾滑下朝向北大路的邊坡，北大路上的車輛飛馳而過，車速快到如果他或嘉莉滾落到路面，無法及時煞車。

12

研究生助教把彈性橡皮帶綁在安迪手肘上方的手臂。「請握拳。」安迪照辦，靜脈便殷勤地浮現。他轉開頭，感覺有點暈。不管有沒有兩百美元，他都沒有直視施打靜脈注射留置針過程的衝動。

維琪．湯林森在隔壁床，她穿著無袖白上衣和鴿灰色休閒褲。她對他緊張地笑了笑，他再次想著，她的紅褐色頭髮好漂亮，跟她清澈的藍眼睛好相配……然後，一陣刺痛，手臂接著傳來微微熱意。

「好了。」助教安慰他。

「是你好了。」安迪並未得到安慰。

他們在傑森葛奈大樓樓上的七十號教室，在學校醫務室安排下，這裡已擺上十二張小床，十二名志願者躺在床上，枕著防過敏海綿枕，準備賺錢。溫勒斯博士沒有親自為志願者施打點滴，而是在小床前來回走動，帶著略顯冰冷的微笑，和每個人打招呼。安迪病態地想著，**我們現在隨時可能會縮小**。

在大家到齊時，溫勒斯曾做了簡短的演講，他的內容可以歸結為：**不要害怕，你們全都舒適地待在現代科學的懷抱裡**。安迪對現代科學沒有太大的信心，除了小兒痲痺疫苗和祛痘軟膏，現代科學還為世界帶來氫彈、凝固汽油彈和雷射步槍。

助教開始調整點滴管的流量調節閥。

溫勒斯博士說過，點滴是百分之五的葡萄糖水溶液……他稱為D5W溶液。在控制閥下方，有一個小小的分注滴管尖頭。如果安迪拿到命運六號，注射器就會透過這個分注器注入藥劑。如果他是在對照組，就只是正常的食鹽水。猜猜是銅板正面還是反面呢？

他再次看向維琪。「小姑娘，妳覺得怎樣？」

「還好。」

溫勒斯走過來，他站在兩人之間，先查看維琪，再看著安迪。

「你們感覺到有點疼痛，是嗎？」他沒有任何口音，尤其是沒有美國地方性口音，只是他組織句子的方式，讓安迪聯想到以英語為第二語言的人。

「壓力。」維琪說：「有輕微的壓力。」

「是嗎？它會消失的。」他對安迪露出仁慈的笑容。身著白色實驗袍，他看起來非常高大，而眼鏡似乎非常小。大和小的對比。

安迪說：「我們什麼時候會開始縮小？」

溫勒斯保持笑容。「你覺得你會縮小嗎？」

「縮小小。」安迪傻笑。他遇上狀況了，天啊，他開始亢奮，開始情緒低落。

「一切都會安好的。」溫勒斯說，笑容更加燦爛，接著繼續前進。安迪茫然想著，馬術師經過了。他再次看向維琪，她的頭髮好亮麗！不知怎樣的瘋狂理由，這讓他聯想到馬達電樞上的銅線……發電機……交流發電機……饒舌的傻瓜……

他哈哈大笑。

助教彷佛也聽見笑話般微微一笑，然後調整了點滴管，往安迪手臂再注入一些注射的內容物，就走開了。安迪現在可以正視點滴管了，不再覺得困擾。**我是松樹**，他心想，**看看我美麗的松針。**他再次大笑。

維琪對著他淺笑。天哪，她真美。他好想告訴她，她有多美麗，她的秀髮多麼像燃燒的紅銅。

「謝謝。」她說：「謝謝你美妙的恭維。」她真的這麼說了嗎？還是出自他的想像？

他抓住最後一絲思緒，說道：「維琪，我想蒸餾水讓我昏昏欲睡。」

她文靜地說：「我也是。」

「很棒吧？」

「很棒。」她恍恍惚惚地附和。

不知什麼地方有人在哭，有人歇斯底里說個不停。這些聲音升高縮小，形成有趣的週期。經過像是永世萬古的沉思後，安迪轉頭查看發生了什麼事。好有趣，一切都變得好有趣，一切似乎都成了慢動作。Slomo，那位前衛的校園影評在其專欄中是這麼稱呼慢動作。安東尼奧尼在這部電影，如同在其他影片一樣，採用 Slomo 的鏡頭，完成個人最為出色的特效之一。Slomo 真是個有趣又極為巧妙的說法；有種蛇溜出冰箱的音效感。

幾名助教以慢動作奔向放置在七十號教室黑板附近的一張小床，小床上的年輕人像在對他的眼睛做什麼。沒錯，絕對是對他的眼睛做了什麼，因為他的手指呈彎鉤插入眼眶，似乎在挖出眼球。他的雙手如爪子般勾起，鮮血從他的眼窩湧出。鮮血以慢動作湧出；他手臂上的針頭以慢動作擺動；溫勒斯以慢動作奔跑著。安迪無動於衷地注意到，小床年輕人的眼球現在有如扁掉的溫泉蛋。對的，真像。

然後，所有白袍全聚集到那張小床周圍，再也看不到那個年輕人。他的後方垂掛著一張人腦結構圖的圖表，安迪饒富興味看了它好一陣子。就像美國喜劇演員亞提．強森在電視節目「笑聲」說的那樣，**飛常有意茲**。

突然一隻血淋淋的手從聚集的白袍中央伸出，有如溺水求救的手。手指淌下一道道眼睛的鮮血和組織碎片，手打在圖表上，留下如大型逗號的血跡。圖表唰的一聲往上捲回滾筒。

然後小床被抬起來（還是看不到挖出眼球的那個年輕人），輕快地移出教室。

幾分鐘（還是幾小時？幾天？幾年？）之後，一個研究生助教走到安迪的小床，檢查他的點滴，然後對安迪的思維注射了更多命運六號。

「夥伴，感覺怎麼樣？」這名助教問道，但他當然不是研究生助教，他不是學生，他們全都不是。首先，這人看起來大概三十五歲，就研究生來說，這個年紀有點大。再者，這人是為商店工作。安迪突然得知這一點，這很荒謬，但他就是知道。而這個人的名字叫做……

安迪探索，然後他知道了，這個人的名字是羅夫．巴瑟。

他微笑，羅夫．巴瑟，很好。

「我感覺還好。」他說：「另一個夥伴怎麼了？」

「安迪，什麼另一個夥伴？」

「挖出自己眼球的那個人。」安迪淡定地說。

羅夫．巴瑟微笑，輕拍安迪的手。「啊，夥伴，了不起的錯覺。」

「不，真的。」維琪說：「我也看到了。」

「你們以為看到了。」這位不是研究生助教的研究生助教說：「你們兩人見到了同樣的幻覺，黑板附近有個傢伙出現肌肉反應……就像一種抽筋，但沒有挖眼球，沒有鮮血淋漓。」

他舉步離開。

安迪說：「老兄，沒有事前磋商是不可能見到同樣的幻覺。」他感覺自己聰明極了，邏輯無可挑剔、不容爭辯，他抓到了羅夫．巴瑟的小辮子。

羅夫回頭一笑，毫不畏懼。「使用這個藥物，就非常可能出現。」他說：「我馬上回來，好嗎？」

「好，羅夫。」安迪說。

羅夫停下腳步，返回安迪躺的小床。他以慢動作走過來，若有所思低頭看著安迪。安迪咧嘴回以笑容，一個受藥物影響的大大傻笑。逮到你了，羅夫老弟，逮到你眾所周知的短處了。突然間，大量關於羅夫的資料湧入他的腦海，一大堆事實襲來：他現年三十五歲，已為商店效力六年，之前在聯邦調查局工作兩年，他曾經——

他在職業生涯中，殺了四個人，三男一女，並在那女子死後姦屍。她是美聯社的特約記者，

得知——

這部分並不清楚，但不重要。安迪突然間不想知道，笑容從他脣間隱去。羅夫．巴瑟仍低頭凝視著他，而安迪受到一種陰暗的妄想侵襲，他記得在他先前兩次迷幻藥經歷也曾如此……但這一次更加深入，也更加令人恐懼。他不知道自己怎麼會得知羅夫這些事——甚至是怎麼知道他的名字——但要是他告訴羅夫他知道，他非常害怕自己可能會像挖出自己眼球的那個男孩一樣，迅速自傑森葛奈大樓七十號教室消失。或者，這一切可能真的都是幻覺；現在看起來似乎一點也不真實。

羅夫仍看著他，開始慢慢露出微笑。「瞧？」他輕柔地說：「有了命運六號，任何不尋常的事都可能發生。」

他離開了。安迪安心地緩緩吐出一口氣。他轉頭望向維琪，而她也在看著他，她的眼睛睜得大大的，充滿恐懼。**她感受到你的情緒了，**他心想，**就像無線電，讓她放輕鬆！要她記住她產生了幻覺，不管這詭異的鳥事是怎樣。**

他對著她微笑，過了一會兒，維琪也猶豫地笑了笑。她問他，發生什麼事了。他說他不知道，可能沒事。

（但是我們沒有在說話呀——她的嘴巴並沒有移動）

（是嗎？）

（維琪？是妳嗎？）

（安迪，這是心靈感應，是嗎？）

他不知道，這很了不起，他合上了眼睛。

這些人真的是研究生助教嗎？她焦慮地問他。安迪，他們看起來不一樣，是藥物的關係嗎？

我不知道，他仍舊閉著眼睛地說道，我不知道他們是什麼人。那個男孩怎麼了？就是他們帶走的那個人？他再次睜開眼睛看著她，但維琪搖著頭。她不記得。安迪既驚訝又沮喪地發現自己也記不太清楚了，那像是好幾年前發生的事。那個傢伙抽筋了，是不是？肌肉痙攣，就是這樣。他——

挖出了自己的眼睛。

但說真的，這有什麼關係？

一隻手從聚集的白袍中央伸出，有如溺水求救的手。

但那是很久以前發生的事，大概是在十二世紀的時候。

血淋淋的手，打在圖表上，圖表唰的一聲往上捲回滾筒。

最好順其自然，維琪看起來又開始焦慮了。

突然間，天花板的喇叭傳來音樂聲，真舒服……比起思考抽筋和眼球掉落來得舒服多了。音樂輕柔而雄偉，許久之後，他判定（和維琪商量過後）這是俄國作曲家拉赫曼尼諾夫的作品。後來每當他聽到拉赫曼尼諾夫的音樂，他就會想起在傑森葛奈大樓七十號教室那個永恆無盡的時刻，想起當時如在夢中的飄移記憶。

其中有多少是真實的？又有多少是幻覺？十二年斷斷續續的思索並未回答安迪．麥吉這個問題。在某個時刻，像是吹起了無形的風，物體在教室裡飛來飛去——紙杯、毛巾、血壓袖帶，原子筆、鉛筆如致命冰雹般落下。之後（還是其實是之前？實在沒有線性次序可言），另一個時刻，一名受測對象出現肌肉性發作，接著心跳驟停——或是看起來如此。場上一片紛亂，忙著救醒他，先是使用口對口心肺復甦術，然後對胸腔直接注射了某種藥劑，最後派上一部發出高頻聲、有著兩個黑色杯狀物連接粗厚電線的機器。安迪依稀記得其中一名「研究生助教」大吼：「電擊！電擊！哦，拿來給我，你這笨蛋！」

還有一個時刻，他睡著了，在時有時無的模糊意識中打盹。他跟維琪說話，互相透露私事。安迪告訴她讓他母親喪命的那場車禍，以及隨後一年和阿姨一起生活的情景，當時他處於一種半神經衰弱的悲痛狀態。她告訴他，她七歲時曾遭到一名臨時保姆侵犯，使得她現在極度畏懼性事，甚至害怕自己是性冷感，這是迫使她和男友瀕臨分手的最主要原因。他一直……壓迫她。

他們告訴對方許多男女相識多年後才會說的話……許多男女往往絕對不會說出口的話，甚至是在一起數十年後，在深夜婚床上都不會說出來的事。

但他們真的**說話**了嗎？

安迪始終不知道。

時間靜止，但不知怎地它還是溜走了。

13

他逐漸從小睡中醒來，拉赫曼尼諾夫的音樂不見了……如果它真的曾經播放過的話。維琪在他旁邊的小床上安靜睡著，她的雙手交握在胸前，就像小孩在床上禱告後睡著的姿勢。安迪看著她，直接意識到他不知在什麼時候愛上她。這是一種深切和完整的感覺，無庸置疑。

過了一會兒，他環視周遭，有幾張小床空無一人。教室裡大概還有五名受試者，有些仍在睡覺，有一個人則是坐在小床上，一名研究生助教——年約二十五歲，完全正常的研究生助教——正在詢問他問題，一邊在文件夾板上做筆記。受試者像是說了什麼好笑的事，因為兩人都笑了——就是身邊有人在睡覺時，人們會壓低音量的那種體貼輕笑。

安迪坐起來，上下檢視自己的狀況，感覺沒什麼問題。他嘗試笑了笑，發現很正常。他的肌肉伸展平順，他覺得熱切、精神抖擻，每一種感知都敏銳犀利，還有一點天真無邪。他想起小時候有過這樣的感覺，星期天早上醒來，知道他的腳踏車立著支架斜斜停放在車庫；同時感覺到眼前的週末有如夢想的嘉年華，可以自由飛馳。

一名研究生助教走過來問：「安迪，感覺如何？」

安迪看著他，對方就是替他注射的那個人——那是什麼時候的事？一年前？他的手掌撫過臉頰，聽見鬍碴沙沙作響。「我感覺就像李伯大夢一樣，一睡二十年。」他說。

研究生助教微笑。「只有四十八小時，不是二十年。你真實的感覺如何？」

「沒事。」

「一切正常？」

「不管這是什麼意思，但沒錯，正常。羅夫呢？」

「羅夫？」助教揚起眉毛。

「對，羅夫．巴瑟。年約三十五歲，身材高大，沙色頭髮。」

助教淺笑，「他是你作夢夢到的吧。」

安迪不太確定地看著助教，「我什麼？」

「你作夢夢到的，是你的幻覺。我唯一認識和命運六號各種測試有關的羅夫是，達頓製藥的代表羅夫．史坦翰，而且他已大約五十五歲了。」

安迪注視這名助教好一陣子，不發一語。羅夫是幻想出來的人？嗯，或許是吧。迷幻藥劑的夢境中必定有妄想的成分；安迪似乎想起自己認為羅夫是某種秘密探員，曾殺死各式各樣的人。他微微笑，助教也回以笑容……有點太過迅速了，他心想。還是這也是妄想？當然是這樣。

在安迪醒來當時已坐起身談話的那個人，現在一邊喝著紙杯裡的柳橙汁，一邊被護送到門外。

安迪小心翼翼地說：「沒有人受傷，對吧？」

「受傷？」

「呃——沒有人痙攣，是嗎？也沒有——」

研究生助教湊過來，一臉憂慮。「聽我說，安迪，希望你不要在校園散播這樣的言語，這可是會影響到溫勒斯博士的研究計畫。我們下學期還有命運七號和八號要測試，而——」

「發生什麼事了嗎？」

「有一個男孩出現肌肉反應，反應不大但疼痛劇烈。」助教說：「狀況不到十五分鐘就結束了，沒造成損害。只是現在周遭有種獵巫氛圍，結束徵兵、禁止大學儲備軍官訓練團（ROTC）、禁止陶氏化學公司徵人，因為他們製造凝固汽油彈……不斷小題大作，而我剛好認為這是相當重要的研究。」

「那個人是誰？」

「你知道我不能透露這一點。我要說的是，請記住你當時受到輕微致幻藥物的影響，不要分不清楚藥物誘導的幻想和現實，然後開始到處散播混為一談的狀況。」

「我可以這麼做嗎？」安迪問。

助教一臉困惑。「我看不出我們要怎麼阻止你，所有大學實驗計畫可說是任由志願者拿捏。我們很難指望區區的兩百美元，就讓你們簽下效忠宣誓，是不是？」

安迪覺得鬆了一口氣。如果這傢伙在撒謊，也真是做得太好了。那全是一連串的幻覺。在他旁邊的小床上，維琪開始有了動靜。

「好了，你怎麼樣呢？」助教笑問。「我以為我應該是要來問問題的啊。」

所以他就提問了。等到安迪回答完所有問題之後，維琪已完全醒來，看起來精神充沛、安詳平靜、容光煥發，而且對著他微笑。問題非常縝密，許多是安迪本身也想問的事。

那為什麼他會有他們全在粉飾門面的感覺呢？

14

那天晚上，安迪和維琪坐在聯合大樓小交誼廳的長沙發上，比對兩人的幻覺。

她絲毫不記得最困擾他的這件事：在聚集的白袍上方，一隻血淋淋的手疲軟地揮動，打到圖表上，然後又消失。而安迪同樣毫無印象對她最為生動逼真的事：一名留著長長金髮的男子，在她的小床邊架了一張和她視線齊高的折疊桌。他在桌上擺置一排大型骨牌，然後說：「維琪，推倒它們，全部推倒。」她順從地舉起手想要推倒它們，但那男人卻輕柔而堅定地把她的手按回胸前。「維琪，妳不需要用手。」他這麼說：「直接推倒它們。」所以她就注視骨牌，骨牌便一個接著一個倒下，一共約十二枚。

「這讓我感到非常疲累。」她告訴安迪，露出她嘴角微斜的獨特淺笑。「然後知道嗎，我不知怎地出現我們在討論越南的這個想法，我大概說了：『對，由此可證，如果南越倒了，就全倒了。』他微笑，輕拍我的雙手說：『維琪，妳何不睡一下？』所以我就睡了。」她搖搖頭。「但現在，這一切看起來都不像是真的。我想整件事一定是出於我的想像，或是我在完全正常的測試中，出現了幻覺。你不記得見過這個人，對吧？金髮及肩，個子高大的男子，下巴還有一小道疤痕？」

安迪搖頭表示沒有。

「但我還是不懂我們怎麼能出現**任何**同樣的幻想，除非他們研發出同時具有致幻和促進心靈感應的藥物。」安迪說：「我知道最近幾年，一直有這樣的說法……似乎是幻覺是否可以加強感知力……」他聳聳肩，接著露齒一笑。「卡洛斯．卡斯塔尼達[7]，當我們需要你時，你在哪裡呀？」

「是不是比較有可能是我們討論了同樣的幻想，然後忘記我們做過這件事？」維琪問。

他同意極有可能是這樣，但整個經驗還是讓他很不安。如同大家說的，這就是使用迷幻藥後的反效果。

他鼓起勇氣說：「我唯一真正確定的事是，我似乎愛上妳了，維琪。」

她緊張地笑了笑，親親他的嘴角。「安迪，這真好，但是——」

「但是妳有點怕我，也許是害怕所有男人。」

「可能是吧。」她說。

「我只想要妳給我一個機會。」

「你會有機會的。」她說：「安迪，我喜歡你，非常喜歡。但請記住我會害怕，有時候我就是……害怕。」她想要微微聳肩，結果反倒像在發抖。

「我會記住。」他拉她入懷，吻上她。她遲疑了一下，然後緊握住他的手，回吻他。

7. Carlos Castaneda（一九二五～一九九八），秘魯裔的美國作家暨人類學家，他的研究重點在於印第安人所使用的藥用植物。唐望系列為其知名作品，書中記載他拜印第安薩滿巫師唐望為師的經歷，但唐望其人的真實性後來頗受懷疑。

15

「**爹地！**」嘉莉尖叫。

世界在安迪眼前令人發暈地旋轉。林立在北大路兩旁的弧形鈉燈在他底下，地面卻在上方，讓他摔了出去。然後，他屁股著地，有如小孩子溜滑梯一般，滑下邊坡下半段，嘉莉在他下方無助地翻滾又翻滾。

哦，不，她就要滾進車流當中了——

「嘉莉！」他嘶啞地大喊，喉嚨和頭部跟著劇痛。「小心！」

然後她停住了。嘉莉蹲在緊急停車的狹道，一輛路過汽車的刺眼光線打在她身上，她啜泣著。過了一會兒，他沉沉咚的一聲，落在她身邊。這個撞擊聲順著他的脊椎直衝他的腦海，眼前的景象成疊影，兩個、三個，然後慢慢回歸穩定。

嘉莉蹲坐著，頭埋在雙臂之中。

「嘉莉。」他輕觸她的手臂。「親愛的，沒事了。」

「我真希望自己滾到車子前面！」她哭喊，語氣帶著自我厭惡的明顯憎恨，讓安迪一陣心痛。

「我活該這樣，因為我害那個男人著火了！」

「噓。」他說：「嘉莉，妳用不著再去想那件事了。」

他抱著她，車子呼嘯經過他們身旁。任何一輛都可能載著警察，到時一切就結束了；但在現下這個時刻，那幾乎像是一種解脫。

她的啜泣聲慢慢平息下來。他了解到，這部分因為是她累了。同樣的原因也讓他頭痛惡化，超過尖叫的程度，讓不堪回首的記憶湧現。要是能夠找個地方躺下來就好了……

「嘉莉，妳站得起來嗎？」

她慢慢起身，抹去最後的淚水。她的臉蛋像是黑暗中蒼白的小月亮。看著她，他感覺到刺痛的內疚。她應該在一棟貸款逐漸付清的房子裡，摟著泰迪熊，舒適地窩在床上，準備明天上午回到學校，為上帝、國家及二年級而奮戰。但是，她卻在凌晨一點十五分，站在紐約北部付費高速公路岔道的緊急停車狹道上，處於逃亡途中，為著從父母身上承繼的東西——就跟清澈的藍眼睛那樣她無法自行決定的東西——而心中滿懷罪惡感。要怎麼對七歲小女孩解釋說，爹地媽咪曾經需要兩百美元，那些人告訴他們不會有事，結果卻是謊言連篇呢？

「我們要招一輛便車。」安迪說，分不清自己摟著她的肩膀是要安慰她，還是在支持自己。「我們會找一家旅舍或汽車旅館，睡上一覺，然後再考慮接下來怎麼辦，妳覺得好嗎？」

嘉莉沒精打采地點點頭。

「好。」他說完就舉起拇指攔車。路上車子毫未留意，紛紛飛馳而過，而不到兩英里外的地方，綠車已重新上路。安迪對此一無所知，他煩擾的思緒已回到在聯合大樓和維琪共度的那個晚上。她住在學校宿舍，他送她回去，並在雙扇大門外的臺階前，再次領略她的唇，而這名仍是處子的女孩猶豫地摟住他的脖子。他們還年輕，天哪，他們當時還很年輕。

汽車呼嘯經過，嘉莉的髮絲在每道氣流間揚起又落下，而他想起十二年前那個晚上後來發生的事。

16

目送維琪返回宿舍後，安迪穿過校園，前往公路，準備搭便車返回城裡。

儘管他只感覺到五月的風兒輕輕撫過他的臉龐，它卻強力穿過購物中心旁邊的榆樹，彷彿一道隱形河流穿梭在他上方的天空，而他只感覺到其中最微小最遙遠的漣漪。

傑森葛奈大樓在他返家的途中，他在這棟黑沉沉的巨大建築前停下腳步。大樓周遭樹木的新綠在風兒形成的隱形河流中，彎著枝椏起舞。一股寒意從他的背脊蠕動而下，來到腹部，讓他微覺冰冷。儘管當晚天氣溫暖，他還是打了寒顫。大銀幣似的月亮乘著逐漸變大的雲朵木筏，彷彿鍍金的龍骨船乘風駛過黑暗的空中河流。大樓窗戶映出月光，有如令人不快的漠然眼睛，怒目而視。

這裡發生過事情，他心想，**不是他們告訴我們或引導我們相信的那些事，到底是什麼事呢？**

他在腦海中，再次見到那隻血淋淋像是溺水求救的手——只是這一次，他看到它打到圖表，留下逗號形狀的血跡……然後圖表唰的一聲捲上去。

他走向大樓。真是瘋了，他們不會讓你在晚上十點過後進去教室，而且——

我好害怕。

是的，就是這樣。太多讓人不安的模糊記憶，說服自己這只是幻想又太過簡單，維琪已經準備這麼接受。一名受試者挖出自己的眼球，有個女孩尖叫說寧願死掉，說是死掉也比這件事好，即使這意味要下地獄，接受永世的烈焰燃燒。還有人心臟驟停，被令人不寒而慄的專業技能，匆匆移出去。因為，安迪老弟，讓我們面對它吧，想到心靈感應不會嚇到你；嚇到你的是，想到這些事可能真的發生過。

他踩著喀噠作響的鞋跟，走向大型雙扇門前，試了試門把。門鎖住了，他看得出門後大廳空無一人。安迪敲敲門，看到有人從陰影中走出時，他幾乎想要逃跑。他幾乎想要逃跑是因為，從這些游移的陰影現身的面孔可能是羅夫．巴瑟，或是金髮及肩、下巴有疤痕的高大男子。

但都不是，來到大廳門口，打開門鎖，探出不滿面孔的人是一個典型的大學警衛：六十二歲，臉頰和額頭布滿皺紋，警惕的藍眼睛因為貪杯而充滿黏液，他的腰帶掛著一個大時鐘。

「大樓關了！」他說。

「我知道。」安迪說：「但我參加了七十號教室今天上午結束的實驗——」

「不重要！大樓在週末晚上九點後不開放！明天再來！」

「——我想我把手錶忘在那裡了。」安迪說，但他其實沒有手錶。「嘿，怎麼樣，就讓我迅速去看一眼？」

「我不可以這麼做。」守夜人說，但奇怪的是，他的語氣突然變得不是那麼肯定。

無論如何，安迪對這件事沒有多想，只是輕聲說：「你當然可以，我只看一眼，就不會礙著你了。你甚至不會記得我來過這裡，對吧？」

他的腦子裡忽然有一種詭異感覺：就好像他探出去，**推了**這名年老的夜班警衛，只不過不是用雙手，而是用他的腦子。警衛確實遲疑地往後退了兩、三步，讓出大門。

安迪走進大樓，心中有些在意。他的頭腦突然一陣刺痛，接著變成輕微的抽痛，後來抽痛持續了半小時才消失。

「喂，你還好嗎？」他問警衛。

「啊？當然，我沒事。」警衛不再懷疑，並對安迪露出一個全然友好的微笑。「如果你想要的話，就上樓去拿你的手錶吧。慢慢來，我可能甚至不會記得你來過這裡。」

說完後，他就走開了。

安迪不敢置信地看著他，心不在焉揉揉額頭，像是要緩解那裡的輕微疼痛。他到底對這個老傢伙做了什麼呀？可以肯定的是，**一定有什麼事**。

他轉身走向樓梯，開始爬上階梯。樓上走廊漆黑又狹窄；難以擺脫的幽閉恐懼感悄悄包圍住他，像是隱形的狗頸圈緊迫了他的呼吸。在高處，大樓伸向風兒形成的河流，氣流溜過屋簷底下，細聲尖叫。七十號教室的大門是雙扇門，門板上半部嵌著兩片正方形的顆粒紋路霧玻璃。安迪站在門外，傾聽風兒吹過老舊的屋簷排水溝和落水管，惹得積年的褪色枯葉沙沙作響。他的心臟在胸腔裡重重跳動。

當下他幾乎就想走開；突然間，不要知道，就直接忘記，似乎比較簡單。然後，他抓住門把，告訴自己沒什麼好擔心，反正這該死的教室可能鎖住了，那就謝天謝地了。

只是，門沒鎖。門把輕鬆地轉動，門開了。

教室空無一人，唯一的照明來自外面的月光，它穿過老榆樹搖曳的枝椏，透了進來，時暗時明。這樣的光線已足以讓他看到小床已經不在了，黑板擦得一乾二淨，還用水洗過。那張圖表像遮光簾般捲起，只有拉繩懸垂下來。安迪走向它，頓住一會兒之後，他伸出略略顫抖的手，拉下它。

大腦結構圖；人腦端上桌，有如屠夫的圖表標上符號。光是見到它，就讓他再次感受到那種致幻藥引起的幻覺，像是ＬＳＤ後遺症閃現。這可不好玩，讓人暈眩作嘔，他的喉嚨逸出一聲細緻如蛛網銀絲的呻吟。

血跡就在那裡，一個黑色逗號呈現在令人不安的月光下。在這週末實驗之前，原本無疑標示著「胼胝體」的圖例，現在已成了「胼體」，逗號形狀的血跡擋在中間。

這麼一件小事。

這麼一件大事。

他站在黑暗中，盯著它，開始真正地顫抖起來。這表示有多少事情是真的？一些？大部分？全部？還是以上皆非？

身後傳來一個聲響，還是他自以為聽見：有人悄悄接近，鞋子嘎吱一聲。

他的雙手猛然顫動，一隻手打到圖表，造成同樣的可怕拍擊聲。圖表唰的一聲捲上滾筒，聲音在漆黑的教室中顯得尤其嚇人。

染上月色的遠端窗戶發出敲擊聲；是樹枝，也可能是淌著鮮血和眼球組織的死人手指：**讓我進來，我把眼球留在裡面了，哦，讓我進來讓我進來**——

他在慢動作的夢境裡，轉過身來，一個 Slomo 的夢境，他確信外面是那個男孩，一個披著白袍的靈魂，原本的眼睛現在成了滴淌鮮血的黑洞。安迪的心臟簡直就要跳了出來。

沒有人在那裡。

沒有**東西**在那裡。

但他已經嚇破膽，當樹枝再次開始不斷敲擊，他拔腿就跑，忘了順手拉上教室的門。他跑過狹窄的走道，忽然間腳步聲**真的**在追逐著他，是他跑動的回聲。他兩步併作一步跑下樓，衝過大廳。他氣喘吁吁，血液湧上太陽穴，喉嚨裡的空氣有如割下的乾草，讓人刺痛。

警衛不在附近。安迪離去，逕自關上大廳的大型玻璃門，然後像是逃亡者一般，偷偷溜進通往廣場的小徑，而他後來的確成了逃亡者。

17

五天後，安迪把非常不情願的維琪，拉到傑森葛奈大樓。她已經決定再也不去想那次實驗的事。她從心理系領了兩百美元的支票，存進銀行，打算忘記這筆錢的來源。

他發揮了尚未意識到自己擁有的口才，說服她同去。兩人在兩點五十分的下課時間前往，聽見海利森教堂在令人昏昏欲睡的五月天氣中，演奏著鐘琴。「光天化日之下，我們不會有事的。」他說，不太自在地拒絕澄清他到底在害怕什麼，即使面對自己的內心也一樣。「周圍有數十人在，不會有事的。」

「安迪，我只是不想去。」她這麼說，但最後還是去了。

兩、三個年輕人手臂夾著書，走出教室。陽光為窗戶灑上的色彩，相較於安迪記憶中如鑽石細塵般的月光，顯得單調。安迪和維琪走進教室時，其他學生也陸續進來，準備上三點鐘的生物研討會。其中一人輕聲向一對情侶認真說起，這週末即將舉行終結大學儲備軍官訓練團的示威遊行。完全沒有人注意到安迪和維琪。

「來吧。」安迪的聲音粗啞緊張。「看看妳會怎麼想。」

他抓住拉繩，拉下圖表。他們看到的是一個剝開皮膚的裸體男子，器官作出標示，肌肉像是一束束交織的紅色紡紗。有個風趣的人把他命名為愛抱怨的奧斯卡。

「天哪！」安迪說。

她抓住他的手臂，手心溫暖，帶著緊張的汗水。「安迪。」她說：「拜託，趁別人還沒認出我們之前，快走吧。」

是的，他準備走了。圖表被換掉的這件事，不知怎地比其他任何人都更讓他恐懼。他猛然拽下拉繩，然後鬆開，圖表同樣唰的一聲捲上。

不同的圖表，同樣的聲音。十二年後，他依舊能聽見那個聲響——若是他的頭痛容許的話。那天之後，他再也沒有踏進傑森葛奈大樓的七十號教室，卻還是熟知這個聲音。

他經常在夢中聽見它……並且見到那隻探求、溺水、血淋淋的手。

18

綠色汽車輕聲行駛在通往北大路入口引道的機場接駁道路，諾威爾．貝茲坐在駕駛座，雙手穩穩握在方向盤的兩點鐘和十點鐘位置。調頻廣播網收音機低聲傳來順暢的古典樂。他的頭髮現在已經剪短，並且整個往後梳，但是下巴那個半圓形的小疤痕卻依舊沒變——那是他小時候被粗糙可樂瓶子割傷的地方。維琪要是還活著，就會認出他。

「我們有個單位已經出動。」穿著 Botany 500 深藍西裝、名叫約翰．梅尤的男子說：「那傢伙是特約記者，同時為我們和國防情報局工作。」

「就是一個平凡的賤人。」第三個人說，三人全都發出緊張的激動笑聲。他們知道已經逼近，幾乎可以聞到血腥味。第三個人的名字是奧維．傑米森，但他比較喜歡別人叫他奧傑，更好是叫他「果汁」。他在內部通知上全部簽成奧傑，有一次他簽了「果汁」，而那混蛋的上校居然嚴厲訓斥他。並非只是口頭訓斥，而是登記在案的書面訓斥。

「你認為是在北大路嘍？」奧傑問。

諾威爾．貝茲聳聳肩。「他們不是在北大路，就是進了奧爾巴尼。」他說：「我把城裡旅館交給了那個地方鄉巴佬，因為這畢竟是他的地盤，是吧？」

「是。」約翰．梅尤說。他和諾威爾關係融洽，合作時間長久，最早可追溯到傑森葛奈大樓七十號教室，而要是有人問起**那件事**，我的朋友，那可是令人**毛骨悚然**。約翰永遠不想再經歷那麼令人毛骨悚然的事，他就是為那個心搏停止的學生，進行電擊的人。他曾是越戰早期的醫務兵，知道怎麼使用心臟除顫器——至少理論上了解。但實際上的使用卻不好，那孩子還是走了。當天有十二個孩子施打命運六號，兩人死亡——心臟驟停的那個男孩，以及六天後看來是因為急性腦栓塞，死於宿舍的一個女孩。其他兩人徹底瘋了——其中一人是弄瞎自己的那個男孩，另一個女孩後來頸部以下全身癱瘓。溫勒斯說這是心理因素造成，但他媽的誰知道呢？好喔，那真是一個美妙的工作日。

「那個地方鄉巴佬帶著他太太一起來了。」諾威爾說：「她在找孫女，她兒子帶著小孫女跑掉了。令人厭惡的離婚官司，就是這麼回事。除非必要，她不想報警，但她擔心兒子會發狂。如果她演得好，城裡每個夜班職員都會願意告訴她那兩人是否入住。」

「如果她演得好的話。」奧傑說：「但這些特約記者總是很難說。」

約翰說：「我們就快到最近的匝道了，是嗎？」

「對。」諾威爾說：「再三、四分鐘。」

「他們有足夠的時間到那裡嗎？」

「如果他們拚命走就可以，或許我們可以載到在邊坡攔便車的他們，或者他們可能走捷徑，翻過邊欄到緊急停車道。不管哪樣，我們都只要沿路行駛，直到遇上他們。」

「老兄，你要到哪裡？上車吧。」果汁說，隨後哈哈大笑。他左臂下方的肩背槍套中有一把他暱稱為「追風」的點三五七麥格農手槍。

「諾威，如果他們已搭到便車，我們可就倒楣了。」約翰說。

諾威爾聳聳肩。「算算可能性吧，現在是凌晨一點十五分，由於交通管制，車流量會比往常少。商人先生如果看到帶著小女孩的大個子想搭便車，他會怎麼想呢？」

「他會認為這很不對勁。」約翰說。

「那我們就可以收到重大訊息了。」

果汁再次大笑。前方標示北大路匝道出口的紅綠燈在黑暗中閃動，果汁的手放上追風的胡桃木槍柄，以防萬一。

19

廂型車駛過他們身邊，掀起一道冷風回流……然後它的煞車燈明亮地閃動，車子轉進大約前面五十碼處的緊急停車道。

「謝天謝地。」安迪輕聲說：「嘉莉，交給我來說。」

「好的，爹地。」她毫不感興趣地說，眼睛下方出現黑眼圈。廂型車在他們走向它時，跟著倒車。安迪感覺他的頭彷彿慢慢腫脹的鉛製氣球。

車身畫著一千零一夜的場景——哈里發、戴著面紗的少女，以及飛天魔毯。這地毯無疑該是紅色的，但在高速公路鈉燈的光線中，卻呈現如血液乾涸後的深褐色。

安迪打開客座車門，抬起嘉莉讓她上車，他再跟著就座。「先生，多謝。」他說：「你救了我們一命。」

「我的榮幸。」司機說：「嗨，小小陌生人。」

「嗨。」嘉莉小聲回應。

司機檢視後照鏡，逐漸加速駛過緊急停車道，然後切進行車線道。安迪瞄過嘉莉微微低垂的頭部，心中出現一絲的罪惡感：當他本人看到有人站在路肩舉拇指攔便車，眼前的司機正是他往往會置之不理的那種年輕人類型。他高大卻削瘦，濃密的黑鬍子捲曲到胸前，戴著一頂大毛氈帽，這帽子就像用來拍攝肯塔基鄉間情仇的電影道具。他嘴角叼著一根看似自製的捲菸，香菸冉冉升起煙霧。從氣味看來，它只是香菸；沒有大麻的甜味。

「兄弟，你要去哪裡？」司機問道。

「往前第二個城鎮。」安迪說。

「哈斯汀谷？」

「沒錯。」

司機點點頭。「我猜，你們在躲著什麼人。」

嘉莉緊張起來，安迪伸手安撫，他輕輕撫摸她的背，直到她再次放鬆下來。他聽得出司機的語氣沒有惡意。

「機場有個遞送傳票的司法人員。」

司機咧嘴一笑，他的笑容幾乎完全隱藏在濃密的鬍子底下。他摘下香菸，巧手把它恰好置放在半開的排煙窗外，讓風吹著它，風兒頓時大口吞沒了它。

「我猜是跟我們這位小陌生人有關。」他說。

「差不多。」安迪說。

司機沉默下來。安迪往後靠，努力應付他的頭痛。它似乎已經來到最後的高亢尖叫，以前可有這麼嚴重過？很難說。每當他過度使用，感覺就像是前所未有的糟糕。要再一個月，他才敢再使用推力。他知道再往前兩個城鎮還不夠遠，但今晚他最多只能做到這樣。他的身體隨著車子傾倒。哈斯汀谷一定要可以。

「兄弟，你選誰？」司機問他。

「啊？」

「世界大賽，聖地牙哥教士隊進世界大賽，你怎麼看？」

「還差得遠呢。」安迪附和。他的聲音像是來自遠方，像是海面下傳來的鐘聲。

「兄弟，你還好嗎？你看起來臉色發白。」

「頭痛。」安迪說：「偏頭痛。」

「壓力太大了。」司機說：「我看得出來。你要住旅館嗎？需要現金嗎？我可以給你五美元。真希望可以多給你一點，但我要去加州，得仔細用錢，就像《憤怒的葡萄》中的約德一家那樣。」

安迪滿懷感激地微笑。「我想我們沒問題的。」

「很好。」他瞄著已經睡著的嘉莉。「兄弟，她真是漂亮的小女孩，你有好好看顧她嗎？」

「全心全意。」安迪說。

「很好。」司機說：「就跟歌名一樣。」

20

哈斯汀谷不過是路上一個較寬闊的地方；在這個時候，鎮上所有交通號誌全都變成閃動燈號。頭戴鄉村毛氈帽的大鬍子司機載著他們下匝道，穿過這沉睡的城鎮，沿著四十號公路來到睡鄉汽車旅館。紅木建築，背後是收割後玉米田的莖梗殘枝，粉紅色的霓虹燈招牌在黑暗中閃動著已連不成字的「空房」。嘉莉愈睡頭愈偏向左邊，直到躺在司機穿著藍色牛仔褲的大腿上。安迪提出要幫她換姿勢，但司機搖搖頭。

「兄弟，沒事的，讓她睡吧。」

「可以在再過去一點的地方，讓我們下車嗎？」安迪問，他現在很難思考，但這種謹慎態度幾乎直覺地出現。

「不想讓夜班職員知道你沒開車？」司機微笑。「當然沒問題，兄弟。但是像這樣的地方，就算你踩著單輪腳踏車進去，他們也不會哼半聲。」廂型車的輪胎吱嘎吱嘎壓過碎石子路肩。「你確定用不到這五美元嗎？」

「我想還是會用到。」安迪不情願地說：「可以寫下住址給我嗎？我會寄還給你。」司機的咧嘴笑容又出現了。「我的住址是『運送中』。」他拿出皮夾說道：「但你可能會再次看到我快樂的笑臉，對吧？誰知道呢。兄弟，把林肯拿去吧。」

他把五美元的鈔票遞給安迪，安迪突然落淚——淚水不多，但他確實哭了。

「兄弟，別這樣。」司機親切地說，他輕碰安迪的頸背。「人生苦短，痛苦恨長，我們來到這世界上就是要互相幫助。吉姆．保森的漫畫哲學簡單來說，就是這樣。好好照顧這個小小陌生人。」

「好。」安迪拭著淚水說道。他把五元鈔票放進燈芯絨外套口袋。「嘉莉？親愛的？醒醒，再一下子就好。」

21

三分鐘後，嘉莉就昏昏欲睡靠在他身上，而他目送吉姆．保森開上一家打烊餐廳的前方道路，接著轉彎，然後再度經過他們身旁，朝著州際公路方向駛去。安迪舉起手，保森也舉手致意。畫著阿拉伯之夜的老福特廂型車車身映入眼簾，伊斯蘭神靈、大臣，以及一張神奇的飛天魔毯，夥伴，祝你在加州有好運道，安迪心想，然後兩人就回頭走向睡鄉汽車旅館。

「我要妳在外面等我，不要讓人看見。」安迪說：「好嗎？」

「好的，爹地。」一非常想睡的聲音。

他把她留在常綠灌木旁，然後走到旅館管理室，按下夜間門鈴。大約兩分鐘過後，一名穿著睡袍的中年男子出現，手中一邊擦拭著眼鏡。他打開門，什麼話也沒說就讓安迪入內。

「能不能給我左翼最後一個房間？」安迪說：「我的車子停在那裡。」

「每年這個時候，西翼房間**全部**任你挑。」夜班職員微笑露出一口泛黃的假牙。他給了安迪一張印刷的入住索引卡，以及一支印有商務用品廣告的筆。外面一輛汽車駛過，車燈靜悄悄地照來，再由明轉暗，逐漸離去。

安迪在入住卡上簽下布魯斯・羅塞爾的名字，布魯斯開的是一輛一九七八年份的雪佛蘭Vega汽車，紐約駕照，車牌號碼LMS 240。他看著「所屬單位／公司」的空格好一陣子，然後靈光一閃（以他疼痛的腦袋瓜所能想出來的程度），他寫下美國聯合自動販賣機公司，並且在付款方式寫下「現金」。

又一輛汽車行經門外道路。

職員按照姓氏順序搜尋，把入住卡歸檔。「一共是十七元五十分。」

「介意我給你零錢嗎？」安迪問：「我一直沒空去結算，就這樣拖著大概二十磅重[8]的硬幣到

8. 一磅大約等於零點四五四公斤。

處走，我最討厭鄉間的收幣業務了。」

「零錢一樣好用，我不介意。」

「多謝。」安迪伸手到外套口袋，手指把五元鈔票推到一旁，然後掏出一把二十五分錢、五分錢、十分錢的硬幣。他數了十四美元，再掏出更多零錢，湊足房價。旅館職員已按照面額把硬幣整齊分為一堆堆，然後掃進收錢抽屜的相應分格裡。

「知道嗎？」他關上抽屜，滿懷希望看著安迪。「如果你修理好我的香菸販賣機，我可以少收你五元的房價，那部機器已經壞了一星期。」

販賣機放在角落，安迪走過去，佯裝查看，然後走回來。「不是我們公司的產品。」他說。

「哦，該死，好吧。晚安，老兄。如果需要的話，衣櫃架上有備用毯。」

「好。」

他走出去，碎石子在他腳下吱嘎作響，在他耳中惡意地放大，聽起來像攪動著石子做成的麥片。他走到剛才放下嘉莉的灌木叢，嘉莉卻不見了。

「嘉莉？」

沒有回應。他不斷換手握住綠色塑膠牌拴著的房間鑰匙，兩手忽然都汗涔涔。

「嘉莉？」

還是沒有回應。他仔細回想，現在覺得在他填寫住房卡時經過的那輛車，似乎有放慢車速，或許它就是那輛綠色轎車。

他的心跳開始急促，往他的頭顱傳送了陣陣刺痛。他努力想著，要是嘉莉不見了，他應該怎麼做，但他無法思考，他的頭實在太痛了。他——

此時傳來一聲輕微的鼻息聲，從灌木叢深處傳來的鼻子呼吸聲。他非常熟悉的一個聲音，他直撲聲音來源，腳下碎石紛紛濺起。堅硬的灌木枝椏劃過他的雙腳，刮過燈芯絨外套的下襬。

嘉莉側躺在汽車旅館的草地邊緣，膝蓋收攏貼近下巴，雙手擺在膝蓋和下巴之間，熟睡當中。安迪閉上雙眼站了一會兒，然後搖醒她，希望這將是這漫漫長夜中，最後一次喚醒她。

她的眼皮翕動，然後抬起頭看他。「爹地？」她的聲音模糊，半夢半醒。「我按照你說的，不讓別人看見我。」

「親愛的，我知道。」他說：「我知道妳沒讓人看見。來吧，我們要上床睡覺了。」

22

二十分鐘後，兩人都躺在了十六號房的雙人床上。嘉莉呼吸均勻，睡得很沉；安迪仍醒著，但就快要墜入夢鄉，只是腦海裡的穩定撞擊聲仍攔著他，還有那些問題。

他們已逃亡了大約一年，這簡直讓人不敢置信，可能是因為它一直**不太像**是逃亡；當他們住在賓州波特市，經營減重課程時，也不像是逃亡。嘉莉在波特市上小學，如果你有工作，女兒又唸小一時，怎麼會是在逃亡途中？兩人在波特市差一點被逮到，不是他們特別出色（儘管他們非常頑強，這讓安迪極為恐懼），而是因為安迪出現關鍵的疏失——他居然容許自己暫且忘記他們是逃亡者。

現在，他再也不會犯下這種錯誤。

他們有多接近呢？還遠在紐約嗎？要是他能夠相信這一點就好了——他們還沒有拿到計程車司機的車號，還在追查司機。但比較有可能的是，他們已來到奧爾巴尼，像爬行在碎肉上的蛆一樣，不肯放過機場的每一吋地方。哈斯汀谷呢？或許上午就到了，也或許不會。哈斯汀谷離機場十五英里，用不著疑神疑鬼擾亂理智。

我活該這樣！我應該要滾到車子前面，因為我害那個男人著火了！

他自己的聲音回應說：**情況原本還可能更糟糕，可能會是他的臉。**

這些對話彷彿是鬧鬼房間中的聲音。

他想到別的事。他應該開著一輛 Vega，到了早上，夜班職員見到十六號房前面沒停著這款車子，會不會認定那位美國販賣機公司員工已經上路？還是他會調查一下？他現在對此無能為力，他真的疲憊不堪。

我想他有點奇怪，他看起來臉色蒼白，帶著病容，而且用零錢付帳。他說自己在販賣機公司工作，卻不會修理大廳的香菸販賣機。

鬧鬼房間中的聲音

他轉身側躺，傾聽嘉莉緩慢平穩的呼吸。他以為他們帶走她了，但她只是待在灌木叢更深處的地方，不讓別人看見。莎琳．蘿柏塔．麥吉[9]，嘉莉生於……呃，是直到永遠。**嘉莉，如果妳被他們帶走的話，我不知道自己會做出什麼。**

23

最後的聲音是來自六年前，他室友昆西的說話聲。

嘉莉當時一歲，當然，他們已經知道她和平常人不一樣。他們在她一週大的時候就知道了，維琪把她抱到大床上跟他們一起睡，因為如果把她留在嬰兒床，她的枕頭就會開始……呃，開始悶燒。那天晚上，他們就徹底收起那張嬰兒床，卻沒有說出他們的恐懼，這樣的恐懼太過巨大、太過奇怪，難以清楚說明白。枕頭會燙到讓她的臉頰起水泡，儘管安迪在藥櫃找到燙傷藥用凝膠，她還是幾乎整個晚上都在尖叫啼哭。第一年簡直像是在瘋人院，沒有睡眠，只有無盡的恐懼。奶瓶太晚給，廢紙簍就著火；還有一次是窗簾起火，要是維琪不在屋裡——

當她從樓梯上摔下來，終於促使他打電話給昆西。當時她已經會到處爬來爬去，而且非常擅長用雙手配合膝蓋爬上樓，再以同樣的方式後退下樓。那天安迪一直在照顧她；維琪和朋友外出，一起去逛街購物。她一直猶豫是不是要去，安迪幾乎必須把她直接推出門外。她最近看起來太費心力，太過疲倦了。她瞪大的眼神讓他聯想到在戰爭期間聽到的戰鬥疲勞症故事。

他當時在樓梯附近的客廳看書，嘉莉爬上爬下。樓梯上擺了一隻泰迪熊，當然，他應該先拿走它的，但是她每次上樓都會繞過它，他就放鬆了戒備——就像他因為他們在波特市貌似正常的生活，而放鬆了戒備。

第三次下樓時，她的腳纏到了泰迪熊，她就這樣咚咚咚摔到底下，既憤怒又恐懼，她號啕大哭。樓梯鋪著地毯，她連碰傷都沒有——上帝看顧醉漢和幼兒，這曾經是昆西的格言，而這也是他當天第一次想到昆西——不過，安迪還是衝過去抱起她，摟住她喃喃安撫，並且迅速檢查狀況，有無流血、手腳錯位或是腦震盪的跡象。這時——

他**感覺到**它穿過他——他女兒腦海中發出一道難以置信的無形死亡意念。這就像是夏天在月臺上站得太靠近軌道時，感受到從高速前進的地鐵而來的溫暖氣流。一陣輕柔無聲的溫暖空氣流過……然後泰迪熊就著火了。泰迪熊傷到嘉莉；嘉莉也要弄傷泰迪熊。火焰竄起，當它開始燒灼，

9. 嘉莉（Charlie）為莎琳（Charlene）的暱稱。

安迪一度就這麼從火舌間盯著泰迪熊的黑色鞋扣眼睛，火焰蔓延到泰迪熊翻落的樓梯地毯處。

安迪放下女兒，衝去拿電視附近牆上的滅火器。他和維琪並未談論過女兒的能力——有好幾次安迪想要談，維琪卻不想聽；她以歇斯底里的頑強態度迴避這個話題，說嘉莉沒有問題，**完全沒有問題**——但是滅火器在未經討論的情況下，悄悄出現了，幾乎就像春夏之交悄然現身的蒲公英。他們沒有討論過嘉莉的能力，但家裡到處都是滅火器。

室內傳來地毯燃燒的刺鼻氣味，他急急抄下滅火器，衝到樓梯處……而他居然還有時間想到小時候看過的〈這是美好的生活〉，這是小說家傑若明．畢斯拜所寫下的故事，故事描述一個小孩以精神恐怖控制他的父母，像是上千種死法的噩夢，而意想不到的是……意想不到的是不知道這小孩什麼時候會發狂……

嘉莉坐在樓梯底部放聲大哭。

安迪猛烈扭動滅火器的握把，把泡沫噴向擴散的火焰，努力滅火。他拾起泰迪熊，它絨毛上沾染的泡沫有些呈點狀散布，有些已結成塊，他把泰迪熊拿到樓梯底部。

他痛恨自己必須這麼做，但出於原始本能，他知道非這麼做不可，必須劃下界限，必須學會教訓，他幾乎直接把泰迪熊推到嘉莉尖叫、害怕、淚水交錯的臉蛋上。**哦，你這可惡的混蛋，**他絕望地這麼想著，**你何不直接走去廚房拿出一把削皮刀，往兩邊臉頰各劃上一刀，這樣替她做記號。**他立即把握住這一點，傷疤，對，這就是他必須做的事，讓他的孩子留下傷疤，在她的靈魂上烙印傷疤。

「妳喜歡泰迪熊這個樣子嗎？」他怒吼。泰迪熊燙傷了，泰迪熊燒黑了，它在安迪手中仍然像冷卻中的煤炭一樣熱。「嘉莉，妳想要把泰迪熊燒光光，然後再也不能跟它玩嗎？」

嘉莉皮膚慘白，布滿熱紅的印子，她嚎著淚水哭號：「爹！泰！泰！」

「對，泰迪。」他嚴肅地說：「泰迪全燒焦了，嘉莉。妳燒了泰迪，如果妳燒了泰迪，就可能燒了媽咪、爹地。聽好……**妳絕對不能再這麼做！**」他湊近她，但還不抱她，也不碰觸她。「妳絕對不能再這麼做，因為**它是壞東西！**」

「**爹——**」

他再也不忍心讓她更加傷心，不忍心給她更多的恐怖和恐懼。他抱起她，擁她入懷，來回走動，直到——過了非常久的時間——她的啜泣聲慢慢緩和成了抽噎和胸部抽動。等他看向她，發現她的臉頰枕在他的肩膀上，已經睡著了。

他把她放在沙發上，走去廚房，拿起話筒打電話給昆西。

昆西不想談。那一年是一九七五年，他為一家大型飛機公司工作。他每年都會耶誕卡寄給麥吉闔家，隨著卡片寄來的短箋上，他描述自己的工作是負責安撫的副總裁。製造飛機的人有了問題時，就會來找昆西。昆西會協助處理他們的問題——像是感覺格格不入、認同危機，可能還有工作讓他們覺得自己不像人——這樣他們就不會回到生產線，把零件放在不該放的地方。這樣就不會摔飛機，世界也會繼續為民主維持安全。這份工作讓昆西年薪三萬兩千美元，比安迪多賺一萬七千美元。「而且我毫不內疚。」他曾經這麼寫道：「幾乎隻手撐起美國一片天，我覺得這樣的薪水還很微薄哩。」

這就是昆西，一如既往有趣嘲諷。只是當安迪把女兒放在沙發上睡覺，聞著泰迪熊燃燒和地毯燒焦的氣味，從俄亥俄打電話給他時，他卻沒有表現出有趣的態度。

「我聽說過一些事。」昆西發現安迪非得要打探到消息，否則絕不放過他時，終於開口說：「老朋友，但會有人監聽電話，這是水門案的世代。」

「我很害怕。」安迪說：「維琪很害怕，嘉莉也很害怕。昆西，你聽說過什麼？」

「很久以前有一個共十二人參加的實驗。」昆西說：「大約六年前，你記得那個實驗嗎？」

「我記得。」安迪嚴肅地說。

「但十二人沒有全部留下，我上次聽到的是只剩下四人，而其中兩人結為夫妻。」

「是。」安迪說，但他內心深處愈來愈覺得恐怖。只剩下四人？昆西在說什麼？

「我了解的是，其中一個人不用實際接觸，就能彎曲鑰匙或關上門。」昆西聲音細微，它透過兩千英里的電話線前來，透過交換站、透過開放式轉繼站、透過內華達、愛達荷、科羅拉多、愛荷華的接線盒而來。有上百萬個地方可以竊聽昆西的聲音。

「所以呢？」他竭力保持聲音平穩。他想到維琪，她有時候不用靠近，就能夠打開收音機或關上電視——而維琪甚至沒意識到自己做了這些事。

「哦，沒錯，他是真實的。」昆西說：「他是——要怎麼說呢？——記錄在案的案例。如果他太常做這些事的話，就會頭痛，但是他辦得到。他們把他關在一個小房間，他打不開那裡的門、彎不了那裡的鎖。他們對他做實驗，他彎曲鑰匙，關上門。而就我所知，他已經快要發瘋了。」

「哦……我的……天哪！」安迪虛弱地說。

「他是為和平努力的一部分，所以如果他發瘋了也沒關係。」昆西繼續說道：「他精神失常，但兩億兩千萬美國人民卻可以保持安全和自由，你了解嗎？」

「至於結了婚的那兩個人呢？就他們所知，沒有不尋常的地方。他們平靜地住在像俄亥俄這樣的美國中部州區，或許一年會查看他們一次，了解他們是否可以不碰觸物體就能彎曲鑰匙或關上門，還是會在地方上為肌肉失養症舉行的後院嘉年華會，表演一些小小的心靈感應。幸運的是他們都辦不到這些事，是不是，安迪？」

安迪閉上眼睛，聞到布料的燒焦氣味。有時候，嘉莉會拉開冰箱門，往裡面看看之後就爬走。

如果維琪在燙衣服，她會看一眼冰箱門，門就會關上——而維琪根本沒意識到自己做了什麼奇怪的事。有時候是這樣，但也有的時候似乎不管用，她就會放下手中整燙的衣服，親自去關上冰箱門（或是關上收音機、打開電視）。維琪沒辦法彎曲鑰匙、讀取心思、飛翔、點火或是預測未來。她只是有時候可以從房間的那一頭關上門，就只是這樣。有時候，在她做了幾回這樣的事之後，安迪注意到她會抱怨頭痛或胃不舒服。安迪不知道這是否是一種生理反應，或是某種潛意識的牢騷警告。她做這些事的能力在生理期似乎稍微增強。如此的小事，如此經常出現，讓安迪開始把它們視為正常。至於他自己……呃，他可以「推動」人們。這個能力沒有確實名稱，或許催眠誘導是最接近的說法。而且他沒辦法時時施展，因為這會造成頭痛。大部分的日子中，他可以徹底忘掉自己並不完全正常，忘記從傑森葛奈大樓七十號教室那天過後，自己就再也不是完全正常。

他閉上眼睛，眼皮內部的黑暗區域再次浮現逗點形狀的血跡，以及不成字詞的「胼體」。

「是的，真是幸運。」昆西繼續說，彷彿安迪剛才認同了他的說法。「否則，他們可能會把兩人放進兩個小房間，為維持兩億兩千萬美國人的安全和自由，而全天候工作。」

「是很幸運。」安迪附和。

「至於那十二個人。」昆西說：「或許他們給了這十二人他們自己也不太了解的藥物。可能有人——某個瘋狂博士——巧妙地誤導了他們；也可能是他自以為誤導了他們，卻是他們巧妙地引領著他做下去。這件事並不重要。」

「對。」

「因此，這個藥物被施用在他們身上，可能造成他們的染色體有了些許變化，或是眾多變化，誰知道呢。也或許其中兩人結了婚，決定生個孩子，而或許這孩子繼承到的不只是媽媽的眼睛和爸爸的嘴巴。他們難道不會對這個孩子感興趣嗎？」

「我敢說他們一定會感興趣。」安迪說，他現在已經害怕到幾乎說不出話。他已經決定不告訴維琪他打過電話給昆西。

「這就好像你有檸檬，很好吃；然後你有蛋白霜，**那個**也很好吃，但當你把兩個東西加在一起，你拿到……一個全新口味的東西。我敢說他們會想看看那個孩子能做什麼，可能只想帶走孩子，把她放進小房間，看看她能不能幫助這個世界的民主更加安全。老朋友，我想我要說的就是這樣，還有就是……保持低調。」

24

鬧鬼房間中的聲音。

保持低調。

他在汽車旅館的枕頭上轉過頭，注視著熟睡中的嘉莉。**孩子，我們該怎麼辦呢？我們可以去哪裡而不被人打擾？這一切要怎麼結束呢？**

沒有聲音回答這些問題。

他終於睡著了。而在不遠處，一輛綠色轎車在黑夜中巡行，仍希望能夠遇上穿著燈芯絨夾克、肩膀寬碩的高大男子，以及一個身著紅褲綠上衣的金髮小女孩。

第2章 維吉尼亞州，朗蒙特：商店

1

兩幢漂亮的南方莊園式房屋隔著一片起伏的長形草地，對門而立。草地上縱橫交錯著幾條優雅的環形自行車道，以及從大馬路越過山坡而來的一條雙線碎石子車道。其中一棟房子的一側有一個大型穀倉，穀倉漆成鮮紅色，再以無瑕的白色勾勒出邊線。在另一棟房子附近是一排長形馬廄，漆成同樣美麗的紅底白邊。這裡飼養著一些美國南方最優秀的馬匹。穀倉和馬廄之間有一個寬闊水淺的鴨塘，靜靜的水面映著天空。

在一八六〇年代，兩幢房子的屋主離家，最後戰死沙場。如今，兩個家族的所有倖存者都已經過世。兩處房地產在一九五四年被合併成為一件政府財產，這裡就是商店的總部所在。

在一個晴朗的十月天——也是安迪和嘉莉搭乘計程車離開紐約，前往奧爾巴尼的第二天——戴著英式羊毛報童帽，眼神和藹、閃亮的一名長者，在上午九點十分騎著單車前往其中一棟房屋。檢查哨在他身後的第二個土丘，他方才經由電腦辨識系統確認拇指指紋後，穿過檢查哨而來。檢查哨在雙層帶刺鐵絲網裡面，外層鐵絲網有七呎高，每隔六十呎就掛著一面「警告！政府財產，圍網低壓通電」的標示。白天電壓的確很低；到了晚上，物業的發電機會把電壓提高到致命的強度，每天早上，就會有一隊五人的管理員搭著電動高爾夫球車，繞著電網拾起各種烤焦的屍體，兔子、鼹鼠、烏兒、土撥鼠，偶爾還有臭氣沖天的臭鼬倒地，有時甚至是一頭鹿。而有兩次，出現過人類，同樣也烤熟了。外層和內層的帶刺鐵絲網相距十呎，警衛犬不分晝夜繞著這圈圍網巡視基地，牠們的品種是杜賓犬，接受過遠離電網的訓練。在基地的每個角落都設有守衛塔，同樣由鮮紅色的穀倉木板搭建而成，並以白邊收框，配置的人員都是使用各種致命武器的專家。監視攝影機監控整個基地，而電腦時時掃描各攝影機所呈現的畫面。朗蒙特的設施安全牢固。

長者繼續騎著單車前進，對經過的人們微笑致意。一名戴著棒球帽的禿頭老人，牽著一匹小牝馬散步，他舉手高喊：「嗨，上校！今天天氣可真好呀！」

「好得讓人目瞪口呆。」騎單車的人贊成：「亨利，祝你有美好的一天。」

他騎到了北邊那棟房子的前面，下了單車，立好腳架。他深深吸了一口上午和煦的空氣，然後輕快地小跑步蹬上寬廣的門廊臺階，穿過粗實的多立克廊柱。

他推開門，走進寬敞的接待室。一名紅髮的年輕女子坐在櫃檯後方，前面攤開著一本統計分析的書籍。她一手按住正在看的地方，另一隻手放在抽屜，碰觸點三八的史密斯威森手槍。

「早安，喬西。」長者說道。

「嗨，上校，你今天有點晚到了，對吧？」漂亮的女孩子上班時做別的事總是可以得到通融；如果是杜安坐櫃檯，他就不會放過了。上校可不是婦女解放運動的支持者。

「親愛的，我的腳踏車齒輪卡住了。」他把拇指放上正確的凹槽，控制臺開始發出重重聲響，綠燈閃現，並且在喬西的面板上維持亮燈。「好了，妳要好好做哦。」

「好喔，我會小心的。」她調皮地說，然後蹺起了腳。

上校大笑，往走廊走去。她目送他離開，略略思忖剛才是否應該提醒他，二十分鐘前，那位令人毛骨悚然的老頭溫勒斯過來了。她料想，他很快就會知道，然後嘆了一口氣。跟那樣的怪老頭談話，可真會搞砸美好一天的開始呀！不過她認為，像上校這樣位居重責的人，就是必須苦樂均嘗。

2

上校的辦公室在房子後方。一扇大型凸窗映入由草地、穀倉以及赤楊木半掩的鴨塘所交織出的屋後壯麗景色。里奇．麥基揚跨坐在小型的曳引式割草機，正在草地行進途中。上校負手站在那裡凝視他好一陣子，然後才走向角落的咖啡先生滴落式咖啡機。他往標示U.S.N.（美國海軍）的杯子倒了一些咖啡，再加進奶精，然後回位子坐下，按下內部對講機。

「嗨，瑞秋。」他說。

「你好，上校，溫勒斯博士正在——」

「我知道。」上校說：「我**早已知道**，一進來就聞到那老賊的味道。」

「要我跟他說你今天太忙了嗎？」

「不用跟他說什麼。」上校斷然拒絕。「就讓他整個早上都坐在黃色會客室吧，如果他決定等下去，我想我可以在午餐前見見他。」

「是的，長官。」問題解決了——至少對瑞秋來說是這樣，上校略為憤憤不平想著。溫勒斯根本不算是她的問題，事實上，溫勒斯開始讓人為難。他已失去了作用和影響力，嗯，總還是有個毛伊圍地，然後還有雨鳥可以對付他。

想到這一點，上校心中微微顫抖……而他可不是容易顫抖的人。

他再次按下內部對講機：「瑞秋，再把麥吉所有的檔案給我，還有我十點半要見艾爾．史戴諾維茲，等我跟艾爾談完，如果溫勒斯還在，就可以讓他進來。」

「上校，知道了。」

上校往後坐，十指相抵，盯著對面牆壁那張喬治．巴頓的照片。美國陸軍上將巴頓兩腳張開站在坦克上方掀門，彷彿自認是約翰．韋恩的模樣。「如果你挺得住，人生可就困難了。」他對著巴頓的照片說，然後抿了一口咖啡。

3

十分鐘後，瑞秋用輪子聲音微小的圖書館推車，把檔案送過來。總共有六大盒文件和報告、四盒照片，還有電話內容手寫副本，麥吉家的電話從一九七八年就被監聽了。

「瑞秋，謝謝妳。」

「不客氣。還有，史戴諾維茲先生十點半會準時到這裡。」

「他當然會，溫勒斯死了沒？」

「恐怕還沒。」她微笑。「他只是坐在那裡，看著亨利遛馬。」

「一邊撕著他該死的香菸？」

瑞秋像學校小女生一樣捂住嘴，她笑出聲，然後點點頭。「他已經撕掉半包菸了。」

上校哼了一聲。瑞秋離開，他轉身查看檔案。這十一個月來，他已經從頭到尾看了這些檔案多少次？十多次？二十多次？他心中幾乎可以摘錄這些資料了。而如果艾爾判斷正確，他在這星期結束前，就可以檢測麥吉家這兩個存活的人了。這想法讓他的肚子出現灼熱的些微興奮感。

他開始隨意瀏覽麥吉的檔案，這邊抽張紙，那邊看個片段。這是他重溫狀況的做法。他意識性的大腦打空檔，潛意識則放在高速檔。他現在要的不是細節，而是掌握整件事。就像棒球員說的，他需要找到竅門。

這是溫勒斯本人寫的備忘錄，比較年輕的溫勒斯（哦，但那個時候大家全都比較年輕）在一九六八年九月十二日寫下的，其中一小段吸引了上校的目光：

……在這針對可控心靈現象的持續研究中，極其重要。更多的動物實驗會產生反效果（見附頁一），而正如我在今年夏天的小組會議所強調的，即使命運六號的威力只有我們猜想的一小部分（見附頁二）。對罪犯或行為異常人士進行實驗，都可能導致非常嚴重的問題。因此，我仍舊建議……

你仍舊建議在規劃過良好的失敗應變計畫後，給予對照組的大學生施打命運六號，上校心想。當時，溫勒斯的想法毫不含糊，的確沒有。他那時的格言就是，全速前進，落後者吃虧。十二人接受實驗，兩人死亡，一人在實驗當中，另一人在實驗過後不久死去。兩人徹底精神失常，也都身殘，一人失明，另一人遭受精神性癱瘓，目前兩人都被關毛伊圍地，他們將一直留在那裡，直到悲慘的生命結束。所以現在還有八人，其中一人一九七二年死於交通意外，這個車禍幾乎可以確定不是意外而是自殺。另一人一九七三年從克利夫蘭郵局頂樓跳樓，這個案例毫無疑問，他曾留下遺書說：「再也無法忍受腦海裡的畫面了。」克利夫蘭警方斷定這是自殺性抑鬱和妄想症。上校和商店則斷定它是命運六號的後遺症。如此一來，剩下六人。

還有另外三人在一九七四到一九七七年之間自殺，使得已知自殺案例達到四人，加上可能自殺案例，則是五人。你也許會說，這幾乎占受試者的半數。這四件確認自殺案例在使用槍枝、繩索或跳樓自殺之前，似乎完全正常。但誰知道他們一直承受著怎樣的煎熬？有誰真正了解？

這樣，就剩下三人。自從一九七七年，當休眠多時的命運六號計畫突然間再度變得炙手可熱之後，一名目前住在洛杉磯、名叫詹姆斯·理察森的人，便一直處於長期秘密監視之下。他曾在一九六九年參加命運六號實驗，在受到藥物影響期間，他像其他受試者一樣，示範過同樣令人驚訝的廣泛才能：念力、思想轉移，以及可能是當中最為有趣的展示——至少從商店的專業觀點來說——精神控制。

但如同其他人一樣，隨著藥效減退，理察森這些受藥物誘導的能力似乎就完全消失了。一九七一、一九七三和一九七五年的後續查訪中，一無所獲。就連溫勒斯也不得不承認此事，即使他是命運六號這個主題的狂熱分子。根據持續的電腦隨機讀數（自從麥吉事件之後，就不再那麼隨機了），不管是有意識或無意識，理察森毫無跡象顯示有在使用這些特殊能力。他在一九七一年畢業，透過無需精神控制優勢的一連串低階管理工作，往美國西部發展，現在就職於電勒明公司。

而且，他還是個他媽的同性戀者。

上校嘆息。

他們一直持續監視理察森，但上校個人則相信，這人已是失敗案例。現在剩下安迪·麥吉和他的妻子，商店和溫勒斯都沒有忽略兩人結婚的機緣巧合，溫勒斯開始轟炸大量備忘錄給總部，提議出自這個婚姻的任何後代，都要受到嚴密監視——可以這麼說，他太早打如意算盤了——而上校不只一次動過這樣的念頭，想要告訴溫勒斯，他們得知安迪·麥吉做了結紮手術，這一定會讓那個老混蛋閉嘴。後來溫勒斯中風，其實已毫無用處，只成了一個討厭鬼。

他們只進行過一次命運六號的實驗，結果卻是災難性，事後掩飾的工作涉及廣泛、全面……

而且昂貴。高層下達命令，無限期暫停更多實驗。上校心想，溫勒斯對於那一天以及他的遭遇，有許多可以尖叫的。不過，沒有任何跡象顯示，俄國人或其他世界強權對藥物誘導的超能力感興趣；高層作出結論，儘管有一些正面結果，命運六號還是死胡同。在查看它的長期結果後，曾致力這個計畫的一個科學家把它比喻成，在舊福特汽車放進噴射機引擎。好，它飛快前進……直到遇上第一個障礙。「再給一萬年的演化時間。」這位科學家說：「我們會再度嘗試它。」

部分的問題是在於，當藥物誘導的超能力來到最高峰，受試對象也處於神智不清的狀態，無法控制。而從另一方面來說，上級也快嚇得尿褲子了。掩飾一名探員的死亡，甚至是掩飾局外人因手術死亡，這是一回事；但掩飾因心臟驟停死亡的學生、另外兩名學生的失蹤，以及其他人歇斯底里和妄想的痕跡，可就是完全另一回事了。即使受試者的挑選資格之一是沒有親密的親屬，但他們還是都有朋友和關係人。其中承擔的費用和風險相當巨大，他們大概已付出七十萬美元的封口費，並至少制裁了一個人——就是挖出自己眼睛那個男孩的教父。他的教父就是不肯歇手，一直追根究柢。結果，教父追到的唯一地方是巴爾的摩溝渠底部，他在那裡的雙腳殘骸應該還綁著兩個水泥塊。

而且，其中很大一部分——該死的很大一部分——還是純屬幸運。

因此，命運六號就被束之高閣，只是仍會獲得年度預算的分配款。這筆錢是用來持續隨機監視倖存者，以免有狀況發生了——一些模式。

最終，一個模式出現。

上校在一個照片資料夾中翻找，找到女孩那張八乘十的光面黑白相片。照片攝於三年前，當時女孩四歲，就讀海利森自由托兒所。拍攝者從麵包車後座，以遠攝鏡頭拍攝，再放大裁切，把原本一張顯示在遊戲時間的眾多男孩女孩的照片，變成一個辮子飛揚、雙手握著跳繩把手，面露笑容的小女孩肖像。

上校多愁善感地看著這張照片好一陣子。溫勒斯在中風的餘波中，發現到恐懼；他現在認為小女孩必須受到制裁。而儘管溫勒斯目前屬於外部人士，卻還是有人認同他的意見，當中包括內部人士。上校非常希望不會走到這一步。他自己也有三個孫子，其中兩人的年紀幾乎就跟莎琳・麥吉一樣大。

當然，他們必須讓女孩和她爸爸分開，可能得永遠分離。幾乎肯定他也必須接受制裁……當然，這是要在他為他們效力之後。

現在是十點十五分，他按下對講機詢問瑞秋：「艾爾柏特・史戴諾維茲到了嗎？」

「長官，他現在剛到。」

「很好，請讓他進來。」

4

「艾爾，我想要你親自接手這次的收尾工作。」

「知道了，上校。」

艾爾柏特・史戴諾維茲個子矮小，臉色蒼白泛黃，頭髮十分烏黑；年輕時，他不時會被誤認為演員維克・喬里。上校和史戴諾維茲陸陸續續合作了快八年——事實上，他們是一起從海軍過來這裡——而對他來說，艾爾總是看起來即將住院臨終。除了禁菸的這裡，他經常抽菸抽個不停。他以緩慢莊重的步伐行走，這給予他一種奇特的尊貴感，而無法動搖的尊貴在任何人身上都是罕見的特質。上校看過第一處所有探員的病歷，知道艾爾柏特的尊貴步履只是假象；他罹患嚴重痔瘡，曾為此做過兩次手術。他拒絕接受第三次手術，因為這可能意味在他有生之年，他的大腿都得和結腸造口袋相處。他尊貴的步伐讓上校想起人魚公主的童話，想到她為了擁有雙腿所付出的代價。上校想像她的走路姿態一定也相當尊貴。

「你多快可以到奧爾巴尼？」

「離開這裡的一小時後。」

「很好，我不會耽擱你太多時間，那裡狀況如何？」

艾爾柏特交疊他微微泛黃的小手，然後放在一邊大腿上。「州警非常合作。所有離開奧爾巴尼的高速公路都設了路障，路障以奧爾巴尼機場為中心，呈同心圓狀放置，半徑達三十五英里。」

「你假定他們不會搭便車離開。」

「非得這樣想不可。」艾爾柏特說：「如果他們搭上便車，被載到兩百英里外的地方，我們當然就必須從頭來過，但我敢說他們還在這個圈圈裡。」

「哦，為什麼呢？」上校湊向前。艾爾柏特．史戴諾維茲無疑可能是除了雨鳥以外，商店編制中最好的探員。他聰明、直覺強，而且如果工作要求，也會冷酷無情。

「部分是預感。」艾爾柏特說：「部分是因為我們輸入對安迪．麥吉這三年生活的一切資料後，電腦所給予的答案。我們要求電腦挑出可能適用於安迪應有能力的所有模式。」

「艾爾，他的確有模式。」上校輕聲說：「所以這次行動才該死地需要小心處理。」

「對，他確實擁有。」艾爾說：「但電腦讀數透露，他的使用能力相當受限。如果過度使用，就會讓他生病。」

「我們正指望這一點。」

「他在紐約經營了一家店，內容大概是跟卡內基訓練相關。」

上校點點頭。安迪主持了「信心夥伴」，這個活動的訴求對象主要是個性膽怯的主管。這足以維持他和小女孩的生計，但也僅止於此。

「我們聽取過最後一組的情況。」艾爾柏特說：「他們共有十六人，分段支付學費——註冊時一百美元，聽了一半課程後，如果覺得這課程有幫助，再繳一百美元。當然，他們全都覺得有幫助。」

上校點點頭，麥吉的能力非常適合給予人們信心，他實際上是把他們**推向**信心。

「我們把他們對幾個關鍵問題的回答輸入電腦，這些問題大概是：在特定次數後，是不是對自己和信心夥伴課程的感覺變好？是否還記得上完信心夥伴課程後，接下來的工作日你自覺像是老虎？你是否——」

「感覺像是老虎？」上校問：「老天，你問他們是否感覺像是**老虎**？」

「電腦建議的用語。」

「好吧，繼續。」

「第三個關鍵問題是，參加信心夥伴課程後，是否曾在工作中取得任何具體及明顯的成功？因為人們容易記住他們加薪或被老闆拍背的日子，所以都能以最為客觀可靠的立場回答這個問題。他們非常樂意談論，上校，這讓我有點毛骨悚然。他的確做到他所承諾的事，十六人中，有十一人升職——**十一人**！其他五人中，有三個人是屬於規定時間內才進行升職的工作。」

「沒有人質疑安迪的能力。」上校說：「不再質疑了。」

「好，回到我們要談的問題。這是為期六星期的課程，從關鍵問題的答案中，電腦得出四個峰值日期……這些日子可能就是安迪以用力一推，補強了『如果你嘗試就辦得到』等尋常言詞。我們得到的日期是，八月十七日、九月一日、九月十九日……以及十月四日。」

「這證明什麼呢？」

「嗯，他昨晚推了那位司機，推得非常用力，那傢伙現在仍然覺得搖晃暈眩。我們認為安迪．麥吉翻倒了，生病了，可能動彈不得。」艾爾柏特平穩地看著上校，「電腦算出他死亡的可能性是百分之二十六。」

「什麼？」

「他以前曾過度使用能力，只能臥床休息。他對他的大腦造成了影響……天知道會是什麼，或許是造成他輕微出血，這會是漸進式的情況。電腦算出他死亡的可能性是四分之一強，可能是因為心臟病發作，或比較可能的是中風。」

「因為他還來不及養精蓄銳，又必須使用它。」

艾爾柏特點點頭，從口袋拿出一個裝在塑膠信封裡的東西。他遞給上校，上校看了看又還給他。

「這是什麼意思？」他問。

「沒什麼。」艾爾若有所思看著放在塑膠信封的這張鈔票。「只是麥吉用來支付計程車費的鈔票。」

「他從紐約搭到奧爾巴尼，只用了一美元鈔票？」上校拿回它，重新產生興趣盯著它。「計程車費一定要……怎麼回事！」他彷彿燙到手般，把裝在塑膠信封的鈔票甩在桌子上，然後往後靠，不斷眨動眼睛。

「你也是嗎？」艾爾說：「你看到了嗎？」

「老天，我不知道我剛才看到了什麼。」上校說著，伸手去拿他放制酸中和劑的陶盒。「剎那間，它看起來完全不像一美元鈔票。」

「但現在像？」

上校凝視鈔票。「當然像呀！這是喬治，哦，**老天！**」他猛然往後靠，力道太過用力，後腦勺幾乎撞到辦公桌後方的深色木鑲板。他看著艾爾。「這臉……像是瞬間變了一下，多了眼鏡之類的。是什麼戲法嗎？」

「哦，真的是絕妙戲法。」艾爾拿回鈔票。「我也看到過，只是現在已經沒有了。我想我現在已經適應它了……但我真的不知道是什麼緣故。當然，它不存在，只是某種不可思議的幻覺。但我甚至看出臉了，那是富蘭克林。」

「你是從計程車司機那裡拿到這張鈔票的？」上校問。他著迷地看著鈔票，等待它再次變化，但它依舊只是喬治．華盛頓。

艾爾大笑。「是呀。」他說：「我們拿走這張鈔票，給了他一張五百美元的支票，其實，他還多賺了。」

「為什麼？」

「富蘭克林不在五百美元的鈔票上，而是在一百美元，麥吉顯然不知道。」

「我再看看。」

艾爾把一美元鈔票遞給上校，上校幾乎整整兩分鐘盯著它不放。正當他準備還給艾爾時，它再次閃動——圖像混亂。但至少這一次，他感覺到這閃動絕對是在他腦海中，而不是在鈔票裡面，或是它的上面，或其他什麼地方。

「我再告訴你一件事。」上校說：「我並不確定，但我想鈔票上的富蘭克林也沒戴眼鏡。除此之外，它……」他隱去聲音，不知道怎麼說出想法。他想到了**詭異**這個名詞，但又拋開它。

「對。」艾爾說：「不管怎樣，效果逐漸消失當中。今天上午，我大概拿給六個人看，有兩個人覺得像是看到了什麼，但跟計程車司機以及他同居女友的情況不一樣。」

「所以你估計他這次推得太用力了？」

「對，我懷疑他是否還能堅持下去。他們可能會睡在樹林裡，或是投宿在偏僻的汽車旅館，也可能闖入這地區的夏季小木屋。但我認為他們就在附近，我們不用太費事，就可以抓到他們。」

「你需要多少人手？」

「我們已經有足夠人馬。」艾爾說：「加上州警，這個小小的居家派對就有七百多人參加。最高等級的優先任務，他們會挨家挨戶查訪。我們已經確認過最接近奧爾巴尼地區的每一家旅舍和汽車旅館，這有四十多家。我們現在要散開到附近城鎮，一個男人帶著一個小女孩……他們會跟疼痛的大拇指那樣藏不住。我們會抓到他們，或是如果他死掉了的話，就抓那個女孩。」艾爾柏特起身。「我想我該出發了，我希望塵埃落定時我會在現場。」

「你當然會的，艾爾，把他們帶回來給我。」

「好。」艾爾柏特說完便往門口走去。

「艾爾柏特？」

這位個子矮小、面容發黃不健康的人轉過身來。

「五百美元鈔票上的人物**到底**是誰？你有查過嗎？」

艾爾柏特・史戴諾維茲微笑。「麥金利總統。」他說：「被暗殺的那位。」

他走出去，隨手輕輕關上門，留下上校一個人苦思。

5

十分鐘後，上校再次按下對講機。「瑞秋，雨鳥從威尼斯回來沒？」

「昨天剛到。」瑞秋說，儘管她一副謹慎文雅的老闆秘書語調，但上校覺得像在其中聽出了厭惡感。

「他在這裡，還是在薩尼貝爾？」商店在佛羅里達的薩尼貝爾島有一處休整復原（R＆R）設施。

在瑞秋查看電腦時，對話出現了一陣停頓。

「在朗蒙特，昨天下午六點到的，可能因為時差還在睡覺。」

「找人叫醒他。」上校說：「我想在溫勒斯離開後，見見他……總是認為溫勒斯還在這裡，他在嗎？」

「十五分鐘前還在。」

「好……讓雨鳥中午時過來。」

「好的，長官。」

「瑞秋，妳是個好女孩。」

「謝謝你，長官。」她聽起來像是深受感動。上校喜歡她，非常喜歡她。

「瑞秋，讓溫勒斯博士進來。」

他往後坐，雙手交叉放在身前，心中想著，**自作自受**。

喬瑟夫·溫勒斯博士在一九七四年八月八日中風，跟理查·尼克森宣布辭去美國總統職位同一天。這是中重度腦部事故，而他的身體狀況一直沒有復原，就上校的意見，心理狀況也是如此。直到中風之後，溫勒斯對命運六號的實驗和後續狀況，才變得那麼堅定且執迷。

他拄著枴杖走進來，凸窗的光線射在他無框的圓形眼鏡上，使它們反射出空洞的強光。他的左手像是細長的爪子，左邊嘴角經常掛著冰川冷笑。

瑞秋越過溫勒斯的肩膀，滿懷同情看著上校，上校點頭示意要她離開。她從命，輕輕關上門。

「我們的好博士來了。」上校缺乏幽默感地說。

「現在進展如何？」溫勒斯說，嘟囔一聲坐了下來。

「機密。」上校說：「喬，這你是知道的，我今天能為你做什麼呢？」

「我看了這地方周遭的活動。」溫勒斯沒理會他的問題。「整個上午都坐冷板凳的情況下，我還能做什麼呢？」

「如果你不請自來——」

「你認為你們就要再次抓到他們了。」溫勒斯說：「不然那矮個子史戴諾維茲過來做什麼？嗯，或許會，或許如此。但你以前也這麼認為過，不是嗎？」

「喬，你想怎樣？」上校不喜歡別人提醒他們過去的失敗。他們其實抓到過那小女孩好一陣子，而當時涉及的人員現在仍無法正常行動，可能永遠也無法恢復正常。

「是我一直以來想怎樣？」溫勒斯說，身體伏在枴杖上面。哦，老天，上校心想，這老不休又要長篇大論了。「我為什麼還活著？是為了說服你們制裁那兩人，制裁詹姆斯·理察森，制裁在毛伊圍地的那些人。究極制裁，霍利斯特上校，刪掉他們，把他們從地球表面整個抹去。」

上校嘆氣。

溫勒斯用他爪子般的手，指指圖書推車說道：「看得出你剛剛又在翻這些檔案。」

「我幾乎都快背起來了。」上校微微一笑。他這一年來一直咀嚼命運六號；在這之前的兩年，它更是每一次會議議程上的固定事項，所以溫勒斯不是這裡唯一執迷於它的人。

不同在於，我這是有酬勞的，對溫勒斯則是嗜好，一個危險的嗜好。

「你看了，卻沒有看懂。」溫勒斯說：「我再試一次把你帶到真理的道路，霍利斯特上校。」

上校正想抗議，但想到雨鳥和中午的約會，神情就緩和下來，變得平靜，甚至帶著同情。

「好。」他說：「我蠢，你準備好就開砲吧。」

「你還是覺得我瘋了，就是一個瘋子，是吧？」

「是你說的，我可沒有。」

「你要記住我是第一個提議以麥角三酸展開試驗計畫的人。」

「我有時候真希望你沒有。」上校說。閉上眼睛，他還是可以看到溫勒斯那份長達兩百頁的計畫書，這是他針對最早命名為DLT，而後來參與的技術人員稱為「加強酸劑」，最後改為「命運六號」的藥物，所提出的第一份報告。上校的前任同意了最初的計畫；這位紳士在六年前已以最隆重的軍禮葬於阿靈頓。

「我只是要指出，我的意見應該有點分量。」溫勒斯說。他今天上午聽起來似乎很疲倦，語調緩慢而柔軟，但左邊嘴角那個扭曲的冷笑在他說話時依舊文風不動。

「我在聽。」上校說。

「就我看來，我是唯一還能跟你說上話的心理學家或是醫學人士。你的人變得盲目，只在意一件事，唯一的一件事：這個男人和這個小女孩對美國的安全有何意義……或許還包括未來的均勢平衡有何意義。從我們對這個麥吉的追蹤調查看來，他可說是溫和版的拉斯普丁[10]，他可以使……」

溫勒斯滔滔不絕說著，但上校略略有些失神。**溫和版的拉斯普丁**，他心想，真是華麗的文詞呀，他非常喜歡。他好奇要是透露電腦判定麥吉在逃離紐約市途中有四分之一的機率已制裁了自己，溫勒斯會說什麼呢？可能會欣喜若狂。而要是他拿那張奇怪的鈔票給溫勒斯看呢？他可能會再次中風，上校想著，一邊捂嘴隱藏笑意。

「那女孩才是我最擔心的事。」這句話溫勒斯跟他說了有二十次？三十次？四十次？「麥吉和湯林森結婚……這種千分之一的機會，應該不惜一切代價避免這種事，但誰能料想得到……」

「當時你可是全力支持的。」上校說，又冷淡加上一句：「我真的相信，如果有人要求你，你甚至願意負起在婚禮把新娘交給新郎的角色。」

「我們當時都沒意識到。」溫勒斯嘀咕。「中風之後才讓我明白，畢竟，命運六號只不過是一種人造的腦下垂體萃取物……一種效力極強的止痛及致幻劑，我們當時並不了解它，現在亦然。我們知道的是，至少百分之九十九確定的是，這個物質的自然對應物在某種程度上會引發超能力偶然閃現，這也就是幾乎所有人類不時會展現的那些力量，這些現象的範圍令人驚訝的廣泛：預知力、念力、精神控制、超常力量迸現，對於交感神經系統的暫時控制。你可知道幾乎在所有生理回饋的實驗中，腦下垂體都會突然變得過度活躍嗎？」

10. Rasputin（一八六九～一九一六），神秘主義人士，擅長催眠術，深受俄國最後沙皇尼古拉二世及皇后喜好，因對沙皇有過大影響，被暗殺身亡。

上校知道。溫勒斯跟他說過，以及隨後的無數次中都提過。但沒必要回答；溫勒斯的辭藻今天上午完全綻放，完全展開佈道模式。上校打算再聽最後一次，讓這個老傢伙上場打擊一次，對溫勒斯來說這已是九局下半。

「對，真是這樣。」溫勒斯自問自答。「它在生理回饋中活躍，在快速動眼期睡眠中活躍，而腦下垂體損傷的人很少正常作夢。腦下垂體損傷的人有極高的腦瘤和白血病發生率。是腦下垂體，霍利斯特上校。就生物演化來說，它是最古老的內分泌腺；並且在青春期早期，往血液注入數倍於本身重量的腺分泌。它是非常重要的腺體，非常神秘的腺體。如果我相信真有靈魂的話，霍利斯特上校，我會說它就存在於腦下垂體之中。」

上校嘟囔了一聲。

「我們了解這些事。」溫勒斯說：「如同我們了解命運六號不知怎地改變了實驗參與者的腦下垂體生理組成，即使是被你們稱為『不起眼的那個』的詹姆斯．理察森也有這樣的改變。最重要的是，我們從那女孩的情況還可以推論出，它也不知怎地改變了染色體結構……而且腦下垂體的改變可能是真性突變。」

「未知的Ｘ因子被傳遞下去。」

「不。」溫勒斯說：「霍利斯特上校，這是你沒有弄懂的許多事情之一。安德魯．麥吉在實驗後生活中成為Ｘ因子；維多莉亞．湯林森是另一種未知的Ｙ因子——同樣受到藥物影響，但和她先生的狀況不一樣。女性保有低度的念力；男性則有中度的精神控制能力。不過這小女孩……這小女孩，霍利斯特上校……她是什麼呢？我們並不真的了解，她成了Ｚ因子。」

「我們打算找出答案。」上校輕聲說道。

這時溫勒斯的兩邊嘴角都浮現冷笑。「你們打算找出答案？」他重複。「是，如果你堅持的話，你們當然可以……你這盲目、執迷不悟的笨蛋。」他閉起眼睛好一陣子，然後一隻手覆了上去。

上校平靜地看著他。

溫勒斯說：「你們已經知道一件事，她可以燃火。」

「對。」

「你們假設她繼承了母親的念力，事實上，你們深信這一點。」

「對。」

「在非常小的時候，她是完全無法控制這些……這些才能。我找不到更好的說法。」

「幼兒無法控制大小便。」上校說，舉出之前實驗使用的例子。「但等到孩子長大……」

「是，是，我很熟悉這種比喻，不過就算年紀較大的小孩也可能會有意外。」

上校微笑回答：「我們準備把她放在防火的房間裡。」

「牢房。」

上校笑容不變。「如果你想這麼說的話。」

「我告訴你一個推論。」溫勒斯說：「她不喜歡使用她擁有的這個能力，她非常害怕它，而這種懼怕是刻意灌輸給她的。我給你一個類似的例子，就拿我弟弟的小孩來說。家裡有很多火柴，弗萊迪想玩火柴，點燃後再甩熄，他會說『好漂亮，好漂亮』。我弟弟於是決定製造一種情結，準備狠狠嚇他一次，讓他永遠不敢再玩火柴。他告訴弗萊迪說火柴頭是硫磺，它會讓他的牙齒腐爛掉光，注視火柴點燃會讓他瞎了。最後，他把弗萊迪的手放到點燃的火柴棒上，灼傷它。」

「你弟弟聽起來真是高尚的人啊！」上校嘀咕。

「男孩手上的一個紅色小疤，總好過小孩待在燒傷病房、覆著水膠敷料，身體面積有百分之六十的三度燒傷。」

「更好的是，把火柴放在小孩拿不到的地方。」

「你可以讓莎琳．麥吉的火柴放在她拿不到的地方嗎？」溫勒斯問。

上校緩緩點頭。「你是說到了一個重點，但是——」

「霍利斯特上校，你問問自己：當這小孩還是嬰兒時，安德魯和維多莉亞．麥吉夫婦有了必然的連結之後，非得面對怎樣的狀況？奶瓶太晚來了，寶寶哭，同時間，跟她**一起在嬰兒床**裡的一個填充玩具冒煙。尿布溼了，寶寶哭，沒多久洗衣籃裡的髒衣服就自燃。霍利斯特上校，你看過紀錄，知道那屋子裡是什麼狀況。每個房間都裝有煙霧警報器和滅火器。霍利斯特上校，還有一次是她的**頭髮**；他們進入她的房間，發現她站在嬰兒床裡尖叫，而她的**頭髮**著火了。」

「是。」上校說：「這必定讓他們該死地緊張。」

「所以，他們給了她如廁訓練……也同時施以懼火訓練。」

「懼火訓練。」上校沉思。

「這只是表示，就像我弟弟和他兒子弗萊迪一樣，他們製造了一種情結。霍利斯特上校，你引用了如廁訓練的比喻，那就讓我們來檢視它一下。如廁訓練是什麼？這純粹就是製造情結。」

老人倏然發出令人震驚的高亢顫抖音調，像是女人在責罵幼兒的聲音。上校厭惡又訝異看著他。

「你這個壞寶寶！」溫勒斯大喊：「看你做了什麼好事！這好髒，寶寶，看看這有多髒，尿在褲子裡真的好髒！大人會尿在褲子嗎？尿在便盆，寶寶，尿在**便盆**裡。」

「別這樣。」上校一臉痛苦。

「這就是製造情結。」溫勒斯說：「如廁訓練的達成是藉由讓孩子的注意力集中在排便解尿上，如果執著的對象不同，這種方式會讓我們覺得有點病態。你可能會問說，灌輸在孩子的這種情結有多強烈？華盛頓大學的理查．戴蒙也有同樣的疑問，於是進行實驗以找到答案。他徵求五十名志願者，他讓他們不斷喝水、蘇打和牛奶，直到他們迫切需要解尿。過了一段時間，他們可以自便……如果他們願意尿在褲子的話。」

「這太噁心了！」上校大聲說道。他震驚反胃，這不是實驗，而是墮落演習。

「瞧，這情結是多麼深植在你的心靈中。」溫勒斯平靜地說：「在你二十個月大時，不會認為它有這麼噁心。當時，你想尿就尿了。如果有人把你放在教皇的膝蓋上，當你想尿也會直接尿下去。霍利斯特上校，戴蒙實驗的重點在於，他們大部分的人都**辦不到**。他們了解至少在這實驗中，平常的行為規範可以擱置一旁，而且他們每一個人都被安置在單獨隔間，至少就跟平常洗手間一樣有隱私……但是整整百分之八十八的人就是**辦不到**。不管生理需要有多強烈，父母灌輸給他們的情結仍舊勝出。」

「這只是無意義的漫談。」上校毫不客氣地說。

「不，它不是。我想要你思考一下如廁訓練和懼火訓練的類似處……以及一個重要的差別，就是達成前者訓練及後者訓練有顯著不同的**迫切性**。如果孩子如廁訓練進展緩慢，會有什麼後果？只是微不足道的不愉快，他的房間如果不通風可能會有異味，媽媽要洗衣物，等這些事做完，可能還得找清潔工來洗滌地毯。最糟狀況是，寶寶會經常長尿布疹，而這只有在寶寶肌膚非常敏感，或是媽媽懶於時時保持寶寶乾爽才會出現。但是，對有燃火能力的孩子來說，後果就……」

他的眼睛發出精光，左邊嘴角掛著冷笑。

「我對麥吉夫婦作為父母的表現給予高度評價。」溫勒斯說：「他們設法讓她做到了。我猜想他們很早就著手這件工作，比平常父母展開如廁訓練還早，甚至早於她開始爬行之前。『寶寶，不可以！寶寶，妳傷到自己了！不，不，不！壞女孩！壞女孩！壞──壞女孩！』

「但是，霍利斯特上校，你們自己的電腦讀數顯示，她正在克服她的懼火情結。她克服情結的條件令人稱羨，年紀還小，情結還沒有機會固著在歲月基座，變得跟水泥一樣堅固。而且她跟爸爸在一起！你可意識到這個簡單事實的重要性？不，你沒有。父親是權威人物，對女兒每一個執迷都握有精神控制能力。口腔期、肛門期、性器期；在這人格發展的每一個階段背後，父權都像是處於簾幕後方的影子人物。對女兒來說，父親有如摩西；所謂律法就是他的律法，她不知這是怎麼承傳下來，但就是要執行他的律法。他或許是世界上唯一可以移除這道障礙的人。霍利斯特上校，當灌輸給我們情結的人死亡時，無庸置疑也絕無……僥倖地，我們的情結往往會帶給我們最大創痛和精神痛苦。」

上校瞄了一下錶，發現溫勒斯已在這裡快四十分鐘了，但感覺像是好幾小時。「你要說完了嗎？我還有另一個約會──」

「情結消失時，會像是暴雨後大壩潰堤。」溫勒斯輕聲說：「我們見過一個亂交例子，她是十九歲的女孩，已有三百個情人。她身體的性病感染機率就跟四十歲的妓女一樣高，而她十七歲前還是處女，她爸爸是牧師，從小就一再告誡她婚內性行為是一種必要之惡；而婚外性行為則要遭譴責下地獄；性就是原罪。這樣的情結消失時，會像潰堤的水壩，剛開始是一、兩道裂縫，滲出涓涓細流，沒人留意。而按照你的電腦資料，這就是這小女孩目前的狀況。有跡象顯示，在父親的鼓勵下，她已開始使用她的能力來幫助她父親。等到情結倏地全部消失，就會噴出數百萬加侖的水，毀滅行經途中的一切，淹溺被捲進的一切，永遠改變景觀！」

溫勒斯粗嘎的聲音已從原本的輕微音調拔高到老人聲嘶力竭的吶喊，但聽起來並不莊嚴，而是暴躁的感覺。

「聽著。」他對上校說：「就聽我這一次，摘下眼罩吧，這男人他本身並不危險，他有一些能力，像是玩具，戲耍的東西。他了解這一點，他做不到利用它來賺取百萬美元，他沒有控制人或國家，他利用他的能力來協助肥胖女人減重，用來協助膽怯的主管得到信心。他也無法經常使用它……內在的生理因素限制了他。但那個女孩極度危險，她跟爸爸一起逃亡，面對生死攸關的狀況。她深受驚嚇，他也非常驚嚇，這讓他變得極為危險。不是他本身危險，而是因為你們正在迫使他重新教育那小女孩，迫使他改變她對自己內在能力的觀念，迫使他強迫她**使用**它。」

溫勒斯呼吸急促。

劇情概要快要演完，劇終在望。上校平靜地說：「你想說什麼？」

「必須殺掉這個男人，愈快愈好。趁他還沒來得及破壞他和妻子為小女孩灌輸的情結之前，殺掉他。我認為這女孩也必須除掉，以防損壞已經造成。」

「溫勒斯，她畢竟只是個小女孩。是，她會燃火，也就是所謂的意念控火，你卻讓它聽起來像是世界末日的善惡決戰。」

「也許就會變成這樣。」溫勒斯說：「你絕對不能被她的年齡和身高愚弄你，忘記了Z因子……當然，你們現在正是如此。萬一燃火只是冰山一角？萬一這個能力會增強呢？她現在七歲，約翰．米爾頓還是七歲的小男孩時，拿著炭筆寫名字，或許還要費勁才能寫出讓他父母看得懂的字母。他當時還小，長大後卻寫出了《失樂園》。」

「我不知道你到底在說什麼。」上校冷淡地說。

「我在說的是毀滅的潛在可能，我說的是和腦下垂體有關聯的才能，這個腺體在莎琳．麥吉的孩童時期近乎處於休眠狀態，但等她到了青春期，腺體開始從沉睡中醒來，成為長達二十個月期間人體內最強大的力量，開始對原始和第二性徵狀態的突然成熟，以及增加眼睛視紫質等一切事情下指令，到時會發生什麼事呢？萬一你得到的是只需要靠**意念**就足夠創造核爆的孩子呢？」

「這是我聽過最瘋狂的事了。」

「是嗎？那麼讓我從瘋狂發展到徹底瘋狂，霍利斯特上校。假設今天上午某個地方有個小女孩，體內擁有一股目前暫時休眠的力量，這力量可以把地球像射擊場的瓷盤那樣裂為兩半呢？」

他們沉默中看著彼此，而突然間對講機響了。

過了一會兒，上校才俯身按下。「瑞秋，什麼事？」該死地真希望這老頭不在這裡，就那麼一下也好。他就像是某種可怕的嗜血烏鴉，這是上校不喜歡他的另一個理由。上校本身是積極向上的人，如果真有他不能忍受的事，那就是悲觀主義。

「加密電話來電。」瑞秋說：「從任務區打來的。」

「好，親愛的，多謝。讓它稍等，好嗎？」

「是的，長官。」

他坐回椅子。「溫勒斯博士，我得結束這次會面。你可以放心我會非常謹慎考慮你剛才說的一切。」

「是嗎？」溫勒斯問。他僵硬的嘴角像是露出懷疑的冷笑。

「是。」

溫勒斯說：「霍利斯特上校，那女孩……麥吉……以及理察森，是錯誤方程式的最後三個記號。擦掉他們重來，那女孩非常危險。」

「我會考慮你說的一切。」上校又說了一次。

「記住。」溫勒斯終於開始掙扎著起身，用枴杖拄著身子。他花了很久的時間，終於站起來。

「你今晚住在朗蒙特嗎？」

「不，華盛頓。」

上校遲疑了一下，然後說：「請住在五月花飯店，我或許會想要跟你聯絡。」

老人眼睛浮現了某種東西──像是感激？是的，肯定是這樣。「知道了，霍利斯特上校。」他說，然後拄著枴杖走到門邊──這個曾經打開潘朵拉盒子的人，現在想要射下所有逃逸的東西，而不是讓它們運作。

當門在他身後咔地關上時，上校如釋重負呼出一口氣，然後接起防竊聽電話。

7

「是誰？」

「奧維．傑米森，長官。」

「傑米森，你抓到他們了嗎？」

「還沒，但我們在機場發現了一件有趣的事。」

「什麼事？」

「所有的投幣式公共電話都空了，我們在其中幾部的地板上找到幾個二十五美分和十美分的硬幣。」

「被撬開的嗎？」

「不，長官。所以我才打這通電話，它們不是被撬開的，就只是空了，電話公司快抓狂了。」

「知道了，傑米森。」

「這加快了追查工作。我們一直認為那傢伙或許會把小女孩藏在外面，而他自己一人去辦住宿。但無論如何，我們認為現在要找的是一個用大量硬幣付錢的人。」

「如果他們是去住汽車旅館，不是去夏令營的小屋，就好辦了。」

「是的，長官。」

「奧傑，繼續努力。」

「是的，長官，謝謝你。」長官記得他的綽號，他聽起來似乎荒謬地開心。

上校掛上電話，半閉著眼睛坐著思考了五分鐘。柔和的秋日陽光透過凸窗照亮了辦公室，帶來溫暖。然後他往前靠，再次呼叫瑞秋。

「約翰．雨鳥到了嗎？」

「到了，上校。」

「再給我五分鐘，然後就讓他進來。我想跟任務區的諾威爾．貝茲通話，他是艾爾到達前的負責人。」

「是的，長官。」瑞秋略為猶豫，「不過線路沒辦法防止竊聽，手持對講機的通話不是非常──」

「沒關係，就這樣。」他不耐煩地說。

兩分鐘後，貝茲斷斷續續的微弱聲音傳來。他是個好人──不是非常有想像力，但非常勤奮，是上校希望在艾爾柏特．史戴諾維茲到達前，代管任務的人。諾威爾的聲音終於清楚了，他告訴上校他們的搜索開始擴及附近城鎮──奧克維爾、崔蒙特、梅薩隆塞特、哈斯汀谷、路頓。

「好，諾威爾，這樣很好。」上校說。他想到溫勒斯說的話：**你們正在迫使他重新教育那個**

小女孩。他想到傑米森告訴他公共電話的錢匣全空了，這不是麥吉做的，是小女孩做的。後來，因為她仍在施展能力的狀態，就燒掉了那個軍人的鞋子，這可能是意外。溫勒斯一定會很高興，因為上校終究是聽進了他百分之五十的忠告——這個老賊今天上午真是驚人地能言善辯。

「狀況有變。」上校說：「我們必須制裁大男孩，徹底制裁，了解了嗎？」

「徹底制裁。」諾威爾淡然地說：「是的，長官。」

「很好，諾威爾。」上校輕聲說。他掛下電話，等候約翰．雨鳥進來。

不一會兒，門開了，一個有多高大，外貌就有兩倍醜陋的人站在那裡。這個擁有一半北美印第安切羅基族血統的人，天生就非常安靜，如果一直低頭在書桌前看書或回信，根本不會發現有人跟你同在一室。上校知道這種情況有多麼罕見，大部分的人都能察覺屋內有別人存在：溫勒斯曾說這種能力不是第六感，而是一種湊合的感官，是一種來自五種感官細微投入的洞察力。但是，跟雨鳥在一起時，卻洞察不到，細如毫毛的感官絆線完全沒有震動。艾爾柏特．史戴諾維茲有一次在上校的客廳把酒聊天時，曾說過雨鳥的一件怪事：「他是我認識的人中，唯一走路不會擾動面前空氣的人。」上校很高興雨鳥跟他們同一陣營，因為他是上校所見過唯一讓他徹底不寒而慄的人。

雨鳥就像人類中的巨魔、獸人，是托爾金筆下的炎魔。他的身高差兩吋就有七呎，光亮的頭髮梳向後方綁成幹練的馬尾。十年前，在他第二次前往越南出任務時，一枚地雷在他面前引爆，使得他的面容就像是恐怖秀，疤痕如溝壑縱橫，左眼不見，只剩下一個窟窿。他不願接受整容手術，也不願裝上假眼，因為他說，到了印第安人死後的快樂狩獵場，會被要求展現他的戰鬥傷痕。當他敘說這樣的事時，你不知道是否要相信他；也不知道他是否認真，還是出於他的理由想讓你相信。

多年來，雨鳥一直是個驚人的優秀探員——部分因為他的模樣完全不像探員，而絕大部分是因為掩飾在血肉面具底下的是極其聰明敏捷的頭腦。他能夠流利使用四種語言，聽懂另外三種，他目前在接受俄語的睡眠課程。他的語調輕聲悅耳，顯得彬彬有禮。

「上校，午安。」

「下午了嗎？」上校訝異地問。

雨鳥微笑，露出潔白大牙——簡直像鯊魚的利牙，上校心想。「中午過十四分鐘。」他說：「我在越南黑市買了一只精工電子錶，真是太迷人了，看到小小的黑色數字不停變化，真是科技的一大成果。上校，我經常想著，我們打越戰不是要贏得戰爭，而是要展現科技成果。我們參戰是為了創造廉價的電子錶、電視轉播的室內桌球賽、袖珍型計算機。我在深夜中盯著我的新手錶，它告訴我一秒鐘一秒鐘接近死亡，這真是好消息。」

「老朋友，請坐。」上校說。如同往常和雨鳥說話時一樣，他的嘴巴乾澀，而且必須控制住雙手。他放在拋光桌面上的雙手，不由自主想要揪扯絞動。儘管如此，他相信雨鳥喜歡他——如果雨鳥會喜歡人的話。

雨鳥坐下。他穿著老舊的藍色牛仔褲，搭配一件青年布襯衫。

「威尼斯如何呢？」上校問。

「正在下沉。」雨鳥說。

「如果你想要，我有個工作要給你。是件小事，但可能變成你會覺得相當有意思的任務。」

「說吧。」

「完全是自願性質。」上校堅持說完：「你仍處於休整復原期間。」

「說吧。」雨鳥輕聲說，上校就告訴了他。他和雨鳥總共只同處了十五分鐘，感覺卻像是一小時。當這個高大的印第安人離去，上校深深呼出了一口氣。一個上午同時面對溫勒斯和雨鳥——這會讓任何人都想逃避。但現在這個上午結束了，許多事情完成了，誰知道今天下午還有什麼事呢？他按下對講機呼叫瑞秋。

「上校，有何吩咐？」

「親愛的，我今天要在辦公室吃午餐，可以幫我去食堂外帶嗎？什麼都可以，都沒問題。謝謝妳，瑞秋。」

終於只剩下他一人了。防竊聽的加密電話靜靜坐在厚厚的底座上，裡面充滿微電路、記憶體晶片和其他只有天知道的東西。等它再次響起時，可能會是艾爾柏特或是諾威爾告訴他，紐約事件落幕——抓到小女孩，她爸爸死亡，這會是好消息。

上校再次閉上眼睛，思緒和語句像懶洋洋的大型風箏，飄過他的腦海。精神控制，他們的智庫曾說它潛力無窮。試想像麥吉這樣的人接近卡斯楚或何梅尼；試想他走到左傾的泰德．甘迺迪身邊，距離近到足以讓他低聲說出堅定信念，建議對方自殺是最好的答案；試想像這樣的人攻擊各種共產游擊團體。不得不除掉這樣的人真是太可惜了，但是……創造過一次，就可能再次創造出來。

那個小女孩。溫勒斯說她：**有朝一日會出現可以把地球像射擊場的瓷盤那樣裂為兩半的力量**……這太荒謬了，當然。溫勒斯就像Ｄ．Ｈ．勞倫斯小說中那個小男孩一樣瘋狂，故事中的男孩可以選出賽馬中的獲勝馬匹。對溫勒斯來說，命運六號已變得像是電池酸液，侵蝕他的理智，留下大量的孔洞。她只是個小女孩，不是末日的武器。他們現在必須把她掌握在手中，時間至少要久到足以記錄她是怎樣的狀況，了解她有怎樣的能力。光是這樣，就足以重啟命運六號的實驗計畫。如果可以說服她為國家利益施展她的能力，那就更好了。

那就更好了，上校心想。

加密電話突然響起，長長的嘶啞鈴聲大作。

上校的脈搏驀然加速，一把抓起話筒。

第3章 曼德斯農場事件

1

當霍利斯特上校和艾爾·史戴諾維茲在朗蒙特討論嘉莉·麥吉的未來時，她正坐在睡鄉汽車旅館十六號房的床邊，打著呵欠伸懶腰。明亮的清晨陽光透過窗戶斜照進來，外頭是萬里無雲的秋日藍天。在美好的日光底下，事物似乎顯得美好多了。

她看著爹地，他現在不過是毯子底下一團毫無動靜的東西，只有一頭蓬鬆的黑髮冒出來。她微笑。他總是盡心盡力。如果他肚子餓，她也肚子餓，卻只有一顆蘋果，他就會咬一口，然後把剩下的全部讓給她吃。醒著的時候，他總是盡心盡力。

但睡著時，他卻捲走了所有毯子。

她走進浴室，脫掉內褲，打開淋浴龍頭。等著水變熱的期間，她用了馬桶，接著踏入淋浴間。熱水打在她身上，她閉上眼睛，綻放笑容。世界上沒有比沖熱水澡的前兩分鐘更美妙的事了。

（妳昨晚很壞）

（沒有，爹地說不壞。）

她皺起了眉頭。

（讓那個男人的鞋子著火，壞女孩，非常壞，妳喜歡泰迪熊焦黑一片嗎？）

她眉頭鎖得更深了，不安的心情現在加入了恐懼和羞恥。她對泰迪熊的想法甚至從未完全浮現，這只是一個隱藏的思緒，如同往常，她的罪惡感似乎總結成一種氣味——燃燒、燒焦的味道，像是悶燒的衣物和玩具填充物。而這股味道喚來爸媽俯身看她的朦朧畫面，他們**好大**，是巨人；他們非常害怕；他們非常生氣，說話大聲，語調劈哩啪啦，就像電影中巨石咚咚咚彈跳滾下山坡。

（「壞女孩！非常壞！不可以，嘉莉！絕對！絕對！不可以！」）

當時她多大呢？三歲？兩歲？人能夠記得多早的事？她曾經這樣問過爹地，爹地說他不知道。他說他記得被蜜蜂螫過，而他的媽媽告訴他，這是發生在他只有十五個月大的事。

而她最早的記憶是：巨大的臉龐湊向她；如巨石滾下山坡的巨大聲音；像鬆餅烤焦的氣味從她的頭髮傳來，她點著了自己的頭髮，幾乎燒完了它。就是在這件事之後，爹地提到「幫助」，而媽咪變得好奇怪，先是大笑，然後哭泣，接著又大笑，聲音高亢怪異到爹地打了她一巴掌。她記得是因為這是她唯一一次看到爹地對媽咪做出這種事。爹地說，或許我們應該考慮怎麼替她尋求「幫助」。他們當時在浴室，而她的頭溼答答，因為爹地剛剛把她放在淋浴蓮蓬頭底下。媽媽說，哦，好，我們去找溫勒斯博士，他會像以前那樣給我們許多「幫助」……然後就大笑，哭泣，再大笑，接著就是一巴掌。

（妳昨晚真是壞）

「不。」她在淅瀝淅瀝的淋浴聲中呢喃：「爹地說不是，爹地說原本可能……會是……他的臉。」

（妳昨晚真的非常壞）

但是他們需要電話裡面的硬幣，爹地是這麼說的。

（非常壞！）

這時候，她又開始想到媽咪，想到她五歲快六歲的那一次。她不喜歡想到這件事，但這個記憶浮現，她沒辦法撇開它。事情是發生在壞人過來傷害媽咪之前。

（殺了她，妳說的是，殺了她。）

對，沒錯，就在他們**殺了**她，然後帶走嘉莉之前。爹地那時把她抱在腿上說故事，但不是拿小熊維尼、跳跳虎、蟾蜍先生或是《神奇的玻璃升降梯》等平常故事書，而是用許多沒有插畫的厚厚書本。她厭惡地皺著鼻子說，她要聽小熊維尼的故事。

「嘉莉，不行。」他說：「我想要唸別的故事給妳聽，而且我要妳好好聽。我想，妳現在夠大了，媽媽也是這麼認為。這些故事可能會有點嚇到妳，但是它們很重要，這些都是真實的故事。」

她記得爹地用來說故事的書名，因為這些故事**真的**嚇到她了。有一本書叫做《瞧！》，是一個叫做查爾斯．福特的人寫的；一本書叫做《比科學還奇妙》，作者是法蘭克．愛德華茲；還有一本叫做《夜間真相》。另外還有一本是《意念控火事件簿》，但媽咪不讓爹地唸那本。「以後再講。」媽咪這麼說：「當她再大一點，安迪。」然後這本書就不見了，嘉莉好高興。

這些故事真的好可怕。有個故事說的是一個男人在公園中被燒死；還有個故事提到一個女士在她的拖車屋客廳中被燒死，但除了女士本身以及當時她坐著看電視的那張椅子有點燒焦之外，客廳其他東西都完好無損。故事有些部分太複雜，她聽不懂，不過她記得一件事，當中一個警察說：「我們無法解釋這起死亡案件，死者遺體只剩下牙齒和幾根燒焦的骨頭。這樣的現象需要噴槍才可能造成，但是她的周圍甚至沒有燒焦痕跡。我們無法解釋整個地方為什麼沒有像火箭一樣升上天。」

第三個故事是關於一個大男孩——他大概十一、十二歲——他在海灘上燃燒起來。他爸爸把他抱到海水中，爸爸因此也嚴重灼傷，但男孩還是繼續燃燒，直到全部燒光。還有個故事講的是一個青少女，她在告解室向牧師告解自身罪惡時燃燒起來。嘉莉知道天主教的告解室，因為她的朋友丹妮跟她說過。丹妮說必須告訴牧師自己這星期做過的所有壞事，只是她還沒有領過第一次聖餐禮，所以還沒去過告解室，但她的哥哥卡爾已經去過。卡爾念四年級，他必須告解他做過的所有壞事，甚至包括偷溜進媽媽房間，拿走一些媽媽收到的生日巧克力。因為如果不告訴牧師，就無法在**基督的血**中洗滌自己，之後會落入**烈火地獄**。

嘉莉並沒有忽略這所有故事的重點，聽到告解室那個女孩烈火焚身時，她害怕極了，淚水奪眶而出。「我也會燒死自己嗎？」她嗚咽。「就像我小時候讓頭髮著火那樣？我會燒成碎片嗎？」

這時候，爹地媽咪看起來非常心煩意亂，媽咪臉色蒼白，不斷咬著嘴唇；但爹地摟住她說：「不會的，寶貝，只要妳隨時記住要小心，不要想著……那件事，就是有時妳生氣或害怕時會做的那件事。」

「是什麼？」嘉莉哭喊：「那是什麼，告訴我那是什麼，我甚至不知道那是什麼。我永遠不會去做，我**保證**！」

媽咪說：「就我們所知，寶貝，那叫做意念控火。它的意思是有時只要想著火焰，就可以點火。這通常發生在人們感到心煩意亂的時候，有些人似乎一輩子都擁有那種……那種力量，卻從來不知道。而有些人……呃，這種力量會控制他們一陣子，然後他們就……」她沒辦法說出來。

「他們就會燒死自己。」爹地說：「對，就像妳小時候頭髮著火一樣。但是嘉莉，妳可以控制它，妳**必須**控制它。而且上天知道這不是妳的錯。」他說這句話時，和媽咪對視了一會兒，兩人像是無言交流了某件事。

他摟過她的肩膀抱著她，然後說：「我知道妳有時控制不了，這是意外，就像妳更小的時候，因為玩耍而忘了去洗手間，於是尿溼褲子。我們以前說這是意外——妳還記得嗎？」

「我後來就沒再這麼做了。」

「是呀，妳當然沒有了。再過一陣子，妳也會以同樣的方式控制這裡說的東西。但現在，嘉莉，妳要答應我們，辦得到的話，**絕對絕對絕對**不要變得那麼生氣，不要生氣到讓妳可以點火的程度。而如果妳真的生氣，真的控制不了，就把它從妳身上**推開**。對著廢紙簍或菸灰缸，試著讓它到外頭，如果附近有水的話，就試著把它推向水。」

「但絕對不要對著人。」媽咪的神情凝重、蒼白而且嚴肅。「嘉莉，這會非常危險，這樣會變成非常壞的女孩，因為妳可能——」她費力地擠出接下來的話：「——害死別人。」

這時候，嘉莉已經哭得歇斯底里，流下恐懼和悔恨的淚水，因為媽咪兩隻手都纏著繃帶，她知道爹地為什麼唸這些可怕故事給她聽。因為在這一天之前，媽咪跟她說她沒收拾房間，所以不能去丹妮家，這讓她**非常**生氣，突然間火就冒了出來，跟往常一樣平空出現，有如跳出嚇人箱的東西不斷點頭獰笑，當時她好生氣，就把它推出身體外面，對著媽咪，媽咪的手就著火了。而這不算**太**糟糕

（原本可能更糟，可能會是她的臉）

因為洗碗槽裡有滿滿準備洗碗的肥皂水，它不算**太**糟糕，因為有可能會**非常糟糕**，而且她已經答應爹地媽咪，她**絕對絕對絕對**不會——

溫暖的水花打在她的臉蛋、她的胸口和她的肩膀上，將她包裹在溫暖之中，裹成繭，減緩了她的回憶和擔心。爹地**告訴**過她，這沒關係。如果爹地這麼說，那就必定如此，他可是世界上最聰明的人。

她的思緒從過去轉回現在，想到在追著他們的那些人。爹地說，他們是政府的人，但不是來自政府好的部分，而是替政府一個叫做商店的那部分做事。那些男人一直一直追著他們，每當他

們去一個地方，過不久商店的人就會出現。

如果我讓他們著火，不知他們會多喜歡？部分的她冷酷地問道。她內疚懼怕地緊閉雙眼，這樣想真是惡毒，太壞了。

嘉莉往前摸，抓到淋浴的熱水龍頭，手腕猛然用力轉，關上熱水。隨後兩分鐘，她渾身顫抖，抱住身體站在冰冷如針刺的水花底下，她想要踏出去，但不准自己這麼做。

丹妮曾這麼跟她說，當你有了壞念頭，就必須為此付出代價。

2

安迪慢慢醒來，隱約聽到淅瀝嘩啦的淋浴聲。剛開始，它是夢中的一部分：他回到八歲的時候，他跟爺爺在泰許摩池畔，努力不被魚鉤刺傷拇指，把一條蠕動的大蚯蚓掛到鉤子上。夢境不可思議地生動，他看得到船頭冒著細刺的柳條魚簍，看得到麥吉爺爺老舊綠靴子上的紅色橡膠補丁，他看得到自己老舊發皺的第一個棒球手套。看著手套，他想起明天要去羅斯福球場進行小聯盟的練習。不過，現在是今晚，最後的光線和降臨的黑夜在暮色初露時，保持完美平衡，池塘如此靜止無波，可以見到成群的蠓和沙蚊掠過水面，水面如今染上鉻合金的光澤。無雷聲的閃電斷斷續續閃現……或者這是真正的閃電，因為下雨了。剛落下的雨點打溼爺爺飽經風霜的白色平底小船，木板顏色加深，印上如一分硬幣大小的雨滴。接著就聽見雨滴打在池面，輕柔而神秘的嘶嘶聲音，就像——

——就像是某種聲音——

——淋浴的聲音，嘉莉一定在淋浴間。

他睜開眼睛，看著架著橫梁的陌生天花板。**這是哪裡？**

記憶開始一件件歸到原處，但就好像駭人的自由落體瞬間落下，他想起去年待過那麼多地方，那麼多次千鈞一髮，又承受了那麼多的壓力。他渴望地想著剛才的夢境，好希望能再回到夢中和爺爺相聚，他爺爺已過世二十年了。

哈斯汀谷，他在哈斯汀谷，**他們**也在哈斯汀谷。

他想著自己的頭，頭還在痛，但不像昨晚大鬍子男讓他們下車時的那樣疼痛。痛楚已減緩成一種穩定的低度抽痛。如果跟以前一樣，到了今天晚上，抽痛就會變得只是隱隱作痛，整個痛意明天就消散了。

淋浴水龍頭關上了。

他在床上坐直身子，看看錶，現在是十點四十五分。

「嘉莉？」

她回到房間，拿毛巾用力擦拭自己。

「爹地，早安。」

「早安，妳還好嗎？」

「肚子好餓。」她說。她走到剛才放衣物的椅子，拿起綠色上衣，聞了聞。「我得換件衣服了。」

「寶貝，妳得再將就一下這些衣物一陣子，我們今天晚一點再找些東西給妳。」

「希望不用等那麼久才能吃到東西。」

「我們會搭便車。」他說：「然後在碰到的第一家餐館下車。」

「爹地，我剛開始上學的時候，你告訴我絕對不要搭陌生人的車。」她穿著內褲和綠上衣，好奇地看著他。

安迪下床，走向她。他伸出雙手搭在她的肩膀上，「不認識的魔鬼有時好過認識的魔鬼。」他說：「小乖乖，妳知道這是什麼意思嗎？」

她仔細思考了一下。她猜想，認識的惡魔就是商店派來的人，就是昨天在紐約街道上追著他們的男人。至於他們不認識的惡魔——

「我猜想它的意思是說，大部分開車的人都不是為商店工作。」她說。

他回以微笑。「答對了。嘉莉，我以前說的話依然成立，陷入困境時，如果想要事情順利，有時必須做一些之前絕對不會做的事。」

嘉莉的笑容消失了，神情變得嚴肅警戒。「就像把錢從電話裡拿出來嗎？」

「對。」他說。

「而這不是壞事？」

「對，在那種情況下，它不是壞事。」

「因為陷入困境時，必須做一些不得不做的事，好掙脫困境。」

「對，不過有一些例外。」

「爹地，哪些例外？」

他撥亂她的頭髮。「嘉莉，現在別想了，開心一點。」

但她開心不起來。「我不是故意讓那個男人的鞋子著火的，我不是故意的。」

「對，妳當然不是。」

然後，她的確開心了；她露出喜悅的笑容，這個笑臉多麼像維琪的呀！「爹地，今天上午你的頭感覺如何呢？」

「好多了，謝謝妳。」

「很好。」她仔細看了看他。「你的眼睛看起來怪怪的。」

「哪一隻？」

她指著他的左眼。「這一隻。」

「是嗎？」他走進浴室，在瀰漫霧氣的鏡子上，把一處擦乾。

他打量他的眼睛好一陣子，愉快的心情消失了。他的右眼一如往常是灰綠色，如同海洋在多雲春日底下的色彩。左眼也同樣是灰綠色，但眼白充血，瞳孔比正常瞳孔縮小。眼皮古怪地下垂，而他以前從未發現到這一點。

維琪的聲音突然迴盪在他腦海裡，清晰到有如她就站在他身邊。**安迪，你的頭痛讓我害怕，當你在施展推力，或隨著你怎麼稱呼它，你不只在影響別人，也對你自己造成了影響。**

伴隨這個思緒而來的是一個不斷脹大的氣球畫面……脹大……脹大……終於砰的一聲爆裂。

他開始仔細檢視左臉，用右手指尖觸摸每一個地方，就像電視廣告中讚嘆著刮鬍效果的人。他發現了三處——分別在左眼下、左顴骨上，還有一個就在左太陽穴下方——它們同樣沒有感覺。懼意有如薄暮時分悄然而至的霧氣滲進他身體，但這懼意比較不是為了自己，而是為了嘉莉，如果只留下她孤零零一人，她會有怎樣的遭遇呀。

彷彿他剛才叫喚了她似的，鏡子裡出現她的身影，她站在他身後。

「爹地？」她聽起來有點害怕。「你還好嗎？」

「沒事。」他說，語調正常，沒有顫抖，也沒有虛張聲勢的過多信心。「只是在想我該刮鬍子了。」

她一隻手捂住嘴巴，咯咯笑了起來。「就跟菜瓜布一樣扎人、噁心、討厭。」

他追著她跑進臥室，用他扎人的臉頰磨蹭她滑膩的臉蛋，嘉莉發笑踢腿。

3

當安迪用鬍碴搔癢女兒，人稱奧傑又稱果汁的奧維・傑米森，以及另一個商店探員布魯斯・庫克正在哈斯汀小館外面，從淡藍色的雪佛蘭轎車下車。

奧傑駐足，望著哈斯汀谷大街上歪斜的停車、電器行、雜貨店、兩家加油站、一家藥局，木造市政廳正前方掛了一個匾牌，紀念早已沒人在意的某個歷史事件。這條大街也是四十號公路的一段，麥吉父女離奧傑和布魯斯・庫克目前所在地不到四英里。

「看看這個小鎮。」奧傑厭惡地說：「我就在離這裡不遠的地方長大，一個叫做洛維爾的地方。你可聽說過紐約州洛維爾？」

布魯斯・庫克搖頭。

「它靠近釀造尤提卡俱樂部啤酒的尤提卡，而離開洛維爾那天，是我人生中最快樂的一天。」奧傑伸到夾克底下，調整他放槍套中的「追風」手槍。

「湯姆和史帝夫在那裡。」布魯斯說。街道對面有一輛淺棕色的 AMC Pacer，它停在一輛農場卡車旁邊的停車格，兩名身著黑色西裝、看起來像銀行員的男人正跨出車外。再往前閃著警戒燈號的地方，還有另外兩名商店的人馬，他們在跟午餐時分帶著學童過馬路的一個老女人說話，他們拿照片給她看，她搖搖頭。哈斯汀谷總共來了十名商店的探員，全都受諾威爾・貝茲調度，貝茲目前留在奧爾巴尼等待上校個人指派的艾爾・史戴諾維茲。

「對，洛維爾。」奧傑嘆氣。「我希望中午以前就逮到那兩個玩意兒，希望下個任務會在巴基斯坦的喀拉蚩，或是冰島。什麼地方都可以，只要不在紐約州北部。這裡太靠近洛維爾了，近到讓我不舒服。」

「你認為我們在中午前就可以抓到他們？」布魯斯問。

奧傑聳聳肩。「可以指望的是，太陽下山前就會逮到他們了。」

他們走進餐館，坐在吧檯的位子，點了咖啡。一名身材纖細的年輕女服務生替他們送上咖啡。

「妹子，妳值班多久了？」奧傑問她。

「如果你有妹子，我真可憐她。」女服務生說：「我是說，如果你們家人都長得像的話。」

「妹子，別這樣。」奧傑說，給她看了證件。她看了好一陣子，在她身後，有個穿著機車夾克、年紀老大的少年犯正按著點唱機的按鈕。

「我七點就來當班了。」她說：「其他上午也是這樣，你可能會想找麥可談談，他是老闆。」

她準備轉身離開，奧傑一把捉住她的手腕，緊緊抓住不放。他不喜歡取笑他外表的女人，反正大部分的女人都是婊子，他媽媽雖然很多事情都錯了，這句話倒是說得沒錯。他媽媽對於眼前這個奶子高聳的女人，一定也很有想法。

「妹子，我說過要找老闆說話了嗎？」

她現在開始感到害怕，而奧傑毫不介意。「沒——沒有。」

「這就對了，因為我想要跟妳談，而不是找一個整天上午都在廚房炒蛋做漢堡的人。」他從口袋拿出安迪和嘉莉的照片，遞給她看，卻依然不肯放開她的手腕。「妹子，妳可認得他們？或許今天上午還為他們送過早餐？」

「放開我，你**弄痛**我了。」她臉上顏色盡失，只剩下如妓女那樣裝點自己的胭脂。她高中時可能還是啦啦隊長，就是奧維．傑米森嘗試邀約出遊，卻因為他是西洋棋社長、不是美式足球隊的四分衛，而嘲笑他的那種女孩。一堆洛維爾的賤人婊子，天哪，他真痛恨紐約，就算紐約市也太接近了。

「告訴我，妳到底有沒有招呼過他們，我就放開妳。**妹子**。」
她匆匆看了一眼照片。「沒有！我沒有，好了，放開——」
「**妹子**，妳看得不夠仔細，最好再看一次。」
她再看了一次。「沒有！沒有！」她大聲說：「我從來沒見過他們！放開我好嗎？」
那位穿著廉價超市打折皮夾克，年紀老大的少年犯，雙手拇指勾在夾克口袋，信步走了過來，身上的拉鍊跟著噹啷作響。
「你們在騷擾這名女士。」他說。
布魯斯．庫克瞪大眼睛，帶著毫不掩飾的鄙夷眼神看著他。「痘痘臉，當心我們接下來就去騷擾你。」
「哦。」這個年紀老大的皮夾克小子聲音突然變小。他急急離開，像是想起街上還有急事要辦。
兩名坐在雅座的老婦人緊張地看著吧檯這一幕；廚房門口站著一個高個子，身著相當乾淨的白色廚師服——大概是老闆麥可——也密切注視著。他一手拿著菜刀，卻不怎麼有氣勢。
「你們想怎樣？」他問。
「他們是政府探員。」女服務生緊張地說：「他們——」
「沒招呼過他們？妳確定嗎？**妹子**。」奧傑問道。
「我確定。」她都快哭出來了。
「妳最好確定，出錯可是會讓妳坐五年牢，**妹子**。」
「我確定。」她聲如細絲，一滴淚水滾過眼眶，滑下臉頰。「請放開我，別再傷害我了。」
奧傑瞬間捏得更加用力，享受細小骨頭在他手中滑動的感覺，享受他可以更用力捏、捏碎骨頭的想法……然後他放手。餐館寂靜無聲，只有點唱機傳來史提夫．汪達的歌聲，向受到驚嚇的哈斯汀小館老主顧保證，這一切都會結束。接著，那兩名老婦人起身，匆匆離去。

奧傑拿起咖啡杯，湊過吧檯，把咖啡倒在地板上，然後放開杯子，杯子應聲粉碎。女服務生現在已放聲哭了出來。

「真難喝。」奧傑說。

老闆不太較真地揮了一下菜刀，奧傑的神情像是亮了起來。

「來吧，老兄。」他半帶笑意。「來吧，讓我們看看你有什麼本事。」

麥可把刀子放在烤麵包機旁邊，突然羞愧憤怒地大喊：「我打過越戰！我哥哥也打過越戰！我要寫信告訴我們國會議員這件事！你們等著看我敢不敢！」

奧傑盯著他，過了一會兒，麥可害怕地垂下眼睛。

兩人走出餐館。

女服務生蹲下來收拾咖啡杯碎片，仍不斷啜泣。

在餐館外頭，布魯斯問：「這裡有多少家汽車旅館？」

「三家汽車旅館，六套度假小屋。」奧傑說，看向警示閃燈號誌，這玩意兒讓他著迷。在他少年時期居住的洛維爾鎮，那裡有一家餐館在雙口爐上方掛了一個牌匾，牌匾上寫著：不喜歡我們的城鎮，就去找公車時刻表。有多少次他渴望從牆壁扯下那個牌匾，塞進別人的喉嚨？

「有人在查了。」他說。兩人走回開來的淺藍雪佛蘭汽車，這是用納稅人稅金養護的政府用車。「我們很快就會知道結果。」

4

約翰．梅尤和一名叫做雷伊．諾斯的探員搭檔，行駛在四十號公路，正在前往睡鄉汽車旅館的途中。他們駕駛的是最新款的棕褐色福特汽車，再爬過這最後一個山坡，睡鄉汽車旅館就將映入眼簾時，輪胎爆胎了。

「該死。」約翰說，感覺到汽車彈跳幾下，往右偏斜。「該死的政府配車，該死的翻新輪胎。」他把車子停在路邊軟地，按下閃動警示燈。「你先走。」他說：「我來換這要命的輪胎。」

「我幫你。」雷伊說：「用不了五分鐘的。」

「不用，你繼續走，應該翻過這山坡就到了。」

「你確定？」

「對，我再去接你，除非備胎也爆掉了，果真如此我也不會太驚訝。」

一輛吱嘎作響的農場卡車經過他們，它正是奧傑和布魯斯．庫克站在哈斯汀小館外頭看到即將駛離鎮上的那一輛。

雷伊露齒一笑。「最好不要，不然徵用新的車子還得填一式四份的單子。」

約翰沒有笑。「我不知道要這樣。」他悶悶不樂地說。

他們走到後車廂，雷伊解鎖開啟，備胎狀況良好。

「好。」約翰說：「你去吧。」

「真的只要五分鐘就可以換好這該死的輪胎。」

「對，但那兩人也會離開汽車旅館了，我們就當成這樣吧。畢竟，他們一定在某個地方。」

「是，好吧。」

約翰從後車廂拿出千斤頂和備胎，雷伊看了他一會兒，便開始沿著路肩走向睡鄉汽車旅館。

5

安迪和嘉莉站在四十號公路的路肩，就在距離汽車旅館不遠的地方。安迪原本擔心會有人注意到他沒開車，結果證明這憂慮毫無根據；管理室的那個婦人只關心櫃檯上的日立小型電視機。畫面上是脫口秀主持人菲爾．唐納修的迷你身影，婦人全神貫注看著他，目光完全沒有離開電視，便直接把安迪歸還的鑰匙掃進投信口。

「希望你昨天過得愉快。」她說，口中的巧克力椰子甜甜圈已吃了一半。

「很愉快。」安迪說完就離開了。

嘉莉在外頭等他。走下臺階時，安迪把婦人交給他的帳單影本塞進燈芯絨夾克口袋，從奧爾巴尼公共電話得來的硬幣在裡面悶聲作響。

「爹地，還好嗎？」走向馬路時，嘉莉問道。

「還不錯。」他說，伸手攬住女兒的肩膀。在他們右邊山坡的那一頭，雷伊．諾斯和約翰．梅尤剛爆胎。

「爹地，我們要去哪裡？」嘉莉問。

「我不知道。」他說。

「我不喜歡這樣，我好緊張。」

「我想我們甩開他們了。」他說：「別擔心，他們可能還在尋找載我們來奧爾巴尼的計程車司機。」

不過，這就像行經墓地吹口哨那樣，只是在壯膽；他心知肚明，嘉莉可能也知道。光是站在路邊，就讓他覺得暴露出自己，有如卡通中穿著條紋囚衣的犯人。別再想了，他告訴自己。接下來你就會開始想著他們無所不在，有人在樹後，有一群人就在山坡的另一頭。不是有人說過，十足的妄想和十足的警覺是同一件事嗎？

「嘉莉——」他開口。

「我們去爺爺家吧。」她說。

他吃驚地看著她，今天早上的夢境再度浮現，雨中釣魚的夢，最後雨聲變成嘉莉的淋浴水聲。

「妳怎麼會這麼想？」他問。爺爺早在嘉莉出生前就已去世多時，他一生都住在佛蒙特州的泰許摩，那是一個位於新罕布夏州界以西的小鎮。爺爺過世後，湖邊那地方就留給了安迪的母親，在她去世後，又傳給了安迪。很久以前因為補稅的緣故，鎮上原本要收回它，但爺爺留下了一小筆信託基金剛好可以支應。

在嘉莉出生前，安迪和維琪會在暑假期間，一年去那裡一次。它坐落在人煙稀少的鄉間，樹林環繞，距離最近的兩線道路還有二十英里路程。夏天時，會有各式各樣的人來到泰許摩池，雖然名字是「池」，但它其實是一座湖，湖的另一頭是新罕布夏州的布萊福小鎮。但在現在這個季節，所有夏令營隊都已空置，安迪懷疑通往該地的道路在冬天是否會有人鏟雪。

「我不知道。」嘉莉說：「它就是……就是這時候出現在我的腦子裡。」此時，在山坡的另一頭，約翰．梅尤正打開福特後車廂查看備胎狀況。

「我今天早上夢到爺爺了。」安迪慢慢說道：「我想，這是一年多來我第一次想到他，所以我認為妳可以說他也是突然躍入我的腦海中。」

「爹地，那是美夢嗎？」

「是。」他微微一笑。「對，的確是。」

「那麼，你覺得呢？」

「我覺得這真是好主意。」安迪說：「我們可以去那裡住一陣子，思考我們該怎麼做，應該怎麼處理這件事。我在想，如果我們可以找到一家報社，跟他們說我們的事，那就會有很多人知道，他們就必須停止行動。」

一輛老舊的農場卡車嘎嘎作響朝他們駛來，安迪伸出拇指。在山的另一頭，雷伊．諾斯踏上公路的路邊軟地。

卡車在路邊停下，一名身著寬鬆吊帶褲、頭戴紐約大都會棒球帽的男人探出頭來。

「嘿，這裡有個漂亮的小姑娘。」他微笑說：「小姑娘，妳叫什麼名字呀？」

「蘿柏塔。」嘉莉立刻說出她的中間名。

「好，蘿比，妳今天上午要去哪裡啊？」

「我們正要去佛蒙特的聖約翰伯利。」安迪說：「我太太去那裡找她妹妹，卻發生了一點小麻煩。」

「是嗎？」農人反問，沒再多說，眼角卻銳利地瞥了安迪一眼。

「她生了。」安迪擠出一個大大的笑容。「這一次生了個小弟弟，今天凌晨一點四十一分生的。」

「他叫做安迪。」嘉莉說：「這真是一個好名字吧？」

「我認為這名字很讚。」農人說：「妳上來這裡吧，無論如何，我會載你們往聖約翰伯利十英里路。」

他們上車，卡車隆隆作響駛回馬路，開進明亮的上午陽光底下。同一時間，雷伊．諾斯氣喘吁吁爬過山坡，見到通往睡鄉汽車旅館的空曠公路。在旅館前方，他看到幾分鐘前駛經他們車子的那輛農場卡車消失在視野。

他覺得不急。

6

農人的名字叫做曼德斯——厄文．曼德斯。他剛載了一車南瓜到鎮上，賣給經營A&P超市的人。他告訴他們，他以前是和第一國家超市做生意，但那裡的人根本不了解南瓜，就曼德斯的看法，對方不過就是切肉的暴發戶。至於A&P超市的主管倒是完全不同，是非常讚的人。他告訴他們，他太太夏天經營針對觀光客的商店，而他有一個路邊農產品攤子，顧店之餘，兩人過得還算不錯。

「你可能不會喜歡我多管閒事。」厄文．曼德斯對安迪說：「但你和你的小扣子不應該搭便車。老天，不應該，不要攔最近在路上橫衝直撞的那些人。哈斯汀谷那裡有個灰狗巴士的公車站，那才是你該去的地方。」

「呃——」安迪有點不知所措，但嘉莉機靈地插了話。

「爹地失業了。」她輕快地說：「所以我媽咪才必須去艾姆阿姨家生小孩，艾姆阿姨不喜歡爹地，所以我們就留在家裡，但是現在我們要去看媽咪。爹地，對吧？」

「蘿比，這家裡的事。」安迪聽起來不太自在。他確實是**感覺**不太自在，嘉莉的故事有上千個漏洞。

「你不用再多說了。」厄文說：「我知道家庭的麻煩事，有時會很辛酸。我了解手頭拮据是什麼情況，沒什麼不好意思。」

安迪清清嗓子，但沒再多說。他想不出要說什麼，他們就這樣默默前進了好一陣子。

「我說，你們兩人何不來我家，跟我和我太太一起吃個午餐？」厄文突然問道。

「哦，不，我們不能——」

「我們很樂意。」嘉莉說：「爹地，是不是呀？」

他知道嘉莉的直覺通常很正確，而他現在也身心交瘁，無法反駁她。她是個沉著冷靜、積極進取的小女孩，安迪不只一次自問到底是誰在主持大局。

「如果你確定有足夠的——」他說。

「隨時足夠。」厄文說，他終於把卡車換到三檔，車聲轆轆穿過楓樹、榆樹和白楊樹等秋天林木之間。「很高興你們過來。」

「非常感謝你。」嘉莉說。

「我的榮幸，小扣子。」厄文說：「等我太太看到妳，她一定也有同感。」

嘉莉微笑。

安迪揉揉太陽穴。在他的左手指尖底下的皮膚，是神經似乎已經壞死的其中一處，他對這件事仍舊覺得不太舒服。而且，他們仍窮追不捨的感覺，依舊非常強烈。

7

不到二十分鐘前，在睡鄉汽車旅館辦理安迪退房的婦人，變得非常緊張。她現在已完全忘了菲爾・唐納修。

「妳確定就是這個人嗎？」雷伊・諾斯第三次問道。她不喜歡這個矮小整潔，還有點生氣的男子。或許他是為政府工作，但蕾娜・康寧漢不覺得安慰。她不喜歡他的狹長臉，不喜歡他冰冷藍眼周遭的皺紋，最重要的是，她不喜歡他一直把照片推到她眼前的態度。

「對，就是他。」她再次說道：「不過他沒帶著小女孩，先生，我說的是實話，我先生也會這麼說。他值夜班，所以我們幾乎不太能夠碰面，只除了晚餐的時候，他會告訴——」

另一個人回來了，蕾娜更加驚恐了，她見到他一手拿著無線對講機，另一手握著大型手槍。

「就是他們。」約翰・梅尤說。他憤怒和失望，幾乎快歇斯底里了。「兩人睡在同一張床，一顆枕頭上有著金髮，另一顆是黑髮。該死的爆胎！真是該死！浴室的掛桿還搭著溼毛巾！他媽的淋浴間還滴著水！雷伊，我們可能只晚了五分鐘！」

他把手槍塞回肩膀的槍套。

「我去找我老公來。」蕾娜弱弱地說。

「不用了。」雷伊說。他抓著約翰的手臂，拉他到外面。約翰口中還在咒罵爆胎的事。「約翰，別再說爆胎了，你跟鎮上的奧傑說過了嗎？」

「我告訴他了，他已經跟諾威爾報告過。諾威爾帶著下飛機還不到十分鐘的艾爾・史戴諾維茲，正從奧爾巴尼趕來。」

「嗯，很好。聽著，約翰，想一想，他們一定是搭便車離開了。」

「對，我想也是，除非他們偷了車。」

「那傢伙是英語講師，連怎麼去盲人院專用攤位偷棒棒糖都不會。他們一定是搭便車，昨天從奧爾巴尼搭便車過來，今天上午又搭便車。我敢用今年整年的薪水打賭，在我爬上山坡時，他們正在路邊舉著拇指攔車。」

「要不是因為爆胎——」約翰的眼神在金邊眼鏡後頭顯得十分悲慘。他見到升職的機會懶洋洋揮動翅膀，慢慢飛走了。

「別再說爆胎！」雷伊說：「有什麼經過我們？在我們爆胎之後，什麼車子經過我們？」

約翰把無線對講機掛回腰帶時，思索這件事。「農場卡車。」他說。

「我記得也是。」雷伊說。他環視周遭，見到蕾娜．康寧漢的大餅臉從汽車旅館管理室的窗戶窺看他們。她發現他在看她，窗簾便落回原處。

「相當搖晃的卡車。」雷伊說：「如果他們沒有轉下主要幹道，我們應該可以追上他們。」

「那走吧。」約翰說：「我們可以用無線對講機透過奧傑，和艾爾及諾威爾保持聯繫。」

他們跑向車子，迅速上車。不多時，棕褐色福特便呼嘯駛出停車場，後輪激起片片的白色碎石。蕾娜．康寧漢看到他們離開，鬆了一口氣，經營汽車旅館可跟以前不一樣了。她回去屋內，叫醒老公。

8

當雷伊．諾斯開著福特汽車，約翰．梅尤坐在副駕駛座，以超過七十英里時速呼嘯在四十號公路上時（同時間，由十到十一輛毫無特色的新款汽車組成的車隊，從附近搜尋區域朝著哈斯汀谷開來），厄文・曼德斯伸出左手示意，轉下公路，駛上一條柏油龜裂、大致通往東北方的無標示道路，卡車就這樣一路晃蕩震動往前駛。在厄文的鼓勵下，嘉莉高歌了她會唱的九首曲目中的大部分歌曲，包括經典流行的〈生日快樂歌〉、〈老人歌〉、〈耶穌愛我〉和〈坎普敦賽馬〉，厄文和安迪也跟著合唱。

道路蜿蜒曲折，經過一連串林木漸密的山脊，開始下降來到較為平緩、經過開墾和收割的地帶。一隻山鶉從道路左邊的一片「一枝黃花」和乾草中竄出，厄文大喊：「蘿比，快捉住！」嘉莉以手指比劃，唱著「砰—吧—咚」，然後開心地咯咯大笑。

幾分鐘後，厄文轉上一條泥土路，再往前開了一英里，他們經過一個磨損的紅白藍信箱，信箱側邊印著「曼德斯」。厄文轉進車道，這條帶有車轍的車道全長將近半英里。

「冬天鏟雪一定花了你一大筆錢。」安迪說。

「我自己鏟。」厄文說。

他們來到一幢白色的木造大型農舍，三層樓高，以薄荷綠的顏色漆邊。就安迪看來，它像是那種剛開始蓋時很平凡，但隨著歲月流逝卻變得古怪的房子。後方搭建了兩個棚屋，其中一個往這頭轉彎，另一個往那頭轉彎。在南側，加蓋了一個溫室，而北側是一個突出的圍屏式大型門廊，看起來有如筆挺的襯衫。

房子後方是一個鼎盛時期已過的紅色穀倉，房子和穀倉中間是新英格蘭人稱為庭院的地方——這是一片平坦的泥土地，數十隻雞在上面踱步啄食。當卡車嘎嘎作響接近時，牠們咯咯叫，揮動無用的翅膀逃開，經過一個卡著斧頭的砍柴木墩。

厄文把卡車開進穀倉，裡面有一股好聞的乾草香，讓安迪想起他在佛蒙特州的夏日時光。等厄文熄火之後，穀倉內部深處的陰影處傳來低沉悅耳的哞哞聲。

「你們有牛。」嘉莉說，露出像是狂喜的表情。「我聽得出來。」

「我們有三頭牛。」厄文說：「妳聽的是波西——非常原創的名字，是不是呀，小扣子？牠覺得牠應該一天要被擠三次奶，如果妳爸爸同意的話，妳稍後可以看看牠。」

「爹地，可以嗎？」

「我想可以。」安迪心中已經屈服了。他們在路邊搭便車，不知怎地卻被拐到這裡。

「進屋來見見我太太。」

他們走過庭院，不時停下腳步等候嘉莉一一端詳她遇上的每一隻雞。後門開了，一名年約四十五歲的婦人走下臺階。她用手護著眼睛大喊：「嘿，厄文！你帶了誰回來？」

厄文露出笑容。「呃，這個小扣子是蘿柏塔，這位是她爸爸，我還不知道他的名字，所以不知道我們是不是親戚。」

安迪上前一步說：「夫人，我是法蘭克．柏頓。妳的先生邀請我和蘿比過來吃午餐，希望沒有造成困擾，很高興認識妳。」

「我也是。」嘉莉說，但她還是對小雞比較感興趣，而不是這名婦人——至少現在如此。

「我是諾瑪．曼德斯。」她說：「歡迎歡迎，請進。」但安迪看到她對她老公投以困惑的表情。

他們全都進屋，先是穿過柴火堆到頭部高度的入口通道，然後進入一個大廚房，這裡有一座顯眼的柴爐，以及一張鋪了紅白格子油布的長桌。空氣中有一股隱隱約約的水果和石蠟氣味。安迪心想，是罐頭的味道。

「法蘭克和他的小扣子正要去佛蒙特。」厄文說：「我想他們可以晚一點上路，先過來吃一些熱騰騰的食物無傷大雅。」

「當然沒問題。」她附和。「柏頓先生，你的車子停在哪裡？」

「呃——」安迪開口，他瞄向嘉莉，但這次她幫不上忙。她踩著小碎步在廚房走來走去，帶著小孩子的直率好奇心看著每一個東西。

「法蘭克遇上一點麻煩。」厄文直接看向妻子。「但我們不用談這些，至少，現在先不要。」

「好。」諾瑪說。她有一張甜美坦率的臉龐——是一個慣於辛勤工作的健美婦女，雙手通紅粗糙。「我已準備了雞肉，還可以弄點好吃的沙拉，這裡還有很多牛奶。蘿柏塔，妳喜歡牛奶嗎？」

嘉莉沒有回頭。安迪心想，她忘記這個名字了。哦，老天，事情可真是愈來愈妙了。

「蘿比！」他大聲叫喊。

這時，她轉過頭來，笑容有點太燦爛。「哦，是的。」她說：「我喜歡牛奶。」

安迪見到厄文對他太太使了一個警告的眼神：**別問問題，暫且不要**。安迪心情低落絕望，不管他還記得多少他們說了的故事，現在都飛走。不過，現在別無選擇，只能坐下來吃午餐，等著看厄文．曼德斯心中有什麼打算。

9

「我們現在離汽車旅館多遠了？」約翰．梅尤問。

雷伊看著里程錶。「十七英里。」他說，一邊停下車。「已經夠遠了。」

「但或許——」

「不，如果我們會追上他們，現在就已經追上了。我們要回頭，跟其他人會合。」

約翰手心下緣捶打儀表板。「他們在某個地方轉出公路了。」他說：「該死的爆胎！雷伊，這個工作一開始就很不走運，一個書呆子和一個小女孩，我們卻一直追不上他們。」

「不，我想我們已經逮到他們了。」雷伊說道。他拿出無線對講機，拉起天線，伸到車窗外。「我們半小時內在這整個區域拉警戒線，我敢說不用查訪到一打房子，就會有人認出那輛卡車。一九六〇年代後期車款、深綠色的萬國收割機卡車，前方裝有鏟雪機，載貨部位有木欄板，方便疊高載貨。我還是認為，我們晚上以前就可以抓到他們。」

片刻之後，他就和艾爾·史戴諾維茲通上話，艾爾已快到睡鄉汽車旅館。艾爾要求旗下探員依次概述現況，布魯斯·庫克記得從鎮上駛出的那輛農場卡車，奧傑也有印象，它就停在A＆P超市外面。

艾爾要他們返回鎮上，半小時後，他們全都得知幾乎確定有讓那兩個逃亡者搭便車的那輛卡車資料，它的車主是厄文·曼德斯，居住在紐約州哈斯汀谷鎮貝令路郵遞信箱五號。

現在才剛過了中午十二點半。

10

午餐非常愉快。嘉莉吃得跟馬一樣多——三份肉汁雞排、兩塊諾瑪·曼德斯烘焙的熱騰騰比司吉、一盤沙拉，以及三條自家醃製的小黃瓜。最後甜點是搭配巧達乳酪的蘋果派，對此厄文·曼德斯發表意見說：「吃蘋果派不配乳酪，就像是沒有緊抱的擁吻。」身旁的妻子聞言親暱地用手肘推了推他，厄文翻了白眼，嘉莉大笑。安迪的胃口好到讓自己訝異，嘉莉打了嗝，旋即內疚地捂住嘴巴。

厄文笑說：「小扣子，外面空間比肚子裡面多。」

「如果我再吃的話，我想我就要爆炸了。」嘉莉說：「我媽媽過去總是……我是說，她總是這麼說。」

安迪疲倦地笑了笑。

「諾瑪。」厄文起身說：「妳何不帶蘿比到外頭餵雞呢？」

「嘿，午餐還散落在半畝地哩。」諾瑪說。

「我會收拾的。」厄文說：「我想跟法蘭克在這裡聊聊。」

「親愛的，妳想要去餵雞嗎？」諾瑪問嘉莉。

「當然要。」她的眼睛閃閃發光。

「那麼來吧，妳有外套嗎？外頭有點冷了。」

「呃……」嘉莉看向安迪。

「妳可以穿我的毛衣。」諾瑪說。她和厄文再次交換了那種眼神。「稍稍捲起袖子就行了。」

「好。」

諾瑪從入口通道拿出一件褪色的老舊保暖夾克和一件磨邊的白色毛衣，嘉莉鬆垮垮套上毛衣，袖子還捲起了三、四折。

「牠們會啄人嗎？」嘉莉有點緊張。

「親愛的，牠們只啄食物。」

她們出去了，帶上身後的門。屋外的嘉莉仍吱吱喳喳說個不停，屋內的安迪注視著厄文．曼德斯，而厄文平靜回視。

「想喝點啤酒嗎？法蘭克。」

「我不叫法蘭克。」安迪說：「我猜你已經知道。」

「我猜也是，那怎麼稱呼你？」

安迪說：「知道愈少，對你愈好。」

「哦，那我還是叫你法蘭克好了。」厄文說。

他們隱隱約約聽到外頭傳來嘉莉開心的尖叫聲，諾瑪不知說了什麼，而嘉莉說好。

「我想我可以來點啤酒。」安迪說。

「沒問題。」

厄文從冰箱拿了兩罐尤提卡俱樂部啤酒，拉開後，一罐放在桌上給安迪，一罐放在流理臺上留給自己。他從水槽旁的掛鉤上拿下圍裙，穿上它。黃紅顏色的圍裙帶有荷葉邊，但他還是設法不讓自己穿起來顯得好笑。

「我可以幫忙嗎？」安迪問。

「不用，我才知道每個東西要放在哪裡。」厄文說：「至少是大部分的東西。她每星期都會把東西換換位置，沒有女人想要她的男人在她的廚房駕輕就熟，當然，她們喜歡有人幫忙，但如果必須問她們砂鍋皿要放在哪裡，菜瓜布又放哪裡，她們才會自在。」

安迪想起他在維琪的廚房當學徒的日子，微笑點頭。

「管別人的閒事並不是我的強項。」厄文說著，一邊放水到廚房水槽，加入洗碗精。「我是農人，就像我跟你說過的，我太太在貝令路和奧爾巴尼公路交會路口開了一家古玩店，我們住在這裡快二十年了。」

他回頭瞄了安迪一眼。

「但打從我看到你們兩人站在路邊，我就知道事情不對勁。一個大男人帶著一個小女孩可不是我們平常看到會想搭便車的類型，你懂我的意思嗎？」

安迪點點頭，啜飲了一口啤酒。

「而且，就我看來，你們像是剛從睡鄉汽車旅館出來，卻沒有開車，連過夜的行李箱都沒帶。所以，我決定不理你們直接開過去，但後來我停車了。因為……嗯，不多管閒事，和看到非常糟糕的事卻視而不見，是兩碼事。」

「我們在你眼中看起來是這樣的嗎？非常糟糕？」

「當時是。」厄文說：「現在不是。」他洗著不成套的老舊碗盤，再放到滴水盤架上。「現在，我不知道怎麼看待你們兩人，我當時第一個念頭是，你們一定是警察在找的那兩個人。」他見到安迪神色一變，突然放下啤酒。「我猜是你們。」他輕聲說道：「我原本一直希望不是。」

「什麼警察？」安迪厲聲問道。

「他們封鎖了進出奧爾巴尼的主要幹道。」厄文說：「如果再往四十號公路開六英里，就會在四十號和九號公路交會處見到其中一個封鎖路障。」

「那你為何沒有直接往前開？」安迪問：「這對你來說，一切就結束了，現在就擺脫了。」

厄文準備開始刷鍋子，但他停下動作，伸手到水槽上方的櫥櫃翻找。「聽到我剛才說的話了嗎？我找不到洗鍋子的菜瓜布……啊，在這裡……我為什麼不直接往前開把你們交給路上的警察？這麼說好了，我想要滿足我天生的好奇心。」

「你有問題想問，對吧？」

「各式各樣的問題。」厄文說：「一個大男人帶著一個小女孩想要搭便車，小女孩沒有帶過夜行李，警察又在追捕他們。所以我有個想法，不算不合常理的想法。我心想，這可能是想要爭取他家小扣子的監護權卻拿不到，就趁機帶走她的一個爸爸。」

「就我聽起來是很不合常理。」

「法蘭克，這種事隨時都在發生。我對自己這麼想著，那個媽媽不喜歡這樣，就對這個爸爸訴請了逮捕令。這就解釋了那些路障，只有發生重大搶劫……或是綁架案件，才會有這樣大範圍的搜索。」

「她是我女兒，但她媽媽沒有報警抓我們。」安迪說：「她媽媽已經去世一年了。」

「嗯，我差不多也放棄剛才的想法了。」厄文說：「用不著找私家偵探，就可以看出你們兩人很親密。不管現在是什麼狀況，你顯然都沒有違反她的意願。」

安迪不發一語。

「所以我們又回到我的問題。」厄文說：「我載你們兩人過來，是因為我以為那個小女孩可能需要幫忙。現在，我卻不知道自己該怎麼想了。你看起來不像亡命之徒，儘管如此，你和你的小女兒都還是使用假名字，你們說了一個跟面紙一樣薄弱的故事，而且法蘭克，你看起來一臉病容，看起來就像生了大病卻勉強起身的模樣。這些就是我的疑問，如果你可以給我任何答案，或許是件好事。」

「我們從紐約市來到奧爾巴尼，凌晨時再搭便車到哈斯汀谷。」安迪說：「知道他們出現在這裡真是壞消息，但我想我早就知道會如此，而嘉莉也早就知道了。」他提到了嘉莉的名字，這是個失誤，但此時看來似乎已無關緊要。

「法蘭克，他們為什麼要抓你們？」

安迪考慮了好一陣子，然後迎上厄文的目光。他說：「你從鎮上回來的，對吧？可有在那裡看到任何奇怪的人？城市佬？穿著整齊的成衣西裝？等他們離開視線後，那身打扮立刻就會讓人忘記的類型？開著會馬上隱沒在環境中的新款汽車？」

這讓厄文思索了一下。「A＆P超市裡面有兩個這樣的人。」他說：「他們在跟賀嘉說話，她是超市裡的收銀員，他們像是拿了什麼東西給她看。」

「可能是我們的照片。」安迪說：「厄文，他們是政府探員，和警方合作。更為精確的說法是，警察為他們效力，警察不知道我們被通緝。」

「這裡說的是哪種政府探員？聯邦調查局？」

「不，是商店。」

「什麼？屬於中央情報局的組織嗎？」厄文明顯不信。

「他們和中央情報局沒有任何關係。」安迪說：「商店其實是ＤＳＩ——科學情報局。大約三年前，我在一篇文章中看到，有個萬事通在六〇年代初期根據一本叫做《伊絲塔的武器商店》的科幻小說，把它命名為商店。我記得小說作者是范．沃格特，但這不重要。他們涉及的領域應該是現在或未來可應用於國家安全事務的國內科學方案，這個定義來自於他們的成立章程，而在大眾心中，和商店最密切相關的是他們所資助和監督的能源研究，像是電磁和熱核能。但他們其實還參與更多方面，我和嘉莉就是屬於很久以前一項實驗的一部分，實驗當時嘉莉還沒有出生。她媽媽也參加了這個實驗，後來她被殺死了，是商店下的手。」

厄文沉默了好一會兒。他放掉水槽的洗碗水，擦乾雙手，然後走過來開始擦拭鋪在餐桌上的油布。安迪拿起他的啤酒罐。

「我不會直接說我不相信你。」厄文終於開口。「因為這個國家確實掩飾了一些後來被揭發的事情，像是中央情報局給人喝偷偷滲有ＬＳＤ致幻劑的水，聯邦調查局在公民權示威遊行中殺人，黑金交易之類的。所以我不會直接說我不相信你，且讓我們這麼說，你還沒有說服我。」

「我想他們要的人甚至不是我。」安迪說：「或許以前是，但他們轉移了目標，他們現在要抓的人是嘉莉。」

「你是說國家級政府單位為了國家安全的理由，在追捕小一、小二的孩子？」

「嘉莉不是尋常的小二生。」安迪說：「她媽媽和我都被注射過一種叫做命運六號的藥劑，直到現在，我仍不知道它到底是什麼東西。我只能猜想它應該是某種合成的腺體分泌物，它改變了我和我未來妻子的染色體。我們兩人的染色體以全新的組合方式，再遺傳給嘉莉。如果她可以再遺傳給她的孩子，我猜她就會被稱為突變種。如果不知為何她無法傳遞下去，或是這個改變造成她不孕，我想她就會被稱為變種或雜交種。不管怎樣，他們都想要得到她。他們想要研究她，看看能不能找出她擁有這樣能力的原因。而且，我認為他們還想把她當成一種證物展品，想要利用她來重啟命運六號的方案。」

「她的能力是什麼？」厄文問。

他們從廚房窗戶可以看到諾瑪和嘉莉正從穀倉走出來，白色毛衣套在嘉莉身上翻動擺盪，下襬垂到了她的小腿肚。她的臉頰帶著紅暈，對著諾瑪說話，而諾瑪微笑點頭。

安迪輕聲說：「她會點火。」

「嘿，我也會。」厄文說。他再次坐下，以一種怪異又謹慎的態度看著他，就像在懷疑對方是瘋子的模樣。

「她只要動動念頭，就可以點火。」安迪說：「這個能力的名字叫做意念控火，就像心靈感應、念力和預知力一樣，屬於一種超能力——順帶一提，嘉莉也具備一些這類力量——但是意念控火比較罕見……也危險許多。她非常害怕這個力量，也情有可原。她沒辦法隨時控制住它，她可能燒掉你的房子、穀倉或是你的庭院，只要她以意念施加到這些地方，她也可以替你點菸斗。」安迪無力地笑了笑。「只是當她替你點菸斗時，也可能燒掉你的房子、你的穀倉和你的庭院。」

厄文喝完啤酒，然後說：「法蘭克，我認為你應該打電話給警察自首，你需要幫忙。」

「我想這聽起來相當瘋狂，是吧？」

「對。」厄文嚴肅地說：「就跟我以前聽過的事情一樣瘋狂。」他小心翼翼只坐了椅子邊緣，姿勢略為緊張。安迪心想，**他預料我會一有機會就做出瘋狂的事**。

「我想這也不重要了。」安迪說：「反正他們很快就會找上這裡。我認為警察其實還比較好，至少警察接手時，不會抹殺掉你這個人的存在。」

厄文正要回應，門被推了開來。諾瑪和嘉莉走進來，嘉莉滿臉喜悅，眼睛發亮。「爹地！」她說：「爹地，我餵了——」

她停下話，臉頰顏色盡失，視線從厄文．曼德斯來到她爸爸，再回到厄文身上仔細打量。她臉上的快樂神情消失了，取而代之的是煩擾痛苦。**就像昨晚的樣子**，安迪心想。**就像昨天我把她帶離學校時的模樣，這樣的事一再重演，她要到哪裡才能得到幸福結局呢？**

「你說了。」她說：「哦，爹地，你為什麼要說呢？」

諾瑪上前一步，保護似地一手攬住嘉莉的肩膀。「厄文，發生什麼事了？」

「我不知道。」厄文說：「妳剛才說『你說了』，這是什麼意思，蘿比？」

「這不是我的名字。」她噙著淚水說：「你知道這不是我的名字。」

「嘉莉，曼德斯先生知道事情不對勁。」安迪說：「我對他說了，但他不相信我。妳想一想，就會了解為什麼。」

「我什麼都不了——」嘉莉開口，倏地提高音量。然後，她安靜下來，偏著頭像在仔細聆聽，只是就其他人看來，並沒什麼值得特別留意的聲響。在他們眼前，嘉莉臉上血色盡失，感覺就像看著水壺裡的深色液體全倒光了。

「親愛的，怎麼了？」諾瑪問，擔心地看了厄文一眼。

「爹地，他們來了。」嘉莉低語，眼睛圓睜，充滿恐懼。「他們過來抓我們了。」

11

他們在四十號公路一個路口集合，這個路口和厄文轉進的那條無標示柏油路交會——在哈斯汀谷的鎮區地圖上，它名為貝令路。艾爾．史戴諾維茲終於趕上他的人馬，迅速果斷接管一切。他們有五輛車，共十六人。他們開上通往厄文家的道路，彷彿快速移動的送葬隊伍。

諾威爾．貝茲如釋重負把行動指揮權——還有責任——移交給艾爾，並詢問如何安排被呼叫來支援的州警和地方警察。

「暫且隱瞞他們。」艾爾說：「如果我們抓到人，就可以要他們撤走路障。如果沒抓到，就要他們往封鎖圈的中心移動。但諾威，我們私下說，如果派上十六個人還對付不了他們，那就真的對付不了他們了。」

諾威察覺到話中有微微譴責之意，但沒多說什麼。他知道最好在沒有外在干涉下抓到那兩人，因為等他們一得手，安德魯．麥吉就要發生一個不幸的意外，一個致命的意外。沒有警察在一旁，這件事就會更快發生。

在他和艾爾的前方，奧傑的煞車燈閃動，然後車子便轉上一條泥土路，其他車子跟著轉進。

12

「我完全搞不清楚狀況。」諾瑪說：「蘿比……嘉莉……妳可以鎮靜下來嗎？」

「你們不懂。」嘉莉說，聲音高亢哽塞。看著她，讓厄文心驚膽戰，她的神情就像落入陷阱裡的兔子。她掙開諾瑪的手，跑向她爸爸，安迪雙手按住她的肩膀。

「我想他們要來殺掉你，爹地。」她說。

「什麼？」

「殺掉你。」她重複，兩眼恐慌地凝視大睜，嘴巴狂亂地張合。「我們快逃，我們快——」

熱，這裡好熱。

他看向左方，在爐子和水槽之間的牆壁上掛了一個室內溫度計，是那種可以隨便郵購而來的類型。在這溫度計底下，是一個手持三叉戟、擦著額頭嘻嘻笑的塑膠紅魔鬼，它的偶蹄底下寫著一個格言：你夠熱了嗎？

溫度計的水銀柱緩緩上升，彷彿一根指控的紅色手指。

「對，他們就要這麼做。」她說：「就像殺了媽媽那樣，殺了你，帶走我，我不會，我不會讓這件事發生，**我不會讓它**——」

她抬高音量，就像水銀柱那樣不斷抬高。

「**嘉莉！**注意妳在做什麼！」

她的眼神清醒了一點，厄文和他的妻子已經靠在一起。

「厄文……怎麼——？」

但厄文已經見到安迪瞄向溫度計，他忽然相信了。現在這裡好熱，熱到讓人冒汗。溫度計上的水銀柱超過了華氏九十度。

「我的老天！」他嘶啞地說：「這是她做的嗎？法蘭克。」

安迪沒理會他，雙手仍放在嘉莉的肩膀上，他直視她的眼睛。「嘉莉——妳覺得已經來不及了嗎？妳對它是怎樣的感覺？」

「對。」她臉色慘白。「他們現在已經開上泥土路了，哦，爹地，我好害怕。」

「嘉莉，妳可以阻止他們。」他靜靜地說。

她看著他。

「是的。」他說。

「但是──爹地──這很壞。我知道這樣很壞，我可能會殺了他們。」

「對。」他說：「或許現在不是殺人或被殺，或許已來到這樣的地步。」

「這不壞嗎？」她的聲音小到幾乎聽不到。

「不。」安迪說：「這很壞，永遠不要騙自己說這不壞，嘉莉，而且如果控制不了就不要做，即使是為了我。」

他們看著彼此，四目相接，安迪的眼睛疲憊、充滿血絲和恐懼。嘉莉的眼睛瞪大，近乎恍惚。她說：「如果我……做出了什麼事……你仍會愛我嗎？」

這個問題懸在兩人之間，緩緩地打轉。

「嘉莉。」他說：「無論如何，我永遠愛妳。」

厄文原本站在窗戶邊，現在他朝他們走過來。「我想我必須奉上至高的歉意。」他說：「現在路上來了一整隊車輛，我會跟你們同在，如果你想要，我有一把獵鹿槍。」但他看起來像是突然被嚇到了，幾乎快被嚇出病了。

嘉莉說：「你不需要拿槍。」

她溜出父親的雙手，走向紗門。套著諾瑪．曼德斯的白色針織毛衣，讓她顯得比平常更為瘦小。她走了出去。

過了一會兒，安迪發現自己的腳也跟著她出去。他感覺到肚子發冷，就像是只用三口就吞下一支大甜筒。曼德斯夫婦站在他們身後，安迪看了最後一眼那男人困惑驚嚇的臉龐，意識裡胡亂閃現一個念頭：**這會教訓你不要隨便讓人搭便車**。

然後他和嘉莉就站到門廊，看著第一輛車子出現在長長的車道上。母雞咯咯地撲騰；穀倉裡波西再度哞哞叫，喚人來替牠擠牛奶。在這個紐約北部的小鎮，十月的微弱陽光籠罩著林木茂密的山脊和呈現秋日褐色的田野。逃亡已快一年，安迪驚訝地感覺到，在他強烈的恐懼中，還混雜著一種奇特的如釋重負。他聽說過，處於絕境之中，就連兔子有時也會轉身面對獵犬，在即將被撕裂之前，被驅使回到較不溫馴的原始天性。

不管如何，不用再逃亡的感覺很好。他和嘉莉站在一起，陽光讓她的金髮呈現柔和光澤。

「哦，爹地。」她呻吟。「我快站不住了。」

他摟著她的肩膀，讓她緊緊靠在他的身邊。

第一輛車停在庭院前端，兩名男子下車。

13

「嗨，安迪。」艾爾．史戴諾維茲說，然後微微一笑。「嗨，嘉莉。」他兩手空空，但外套敞開。在他身後，另一個人雙手放在身側，警覺地站在車旁。第二輛車停在第一輛車後方，頓時下來四個男人。所有車子紛紛停下，所有人紛紛下車，安迪數了十二個人後，就不再往下數了。

「滾開。」嘉莉說。她的聲音在涼爽的午後，顯得尖細高亢。

「你真是讓我們追得好愉快啊！」艾爾對安迪說。他看向嘉莉：「親愛的，妳用不著——」

「**滾開！**」她尖叫。

艾爾聳聳肩，露出消除敵意的笑容。「親愛的，我恐怕做不到，我有我的命令。沒有人想要傷害妳跟妳爸爸。」

「**騙人！你們要殺他！我知道！**」

安迪開口，略為訝異地發現自己的聲音極為平穩。「我建議你們照我女兒的話做，你們肯定已聽取過足夠的訊息，知道為什麼要抓她。你們知道機場那個軍人的事吧。」

奧傑和諾威爾・貝茲迅速交換了不安的目光。

「如果你們直接上車，我們可以再商量這些事。」艾爾說：「哎呀，說真的，不會有事的，只是——」

「我們知道會發生什麼事。」安迪說。

從最後兩、三輛車子下來的人開始呈扇形散開，幾乎漫不經心地朝門廊漫步而來。

「拜託。」嘉莉對著臉色怪異泛黃的男人說：「不要逼我做出事來。」

「沒用的，嘉莉。」安迪說。

厄文・曼德斯來到門廊。「你們是非法入侵。」他說：「我要你們馬上滾出我的土地。」

三名商店的人馬來到門廊的臺階，離安迪和嘉莉的左方不到十碼。嘉莉對他們投以孤注一擲的警告目光，他們停下腳步——暫且如此。

「先生，我們是政府探員。」艾爾・史戴諾維茲彬彬有禮對厄文輕聲說：「需要帶這兩人回去問話，只是這樣。」

「我不管他們是不是因為暗殺總統受到通緝。」厄文高聲快速地說：「給我看你們的逮捕令，不然就滾出我的土地。」

「我們不需要逮捕令。」艾爾說，現在的語調銳利如鋼鐵。

「你們需要，除非我今天早上醒來這裡變成了俄國。」厄文說：「我要你們離開，先生，你們最好動作快，這是我的最後通牒。」

「厄文，進來！」諾瑪大喊。

安迪感覺得到空氣中有東西聚集，就像電流般在嘉莉周圍聚集。他手臂上的寒毛如無形潮水中的海草，開始擾動。他低頭看著她，見到她的臉蛋是如此嬌小，現在又是如此陌生。

要來了，他無助地想著，**要來了，我的天，它真的來了**。

「滾開！」他對艾爾大喊：「你難道不了解她要做什麼嗎？你感覺不到嗎？老兄，別傻了！」

「請聽我說。」艾爾說。他看向站在門廊遠端的那三人，難以察覺地對他們點頭示意。他的視線轉回安迪。「只要我們可以好好商量——」

「小心，法蘭克！」厄文．曼德斯叫喊。

門廊末端的那三人突然衝向他們，同時掏出槍。「不准動！不准動！」其中一人大喊：「站住，不准動！雙手放上你們的——」

嘉莉轉身面對他們，這時候，包括約翰．梅尤和雷伊．諾斯在內的其他六人，持槍闖上門廊的後面臺階。

嘉莉的眼睛略略瞪大，安迪感覺到一陣熱氣，然後某種熱流經過他。

門廊前端的那三人縮短了一半的距離，此時，他們的頭髮著火了。

一聲槍響，震耳欲聾，一片大約八吋長的木頭碎片從支撐門廊一根柱子迸裂。諾瑪．曼德斯尖叫，安迪畏縮了一下，但嘉莉似乎毫無察覺。她的神情恍惚，陷入沉思，嘴角露出蒙娜麗莎的微笑。

她享受這一切，安迪近乎恐懼地想著，**這就是她如此害怕它的原因嗎？因為她**喜歡**這樣？**

嘉莉再次轉向艾爾．史戴諾維茲，他派去從門廊前端突擊安迪和嘉莉的那三個人，已經忘記他們對上帝、對國家和對商店的責任。他們高聲叫喊，不斷拍打頭上的火焰，刺鼻的毛髮燒焦味道突然間瀰漫在這個午後。

又一聲槍響，窗戶碎裂。

「別射那女孩！」艾爾大喊：「**別射那女孩！**」

安迪被粗暴地抓住了，門廊擠滿紛亂的人馬。在這片混亂之中，他被拖往欄杆，接著又有人把他拉往另一個方向，他感覺就像是拔河中的繩子。

「放開他！」厄文．曼德斯粗聲高喊：「放開——」

再一聲槍響，諾瑪忽然再次尖叫，一再又一再尖叫喊著她丈夫的名字。

嘉莉俯看艾爾．史戴諾維茲，艾爾冷靜自信的神情頓時消失，他陷入恐懼，泛黃臉色變成了純粹的乳酪色。

「不，不要。」他以一種近乎商量的語氣說：「不要——」

很難確認火苗是從哪裡竄起，他的褲子和獵裝外套驟然起火，頭髮成了燃燒的灌木。他驚叫地往後退，撞到了車身，他半轉身面向諾威爾．貝茲，伸出雙手。

安迪再度感受到那股輕柔的熱意，一種氣流的擾動，就像一顆滾燙的子彈剛剛以火箭速度經過他的鼻子。

艾爾．史戴諾維茲的臉著火了。

剎那間，他完全置身烈火，他在透明的火焰底下無聲地叫喊，五官開始模糊、融合，像動物油脂般流下。艾爾．史戴諾維茲成了燃燒中的稻草人，他跌跌撞撞盲目地走在車道上，揮動著手臂，接著面朝下倒在第三輛車的旁邊。他完全不成人形；看起來像是一團燃燒的破布。

門廊上的人都僵住了，目瞪口呆望著這始料未及的燃燒狀況。被嘉莉點著頭髮的那三個人，全都設法撲滅了火焰。毫無疑問，他們未來的外表會很奇怪（不管時間有多短暫）；他們因為規定而剪短的頭髮，現在像是頭上凝結成塊的焦黑灰燼。

「滾開。」安迪嘶吼：「快滾，她從未做過這樣的事，**我不知道她能不能停下來。**」

「我沒事，爹地。」嘉莉說。她的聲音非常冷靜鎮定，帶著奇特的淡然。「一切都沒問題。」

就在這個時候，汽車開始爆炸。

它們全都從車尾引爆；後來，當安迪在腦海中回憶曼德斯農場事件，他相當肯定這一點，爆炸全都從車尾開始，那裡有油箱。

艾爾的淡綠色普利茅斯汽車率先爆炸，轟隆一聲巨響，一團火球從普利茅斯車尾竄升，火光耀眼到無法逼視，後車窗跟著炸裂。幾乎不到兩秒鐘，約翰和雷伊駕駛的那輛福特接著爆炸，扭曲的金屬碎片嘶地劃過空中，劈哩啪啦落在屋頂上。

「嘉莉！」安迪大喊：「**嘉莉，住手！**」

她以同樣的鎮靜語氣說：「我做不到。」

第三輛汽車爆炸。

有人拔腿就跑，有人跟著他。門廊上的人紛紛撤離，安迪再度被拉扯，他抗拒，而突然間再也沒有人抓著他了。他們突然間都開始逃竄，臉色慘白，眼睛驚恐地大睜。頭髮燒焦的其中一人試著跳過欄杆，卻絆到腳，頭部朝地摔進諾瑪年初種植豆子的菜圃。那裡仍架著供豆類攀緣的桿子，其中一根插進這個人的喉嚨，穿透了喉嚨，發出安迪永難忘懷的悶沉溼潤的穿刺聲。這人像是上了岸的鱒魚在菜圃裡扭動，桿子像箭桿一般，從他的脖子穿出。在他發出虛弱的嗽口聲時，鮮血汩汩流下他的襯衫前襟。

其他汽車像是一連串震耳的鞭炮，不斷爆炸。兩名逃走的人如布娃娃般被震盪氣流拋擲一旁，其中一人腰部以下著火，另一人濺滿安全玻璃的碎片。

黑色的汽油燃煙升騰到空中，後方的車道、遠方的山坡和田野在熱氣間扭曲滾動，彷彿驚恐地往後退縮。雞群瘋狂咯叫，四處胡亂逃竄。有三隻雞倏地著火，彷彿長了腳的火球，倉皇奔逃，最後在庭院另一頭倒斃。

「**嘉莉，立刻住手！住手！**」

彷彿鋪過火藥般，庭院的對角線燃起一道火溝，泥土路單一直線著火。火焰來到厄文卡著斧頭的砍柴木墩，形成了火環，再忽然往內縮，砍柴木墩嗖地燃起烈焰。

「**嘉莉看在上帝的份上！**」

某個商店探員的手槍落在門廊和汽車火線之間的草地邊緣，手槍裡子彈開始射出，發出一連串尖銳的爆裂聲。手槍本身在草地上怪異地翻滾彈跳。

安迪使盡全力打了她一巴掌。

她的頭往後倒，眼睛湛藍空洞。然後她帶著驚訝、受傷和茫然的神情看著他，他感覺像被封閉在一個迅速聚集的熱氣膠囊裡，他吸了一口厚玻璃似的空氣，鼻毛像是被烤得焦脆。

自燃，他心想，**我就要開始自燃**——

此時，這感覺消失了。

嘉莉腳步蹣跚，她雙手捂住臉。然後，她的指縫間傳來刺耳的尖叫聲，像是不斷放大的恐懼驚愕，安迪害怕她的精神就要崩潰。

「爹——地——」

他拉她入懷，緊緊擁抱她。

「噓。」他說：「哦，嘉莉，寶貝，噓。」

尖叫聲消失了，她癱軟在他懷中，暈了過去。

14

安迪把她抱起來，她的頭部無力地靠在他胸口。空氣灼熱，瀰漫濃濃的汽油燃燒味道。火舌爬過草地，伸向常春藤的格架；火苗攀上常春藤，有如男孩深夜出遊的敏捷身手。火勢就要蔓延到房子。

厄文．曼德斯雙腳大張，倚著廚房紗門，諾瑪跪在他身旁。他的手肘上方中槍了，藍色工作衫的袖子一片鮮紅。諾瑪從裙襬撕下長長布條，試著捲起他的袖子，綁住傷口。厄文瞪大眼睛，臉色灰白，嘴脣發青，呼吸急促。

安迪往他們跨了一步，諾瑪瑟縮後退，同時用身體護住丈夫。她眼睛冒火，兇狠地抬頭盯著安迪。「滾開。」她嘶啞喝斥：「帶著你的怪物，滾出我家。」

15

奧傑快跑。

他的追風手槍隨著跑動，在他手臂上下彈跳。他慌不擇路，跑進田野，踉蹌摔倒，然後爬起再跑。他踩到地面凹坑，扭傷腳踝，再次跌倒，他四腳著地猝然發出尖叫，然後起身，繼續快跑。

有時，他像是獨自快跑；有時，他像是有人跟他一起快跑。這不重要，重要的是跑開，跑離那團十分鐘前還是艾爾．史戴諾維茲的破布；跑離化為燃燒列車的汽車；跑離倒在小菜圃、喉嚨插著桿子的布魯斯．庫克。跑開，跑開，跑開。追風從槍套跌出，狠狠打中他的膝蓋後，落入纏結的雜草之中，被人遺忘。然後奧傑進入一片樹林，他被一棵倒下的樹木絆倒，整個人摔倒在地。他氣喘吁吁躺在那裡，一隻手壓住傳來刺痛的身體側面，滑下震驚恐懼的淚水。他心想：**絕對不要再接紐約的任務，永遠不要，夠了，我受夠了。即使活到兩百歲，我也永遠不要再踏進紐約一步。**

過了一會兒，奧傑起身，開始一瘸一拐地走向馬路。

16

「我們來帶他離開門廊。」安迪說。他已經把嘉莉放到庭院後方的草地。房屋側邊現在已經著火，火星彷彿緩緩移動的大大螢火蟲飄落在門廊。

「滾開。」她嚴厲地說：「別碰他。」

「房子失火了。」安迪說：「讓我幫幫妳。」

「滾開！你們做得夠多了！」

「諾瑪，別說了。」厄文看著她。「現在發生的一切都不是這個人的錯，所以閉上妳的嘴。」

她看著他，像是有滿腹的話要說，但還是咬住了嘴巴。

「扶我起來。」厄文說：「我兩腳發軟，還以為尿褲子了。這也沒什麼好驚訝，一個混帳朝我開槍，但不知是哪一個。借個手，法蘭克。」

「我叫安迪。」他說，伸手攬住厄文的背，緩緩扶他起身。「我不怪你太太，你今天上午應該別理我們的。」

「如果再來一次，我還是會這麼做。」厄文說：「該死的傢伙拿槍跑到我的土地上，該死的混蛋和他們的政府皮條客，還有……噢噢噢，老天！」

「厄文？」諾瑪大喊。

「噓，我撞到傷口了。來吧，法蘭克，或是安迪，不管你叫什麼名字。這裡愈來愈熱了。」

的確如此，在安迪半拖著厄文走下臺階，進入庭院時，一陣風吹起一團火星落到門廊。砍柴木墩現在成了焦黑的樹樁，被嘉莉點著火的雞只剩下一些燒焦的骨頭，以及原本可能是羽毛的怪異厚厚灰燼。牠們不是被烤熟了，而是火化燒成灰了。

「把我放在穀倉旁邊。」厄文喘息。「我想跟你談談。」

「你需要看醫生。」安迪說。

「好，我會找醫生來，你的女兒呢？」

「暈過去了。」他讓厄文的背部靠著穀倉門，厄文抬頭看著他，臉上恢復了一些血色，嘴唇也不再發青。他汗如雨下，在他們身後，那棟自一八六八年就屹立在貝令路上的大型白色農舍，現在已冒出火舌。

「沒有人應該有她那樣的能力。」厄文說。

「或許是。」安迪說，視線從厄文身上，看向諾瑪不饒人的冰冷表情。「但話又說回來，也沒有人應該出現腦性麻痺、肌肉失養症或是白血病。但這就是會發生，而且會發生在孩子身上。」

「她拒絕不了。」厄文點點頭。「沒錯。」

安迪仍然看著諾瑪，說道：「就跟困在鐵肺被動呼吸，或住在心智障礙收容院的孩子一樣，她並不是怪物。」

「抱歉我說了那樣的話。」諾瑪回答，她的目光閃躲了安迪的視線。「我跟她出去餵雞，看著她輕拍乳牛。但先生，我的房子著火了，有人死了。」

「對不起。」

「諾瑪，房子有保險。」厄文說，伸出他沒受傷的手握住她的手。

「但這救不了我媽媽那些碗盤，那是她媽媽傳給她的。」諾瑪說：「也救不了我的寫字桌，還有我們今年七月在斯克內塔第藝術展買到的那些畫。」一滴淚水滾落她的眼眶，她用袖子拭去。

「還有你當兵時寫給我的那一堆信。」

「你的小扣子不會有事吧？」厄文問。

「我不知道。」

「呃，聽著，如果你願意的話，可以這麼做。穀倉後方停了一輛老舊的威利吉普車——」

「厄文，不！別再管這件事了！」

他轉頭看著她，臉色灰敗，滿臉汗水。在他們身後，房子燃起熊熊大火。木瓦板的爆裂聲就像是耶誕壁爐裡燃燒的七葉樹。

「這些人沒帶逮捕令或任何政府文件，就要從我的土地上帶走他們。」他說：「他們是我在一個法制的文明國家邀請而來的人。其中一人對我開槍，還有一人想當場射殺安迪，子彈相差不到四分之一吋。」安迪想起第一聲震耳欲聾的槍響，以及從門廊支柱迸出的木頭碎片，不禁顫抖。「他們過來做了這種事，諾瑪，那妳想要我怎樣？坐在這裡，把他們交給那些如果還有膽子回來的秘密警察？當個好德國佬？」

「不。」她沙啞地說：「不，我想不該這樣。」

「你用不著——」安迪開口。

「我想這麼做。」厄文說：「等到他們回來……安迪，他們會再過來的，對吧？」

「哦，是，他們會再過來。厄文，你可是買到了熱門飆股。」

厄文大笑，發出像是喘不過氣的口哨聲。「好，很好。呃，等他們現身，我就只知道你開走了我的吉普車，其他一無所知。祝你好運。」

「謝謝你。」安迪輕聲說道。

「我們動作得快一點。」厄文說：「這裡離鎮上有一段路，但他們現在必定已經看到濃煙，消防車就要過來了。你說過你要和小扣子去佛蒙特，這是真的嗎？」

「是真的。」安迪說。

他們的左邊傳來呻吟聲。「爹地——」

嘉莉坐起來，紅褲綠上衣已沾染了泥土。她的臉色蒼白，眼神極為困惑。「爹地，什麼東西燒起來了？我聞到燒焦味，是我做的嗎？**什麼東西燒起來了？**」

安迪走到她身邊，抱起她。「一切都很好。」他說，心中想著，為何非得跟孩子這樣說，即使他們跟你一樣，完全清楚這不是事實。「一切都很好，親愛的，妳感覺怎麼樣呢？」

嘉莉越過他的肩膀看著燃燒的車輛，菜圃中痙攣的屍體，還有曼德斯的房屋。房子冒出熊熊烈火，門廊已被捲入火舌之中。風吹走了濃煙和熱氣，但汽油和炙熱木瓦板的氣味仍非常強烈。

「是我做的。」嘉莉的聲音小到幾乎聽不見，臉蛋開始再次扭曲皺起。

「小扣子！」厄文嚴正叫喚。

她回頭透過安迪看著他。「是我。」她呻吟。

「放她下來。」厄文說：「我想跟她談談。」

安迪把嘉莉抱到厄文倚著穀倉門席地而坐的地方，然後放下她。

「小扣子，聽我說。」厄文說：「這些人是來殺妳爸爸的，妳比我更早知道這件事，或許也比他更早知道，雖然我完全搞不清楚妳是怎麼辦到的。我說得對嗎？」

「對。」嘉莉說。她的眼睛充滿深切的哀痛。「但是你不懂，這就像那個軍人，只是更糟。我沒辦法……我剛才再也沒辦法控制住它，它到處亂竄。我燒掉了你一些雞……而我幾乎燒掉了我父親。」哀痛的眼睛溢出淚水，她開始無助地哭泣。

「妳的爸爸沒事。」厄文說。安迪不發一語，他想起突然被扼住，被封閉在熱氣膠囊裡的感覺。

「我絕對不會再這麼做了。」她說：「**絕不。**」

「好。」安迪說，一隻手放上她的肩膀。「好的，嘉莉。」

「**絕不。**」她輕聲強調。

「小扣子，妳不該這麼說。」厄文仰頭看著她說：「妳不要想著封閉自己，妳要去做必須要做的事，妳會盡全力去做，這就是妳應該做的事。我相信這世界上的神最喜歡的就是，把事情交給說『絕不』的人。妳懂我的意思嗎？」

「不懂。」嘉莉低語。

「但我想，妳以後會懂的。」厄文說，他帶著深深的憐憫之情看著嘉莉，安迪感覺喉嚨像是塞滿了悲傷和恐懼。厄文接著看向他的太太。「諾瑪，把妳腳邊的棍子拿來給我。」

諾瑪帶來棍子，放進他的手心，再次說道，他做過頭了，他得休息。所以只有安迪聽見嘉莉又低語了一次「絕不」，聲音小到幾乎無法聽聞，彷彿是一個秘密承諾的誓言。

17

「安迪，你看好。」厄文在地上畫了一條直線。「這裡是我們來的那條泥土路，也就是貝令路。如果再往北開四分之一英里，就會看到右邊有一條林道，但吉普車應該可以開上去，只要你保持謹慎，踩好離合器。會有那麼幾次你可能會覺得沒路了，但你還是繼續前進，就會再次找到路。這條路不在地圖上，你了解嗎？不在任何地圖上。」

安迪點點頭，看著木棒畫出那條林道。

「這條路往東延伸十二英里，如果你沒被卡住或是迷路，就會在霍格角附近接上一百五十二號公路。你往左──也就是往北──沿著一百五十二號公路開一英里左右，會來到另一條林道。它在低地上，泥濘溼軟。吉普車或許可以開過去，或許不能。我想，我大概已經有五年沒開過那條路。這是我唯一知道可以往東前往佛蒙特，而不會碰到路障的路線了。第二條路會帶你到二十二號公路，它在櫻桃平原以北和佛蒙特以南的邊界。這時候，你應該已擺脫最壞狀況──儘管我認為他們還是會把你們的名字和照片發給相關單位。但我們還是祝你們一切順利，是不是呢？諾瑪？」

「是。」諾瑪說，聲音聽起來幾乎是嘆息，她看著嘉莉。「小女孩，妳救了妳爸爸的性命，妳要記住這一點。」

「是嗎？」嘉莉語氣完全呆板單調，讓諾瑪不知所措，也有點害怕。然後嘉莉猶豫地擠出微笑，諾瑪鬆了一口氣，回以笑容。

「車鑰匙就在吉普車上，還有──」他偏著頭傾聽。「你們聽！」是警笛聲，忽大忽小周而復始的聲音，雖然還很小聲，但已愈來愈逼近。

「是消防車。」厄文說：「如果要離開，最好快點走。」

「嘉莉，來吧。」安迪說。她走到他身邊，雙眼哭紅。剛才的細微笑容已經消失，有如遲疑地躲在雲層後方的陽光，但見到笑容曾經出現，就給了安迪莫大的激勵。她流露著既驚愕又受傷害的倖存者神情，這時，安迪真希望自己擁有她的力量；他會使用，他知道要施加到誰身上。

他說：「厄文，謝謝你。」

「對不起。」嘉莉小小聲地說：「弄壞了你們的房子和你們的雞……還有其他所有的事。」

「小扣子，這當然不是妳的錯。」厄文說：「這是他們自找的，妳要替妳爹地多留意。」

「好。」她說。

安迪牽著她的手，帶她繞過穀倉來到一個由鬆散竿子搭建而成的斜棚，吉普車就停在棚子底下。等他終於發動引擎，開車越過通往泥土路的時候，消防車的警笛聲已非常接近。房子現在成了一片大火，嘉莉不願看著它。安迪從這輛帆布車頂的吉普車後照鏡，看到曼德斯夫婦最後的身影：厄文倚著穀倉，綁在他受傷手臂的白色裙襬邊布，現在染成一片殷紅，諾瑪坐在他身邊。他沒受傷的手摟著太太，見到安迪揮手道別時，便用受傷的那隻手略略示意作為回應。諾瑪沒有揮手，只是若有所思，可能在想著她媽媽的瓷器、她的寫字桌，還有那些情書——所有那些保險金無法了解其意義，也永遠無法了解的東西。

18

他們在厄文指出的那個地方，找到了第一條林道。安迪把吉普車改為四輪傳動，駛上林道。

「嘉莉，抓好。」安迪說：「接下來會很晃哦。」

嘉莉抓住坐好。她的臉色蒼白，顯得無精打采，看著她這樣子讓安迪很緊張。**小屋**，他心想，麥吉爹爹在泰許摩池的小屋，只要我們能去到那裡好好休息。她就會振作起來，到時我們再思考應該怎麼做。

我們會在明天思考這件事，就像《飄》中的郝思嘉說的，明天又是全新的一天。

威利吉普車隆隆前進，顛簸開過林道。現在林道只不過是一條灌木叢生的兩輪車轍，甚至還有一些矮小的松樹沿著高處生長。這塊土地可能十年前有人來伐木清理，但安迪懷疑之後除了偶然過來的獵人，是否還有人經過這裡。開了六英里後，它似乎就要「沒路」了，安迪還不得不兩度下車去移開被吹倒的樹木。第二次費勁移木途中，他抬起頭，感覺到心臟和頭部劇烈搏動，幾乎讓人作嘔，接著見到一隻大型母鹿若有所思看著他。牠凝視了好一陣子，然後白色尾部靈巧一掀，躍入深林之中。安迪回頭看了嘉莉，發現她帶著像是驚奇的表情看著母鹿的行動，這讓他再次受到激勵。繼續往前行駛了一下，他們再度看見車轍，大約在三點鐘時，他們穿出林道，來到兩線道的柏油路，一五二號公路到了。

19

奧維．傑米森渾身泥濘，多處刮傷，幾乎無法用扭到的腳踝繼續走路。他現在坐在距離曼德斯農場約半英里的貝令路路邊，對著無線對講機說話。他的訊息轉發到停在哈斯汀谷鎮大街上的一輛廂型車，這輛車是他們的臨時指揮哨，配置防竊聽的無線電設備與功率強大的發射器。奧傑的報告經過擾頻處理，再增強發射到紐約市，這裡的中繼站接獲後再傳送回維吉尼亞州朗蒙特市，而上校就坐在他這裡的辦公室接聽。

上校的神情已不復當天上午騎單車來時的神采奕奕與神氣活現，奧傑回報的內容幾乎讓人難以置信：他們知道這小女孩擁有某種能力，但這樣突如而至的屠殺和事態逆轉（至少對上校來說是如此），就像是青天霹靂。四到六人死亡，其他人倉皇逃入樹林，近乎半打的汽車被燒毀，一棟房子付之一炬，還有一名美國公民受傷，而這個人對著任何願意聆聽的人，喋喋不休述說有一群新納粹黨人出現在他家門口，沒有逮捕令，企圖綁架他邀請到家中吃午餐的一對父女。

奧傑結束報告後（其實他一直沒真正報告完畢，因為他一開口就陷入半歇斯底里狀態，不斷重複同樣的話），上校掛斷電話，坐進他深深的旋轉椅裡，開始思考。他沒想過一項秘密行動居然會出現自豬玀灣事件[11]以來最大的差錯，而這次還是在美國本土。

太陽現在已轉到建築物的另一邊，辦公室變得昏暗，暗影重重，但他沒有開燈。瑞秋曾經按了內部對講機，但他只簡短說他不想跟任何人說話，誰來都一樣。

他感覺老了。

他聽見溫勒斯說著：**我說的是毀滅的潛在可能**。好，現在不再是潛在的可能了，對吧？**但我們會抓到她**，他茫然注視前方想著。**哦，沒錯，我們會抓到她的。**

他按下對講機和瑞秋通話。

「我要奧維．傑米森一飛抵這裡，就來這裡向我回報。」他說：「我還想要跟華盛頓的貝克曼將軍通話，是AA級的優先事項。我們在紐約州遇上了一個可能有點難堪的情況，我要妳就這麼對他說。」

「是的，長官。」瑞秋恭敬地回答。

「我要在么勾洞洞和所有六名副指揮開會，也是AA級的優先事項。我還要跟紐約州警總長通話。」州警也參與了搜索行動，上校想讓他們明白這一點。如果要被潑髒水，他肯定會保留一大桶給他們。但他也想指出，保持聯合戰線，大家還是有可能體面地脫身。

他猶豫了一下，問說：「還有，等約翰．雨鳥打電話過來時，告訴他我要找他，我有另一個工作要給他。」

「是的，長官。」

上校放開對講機的按鈕，然後坐回椅子，開始打量起暗影。

「沒有不能解決的事。」他對著暗影說。這也是他的人生座右銘——它沒有做成絨線刺繡，也沒有雕成書桌銅匾浮雕，但它就刻印在他心頭作為真理。

沒有不能解決的事。直到今晚，直到奧傑回報前，他都一直如此堅信。這樣的哲學讓賓州一個貧窮礦工的孩子取得目前的成就，而儘管短暫受到驚嚇，他仍舊抱持這個信念。在曼德斯和他太太之間，從新英格蘭到加州可能都有著他們散居各地的親戚，每個人都是一個潛在的施壓工具。朗蒙特這裡已有夠多的最高機密檔案會讓商店行事方法的國會聽證會變得……嗯，有點難以聽取。車子甚至是探員都只是硬體，不過恐怕還要好長一段時間，他才能真的習慣艾爾．史戴諾維茲已經不在人世。誰能夠接替艾爾呢？撇開其他事情不談，他一定會確保那個孩子和她的老爸要為他們對艾爾做出的事付出代價。

只是那個女孩，那個女孩能被解決嗎？

一定有方法的，一定有抑制的方法。

麥吉一家的檔案仍放在圖書館推車上。他起身走向它們，開始焦躁不安地翻查檔案，心中想著，雨鳥這時候在哪裡？

11. Bay of Pigs Invasion，即古巴逃亡分子一九六一年在美國政府秘密資助及指揮下，於古巴西南的豬玀灣登陸，向卡斯楚領導的古巴政府發起了的侵入行動，最後失敗收場。

第4章 華盛頓哥倫比亞特區

1

當霍利斯特上校忽然想到約翰·雨鳥時，雨鳥正坐在下榻的五月花飯店房間，看著一個叫做「填字智慧」的電視猜謎。他赤身露體坐進椅子，裸足整齊並放，收看節目。他等著天色變暗，天色變暗之後，他會等著深夜來臨；深夜來臨之後，他會開始等待凌晨到來；當凌晨到來，整個飯店的脈動最為放緩的時候，他會結束等待，然後上樓到一二一七室，殺掉溫勒斯博士。之後，他會下樓回來這裡，思索溫勒斯死前跟他說的任何事，等太陽升起的某個時候，他會稍睡一會兒。

約翰·雨鳥是個平和的人，幾乎對一切都保持平和——對上校、對商店，對美國是如此；對上帝、對撒旦、對宇宙，也是如此。如果說他還沒有對自己完全感到平和，那只是因為他的朝聖之旅還沒有完成。他擁有許多成功之舉、許多光榮的疤痕，人們畏懼或憎恨地遠離他並不重要；他在越南失去了一顆眼睛不重要；他們付給他的酬勞也不重要。他領取酬勞，其中大部分用來購買鞋子。他熱愛鞋子。他在亞利桑那州的旗手市有一個家，而儘管本人很少過去，卻把所有鞋子都寄到那裡。當他真有機會回到自己的房子，他會欣賞這些鞋子——Gucci、Bally、Bass、Adidas、Van Donen 各種品牌，全是鞋子。他的房子是個奇怪的森林；鞋子樹木在每個房間生長，他會走過一個個房間，欣賞上面結成的鞋子果實。但是，獨處的時候，他會打赤腳。他的父親是血統純正的切羅基人，死後赤腳入土，有人偷走了他下葬用的印第安人莫卡辛鞋。

除了鞋子，雨鳥只對兩件事感興趣。其中一件是死亡，這當然指的是他自己的死亡；他為這件不可避免的事已準備了二十多年。處理死亡一直是他的工作，也是他至今唯一出類拔萃的手藝。隨著年歲增長，他對死亡愈來愈感興趣，就像藝術家會對光線品質和亮度感興趣；就像作家會如同盲人閱讀點字一樣，感覺到文字和細微差異。讓他最感興趣的是真正的**離去**……靈魂的真正散出……人類認定是生命的東西，從身體離開，然後進入其他的東西。感覺到自己正在溜走會是怎樣的情況？是不是認為這是大夢初醒？基督教的魔鬼是否拿著三叉戟，等著刺入尖叫的靈魂，把它當成羊肉串的肉塊帶下地獄？有沒有歡樂？知不知道自己的去向？瀕死眼睛見到的景象是什麼？

雨鳥希望能有機會為自己找到答案。在他從事的職業中，死亡往往迅速且始料未及，轉瞬之間就發生。他希望當自己的死亡到來時，他會有時間準備，以便感受一切。他最近愈來愈常觀察死在自己手中的人的臉，試著找出他們眼中的秘密。

他對死亡感興趣。

他也對他們如此關切的那個小女孩感興趣，這個莎琳．麥吉。就上校所知，雨鳥對麥吉一家只有隱約了解，而且對命運六號一無所知。事實上，雨鳥知道的幾乎就跟上校一樣多——如果上校得知這樣的狀況，必定會把他列入終極制裁對象。他們懷疑這女孩擁有或可能擁有某種巨大力量——甚至是各種巨大力量。他很想會會這女孩，了解她有怎樣的力量。他也知道安迪具有上校所謂的「潛在精神控制力」，但雨鳥並不在意，他還沒碰過可以控制他的人。

「填字智慧」節目結束了，接著播報新聞，都沒什麼好消息。雨鳥就這樣坐著，不吃，不喝，不抽菸，他乾乾淨淨、空空蕩蕩，衣物剝除，就這樣等待殺戮時刻到來。

2

那天稍早，上校曾經不安地心想，雨鳥的行動真是悄然無聲。溫勒斯博士同樣完全沒聽到雨鳥進來，溫勒斯從一夜好眠中醒來，他會醒來是因為有根手指在他的鼻子下方搔癢。他醒來，見到一個像是從噩夢現身的怪物龐然出現在床邊。溫勒斯每到了陌生地方，總會讓浴室的燈亮著，現在浴室透出的光線讓對方的一隻眼睛微微閃爍，而原本該是另一隻眼睛的地方卻只是一個空無的坑洞。

溫勒斯張口想要喊叫，但雨鳥一隻手捏住他的鼻孔，另一隻手捂住他的嘴巴，使得溫勒斯不斷拍打。

「噓。」雨鳥說，語氣帶有母親為寶寶更換尿布時的愉快溺愛。

溫勒斯更加用力掙扎了。

「如果想活，就安靜別動。」雨鳥說。溫勒斯仰頭看他，抬高了一下身子，便動也不動地躺著。

「你能保持安靜嗎？」雨鳥問。

溫勒斯點點頭，臉色已然脹紅。雨鳥放開雙手，溫勒斯開始粗啞地喘息，一邊鼻孔淌下了鼻血。

「你……是誰……上校……派你來的嗎？」

「我是雨鳥。」他鄭重地說：「對，上校派我來的。」

溫勒斯在黑暗中瞪大了眼睛，伸出舌頭舔了一下嘴脣。躺在床上，被單踢到踝關節附近的情況下，他看起來就像全世界最老的孩童。

「我有錢。」他非常迅速地輕聲說道：「瑞士銀行帳戶，裡面有很多錢，全給你。向上帝發誓，我絕對不會說出去。」

「溫勒斯博士，我要的不是你的錢。」

溫勒斯凝視他，無法控制左邊嘴角的冷笑，左眼皮下垂顫抖。

「如果想活著見到太陽升起，你就跟我談談。」雨鳥說：「溫勒斯博士，你來給我一場講座，這是我一人的研討會，我會很專心，當個好學生。而我會留你一命作為獎勵，你將遠離上校和商店的視線而生活，懂了嗎？」

「懂。」溫勒斯沙啞地說。

「你同意嗎？」

「同意……但什麼——？」

雨鳥伸出兩根手指按向他的嘴脣，溫勒斯博士立刻噤聲不語，瘦骨嶙峋的胸膛上下急促起伏。

「我會說四個字。」雨鳥說：「然後你的講座就開始。它要包括你所知道的一切、所懷疑的一切，以及你推論的每一件事。溫勒斯博士，你準備好迎接這四個字了嗎？」

「好了。」溫勒斯說。

「莎琳．麥吉。」雨鳥說，然後溫勒斯博士開口了。起初，他說得非常緩慢，後來速度開始加快。他談論，讓雨鳥得知命運六號實驗的完整歷史及精采經歷。他說的內容有很多是雨鳥早已知道，但溫勒斯博士也填補了許多空白之處。教授重複那天上午對上校所做的完整佈道，而這一次沒有人充耳不聞，雨鳥仔細聆聽，有時皺著眉頭，而聽到溫勒斯以如廁訓練作為比喻，他輕輕鼓掌，輕聲發笑。這鼓勵了溫勒斯更加滔滔不絕。當他開始像老人家那樣，重複說話內容時，雨鳥再次伸手，一隻手再度捏住他的鼻子，另一隻手再度捂住他的嘴巴。

「抱歉。」雨鳥說。

在雨鳥的重量下，溫勒斯弓起背翻騰。雨鳥施加了更多的壓力，等溫勒斯的掙扎開始減弱時，雨鳥猝然移開捏住溫勒斯鼻子的那隻手。這位好博士發出嘶嘶的呼吸聲，彷彿輪胎被大釘子刺破開始漏氣。他的眼珠跟受驚馬兒的眼睛一樣，在眼窩裡狂亂轉動……卻還是難以見到東西。

雨鳥抓住溫勒斯博士睡衣外套的領子，猛然拽起他側躺著，讓浴室透出的冰冷白光直接照在他的臉上。

然後，他再次捏住博士的鼻孔。

男人如果被切斷空氣，在全然冷靜的狀況下，有時可以存活達九分鐘，並不造成腦部永久性損害；女人因為肺活量稍好，二氧化碳排放系統效率也稍佳，或許可以持續十到十二分鐘。當然，掙扎和恐懼會大量縮短存活的時間。

溫勒斯奮力掙扎了四十秒，搶救自己性命的努力開始減弱。他的雙手軟弱地捶打雨鳥扭曲如花崗岩的臉龐，腳跟在毯子上敲出悶沉的歸營鼓聲。他開始在雨鳥長了老繭的掌心中淌下口水。

時候到了。

雨鳥往前湊，帶著孩童般的熱切，仔細端詳溫勒斯的眼睛。

但是，依然相同，總是相同。眼睛似乎失去了懼意，取而代之的是極大的困惑。沒有詫異，沒有頓悟，也沒有理解或敬畏，只有困惑。這兩隻困惑的眼睛曾一度凝視著雨鳥的獨眼，雨鳥知道他被看到了。或許模糊不清，而且隨著博士愈來愈沒了生氣，視野也愈來愈往後退，但他還是被**看著**。然後，只剩下呆滯目光。喬瑟夫・溫勒斯博士不再待在五月花飯店；雨鳥現在坐在他的床上，面對一具真人大小的玩偶。

他靜靜坐著，一隻手仍捂著玩偶的嘴巴，另一隻手緊緊捏住玩偶的鼻孔。最好要確認清楚，所以他會再保持這種姿勢十分鐘。

他想著溫勒斯告訴他關於莎琳．麥吉的事。一個小孩真能擁有這樣的力量嗎？他認為或許可能。他曾在加爾各答見到一個男人把刀子戳進身體——雙腳、肚子、胸口、脖子都扎進了刀子——再拔出刀子，卻沒有留下任何傷口。這或許可能，而這必定……讓人感興趣。

他想著這些事，然後發現自己在思索殺掉小孩會是怎樣的感覺。他從未刻意做出這樣的事（雖然他曾一度把炸彈安置在飛機上，炸彈引爆後，機上六十七名乘客全數罹難，當中或許有一個或更多的小孩，但這不一樣，這並非針對個人）。他從事的這個行業，不常需要殺掉小孩。畢竟，不管有多少人——例如國會中的某些懦夫——如此認定，但他們並不是愛爾蘭共和軍或巴勒斯坦解放組織那樣的恐怖組織。

畢竟，他們只是科學研究組織。

或許用上一個孩子，結果會有所不同。孩子臨死前的眼睛可能會有另一種表情，而不是只有讓他感覺空虛和非常——對，確實如此——非常悲傷的困惑神情。

他可能會在孩子的死亡中，發現部分他需要知道的事。

一個像莎琳．麥吉這樣的孩子。

「我的生命就像沙漠中的筆直道路。」雨鳥輕柔地說。他專注看著一對沒有光澤的藍色彈珠，而這原本是溫勒斯博士的眼睛。「但我的朋友……我的好朋友，你的生命根本不是道路。」

他親吻溫勒斯一邊臉頰，然後又吻了另一邊。然後把溫勒斯拉回床上躺正，替他罩上被單。被單如降落傘般輕柔落下，白色細麻布上勾勒出溫勒斯突出但已無動靜的鼻子，雨鳥離開房間。

那天晚上，他想著那個據稱可以燃火的女孩，想著她的許多事。他思忖她會在哪裡，她在想什麼，又夢見什麼。他對她產生一種非常溫柔、非常想要保護她的感覺。

當他慢慢墜入夢鄉時，時間剛過了清晨六點鐘，而他確信：這女孩會是他的。

第5章 佛蒙特州，泰許摩

1

安迪和嘉莉在曼德斯農場大火事件的兩天後，抵達泰許摩的小屋。威利吉普車一開始的車況就不是很好，而跋涉在厄文為他們指出的顛簸泥濘林道，更是無助於改善它的狀況。當薄暮終於來到以哈斯汀谷為開端的漫漫長日時，他們剩下不到二十碼，就可以駛出第二條──也是較糟的那一條林道。下方就是目前仍被茂密灌木擋住的二十二號公路，儘管還看不到公路本身，卻已經可以聽見不時呼嘯而過的汽車和卡車聲音。他們當晚睡在吉普車上，擠在一起取暖。隔天上午──也就是昨天上午──清晨五點一過，在東邊天空只露出魚肚白時，便啟程上路。

嘉莉臉色蒼白，看起來無精打采，筋疲力竭。她沒有問萬一路障已經往東挪，他們怎麼辦。其實這樣也好，因為如果路障挪移，他們就會被抓，那麼一切就結束了。他們也不可能棄車逃跑，嘉莉已經走不動，而他也一樣。

所以安迪繼續開上公路，在這個十月天，他們整天都在一個像是要下雨卻始終沒有落雨的灰白天空底下，搖搖晃晃行駛在二級道路上。嘉莉大半時間都在睡覺，讓安迪有點擔心，擔心她把睡覺當成一種不健康的逃避方式，不願去嘗試接受現實發生的事。

他兩度在路邊餐館停下，去買了一些漢堡和薯條。第二次時，他用掉了廂型車司機吉姆．保森給他的五元美鈔。原本剩下的電話硬幣大多沒了，在曼德斯農場那一片混亂之中，必定有不少硬幣從他的口袋掉落，但他想不起來了。還有別的東西也同樣消失，他臉上嚇人的麻木部位在晚間消退了，這倒是他不介意失去的東西。

分給嘉莉的漢堡和薯條，她大多沒吃。

昨天晚上，他們大約在天黑後一小時開進公路休息區。休息區空無一人，現在已經秋天，露營車的季節要再等一年。一個鄉村風的木質標誌上，以電燒字體寫著：禁止露營，嚴禁煙火，愛犬繫好狗繩，亂丟垃圾罰款五百美元。

「這些可是這裡的真正娛樂啊！」安迪嘀咕著，一邊把吉普車開下碎石停車場的遠端坡地，進入傍著潺潺小溪的小樹林。他和嘉莉下了車，默默走到水邊。天空多雲，卻很溫暖；看不到星星的情況下，夜晚顯得格外漆黑。他們坐在水邊好一陣子，傾聽小溪訴說自己的故事。他握住嘉莉的手，這時她放聲大哭，像是就要撕裂自己的深深啜泣。

他把她摟進懷中，輕輕搖動。「嘉莉。」他輕聲說：「嘉莉，嘉莉，不哭，我們不哭。」

「爹地，拜託別讓我再做這樣的事了。」她流淚。「因為如果你要我做，我會做，然後我想我會殺死自己，所以求求你……求求你……永遠不要……」

「我愛妳。」他說：「別說了，別再說殺了自己的事，這種說法太瘋狂了。」

「不。」她說：「並不是。爹地，答應我。」

他思索了好一陣子，然後緩緩開口：「嘉莉，我不知道自己能不能做到，但我答應我會盡力做到，這樣可以嗎？」

她煩憂的沉默回答了一切。

「我也害怕。」他輕聲說：「爹地也害怕，妳要相信我。」

他們那天晚上一樣待在吉普車上過夜，大約清晨六點又上路了。雲層已經散去，十點鐘時已變成晴空萬里的秋老虎天氣。他們一駛過佛蒙特州界，就見到人們爬在像是船桅的梯子上摘蘋果，果園裡停著載滿一桶桶水果的卡車。

十一點半時，他們下了三十四號公路，駛上一條標示「私人產業」帶有車轍痕跡的狹窄泥土路，安迪心中頓時放輕鬆了。他們成功抵達麥吉爺爺的地方，他們到了。他們慢慢開往湖邊，這段距離大約有一點五英里。紅黃紛呈的十月落葉在吉普車鈍平車頭的前方路面打轉而過，當林間透進粼粼波光時，路徑分成兩條。較小的岔路橫著一條沉重的鐵鏈，鏈條上掛著一個鏽跡斑斑的泛黃告示：「按郡治安官命令，不得擅入」。大部分的鏽斑出現在金屬告示牌六到八個凹陷附近，安迪猜想必定是放暑假的孩子為了打發無聊時間，拿著點二二槍枝往告示牌射擊。不過，那已經是多年前的事了。

他踏下吉普車，拿出口袋裡的鑰匙圈。鑰匙圈掛著標有他名字縮寫「A. McG」的皮製掛牌，名字字跡幾乎已磨平隱去。這個皮件是維琪有一年送給他的耶誕禮物，當時嘉莉還沒有出生。

他在鐵鏈旁邊站了一會兒，注視手中的皮件，然後是上面的鑰匙，這裡幾乎有兩打鑰匙。鑰匙是個古怪的東西；可以藉由不斷收藏在鑰匙圈的鑰匙，作為人生索引。他猜想有些人會直接把舊鑰匙扔掉，這些人無疑比他更井然有序，就像一些有條理的人習慣每隔六個月便清理皮夾一樣，而這兩件事安迪都不曾做過。

這裡有海利森大學王子教學大樓東側門的鑰匙，他的辦公室就在那棟建築物裡；這裡也有辦公室本身，以及英語系辦公室、海利森住家的鑰匙。而自從商店殺害了他的妻子並綁架了他的女兒那天之後，他就再也沒回過那個家。鑰匙圈上甚至還有兩、三把他已認不出用途的鑰匙，鑰匙果真是有趣的玩意兒。

他的視線模糊起來，他忽然好想念維琪，自從帶嘉莉逃亡的前幾個黑暗星期以來，他還沒這麼強烈需要她在身邊。他好累、好害怕，而且滿腔怒火。在這個時候，如果能讓商店組織的每一個手下排在爺爺這條小路上，而有人給他一把衝鋒槍的話……

「爹地？」嘉莉的聲音傳來，語帶憂慮。「你找不到鑰匙嗎？」

「不，我找到了。」他說。這把鑰匙和其他鑰匙放在一起，是一把小鑰匙，上面有他以折疊刀刻出「T.P.」代表泰許摩池的記號。他們最後一次來這裡是嘉莉出生的那一年，現在，安迪扭動了鑰匙一會兒，才轉開了卡住的鎖心。鎖頭應聲而開，他把鎖鏈放在地面厚厚的落葉上。

他開著吉普車穿過，然後再掛上鎖鏈。

路況非常不好，這是安迪很樂意見到的事。以往每年夏天都來這裡的時候，他們會住上三到四星期，他總會花上幾天來整理道路，像是去山姆．摩爾的砂石坑運來石子，鋪在車轍最嚴重的地方，砍除灌木，或找來山姆本人開來他老舊的壓路機來壓平路面。露營道路另一個較小的岔口通往岸邊大約二十四間的露營小屋，這些露營道路有相關的道路協會、年度費用，以及八月的業務會議等等（儘管這些業務會議其實只是在勞動節[12]來臨前大吃大喝的藉口，同時為夏天打上句點），但這條路上只有爺爺的地方，因為他在經濟大蕭條的時候，以非常便宜的價格買下了這片土地。

在過去時光，他們家有一輛福斯旅行車。他懷疑那輛福斯現在能否開來這裡，畢竟就連有高底盤的威利吉普車，車底也卡了一、兩回。但安迪一點也不介意，因為這表示還沒有人到過這裡。

「爹地，那裡有電嗎？」嘉莉問。

「沒有。」他說：「也沒有電話。小乖乖，我們不敢打開電力，這會像是舉著標語說『我們在這裡』。不過那裡有煤油燈，還有兩桶煤油，只要東西沒被偷走的話。」他有點擔心這件事，因為煤油價格從他們上次來這裡之後，漲了許多，或許會讓它值得一偷。

「那裡會有——」嘉莉開口。

「該死！」安迪踩下煞車。前方一棵樹倒地攔路，巨大的老樺木可能被冬季暴風雪吹倒在地。「我想我們後面得用走的了，大概只剩下一英里。」之後，他得帶爺爺的木鋸過來砍樹，他不想把厄文的吉普車留在這裡，這樣太不隱密了。

他撥撥她的頭髮。「走吧。」

他們下了吉普車，嘉莉不費吹灰之力從樺木底下穿了過去，安迪則小心翼翼攀爬過去，努力不要刺傷重要部位。落葉隨著他們的腳步傳來愜意的沙沙聲響，樹林散發出秋天的芬芳。樹上一隻松鼠居高臨下看著，密切警戒他們的行進。現在他們再次透過樹冠，看到斑駁的明亮藍天。

「剛開到這裡的時候，妳想要說什麼？」安迪問她。

「那裡有足夠的煤油嗎？萬一我們要度過整個冬天。」

「不夠，不過剛開始還夠用。我會砍一些木頭，妳也有很多木頭可以撿。」

十分鐘後，小路豁然開朗，來到泰許摩湖畔的一處空地，他們到了。兩人靜靜駐足片刻。安迪不知道嘉莉有什麼感覺，但對他來說，大量的回憶湧現，而這已不能淡然只說是懷舊。交織在這些記憶中的還有三天前早上的那個夢——小船、蠕動的大蚯蚓，甚至是爺爺靴子上的橡膠補丁。

這棟小屋是建造在粗石地基上的木造建築，共有五個房間，有個往湖面延伸的平臺，還有一道進入水面的石砌碼頭。除了堆積三個冬天的一堆堆落葉和落枝，這地方沒有任何改變。他幾乎

12. 美國勞動節是在九月的第一個星期一。

期待爺爺本人會信步走出，身著綠黑格子襯衫向他揮著手，大聲要他快上來，然後問他拿到釣魚執照了嗎，因為黃昏很容易釣到褐鱒。

這一直是個好地方，一個安全的地方。在泰許摩池的另一頭，松樹在陽光下閃爍著灰綠色光澤。**愚蠢的樹木，**爺爺曾經這麼說，**甚至不知道夏天和冬天的差別**。對岸唯一的文明痕跡是布萊福鎮碼頭，沒有人來設立購物中心或遊樂設施。風仍在林間低語；綠色木瓦板仍長滿苔蘚，呈現森林面貌；松針仍在屋頂斜角及木製排水溝凹槽飄動。他在這裡曾經只是個小男孩，爺爺教他怎麼掛魚餌。他在這裡有自己的房間，房間鑲嵌上好楓木，他在這裡的狹窄小床上有過許多男孩的夢想，會在湖水拍打碼頭的聲音中醒來。他也曾經在這裡作為一個男人，在原本屬於爺爺奶奶的雙人床上，和他的妻子做愛。奶奶沉默寡言，外表有些兇惡，屬於美國無神論者協會的成員，如果問她，她會以如同熱忱傳道者不可改變、擲地有聲的邏輯，說明欽定版聖經中的三十大矛盾之處，以及宇宙機芯發條論的可笑謬論。

「你在想媽媽，是嗎？」嘉莉以可憐兮兮的語氣問道。

「對。」他說：「對，我想她。」

「我也是。」嘉莉說：「你們在這裡有過美好時光，對不對？」

「是啊。」他認同。「來吧，嘉莉。」

她躊躇地看著他。

「爹地，我們能夠回到從前沒事的情況嗎？我可以再去上學嗎？」

他考慮說謊，但謊言不是好答案。「我不知道。」他努力擠出笑容，卻做不到；他發現自己甚至無法令人信服地扯開嘴唇。「嘉莉，我不知道。」

2

爺爺的工具都還整齊放在船屋的工具棚裡，安迪還找到一個額外的獎勵，這是他一直希望卻告訴自己不要期望太大的東西：兩捆整齊劈好的柴火就放在船屋下方的隔間。這大部分還是他親手劈的，上面還蓋著他扔在上頭的髒舊帆布。兩捆木柴當然不足以過冬，但等他收拾完營地附近所有被吹落的枯枝以及擋道的樺樹，可能就準備充裕了。

他拿著木鋸回到風倒木，鋸掉足夠讓威利吉普車通行的部分。做完時，天色已經快黑了，他又餓又累。食品儲藏室也沒有人動過；即使這六個冬季曾出現搭摩托雪橇的宵小或竊賊，他們也會去南方湖畔人口比較密集的地區。這裡有五個架子的罐頭湯、沙丁魚罐頭、燉牛肉罐頭和各式各樣的蔬菜罐頭。地板上甚至還有半盒狗食，這是爺爺養的老狗賓寶的遺產，安迪認為他們還不至於會用到它。

當嘉莉瀏覽大客廳架上的書籍時，安迪從食品儲藏室走下三個臺階，進入地窖，他在橫梁上劃亮了火柴，手指伸進這小小泥土地面的木板牆壁上一個節孔，施力一拉，木板就開了。安迪往內看，不一會兒露出了微笑。在密布的蛛網後方是四瓶蓋著金屬蓋的玻璃瓶，裡面裝著略為油滑的清澈液體，這是純度百分之百的私釀白威士忌——爺爺稱之為「老爸的威士忌」。

火柴燙到了安迪的手指，他甩熄它，又擦亮了一根。就像以前的新英格蘭傳道士（這正是她的直系祖先），赫爾達・麥吉對這種簡單愚蠢的男性樂趣不喜歡、不理解，也毫不容忍，她可說是無神論者的清教徒。這一直是爺爺的小秘密，他在死前一年和安迪分享了這個秘密。

除了私釀威士忌，還有一罐紙牌籌碼。安迪拿出它，然後探手摸索上方的狹縫，劈啪一聲，他抽出一小捆鈔票。有十元、五元，以及一元鈔票，全部大約八十美元。爺爺的癖好是玩七張梭哈，他說這是讓他「趾高氣昂的錢」。

第二根火柴也燒著他的手指，安迪揮熄它。他在黑暗中把紙牌籌碼、鈔票和所有東西擺回去，知道東西還在這裡的感覺真好。他把木板放回原處，穿過食品儲藏櫃回到客廳。

「要喝番茄湯嗎？」他問嘉莉。奇蹟中的奇蹟，她已找出架上所有小熊維尼的書，現在正和小熊維尼及毛驢屹耳待在百畝森林裡。

「好呀。」她頭也沒抬地回答。

他煮了一大鍋番茄湯，為兩人各開了一罐沙丁魚罐頭。他仔細拉上窗簾後，才點亮一盞煤油燈，把它放到餐桌上。他們坐下來用餐，沒怎麼交談。吃完後，他就著燈罩口點了一根香菸。嘉莉在奶奶的餐具櫃找到放置紙牌的抽屜，裡面大約有八到九副紙牌，每一副不是少了鬼牌，就是缺了兩點牌之類的，當安迪仔細巡視營地時，她整個晚上都在整理紙牌。

後來，送她睡覺替她蓋好被子時，他問她有什麼感覺。

「安全。」她毫不遲疑地說：「爹地，晚安。」

如果嘉莉覺得夠好了，那對他也一樣。他陪了她一陣子，但她毫無困擾迅速入睡，他離開房間，但開著門，這樣萬一她晚上睡不安穩，他就能聽到。

3

上床睡覺前，安迪去了地窖，拿出一瓶私釀酒。他用果汁杯為自己倒了一些酒，然後從拉門走到外面的平臺。他坐在其中一張帆布的導演椅（有點霉味，他心中閃現是否有可以處理它的東西），凝視緩緩起伏的黑暗湖面。外頭有些寒意，但啜飲幾口爺爺的威士忌後就舒適地驅走了寒冷。這是從第三大道的追逐以來，他第一次也覺得安全及放心。

他抽了一口菸，望著整個泰許摩池。

這種安全和放心的感覺不是從紐約市以來的第一次，而是從十四個月前，當商店重回他們生活的那個可怕八月天以來的第一次。隨後，他們不是在逃亡，就是在躲藏，這兩種情況都沒辦法讓人放心。

他還記得聞著地毯燒焦氣味，和昆西通電話的那個時候。當時他在俄亥俄，昆西在加州（在昆西少數的信件中，他總是自稱住在神奇的地震國度）。**對，真是幸運，**昆西如是說，**否則他們可能會把兩人放進兩個小房間，為維持兩億兩千萬美國人的安全和自由，而全天候工作……我敢說他們會想帶走孩子，把她放進小房間，看看她能不能幫助這個世界的民主更加安全。老朋友，我想我要說的就是這樣，還有就是……保持低調。**

他以為那時他感受到了恐懼，但其實他還不知道什麼叫做恐懼。恐懼是回到家後，發現妻子指甲被拔掉後死去。他們拔除了她的指甲，逼問嘉莉的去向。嘉莉去朋友泰莉．杜岡的家住兩天兩夜；他們原本計畫一個月後也邀請泰莉來他們家住上同樣的時間。維琪稱這個活動為「一九八○大交換」。

當時他只沉浸在混雜著悲傷、恐慌和憤怒的情緒之中，而現在，抽著菸坐在平臺上，安迪可以重現當時的情況：真的是純屬幸運（或許不只是幸運），讓他可以追上他們。

他們全家一直受到監視，這必定已進行了好一段時間。當那個星期三下午，嘉莉在夏令營結束後沒有回家，星期四和星期四晚上也沒有出現時，他們必然認為安迪和維琪察覺了這個監視行動。他們沒去追查嘉莉其實只是住在不到兩英里外的朋友家，反倒認定他們已送走女兒藏匿。

這是可笑愚蠢的錯誤，但商店不是第一次犯下這種過失——根據安迪在《滾石雜誌》看到的報導，商店曾經涉及並深切影響針對紅軍恐怖主義者一項劫機事件的血洗行動（雖然中止劫機，卻付出六十條人命的代價）；販賣海洛因給組織，以換取邁阿密多半無害的古巴裔美國人團體的情報；並且在共產主義者奪取以數百萬美元海濱飯店和巫毒教聞名的一個加勒比海島嶼時，也參與其中。

既然商店出現過這樣一連串的重大失誤，就不難理解受命監視麥吉一家的探員為何會錯把小孩在朋友家過夜當成逃匿行動。就像昆西可能會說的（或許他的確說過），如果商店上千名員工中最有效率者必須到私人單位工作，他們會在試用期結束前就領到失業救濟金。

但是現在回想起來，雙方都有重大失誤——而如果這個想法中的痛楚已隨著時間微微模糊發散，它一度是尖銳到讓人鮮血淋漓，尖端像是淬著箭毒的內疚感引發了多次痛苦。在嘉莉絆倒摔下樓那天，昆西在電話中所暗示的內容讓他感受到恐懼，但顯然他還不夠恐懼。如果真的夠恐懼，或許他們就會真的躲藏起來。

他太晚了解到，當生活或家庭生活開始慢慢超出正常範圍，進入一個通常只會在短暫的六十分鐘電視節目，或坐在戲院一百一十分鐘的電影期間，讓自己接受的激烈幻想國度時，人類的思維會開始受到催眠。

和昆西通話過後，一種特別的感覺逐漸爬上他心頭，感覺就好像他的頭腦經常處於毒品影響的迷幻狀態。電話被竊聽？有人在監視？他們可能會全部被抓走，關進某個政府複合大樓的地下室房間？偏向於傻笑中眼睜睜看著事情逼近；偏向於做出文明舉動，卻藐視自己的直覺……

湖面突然一陣黑暗中的擾動，幾隻野鴨飛進夜空。半月已高掛天空，在牠們往西行的展翼上，灑下朦朧的銀色輝光。安迪又點了一根菸，他抽得太兇了，不過現在只剩下四到五根香菸，他很快就有機會戒菸。

對，他曾經猜想電話被竊聽。有時，接起電話說喂的時候，會有奇怪的雙重咔嗒聲。有一、兩次，當他和打來問作業的學生或同事講電話時，連線會莫名其妙斷掉。他曾經猜想家裡可能有竊聽器，卻從未翻遍房子來找尋它們（是因為猜想自己可能找到它們嗎？），而且有好幾次他曾經猜想——不，幾乎是肯定——有人在監視他們。

他們住在海利森的湖濱區，那裡真是令人讚嘆的郊區原型。在喝醉的夜晚，可能會在六到八個街區間繞上好幾小時，才找得到自己的家。鄰居不是在城外的ＩＢＭ工廠、城內的俄亥俄半導體工作，就是在大學教書。如果在平均家庭收入表上以量尺劃上兩條直線，下面直線是一萬八千五百美元，上面直線大約是三萬美元，那麼湖濱區的居民絕大部分都落在中間區域。

在那裡，你會認識大家。你會在街上向培根太太點頭打招呼，她失去了丈夫，此後就跟伏特加結褵——她看起來就是這樣；和這位特別紳士的蜜月危損了她的臉蛋和身材。你會對著在茉莉街和湖濱大道轉角租屋，開著白色捷豹的那兩名女孩舉Ｖ致意——心中想著跟這兩名女孩共度夜間會是怎樣的光景。你會在月桂巷和總是在修剪樹籬的漢蒙德先生談論棒球，漢蒙德先生在ＩＢＭ工作（這也是「我被調職了」（I've Been Moved）的縮寫），他會在電動樹籬剪的嗡嗡聲中跟你聊個不停。他原本住在亞特蘭大，是勇士隊的狂粉。他厭惡辛辛那提紅人隊，這使得他不怎麼受鄰居歡迎。但漢蒙德先生才不鳥這些事，只是在等ＩＢＭ給他新的調職書。

不過，漢蒙德先生不是重點，培根太太不是重點，把白色捷豹車燈周圍漆成暗紅色，開著這樣汽車的性感美女也不是重點。重點是，大腦不久就會自行形成一個潛意識分組：屬於湖濱區的人們。

在維琪被殺害及嘉莉從杜岡家被帶走前的幾個月之間，附近卻出現不屬於這個分組的人。安迪不理會這件事，告訴自己只因為昆西的電話讓他多疑，就要維琪提高警覺真是太蠢了。

還有那些坐在淺灰廂型車裡的人，他見過有個紅髮男子先是一個晚上低頭坐在AMC鬥牛士車款的駕駛座，兩星期後的一個晚上又換開普利茅斯箭款汽車，大約再十天後坐在那輛灰色廂型車的副駕駛座。太多推銷員上門推銷，而且當他們外出一天回來，或是帶嘉莉看完最新的迪士尼故事回家時的晚上，他好幾次都感覺到似乎有人來過家裡，東西被輕微移動過。

一種被監視的感覺。

只是，他不相信事態會發展到超出監視的範圍。這是**他的**重大錯誤，他還是不太相信這會是他們需要恐慌的事。他們可能在一直計畫要抓走嘉莉和他自己，並且會因為維琪不太有用處而殺掉她——誰需要這樣低層級的超能力者呢？一星期中最大的本事不過就是關上房間另一頭的冰箱門？

然而，這次的行動有種魯莽倉卒的性質，使他認為嘉莉出乎意料不見蹤影這件事，迫使他們提早採取行動。如果不見人影的人是安迪，他們可能會再靜觀其變，但不是這樣，消失的人是嘉莉，而她才是他們真正感興趣的目標。安迪現在非常確定這一點。

他起身伸了懶腰，聽到脊椎劈啪作響。現在該去睡覺了，該停止回顧這些痛苦的舊時記憶。他不打算把餘生都用在怪罪自己要為維琪的死亡負責，畢竟，他只是事前從犯而已。況且，他的餘生也不會太長。安迪．麥吉很清楚他們在曼德斯家門廊的行動，他們打算殺死他。他們現在只要嘉莉。

他上床就寢，不久就睡著了，作了許多令人不安的夢。他一再又一再夢見竄過庭院陳年泥土地面的火線，見到它分開繞過砍柴木墩形成火圈，見到雞群像是飛上天的活生生燃燒彈。在夢中，他感覺到熱流包裹住他，不斷迫近增厚。

她說她不想再製造火焰了。

或許這樣最好。

在屋外，十月的冰冷月光映在新罕布夏州布萊福小鎮的泰許摩池，橫越湖面，同時照耀在整個新英格蘭地區；往南，則來到了維吉尼亞州的朗蒙特。

4

自從在傑森葛奈大樓接受過實驗，安迪．麥吉有時會感覺到異常清晰的預感。他不知道這是不是一種低階的預知力，但已了解到，預感出現時就要相信。

在一九八〇年八月的那一天，大約中午時分，他有了非常不祥的預感。預感出現時，他正在聯合大樓頂樓的教職員休息室「七葉樹室」吃午餐。他甚至可以指出確切的出現時刻，當時他和英語系同事伊夫．歐布萊恩、比爾．華勒斯和唐恩．葛保斯基在吃奶油雞肉燉飯，他們全都是他的好朋友。而一如既往，有人為正在收集波蘭笑話的唐恩帶了一個笑料，這一次是伊夫提供的，說是怎麼區分波蘭梯子和普通梯子，最上面的踏板寫著「停」的就是波蘭梯子，大家哄堂大笑，此時安迪的腦海中出現一個非常鎮靜的細微聲音。

（家裡出事了）

就這樣，這樣就夠了。感覺不斷加重，就像他過度使用推力時，頭痛不斷加劇讓他整個傾覆的情況一樣。不過，這次不只是頭；他所有情緒像是慢慢糾纏在一起，它們彷彿是紗線，而有隻壞脾氣的貓沿著他的神經系統，玩弄著紗線，對它們齜牙低吼。

他的好心情不見了。奶油雞肉燉飯失去了剛開始時原本就不多的吸引力，他的胃開始翻騰，心跳急遽加速，就好像剛剛受到重大驚嚇一般。然後，他的右手手指猝然像是被門夾到一樣，陣陣抽痛。

他倏地起身，額頭直冒冷汗。

「聽著，我覺得不太舒服。」他說：「比爾，你可以幫我上一點鐘的課嗎？」

「志向遠大的詩人嗎？好，沒問題。怎麼了嗎？」

「我不知道，可能是吃壞肚子了。」

「你臉色有點蒼白。」唐恩說：「安迪，你應該去醫務室看看。」

「我會去的。」安迪說。

他轉身離去，但不打算去醫務室。現在是十二點十五分，夏末的校園在最後一週的暑期班課程中，顯得沉寂呆滯。他向伊夫、比爾和唐恩舉手致意，而從那天過後，他就再也沒見過他們任何人。

他在聯合大樓的低樓層停下腳步，讓自己走進電話亭，撥電話回家。沒有人接，但也沒有理由應該要有人接聽，因為嘉莉在杜岡家，維琪可能外出購物，或去做頭髮，也可能去譚米．厄普摩的家，甚至在跟艾琳．培根吃飯。然而，他的神經緊張感又升高了一級，現在幾乎到了尖叫的地步。

他離開聯合大樓，半走半跑到停在王子教學大樓停車場的旅行車。他駛過市中心，返回湖濱區。一路磕磕絆絆，闖紅燈、緊貼前車車尾，還差一點撞飛一個騎著十段變速單車的嬉皮。嬉皮對他比了中指，但安迪幾乎沒意識到，他的心跳如雷，感覺像踩了油門。

他們住在湖濱區的針葉地——就跟一九五〇年代許多郊區開發地一樣，這裡的街道大多以樹木或灌木命名。在八月炎熱的正中午，街道似乎詭異地冷清，這更加深了他事態不妙的預感。只有幾輛車停在人行道邊，街道顯得更為空曠。即使街道上零散有幾個孩子在玩耍，卻無法驅散這種奇異的荒蕪感；大部分的孩子不是在吃午餐，就是在遊戲場。月桂巷的費林太太推著放了一袋雜貨的推車經過，她在暗綠色內搭褲裡的大肚子就跟足球一樣圓實。整條街的草地灑水頭懶洋洋地轉動，對著草地灑水，映出彩虹。

安迪逆向駛上人行道路緣，猛然煞車，力道大到安全帶暫時鎖定，車頭衝上人行道。他人生第一次沒換檔就直接熄火，他立即下車，走上碎裂的水泥步道，他一直想補好這步道，卻始終找不到時間去做。他的鞋跟毫無意義地喀噠作響，同時注意到大客廳觀景窗的百葉窗放了下來（賣這棟房子給他們的仲介稱這扇窗戶為壁畫窗，**瞧，這裡還有一扇基本的壁畫窗**），使房子看起來封閉隱秘，他不喜歡這樣。她時常放下百葉窗嗎？或許是要盡量隔絕夏天的酷熱？他不知道。他了解到，對於他不在家時她是怎麼生活，他有許多不知道的事。

他轉動門把，卻轉不開，只從他指間滑過。他出門後，她就把門鎖上了嗎？他不相信，這不是維琪的作風。他的憂慮——不，現在已成了恐懼——加深了。而剎那間（他後來始終不願對自己承認這件事），就這麼一剎那間，他只想轉身離開這扇上鎖的大門。就這麼逃開，不管維琪或嘉莉，不管之後要提出的軟弱辯解。

就這麼逃開吧。

但是，他反倒開始摸索口袋裡的鑰匙。緊張之中，鑰匙掉到地上，他只好彎腰撿起來——車鑰匙、王子教學大樓東側門的鑰匙，還有一把深色鑰匙，可以用來打開結束每年夏天度假時他橫掛在爺爺私人道路上的鎖鏈。鑰匙有著一種古怪的累積方式。

他從中找出大門鑰匙，打開鎖。他進屋，順手把門帶上。客廳光線昏暗泛黃，讓人不舒服；感覺悶熱，而且安靜。哦，老天，太安靜了。

「維琪？」

沒有回音。沒有回音就表示她不在家，她穿上了她的舞鞋（她喜歡這麼稱呼）外出購物或拜訪朋友。只是，他有種感覺，很肯定這兩件事都不是她現在在做的事，而且他的手，他右手……為什麼手指如此陣陣發疼？

「維琪！」

他走進廚房，他和維琪、嘉莉通常在廚房吃早餐，那裡有一張小小的美耐板餐桌，搭配三張椅子。現在有張椅子像是死狗一樣側倒在地，鹽罐也翻倒，鹽粒撒了一桌。安迪不假思索，就用左手的拇指和食指捏起一些鹽巴，往後扔過肩膀，就像爺爺奶奶曾在他面前做過的那樣，低喃：「鹽巴鹽巴，麥芽麥芽，惡運閃退。」

爐子上有一鍋湯，已經冷掉了，倒空的濃湯罐頭還放在流理臺上。這是一個人獨享的午餐，但她人在哪裡？

「維琪！」他對著樓梯下方大喊。那裡有著和房子面寬相當的洗衣間和家庭娛樂室，現在是一片黑暗。

沒有回音。

他再次環視廚房，整齊乾淨，附磁鐵的小型塑膠水果在冰箱上貼著兩張嘉莉的圖畫，這是她七月參加假日聖經學校畫的。底座標示著「最後支付」的單據尖戳上，有一張電費帳單和一張電話帳單。一切井然有序，各得其所。

只是椅子倒了，鹽撒出來了。

他的嘴巴沒有唾液，完全沒有，就跟夏天的鉻合金一樣光滑乾燥。

安迪上樓，查看嘉莉的房間、兩人的房間，以及客房。沒有人在。他下樓穿過廚房，打開樓梯燈，下樓。他們的洗衣機張著大口，烘衣機張著玻璃舷窗的獨眼凝視他。兩臺機器之間的牆壁上，掛著維琪買來的繡品，上面繡著「親愛的，我們全洗乾淨了。」他走進家庭娛樂室，手指在牆壁上摸索著電燈開關，瘋狂地確信隨時會有冰冷的手指覆上來，引導他找到開關。然後，他終於找到開關了，天花板的日光燈立刻亮起。

這是一個宜人的房間，他在這裡度過許多時光，修理東西，期間一直自顧自笑著，因為到頭來，他也變成了大學時代發誓不要變成的那種人。他們三人都在這裡度過許多時光，這裡有一臺嵌在牆壁上的電視，一張桌球桌，一面特大號的雙陸棋盤。更多棋盤遊戲收拾在盒子裡，靠在牆邊，幾本茶几大小的書籍幾乎占滿一張矮桌，這張桌子是維琪利用穀倉木板打造出來的。有一面牆壁擺滿了平裝書，其他牆壁掛著幾幅裝框襯墊的維琪方塊鉤織作品；她開玩笑說自己很會鉤織單獨的方塊，但就是沒有精力鉤織要命的整面毯子。兒童尺寸的特別書架上放著嘉莉的書，書本按照字母順序仔細排好，這是安迪兩年前在一個無聊的下雪晚上教會她的，她至今仍深深著迷。

一個宜人的房間。

一個空無一人的房間。

他試著放下心來。預警、預感，隨便怎麼稱呼，都弄錯了。她只是不在家。他關上電燈，走回洗衣房。

這臺滾筒式洗衣機是他們在一次庭院拍賣會中，以六十美元買回來的。它的門沒關，就像往肩膀後方扔鹽巴一樣，他想都沒想就順手關上門。洗衣機的玻璃窗上有血，不太多，只有三、四滴，但依舊是鮮血。

安迪站在那裡盯著它，這裡開著冷氣，溫度好冷，有如停屍間。他看向地板，地板上有更多的血跡，甚至還沒乾涸，他的喉嚨逸出小小的輕聲尖叫。

他開始在洗衣間走動，這裡其實只是一個有白色灰泥牆壁的小凹室。他打開洗衣籃，裡面只有一隻襪子。他探向水槽底下的空間，只看到去漬劑、洗衣精、除垢大師和清潔劑。他查看樓梯下方，只有蜘蛛網和嘉莉舊娃娃的一隻塑膠腳，天知道這隻被肢解的腳已在這裡耐心等候修復多久了。

他打開洗衣機和烘衣機之間的門，燙衣板帶著齒輪及碰撞聲，嗖地落下，而就在它的下方，她的雙腳被綁，膝蓋抵著下巴，眼睛圓睜、呆滯、死寂，嘴巴塞了一條抹布，維琪．湯林森．麥吉就在這裡。空氣中有一股令人反胃的濃濃家具護理噴蠟味道。

他發出細微的作嘔聲，蹣跚往後退。他胡亂揮舞雙手，像是要驅散這可怕的景象，手不小心打到烘衣機的控制鍵，它嗡嗡啟動。衣物開始在裡面翻滾，咔咔作響。安迪尖叫，轉身就跑。他跑上樓梯，跌跌撞撞跑過進入廚房的拐角，整個人撲倒在地，額頭撞到油氈地板。他坐起來，用力喘息。

它重新浮現，它以慢動作重新浮現，就像美式足球賽中四分衛擒抱或勝利傳接的立即重播。在隨後幾天，這個光景一直縈繞在他的夢中。門打開，燙衣板帶著齒輪聲水平落下，他聯想到斷頭臺，而他的妻子被擠進這個空間，嘴巴塞著一條用來擦拭家具的抹布。它以完整清晰的回憶重新浮現，他知道自己又要尖叫了，所以他把手臂塞到嘴巴，咬住，聲音變成模糊、堵塞的哀號。他這樣做了兩次，然後心中有了感覺，他鎮靜下來。這是震驚中的虛假鎮靜，但還是可以借用。沒有固定形狀的恐懼和無法聚焦的恐怖散去，右手的抽痛也消失。悄悄浮現在腦海的想法就跟充斥全身的鎮靜感覺一樣冰冷，跟震驚一樣冰冷，這想法就是**嘉莉**。

他起身，準備去打電話，但又轉身回到樓梯。他在上方站了一會兒，咬著嘴唇，作好決心，然後再次下樓。烘衣機不斷轉動，裡面只有一件他的牛仔褲，咔咔聲來自褲腰的大型黃銅鈕扣，褲子翻滾掉落時噹啷一聲，再翻滾掉落。安迪關上烘衣機電源，看向燙衣板隱藏櫃。

「維琪。」他輕聲呼喚。

她死寂的眼睛望著他，這是他的妻子，他曾經和她一起散步，握著她的手，在深夜中進入她的身體。他發現自己想起那個晚上，當時她在教職員聚會喝多了，他在她嘔吐時扶住她的頭。這個回憶接著變成他清洗旅行車的那一天，他暫時離開去車庫找汽車噴蠟，而她拿起水管跑到他後面，然後把水管塞進他褲子後方。他回憶起結婚時，在眾人面前親吻她，品嘗那個吻，她的嘴唇，她成熟柔軟的嘴唇。

「維琪。」他再度呼喚，發出顫抖的長長嘆息。

他拉出她，拿出她口中的抹布，她的頭軟弱無力垂在肩頭。他見到鮮血來自她的右手，上面有些指甲被拔掉了。一邊鼻孔流出一絲血跡，除此之外就沒有見到血。她的脖子被狠狠一擊給折斷了。

「維琪。」他低語。

嘉莉，他的腦海低語回應。

在目前充斥在腦海裡的沉穩鎮定中，他了解到嘉莉已變成重要大事，變成唯一的重要大事。相互指責就留給未來吧。

他回到家庭娛樂室，這一次沒有費心去開燈。房間另一頭的桌球桌旁有一張蓋著罩布的沙發，他拿起罩布，走回洗衣間，用罩布蓋上維琪。不知為何，她在沙發罩布底下靜止不動的形體讓人更難過。這使他幾乎陷入恍惚狀態，她永遠不會再動了嗎？還是可以呢？

他揭開她臉上的罩布，親吻她的唇。感覺冰冷。

他們拔掉她的指甲，他心中驚異不已，**老天，他們拔掉了她的指甲**。

他知道為什麼，他們想要知道嘉莉在哪裡。當她夏令營結束後沒回家，改去泰莉．杜岡的家時，他們失去了她的行蹤。他們感到恐慌，而現在監視階段已經結束，維琪死了——不管是故意的，還是因為某個商店探員熱心過度。他跪在維琪身邊，心想她在恐懼的刺激下，可能使出比關上房間另一頭冰箱門更加驚人的能力。她可能推開了其中一人，或是讓其中一人摔倒。真可惜她沒有足夠的能力可以把他們以時速五十英里摔進牆壁裡。

他認為，或許是他們剛好得知足以讓他們緊張的資料。甚至或許是，他們接獲了特別命令：**這個女人可能異常危險，如果她做出危及任務的任何行動，就迅速除掉她。**

也或許是，他們只是不喜歡留下目擊者。畢竟，處於危險的不僅僅是他們那一份納稅人的錢。但是血跡，他應該思考血跡，當他發現時，血跡甚至還沒乾，只是變得黏稠。他回到家時，他們才剛走不久。

他的腦海更加堅決地說道：「**嘉莉！**」

他再次親吻妻子。「維琪，我會回來的。」

不過，他同樣再也沒見到維琪。

他上樓打電話。他先在維琪的電話簿上查找杜岡家的電話，然後撥號，瓊安．杜岡接起電話。

「喂，瓊安。」他說，現在震驚協助了他：他的聲音、每一個字都妥當穩定。「我可以跟嘉莉講一下電話嗎？」

「嘉莉？」杜岡太太語氣遲疑。「呃，她跟你兩位朋友走了。那些老師。這樣……沒什麼問題吧？」

他體內像是有東西如火箭升空，又狠狠墜地，或許是他的心臟吧。但是讓這個他只在社交場合見過四、五次的婦人恐慌是沒有用的，這樣幫不了他，也幫不了嘉莉。

「該死。」他說：「我一直希望能趕去接她，他們什麼時候走的？」

杜岡太太的聲音稍稍變小。「泰莉，嘉莉是什麼時候走的？」

一個小孩的聲音回答了什麼，他聽不出內容，指關節之間開始冒汗。

「她說大概十五分鐘前。」她語帶歉意。「我那時候在洗衣服，也沒戴錶，其中一人過來跟我說話。麥吉先生，這沒問題吧？他看起來沒什麼問題……」

他湧現一股瘋狂衝動的情緒，很想輕笑幾聲說道：「**在洗衣服，是嗎？我老婆當時也是，我發現她被塞進燙衣板底下。瓊安，妳今天最好自求多福。**」

他說：「沒事，我想問說，他們會直接過來這裡嗎？」

問題轉給了泰莉，她說她不知道。真神奇，安迪心想，我女兒的性命就握在另一個六歲女孩手中。

他抓住救命稻草。

「我要去轉角的市場。」他對杜岡太太說：「可不可以問一下泰莉，他們是開轎車還是廂型車？或許我會碰到他們。」

這一次他聽到泰莉的聲音。「是廂型車，他們坐進一輛灰色廂型車走了，就像大衛．披索柯的爸爸那輛車一樣。」

「謝謝。」他說。杜岡太太說不客氣。衝動再次回來了，這一次他只想衝著電話對她狂喊：「**我老婆死了！我老婆死了！我女兒跟著兩名陌生人上了灰色廂型車的時候，妳為什麼是在洗衣服？**」

但他沒有狂喊，只是掛上電話，走到屋外。

暑熱從上方襲來，他踉蹌了幾步。他來的時候，天氣真有這麼熱嗎？現在感覺好像更熱了。

郵差來過，信箱插著剛才還沒有的一份廣告。當他在樓下懷裡抱著他死去的妻子時，郵差來過。

可憐死去的維琪，他們拔掉了她的指甲，而這很古怪——真的比鑰匙累積的方式還古怪——死亡這件事從四面八方不斷襲來，你試著閃躲，試著在某一頭保護自己，但是死亡的真相卻在另一頭鑽向你。死亡就像美式足球員，他心想，也像是時時監控小孩行蹤的媽媽，死亡就像法蘭柯．哈里斯、山姆．康寧漢或「卑鄙」的喬．格林這些美式足球員，不斷在每一波進攻中，把你撞得四腳朝天。

移動你的腳步，他心想。他們走了十五分鐘，還不算太久。行蹤還沒有淡去，除非泰莉．杜岡分不清楚十五分鐘和半小時、兩小時的差別。無論如何，別去想這些，繼續移動。

他一直行動，先是回到一半停上了人行道的旅行車。打開駕駛座車門，他特地回頭望了一眼這棟小巧優雅的郊區房子，他已付了一半貸款，而如果需要，銀行一年會提供兩個月的「付款休假」，但安迪從來就不需要。他看著在陽光底下打盹的房子，信箱露出的廣告單上的紅色商家標誌再度吸引了他震驚的目光，**砰！**死亡再度擊中他，讓他的視野模糊，牙關緊繃。

他上車，駛向泰莉．杜岡家的街道，他並未抱持任何合乎邏輯的真實信念，認定自己可以追查到他們的行蹤，他只是懷抱盲目的希望。從此之後，他再也沒見過他在湖濱區針葉地的家。

他現在的開車狀況好多了。既然已得知最壞情況，車也就開得好多了。他打開收音機，巴布．席格唱著〈依然如昔〉。

他盡量以最快速度駛過湖濱區，曾有可怕的一瞬間，他想不起杜岡家所在的街道名，後來它才又浮現腦海。杜岡一家住在布拉斯摩爾街，他和維琪曾拿這個名字開玩笑：布拉斯摩爾街有著時裝設計師比爾．布拉斯設計的房屋。想到這件事，他不禁想要微笑，**砰！**她死亡的事實再度擊中他、撼動他。

他十分鐘就到了，布拉斯摩爾街是一條短短的死巷道，另一頭只有標示約翰格林中學校區的鐵絲網柵欄，灰色廂型車無法從那邊駛離。

安迪把車子停在布拉斯摩爾和山脊街的路口，這個街角有一棟白底的綠色房子，草坪灑水器旋轉著，房子前面有年約十歲一男一女的兩個小孩在玩耍，他們輪流溜著滑板。女孩穿著短褲，兩個膝蓋上有許多結痂。

他下車，走向他們。兩個小孩小心翼翼上下打量他。

「嗨。」他說：「我在找我女兒，她大概半小時前搭了一輛灰色廂型車經過這裡，她跟……呃，我的幾個朋友在一起。你們有看到灰色廂型車經過嗎？」

男孩茫然地聳聳肩。

女孩說：「先生，你在擔心她嗎？」

「妳看到那輛廂型車了，是嗎？」安迪和藹地問道，然後對她非常輕微的一推。太用力會造成反效果，她會看到廂型車開往他任何想要的方向，包括天空。

「對，我有看到一輛廂型車。」她說。她繼續溜著滑板，滑向角落的消防栓，然後跳下來。「它開向那裡。」她指著布拉斯摩爾街的前方。再兩、三個路口是卡萊爾大道，是海利森的主要幹道之一。安迪已推測出他們會走那條路，但能夠確認真好。

「謝謝。」他說，轉身走回車上。

「你在擔心她嗎？」女孩又說了一次。

「對，有一點。」安迪說。

他掉轉車頭，駛過布拉斯摩爾街的三個街區，來到卡萊爾大道的交叉路口。這毫無希望，徹底無望，他感覺到一絲恐慌，雖然只是小小的一點，但會擴散。他驅走它，強迫自己專注於盡可能取得他們的行蹤。如果必須使用推力，他就會用。他可以施展許多小小的協助推力，卻不會讓自己感覺不舒服。謝天謝地，他整個夏天都沒有使用這個才能——或說詛咒，如果要這麼看待也可以。不管這樣說有沒有用，但他已準備就緒，精神飽滿。

卡萊爾大道是一條四線道的馬路，設有紅綠燈。他的右方有個洗車站，左邊是一家廢棄的餐館。對面是 Exxon 加油站和麥可攝影器材店。如果他們左轉，就會開往市區；右轉，就是前往機場和八十號州際公路。

安迪把車子開進洗車站，一個年輕人搖搖擺擺走了過來，一頭驚人非凡的毛糙紅髮撒落在暗綠連身衣的領子上，年輕人口中一邊吃著冰棒。

「老兄，沒辦法洗車。」安迪還來不及開口，就聽到他這麼說：「沖水裝置一小時前壞掉了，我們打烊了。」

「我不是要洗車。」安迪說：「我在找一輛灰色廂型車，它大概半小時前經過這個路口，我女兒在車上，我有點擔心她。」

「你認為有人綁架她了？」他繼續吃著冰棒。

「不，不是這樣。」安迪說：「你有看到這輛廂型車嗎？」

「灰色廂型車？嘿，老兄，你可知道光是一小時就有多少車子經過？或是半小時內？老兄，這裡交通繁忙，卡萊爾大道可是非常交通繁忙的道路。」

安迪舉起拇指往後指。「它從布拉斯摩爾開來的，那條街沒什麼車。」他正準備加上一點推力時，發現用不著如此，年輕人的眼睛突然發亮。他像是扯開許願骨一般，把冰棒掰成兩半，他大口一舔，令人難以置信地就把其中一根棒棍上的所有紫色冰塊捲下肚。

「啊，對，沒錯。」他說：「我的確有看到。告訴你我是怎麼注意到它的，它從我們這裡抄近路想搶紅燈，我自己倒是不在乎，卻讓我們老闆非常**火大**。這跟沖洗裝置故障沒關係，他有別的事在煩。」

「所以廂型車是前往機場？」那個人點點頭，手中棒棍往後一扔，開始吃起另一半。「老兄，希望你找到你女兒，不過，不介意來個，呃，免費意見的話，我倒認為如果你真的很擔心，就應該去報警。」

「我認為在這種情況下，報警沒什麼用。」安迪說。

他開著旅行車再度上路，穿過洗車站，轉上卡萊爾大道。他現在是往西行，這地區雜亂散落著加油站、洗車站、速食連鎖店、二手車停車場。一個免下車電影院廣告著兩場連映電影《屍體磨床》和《死亡的血腥商人》。他看著遮篷，聽見燙衣板伴著齒輪聲如斷頭臺般從櫃子落下，胃部跟著翻騰起來。

他穿過一個路標下方，路標告知說，行車愉快，往西一點五英里就到八十號州際公路；而再往後是一個上面有飛機圖案的較小路標。好，他已經追到這裡，再來呢？

他突然轉進喜客披薩的停車場，停在這裡打探消息是沒有用的，如同洗車站的傢伙說的，卡萊爾大道是繁忙的道路。他可以對人們不斷施展推力，直到腦漿從耳朵溢出，但最後只會讓自己困惑。總之，不是公路就是機場，他很確定。二選一，出來的是美女還是老虎？

他這一生從未**嘗試**讓預感出現，只是在它們出現時，當成一種餽贈，並且按照預感行事。現在，他低垂著頭坐在駕駛座，用指尖輕觸兩邊太陽穴，努力得到靈感。

引擎怠速中，收音機仍舊開著。是滾石合唱團的歌聲，跳舞吧，妹妹，跳舞吧。

嘉莉，他集中心力想著。她去泰莉家時，備用衣服塞在她到哪裡都背著的背包裡，這可能有助於愚弄他們。他最後一次看到她時，她穿著牛仔褲和鮭魚顏色的無袖背心，頭髮一如往常綁成辮子，她漫不經心地說，爹地再見，送上一個吻。我的天啊，嘉莉，妳現在在哪裡？

什麼也沒浮現。

不要緊，再坐久一點，聆聽滾石合唱團。喜客披薩，餅皮可以選擇薄片或薄脆。就像麥吉爺爺經常掛在嘴邊的，自己的選擇自己負責。滾石合唱團繼續勸說妹妹跳舞，跳舞，跳舞。昆西說他們可能會把她放在一個小房間，這樣兩億兩千萬名美國人就可以安全和自由。維琪。他和維琪剛開始的性生活並不順利，她對性愛怕得要命。經過第一次笨拙的悲慘嘗試後，維琪淚眼汪汪，叫我冰處女吧，拜託，不要性愛，我們是英國人。但命運六號的實驗卻不知怎地幫上了忙——兩人分享的整體感以其特有的方式，感覺就像一種交配。不過，它還是很困難，一次一點點，溫柔地，淚水，維琪開始有了回應，然後身體又僵住了，**大喊：不要，會痛，不要，安迪，停下來！**不過，命運六號的實驗，這個共同的經歷，還是讓他得以繼續嘗試，就像知道會有辦法的保險箱竊賊，一定有辦法的。然後，有一個晚上他們完成了。後來，又一個晚上感覺還不錯。接著突然間，有一個晚上感覺是美妙無比。跳舞吧，妹妹，跳舞吧。嘉莉出生時，他一直陪著她，分娩過程很快、很輕鬆，很快就解決，很容易就愉快……

什麼也沒有浮現。蹤跡已愈來愈淡去，他卻一無所獲。機場還是公路？美女還是老虎？

滾石合唱團唱完了，接著是杜比兄弟唱著，沒有愛，妳會在哪裡。安迪不知道，豔陽高照，喜客披薩停車場的標示線是新漆上的，在柏油地面顯得雪白明顯，超過四分之三的停車格都停了車。現在是午餐時間，嘉莉吃過午餐了嗎？他們會給她吃午餐嗎？或許。

（或許他們會停車，停在公路休息站——畢竟他們沒辦法一直開，一直開，一直開）

哪裡？不能一直開到哪裡？

（不能一直開到維吉尼亞，卻不在休息站休息，對吧？我的意思是，小女孩總是要休息去尿尿，是吧？）

他坐直身體，感覺到一股巨大但麻木的感激之情。它浮現了，就像這樣。不是機場，如果只靠猜測的話，他會先猜機場。不是機場，而是公路。他不是完全肯定這個預感是正確的，但已相當肯定。而且，這總比完全沒有主意要好。

他開著旅行車壓過指示出口的新漆箭頭，再次駛上卡萊爾大道。十分鐘後，就來到州際公路，他往東行駛，一張公路收費卡就塞在旁邊座位上破舊的註解版《失樂園》裡。又過了十分鐘，俄亥俄州海利森市便落在後頭。他展開了東行的旅程，這將在十四個月後把他帶到佛蒙特州的泰許摩。

他保持鎮靜，轉大收音機音量，而這提供了幫助。一首接著一首的歌曲傳來，但他只認識較老的歌，因為他已經三、四年沒聽流行音樂了。沒什麼特別理由；自然而然就這樣了。這些歌曲仍舊讓他激動，但是鎮靜仍以其冰冷邏輯堅稱，激動並不好——而且如果他在超車線道加速到時速七十英里的話，可就是自找麻煩。

他把車速表保持在剛好超過六十英里，推論帶走嘉莉的人不會想要超過五十五英里的行車速限。沒錯，他們是可以對要求他們減速的警察亮出證件，但要解釋一個尖叫的六歲女孩，可就有一定難度。這樣可能會放慢他們的速度，而且可能會受到掌控這項行動的高層斥責。

他們可能已經對她下藥，把她隱藏起來，他的腦海低語，**那麼，如果因為飆速到七十英里，甚至是八十英里，而被要求停車時，只需要展示證件，就可以繼續前進。俄亥俄州的警察會搜查屬於商店的廂型車嗎？**

他呼嘯經過俄亥俄州東部，一邊爭辯這些想法。首先，他們可能害怕對嘉莉下藥，除非專家，否則對小孩使用鎮靜藥物是很棘手的事……他們可能不確定鎮靜劑會對他們打算調查的能力造成什麼影響。其次，州警可能還是會直接上前檢查廂型車，或至少會在確認他們證件的有效性時，要他們留在緊急停車的路肩。第三，他們為什麼要加速？他們又不知道有人在追趕他們。現在仍不到一點鐘，安迪應該要在大學待到兩點。商店預期他最早兩點二十分才會回到家，可能認為在事發警報之前，他們還有安迪到家後的二十分鐘到兩小時時間。他們何不慢慢開呢？

安迪稍稍加快車速。

四十分鐘過去，接著是五十分鐘，感覺似乎更為漫長。他開始微微冒汗，憂慮開始啃咬鎮定和震驚的人造冰層。廂型車真的還在前方嗎？還是這整件事只是他一廂情願的想法？

車流形成模式又改變，他見到兩輛灰色廂型車，看起來都不像他之前見過在湖濱區巡行的那一輛。其中一輛的駕駛是上了年紀的男人，一頭白髮飄揚。另一輛坐滿了抽大麻的怪咖，駕駛見到安迪仔細查看的目光，對他揮了揮大麻菸夾；他身旁的女孩伸出中指，輕輕親吻它，然後指往安迪的方向。然後，他們都落到他的後方。

他的頭開始疼痛。車流眾多，陽光耀眼，每輛車都有鉻合金，每一片鉻合金都有反射到他眼睛的陽光光束。他經過一個寫著「休息區前方一英里」的路標。

他一直開在超車道上，現在他打右邊方向燈，再次進入行車線道。他把速度降到四十五英里，然後是四十英里。一輛小型跑車經過他，駕駛超車時不快地對安迪按喇叭。

路標顯示：「休息區」。這不是服務區，而只是一個有飲水機、洗手間及斜放停車場的小岔道。這裡有四、五輛車停在這裡，還有一輛灰色廂型車。**灰色**廂型車，他幾乎肯定就是它。他的心臟開始在胸腔重重撞擊，他急轉方向盤駛入，輪胎發出了低聲的哀鳴。

他緩緩駛過入口，朝廂型車前進，他環顧周遭，努力馬上把一切收入眼簾。這裡有兩張野餐桌，每一張各有一家人。其中一家剛清理完畢，準備上路，媽媽把吃剩的東西放進鮮橘色的購物袋裡，父親和兩個孩子巡查垃圾，把垃圾丟進垃圾桶。另一桌是一對年輕男女，他們吃著三明治和馬鈴薯沙拉，有個熟睡的寶寶躺在兩人中間的嬰兒籃裡。寶寶穿著燈芯絨嬰兒服，衣服上有許多跳舞的大象。在草地上，兩位年約二十歲的女孩子坐在兩棵高大美麗的老榆樹之間，她們也在吃午餐。沒有嘉莉的蹤影，也沒有看起來足以擔任商店探員的年輕力壯人士。

安迪關掉旅行車的引擎，他現在可以在眼珠感受到心跳。廂型車空無一人，他下了車。一名老婦人拄著枴杖從女士的無障礙洗手間出來，慢慢走向一輛酒紅色老爺車。一名和她年紀相當的老先生從駕駛座下來，繞過車頭，替她打開車門，送她上車。他回座，啟動引擎，車子排氣管噴出一道藍色油煙。

男士洗手間的門開了，嘉莉走了出來。兩側各有一個男人把她夾在中間，他們年約三十，穿著獵裝外套、開領襯衫，以及深色的雙面針織長褲。嘉莉神情茫然，像是受到驚嚇。她看著其中一人，再看向另一人，最後又回到第一人身上。安迪的五臟六腑開始無法控制地翻騰。她背著她的背包，他們走向廂型車。嘉莉對其中一人說了話，對方搖搖頭。她轉向另一人，他聳聳肩，越過嘉莉的頭頂上方和搭檔說話。另一人點點頭，他們轉身，走向飲水機。

安迪的心跳快到前所未有的地步，腎上腺素乖張不安地流入他的身體。他害怕，非常害怕，但是體內湧現別的情緒，是怒氣，勃然大怒。怒火比鎮定更好，這感覺幾乎是甜美的。眼前的這兩個男人殺害了他的妻子，偷走了他的女兒，如果他們不見容於耶穌，他可憐他們。

當他們走向飲水機時，他們背向他。安迪離開旅行車，走到廂型車後方。

吃完午餐的一家四口走向一輛中型福特新車，上車，然後倒車。媽媽完全不帶好奇心對安迪瞥了一眼，就像長途旅行中，人們慢慢行駛在美國公路系統道路車陣時，看著彼此的模樣。他們絕塵而去，顯示出密西根的車牌。現在休息區停了三輛車，以及那輛廂型車和安迪的旅行車。其中一輛車是那兩名女孩的，另外兩個人漫步走過，服務處的小隔間裡，還有一名男子雙手塞在牛仔褲後方口袋，看著八十號州際公路地圖。

安迪對於接下來要怎麼做，毫無頭緒。

嘉莉喝完了水，其中一名男子也彎下腰來喝水，然後他們開始走回廂型車。安迪從廂型車左後角落看著他們，嘉莉很害怕，真的非常害怕。她一直在哭，安迪不知為何試開了一下後面車門，反正也沒用，它鎖住了。

他猝然踏入視野當中。

他們動作非常迅速，安迪看到他們立刻浮現認出人的眼神，甚至早於嘉莉驅散先前茫然、受到驚嚇的神情，整個臉蛋洋溢著歡欣喜悅。

「**爹地！**」她尖聲喊叫，惹來帶著寶寶的年輕男子四下張望。榆木樹下的一名女孩護住眼睛，察看狀況。

嘉莉試著衝向他，其中一人抓住她的肩膀，拉回她靠著他，嘉莉的背包扭脫半滑下肩膀。他彷彿魔術師變戲法，從獵裝外套底下一掏，手中瞬間出現一把手槍。他持槍對著嘉莉的太陽穴。

另一個人不慌不忙離開嘉莉和他的搭檔身旁，開始逼近安迪。他的手伸進外套底下，但他的戲法技巧不像搭檔那樣好，拔槍時出了點小麻煩。

「不想你女兒出事的話，就離開廂型車。」持槍的男人說。

「**爹地！**」嘉莉再次呼喊。

安迪慢慢離開車旁，出現早發性禿頭的另一個傢伙，現在終於掏出槍來。他持槍瞄準安迪，兩人距離不到五十呎。「我非常誠懇地建議你別動。」他輕聲說：「這是柯爾特點四五手槍，可以轟出**大洞**。」

帶著妻兒坐在野餐桌旁的那個年輕男子站起來，他戴著無框眼鏡，神情嚴肅。「這到底是怎麼回事？」他以大學講師般的大聲清晰語調問道。

挾持嘉莉的男人轉向他，槍口微微離開嘉莉，讓年輕人可以看見槍。「政府公務。」他說：「留在原地；一切正常。」

年輕人的太太抓住他的手臂，拉他坐下。

安迪看著頭髮漸禿的探員，輕聲悅耳地說：「那把槍太燙了，拿不住。」

禿頭男疑惑地看著他，接著，他猛然尖叫，放掉手中的左輪手槍。手槍跌落路面，砰地走火。榆樹下的一名女孩發出困惑又驚訝的叫聲。禿頭男握住手，到處蹦跳，他的手心冒出許多白色水泡，腫得像麵糰一樣。

抓著嘉莉的男人瞪著他的搭檔，手槍一度完全離開她的小小腦袋。

「你瞎了。」安迪對他說，並且盡可能施展推力，一陣如刀絞般的疼痛鑽進他的腦海。

男人忽然大叫，他放開嘉莉，摀住雙眼。

「嘉莉。」安迪輕喚。女兒衝向他，顫抖的身子緊緊抱住他的腿。服務處的男人跑出來了解狀況。

禿頭男緊握著燙傷的手，跑向安迪和嘉莉，神情猙獰可怕。

「睡吧。」安迪簡單說道，再次一推。禿頭男像是被斧頭砍倒般，四肢大張往地面倒下，額頭磕上人行道。嚴肅年輕人的妻子發出呻吟。

安迪的頭現在痛得很厲害，隱約慶幸現在是夏天，用不著施展推力來激勵成績莫名其妙下滑的學生，他大概自從五月就再也沒使用這個能力了。他精神飽滿——但不管是不是飽滿，上天知道他都將為這炎熱的夏日午後所做的事情付出代價。

眼盲的那個男人在草地上踉踉蹌蹌，雙手摀住臉不斷尖叫。他撞上一個側面印著「垃圾丟進垃圾桶」的綠色桶子，跌倒在一堆撞翻的三明治包裝袋、啤酒罐、菸蒂和蘇打空瓶之中。

「哦，爹地，我真的好害怕。」嘉莉哭了出來。

「旅行車就停在那裡，看到了嗎？」安迪聽見自己這麼說：「妳先上車，我馬上就來。」

「媽咪在嗎？」

「不在，先上車，嘉莉。」他現在沒辦法處理這件事。現在，他必須設法處理這些目擊者。

「這到底是怎麼回事？」從服務處過來的男人不知所措地問道。

「我的眼睛！」剛才持槍對著嘉莉腦袋的那個男人尖叫。「我的眼睛，我的眼睛！你這混蛋東西，你對我的眼睛做了什麼？」他掙扎站起，手上還黏著一個三明治包裝袋。他開始蹣跚走向服務處，穿著藍色牛仔褲的男人急忙衝回裡面。

「嘉莉，快去。」

「爹地，你會來嗎？」

「會，馬上就去，妳快上車。」

嘉莉離開，金色髮辮隨著腳步躍動，背包仍歪斜掛著。

安迪經過睡著的商店探員，心中想著他的槍，但後來還是決定不要拿。他走向野餐桌的年輕夫妻，他對自己說，小小的，輕一點，就輕觸一下。不要引發任何回聲效應，宗旨是不要傷害到這些人。

年輕女子從嬰兒籃粗魯抱起寶寶，寶寶驚醒大哭。「別靠近我，你這瘋子！」她說。

安迪看著年輕人和他的太太。

「這沒什麼要緊。」他說著，輕輕一推。新的疼痛感像是蜘蛛攀上他的後腦勺……然後隱入。

年輕人如釋重負。「哦，謝天謝地。」

他的妻子不確定地笑了笑，推力對她的效果不太好；她已被喚起了母愛。

「你們的小寶寶好可愛。」安迪說：「是小男孩，對吧？」

眼盲的探員踩空路緣，整個人往前摔，頭撞上紅色福特 Pinto 汽車的擋風玻璃邊框，這可能是那兩個女孩子的車。他哀號，鮮血從太陽穴流下。**「我瞎掉了！」**他再次尖叫。

年輕女子原本不確定的微笑，現在換上喜悅之情。「對，是個男孩。」她說：「他叫做麥可。」

「嗨，麥可。」安迪摸摸寶寶幾乎沒什麼頭髮的頭。

「我不懂他為什麼哭了。」年輕女子說：「剛才一直睡得好好的，一定是餓了吧。」

「對，一定是這樣。」她的丈夫說。

「失陪了。」安迪走向服務處。沒時間浪費了，隨時可能會有別人看到這路邊的一片混亂。

「老兄，怎麼回事？」穿著藍色牛仔褲的男人問道：「是突擊行動嗎？」

「不，什麼事也沒有。」安迪說，再次輕輕一推。現在他開始感到噁心反胃了，頭部陣陣抽痛。

「哦。」對方說：「好，我剛才一直想要弄懂怎麼從這裡去懊惱瀑布，失陪了。」他走回服務處裡面。

兩名女孩已經退到隔開這岔道和後方私人農場的安全圍欄，兩人瞪大眼睛看著他。瞎子現在兩手直挺挺往前伸，拖著腳步在人行道上繞圈圈，不斷咒罵流淚。

安迪慢慢走近女孩，高舉雙手表示自己手中沒有東西。他跟她們說話，其中一人問了他一個問題，然後他又繼續說話。不久，兩人都開始露出釋然的笑容，不時點頭。安迪向她們揮揮手，她們也都揮手回應。最後，他迅速穿過草地走向旅行車。他的額頭沁出點點冷汗，胃部感覺油膩翻騰。他只能祈禱在他和嘉莉離開前，不會再有人開車進來，因為他已經竭盡全力，傾其所有。

他滑入駕駛座，發動引擎。

「爹地。」嘉莉撲到他懷裡，臉蛋埋進他的胸膛。他迅速抱了抱她，然後倒車離開停車格。

現在光是轉頭就是一種折磨。黑馬來了。後來，他一直浮現這種想法。他把黑馬從潛意識的黑暗馬廄裡放了出來，現在，牠會再一次來回踐踏他的大腦。

他必須為他們找個地方，躺下來休息。而且要快，他沒辦法再開太遠的車子了。

「黑馬。」他口齒不清說著，牠就要來了。不……不是就要來了，而是已經來了。**噠……噠……噠**。對，它到了，脫韁黑馬來到。

「**爹地，小心！**」嘉莉尖叫。

眼盲探員跌跌撞撞直接橫越他們的道路，安迪緊急煞車。瞎子開始捶打旅行車的引擎蓋，高聲求救。在他們右邊，年輕媽媽已經在哺餵寶寶母乳，她的丈夫在看一本平裝書。服務處的男人走出來跟紅色 Pinto 汽車的兩名女孩說話——或許指望能夠得到足以在「閣樓論壇」發表的變態速食性愛。呈大字形躺在人行道上的禿頭男正在呼呼大睡。

另一個探員不斷重捶旅行車的引擎蓋。「救我！」他尖叫：「我瞎掉了！卑鄙的混蛋對我的眼睛出手！**我瞎掉了！**」

「爹地。」嘉莉呻吟。

在瘋狂的一瞬間，他幾乎想要踩下油門。疼痛不堪的腦海裡，他可以聽到輪胎在這樣的動作所發出的聲音，可以感覺到車輪輾過身體的悶沉聲響。他綁架了嘉莉，持槍對著她的頭。或許，他就是那個把抹布塞進維琪嘴巴，讓她在被拔著指甲時無法尖叫的人。殺掉他將是非常美好的事……只是如此一來，他和他們又有何差別。

他反倒是按了喇叭，這引發了另一陣尖銳的頭痛。瞎子立刻像是被刺到一般，從車前跳開。安迪轉動方向盤，開車離開他。駛過匝道時，他從後照鏡看到的最後一個情景是，瞎子探員坐在人行道上，憤怒和恐懼使他神情扭曲……年輕女子心平氣和把麥可寶寶舉靠著她的肩膀，輕拍他打嗝。

他沒有細看狀況，便逕自進入收費高速公路的車流。一聲喇叭響起，伴隨輪胎的刺耳聲音。一輛大型林肯汽車急閃安迪的旅行車，駕駛對著他們揮動拳頭。

「爹地，你還好嗎？」

「休息一下就好。」他的聲音像從遠方傳來。「嘉莉，拿出公路收費卡看看下一個出口在哪裡。」

他眼前的車流開始模糊，成了疊影、三影，又合而為一，然後又再度渙散成為稜鏡般碎片。太陽在無所不在的刺眼鉻金屬上反射出一道道光芒。

「還有繫好安全帶。」

下一個出口是在前面二十英里的漢默史密斯，他努力開到那裡。他後來回想，他能夠在公路上繼續行駛，只是因為意識到嘉莉坐在他身邊，依賴著他。就像後來他可以撐過隨後發生的一切，都是因為知道嘉莉需要他。嘉莉．麥吉，她的爸媽曾經需要兩百美元。

漢默史密斯的出口匝道附近有一家「最佳西方」連鎖旅館，安迪設法讓兩人辦好入住手續，他使用假名，特別指定了一個遠離付費公路的房間。

「嘉莉，他們會繼續追趕我們。」他說：「我需要睡一下，但只能睡到天黑，我們只有這麼多時間……只敢休息這麼久。天黑就叫醒我。」

她說了別的話，但這時他已經倒在床上，世界開始變得模糊，成了一個灰點，後來就連灰點也消失了，成了黑暗一片，進入痛楚也無法觸及的地方。沒有疼痛，也沒有夢境。當嘉莉在這個炎熱的八月晚上搖醒他時，已七點十五分，飯店房間悶熱，他的衣服全被汗水浸溼了。她曾試著打開冷氣，卻不知道怎麼使用遙控器。

「沒關係。」他挪移雙腳坐到床邊，雙手壓著太陽穴，擠壓頭部免得它炸開。

「爹地，你好一點了嗎？」她焦急地問。

「應該好一點了。」他說，但是……只有一點點。「我們到時再休息一下，去吃點東西，這樣會再舒服一點。」

「我們要去哪裡？」

他慢慢地來回搖頭。他身上只有當天早上離開家時帶的錢——大約十七美元。他還有威士卡和萬事達卡，不過房錢倒是他用一直放在皮夾裡層的那兩張二十美元（**這是我的最後資金，他有時會跟維琪這樣開玩笑，這句話居然可恨地應驗了**），而不是使用這兩張信用卡。刷信用卡簡直像寫下這樣的標示：「要找逃亡的大學講師和女兒，請往這邊」。十七美元可以讓他們買一些漢堡，加一次油，然後他們就身無分文了。

「嘉莉，我不知道。」他說：「但就是要離開。」

「我們什麼時候去接媽媽呢？」

安迪抬頭看她，頭痛又加劇了。他想到地板和洗衣機門上的血滴，想到家具護理噴蠟的氣味。

「嘉莉——」他開口，卻說不下去。但是，也沒必要了。

她看著他，眼睛緩緩瞪大，手慢慢覆上顫抖的嘴脣。

「哦，不，爹地……求求你說不是。」

「嘉莉——」

她尖叫。「哦，**求求你說不是**。」

「嘉莉，那些人——」

「求求你說她**沒事**，說她**沒事**，說她**沒事**！」

房間，房間好熱，冷氣沒開，就是這樣，但還是**好熱**，他的頭好痛，臉上汗水涔涔，但現在不是冷汗，而是因為熱，像是熱油，**好熱**——

「不。」嘉莉一直說：「不，不，不，不，不。」她搖頭，辮子來回甩動，這讓他荒謬地想起和維琪第一次帶她去遊樂場，搭乘旋轉木馬——

不是因為冷氣沒開。

「嘉莉！」他大喊。「嘉莉，浴缸！**找水！**」

她尖叫，轉頭面向敞開的浴室，突然一道像是燈泡燒壞時的藍色閃光。蓮蓬頭從牆上掉落，撞進浴缸，變得扭曲焦黑；幾塊藍色瓷磚也裂成碎片。

嘉莉哭著摔倒，他及時抓住她。

「爹地，對不起，對不起——」

「沒關係。」他語帶顫抖，把她緊緊抱在懷中。燒灼的浴缸冒出淡淡煙霧，從浴室飄出。所有瓷面立即釉裂，就好像整個浴室經歷了猛烈但有缺陷的窯燒，毛巾全部悶燒起來。

「沒關係。」他抱住她，搖晃著她說道：「嘉莉，沒關係，一切都會好轉，一定會變好的，我保證。」

「我想媽咪。」她啜泣。

他點點頭，他也想她。他把嘉莉緊緊抱在懷中，聞到臭氧、瓷器和「最佳西方」毛巾的燒焦味。她差一點烤焦了他們兩人。

「之後就沒事了。」他告訴她，搖晃她，卻不是真的相信這句話，但這是連禱文，是聖詠經，是成年人發聲祈求歲月的黑井進入恐怖童年的悲慘深坑；這是事態惡劣時會說的話；是無法驅走衣櫃怪獸的夜燈，只能暫時不讓它靠近；這是沒有力量卻必須說出來的聲音。

「之後就沒事了。」他告訴她，卻不是真的相信這句話，而是像每個成年人都知道的那樣，永遠不會真的沒事。「之後就沒事了。」

他哭了，現在他忍不住了，淚如雨下，他拚命摟緊女兒。「嘉莉，我向妳發誓，之後總會沒事的。」

5

不管他們有多想這麼做，卻始終無法套在他身上的一件事是，維琪的謀殺案。他們反倒選擇簡單抹去洗衣間發生過的一切，這樣對他們比較省事。有時候——不是經常——安迪會好奇湖濱區的鄰居會怎麼猜測？討債人上門？夫妻問題？或許是藥癮或虐兒情事？他們在針葉地沒什麼深交，這件事只會成為茶餘飯後的話題，轟動一時，但在貸款銀行釋出他們的房子後很快就會遭人遺忘。

現在坐在木板平臺上，望向黑暗深處時，安迪認為他那天或許比他所知道的（或是能夠感激的）還要幸運許多。他到得太晚，來不及救下維琪，卻又在清理小組來到前離去。

名為安德魯．麥吉的英文講師和他的家人是怎樣（可笑！）出現了又消失了，這完全沒在報紙上激起漣漪，連個小短文都沒有。或許商店也壓下了這個消息。他當然會被提報為失蹤，那天和他共進午餐的同事起碼會做這一點。但它也不會上報，而且當然，不能提到討債人的事。

「如果可能，他們會把事情推到我頭上。」他說，沒意識到自己大聲說了出來。

但是他們不能，驗屍官可以確認死亡時間，而安迪整天都在公正第三方的視線內（就這個案子來說，十點到十一點半在一一六教室教授「短篇故事風格」，共有二十五位公正的第三方），是不可能被構陷來背黑鍋。就算無法在關鍵時間點提供行動證明，他也沒有犯案動機。

所以那兩人殺了維琪後，急急趕去帶走嘉莉——但沒有忘記通知安迪認定的清理大隊（他甚至可以在腦海中見到他們的模樣，臉上乾淨光滑、穿著白色長袍的年輕人）。而在**他**去追趕嘉莉的某個時間，或許可能不到五分鐘後，但絕對不超過一小時，清理小組就出現在他家門。就在針葉地陷入午後小睡之中時，維琪被清理帶走。

他們可能認定——也確實正確——妻子失蹤會比被確認死亡更能帶給安迪麻煩。沒有屍體，就沒有評估的死亡時間；沒有評估的死亡時間，不在場證明就派不上用場。他會被監視、被呵護，被客氣地綁起來。當然，他們會把嘉莉的資料照片發布各地——還有維琪的——但是安迪也無法自由離去。所以，她被清理了，他甚至不知道她葬在哪裡，或者她是被火化了，或是——

哦，該死，你何必要這樣折磨自己？

他猛然起身，把爺爺剩下的威士忌倒到平臺欄杆外。那全過去了，都已無法改變；現在不該再去想了。

如果辦得到，那可就是絕妙的技巧。

他抬頭望著黑暗的樹影，右手緊握著玻璃杯，那個想法再度進入他的腦海。

嘉莉，我向妳發誓，之後總會沒事的。

6

在泰許摩度過的這個冬天，距離在那間俄亥俄汽車旅館的悲慘覺醒，已過了好久，而他孤注一擲時的預言似乎終於成真了。

對他們來說，這並不是田園牧歌般的冬季。耶誕節過後不久，嘉莉就感冒了，一直鼻塞、咳嗽，直到四月初才終於好轉。她一度還發燒，安迪餵了她好幾次半顆阿斯匹靈，並告訴自己，如果三天還不退燒，不管後果如何，他都要帶她去對岸的布萊福鎮求醫。不過，她後來的確退燒了，而接下來的冬天，嘉莉的感冒對她只是一種經常性的煩擾。安迪則在三月一個難忘的事件中得到了凍瘡，並在二月一個狂風呼嘯、溫度零下的夜晚，因在柴爐裝了太多木柴而差一點燒死兩人。諷刺的是，是嘉莉半夜醒來，發現小屋實在變得太熱了。

他們在十月十四日慶祝他的生日，在三月二十四日慶祝嘉莉的生日。安迪彷彿第一次見到她般驚嘆地看著她，她不再是小女孩，站起來已經到了他的手肘高度。她的頭髮又留長了，她把頭髮綁成小辮子，免得擋到眼睛。她將會是一個美麗的女孩，其實現在已經是了，儘管凍紅了鼻子。

他們也沒有車子。厄文·曼德斯的威利吉普車在一月結凍，安迪認為它的引擎出現裂縫。他每天都會嘗試發動引擎，這純粹出自於一種責任感，因為即使四輪傳動的車子也無法在新年過後把他們帶離爺爺的營地，這時的積雪已有兩呎深，除了松鼠、花栗鼠、幾隻鹿，以及一隻總是滿懷希望跑到垃圾置放處嗅聞的執著浣熊外，不見其他足跡。

在小屋後方的小棚屋中，有三副舊款的越野滑雪板，但尺寸都不適合嘉莉。但這樣也好，安迪盡可能讓她留在屋內。他們可以和她的感冒共處，但他不能冒險再讓她發燒了。

在爺爺以前用來設計百葉窗和製造門板的桌子底下，他找到爺爺一雙舊滑雪靴，靴子布滿灰塵，老舊龜裂，就塞在桌子底下的面紙盒裡。他上了油，屈伸活動了靴子，卻發現如果不在腳趾部位塞報紙，他還是沒法穿這雙鞋。這樣很好笑，但他也覺得有點不吉利。在漫長的冬天中，他時常想起爺爺，好奇他會怎麼看待他們的困境。

那個冬天，他曾六次套上滑雪板（不是現代的卡入式，而是一堆難以理解又纏結惱人的綁帶、安全扣及環扣），然後越過廣闊結凍的泰許摩池，前往布萊福鎮碼頭。這裡有一條蜿蜒小路，通往坐落在湖面往東兩英里的山間村落。

他總是在第一道曙光前就背著爺爺的背包出發，而且要到下午三點過後才能返回。有一次，他差一點被呼嘯的暴風雪困在冰上，盲目失去方向。當他回到小屋，嘉莉如釋重負哭了起來，接著又令人驚恐地咳個不停。

前往布萊福鎮是為了替他和嘉莉購買補給品和衣服。他有爺爺「趾高氣昂的錢」，後來，他闖入對岸三處較大的營地偷錢。他對此並不覺得驕傲，對他來說，這是生存問題。他選擇的營地在房地產市場上可能每件要價八萬美元，他認為這些屋主禁得起相當餅乾罐的三、四十美元損失——這也是他們存放這些錢的地方。除此之外，他唯一動手的東西是一大桶煤油。這桶煤油放在名字古怪的大型現代小木屋「困惑營地」後面，他從裡面拿了大約一百五十公升的煤油。

他不喜歡去布萊福，不喜歡知道圍坐在收銀機旁大肚爐的老人們正在談論湖對岸營地的陌生人。

故事有其傳播管道，有時會進入不該聽見的耳朵裡。不用聽到太多——只需要一點耳語——商店勢必就會連結起安迪、安迪爺爺，以及安迪爺爺在佛蒙特州泰許摩的小屋。但是，他不知道還能怎麼做，他們必須吃飯，不能整個冬季都以沙丁魚罐頭維生。他想要為嘉莉準備水果、維他命藥丸和衣服。嘉莉來的時候，只有一件骯髒上衣、一條紅色褲子和一件內褲。小屋裡沒有他可以信賴的咳嗽藥，沒有新鮮蔬菜，而且非常瘋狂的是，幾乎沒有火柴。他闖入的每一個營地都有壁爐，卻只找到一盒火柴。

他可以再走遠一點——還有別的營地和小屋——但那裡的許多地方會有泰許摩警察深入和巡

邏；而且許多道路旁邊，都至少有一、兩個常年住戶。

在布萊福的雜貨店，他可以買到所需要的一切，包括大致符合嘉莉尺寸的三件厚長褲和三件羊毛衫。沒有女孩子的內褲，她只能將就八號的男生平口內褲，這件事讓嘉莉時而感覺噁心，時而覺得逗趣。

套著爺爺的滑雪板來回六英里前往布萊福，對安迪來說既是負擔，也是消遣。他不喜歡留下嘉莉自己一人，不是因為他不相信她，而是因為他始終存在著回家後卻發現她不在……或死亡的恐懼。不管穿再多雙襪子，這雙舊靴子總是讓他起水泡。如果他嘗試快速移動，就會讓自己頭痛，那麼他就會想起臉上的麻木部位，並且預想他的大腦就像磨平的老舊輪胎，因為使用過度而露出裡面的覆蓋層。如果他在這該死的湖面中央中風並且凍死，那麼嘉莉會有什麼遭遇呢？

不過，他盡力把心思放在這些旅程上。安靜的環境可以讓他的頭腦清晰；這座湖本身並不寬——安迪從東岸橫跨到西岸不到一英里——但是它非常長。到了二月，冰上的積雪已有四呎深，有時他會在半途停下來慢慢看向左右。這時的湖面像是鋪了耀眼雪白瓷磚的長走廊，潔淨完整往兩個方向延伸到視野以外，四周環繞著有如撒了糖粉的松樹，上方是嚴厲、燦爛又冷酷無情的冬季藍天，或是下雪時低沉、毫無特色的白色天空。可能還有遠方傳來的烏鴉啼叫，或是結冰延伸的細微輕剝聲音，就只有這樣。這樣的運動強化了他的身體，他會在衣服底下，穿一件貼近皮膚的溫暖無袖汗衫。大汗淋漓之後，一把拭去額頭汗水的感覺真好。這是他在教授葉慈和威廉斯、批改學生作業時，不知怎地忘掉了的感覺。

在這片寧靜之中，透過賣力運動身體，他的思緒變得清晰，在腦海中致力眼前的問題。必須採取行動——很久以前就該採取行動，不過這也過去了。他們來到爺爺的地方過冬，但他們仍在逃亡。鎮上圍著爐子抽菸斗的老人家及其探究眼神，讓他感到不自在，這件事就足以迫使他明白事實。他和嘉莉退縮到角落，必須找到掙脫它的辦法。

而且，他仍舊憤憤不平，因為**這樣不對**。他們沒**有**權利，他的家人是美國公民，生活在一個據稱是開明的社會，而他的妻子被謀殺，女兒被綁架，他們兩人有如樹籬裡被獵捕的兔子。

他再次思考能不能把這件事告訴某個人——或是很多人——整件真相就會浮出水面。他以前沒這麼做，是因為他某種程度上仍持續陷入一種奇怪的催眠狀態，就是這種狀態造成了維琪的死亡。他也不想女兒在被當成雜耍表演的怪胎中長大。他不想她被送入公共機構，不要為了國家利益，也不要為了她自己而被送進去。最糟的是，他一直自我欺騙，即使在發現妻子被抹布封口，整個人被塞在洗衣間的燙衣板櫃之後，他還是繼續欺騙自己，告訴自己商店遲早會放過他們。**只為了好玩**，他們曾經像小孩這麼說，**大家最後都必須把錢還回去**。

只除了他們不是小孩，也不是只為了好玩，當遊戲結束後，沒有人會交還任何東西給他和嘉莉，這遊戲可以保留贏到的東西。

在寧靜之中，他開始了解到一些嚴重的事實。就某方面來說，嘉莉**的確**是怪胎，她跟一九六〇年代因為沙利度胺藥物而畸形的寶寶，以及孕婦服用DES藥物生下的女孩，沒什麼兩樣。後者在十四到十六年後，會有異常的人數罹患陰道癌。這同樣不是嘉莉的錯，但也改變不了事實。她的奇異、她的怪異，都是內情。她在曼德斯農場的作為讓人懼怕，徹底的懼怕，之後，安迪會發現自己在思索她的能力程度，它**可以**達到怎樣的程度。在躲藏的這一年間，他看過許多超心理學的文獻，知道意念控火和念力據猜想是跟目前某種所知甚少的內分泌腺息息相關。他看到的書籍也告訴他，這兩樣能力有密切關聯，而大部分記載的案例中，是以女孩為主，她們都比嘉莉現在的年齡大不了多少。

她在七歲已經可以引發曼德斯農場那樣的破壞，現在她快八歲了，等她十二歲或進入青春期時，會發生什麼事？或許什麼事也沒有，或許事態重大。她說她不想再度施展這個力量，但要是她被迫使用呢？要是這個能力開始自發性地出現呢？要是她因為自身彆扭的青春期，開始在睡夢中點火呢？就像大部分青少年都曾經歷的夢遺的燃火版本？要是商店終於決定要召回它的走狗……而嘉莉被某個外國力量給綁架了呢？

問題，一個又一個的問題。

在他滑過湖面的旅程中，安迪努力設法解決這些問題，最後卻很不情願地相信，為了保護她自己，嘉莉可能必須提交給某種監護機構。這對她來說，可能就像殘酷的腳支架之於肌肉失養症的受害者；或是奇異的假肢之於沙利度胺寶寶一樣必要。

然後還有關於他自身未來的問題，他想起自己麻木的部位、充血的眼睛。沒有人想要相信自己的死刑執行令已經簽署並且決定日期，安迪並不完全相信這一點，但他意識到再兩到三個強烈推力可能會讓他喪命，同時了解他正常生活的期望值可能已經減短許多。必須為嘉莉預先作好一些準備，以免事情發生，但不是採取商店的作風。

不要小房間，他不容許這種事發生，所以他思考再三，最後作了一個痛苦的決定。

7

安迪寫了六封信，內容幾乎一模一樣。兩封給俄亥俄州的美國參議員；一封給眾議院中海利森市的女性代表；一封給《紐約時報》；一封給《芝加哥論壇報》；最後一封寄給俄亥俄州托利多市的《刀鋒報》。六封信全部揭發了一切過程，從傑森葛奈大樓的實驗開始，到最後他和嘉莉被迫在泰許摩湖畔與世隔離。

寫完信後，他拿了一封給嘉莉看。她緩慢仔細地看完，幾乎花了一小時。這是她第一次從頭到尾得知事情全貌。

「你要寄出這些信嗎？」她看完後問道。

「對。」他說：「就明天，我想明天是我最後一次敢橫越湖面。」天氣終於開始稍微回暖，冰面仍舊結實，但現在經常碎裂，他不知道它還能安全多久。

「爹地，這會發生什麼事？」

他搖搖頭。「我不清楚，只能希望事情揭露之後，追著我們的那些人就必須放手。」

嘉莉嚴肅地點點頭。「你以前就該這麼做了。」

「對。」他說，知道她心中想著去年十月曼德斯農場的那場大災難。「或許如此，但是嘉莉，我一直沒機會去細想。我心中始終想的是，讓我們繼續一直走，以及想著逃亡時，我們確實有機會的事……呃，多半是愚蠢的想法。我一直希望他們會放棄，會放我們一馬。這真是大錯特錯。」

「他們不會帶我走，對嗎？」嘉莉問：「我是說，離開你。我們可以一直在一起，是不是？爹地。」

「是。」他說，不想告訴她對於這些信寄出並到達收件人手中之後會發生什麼事，自己可能就跟她一樣概念模糊，只知道是「之後」的事。

「我就只在乎這件事，而且我也不想再燃火了。」

「好。」他摸摸她的頭髮。喉嚨忽然感受到一種濃烈的恐懼預感，也突然想起這附近發生過的一件事，一件他已多年沒有想起的事。他當時和爸爸、爺爺一起出去，在安迪吵著要求之下，爺爺把他稱為「淘氣來福」的點二二步槍交給安迪。安迪看到一隻松鼠，想要開槍打牠。爸爸想要反對，但爺爺帶著怪異的微笑制止他。

安迪以爺爺教導的方式瞄準；他緊扣扳機而不是猛然一扣（也是爺爺教他的），給了松鼠一槍。牠四肢發軟摔落在地，像是填充玩具。安迪把槍還給爺爺，興奮地跑向牠。靠近之後，眼前的情景把他嚇傻了。靠近之後，松鼠不再是填充玩具，牠還沒死去。安迪射中了牠的後臀，牠垂死躺在斑斑的自身鮮血裡，黑色眼珠還清醒活著，滿是悽慘痛楚。牠身上的跳蚤察覺到了事實，紛紛滾落牠身上，成了三條忙碌的小隊伍。

他的喉嚨一下子哽住了，安迪在九歲這一年第一次嘗到自我厭惡的鮮明味道。他木然注視自己凌亂的殺戮，意識到爸爸和爺爺站在他背後，兩人的影子覆蓋在他身上——麥吉家祖孫三代在佛蒙特州的樹林中，同時站在被射殺的松鼠身旁。爺爺在他身後輕聲說：「**安迪，瞧，你做了這件事，你喜歡嗎？**」淚水突如而至，讓他難以承受，這是恐懼和體悟的眼淚——他體悟到事情一旦做了，就是做了。他倏然發誓，永遠不會再拿槍殺害任何東西，就這樣在神的面前起誓。

「**我也不想再燃火了。**」嘉莉剛才這麼說，而安迪在腦海裡聽見在他射殺了松鼠的那天，當他對神發誓永遠不會再做這種事時，爺爺的回答：「**永遠不要這麼說。**」

「**安迪，神喜歡讓人打破誓言。這會讓人對自己在這世界上的定位和自制力，保持適切的謙卑。**」這就跟厄文．曼德斯對嘉莉說過的話一樣。

嘉莉正在看她之前在閣樓找到的一整套《叢林小子邦巴》，儘管閱讀速度緩慢，但還是穩定前進。安迪凝視她，看著她坐在黑色的舊搖椅裡，沐浴在一道映出塵埃的陽光下。他的祖母以前總是坐在這張椅子，腳邊放著一籃待補衣物。看著嘉莉，安迪努力克服想叫她收回那句話的衝動，想叫她在還能做到前，收回那句話，說她並不了解這種可怕的誘惑：如果槍留在身邊夠久，遲早都會重拾這把槍。

神喜歡讓人打破誓言。

安迪寄出信時，只有查理．佩森看見。佩森在十一月搬來布萊福，之後便一直努力提振「布萊福珍奇小物」商店的生意。他是個愁容滿面的矮小男人，有一次安迪來到鎮上時，佩森曾經試著想請他喝一杯。而鎮上普遍認為，如果佩森沒辦法在這個夏天把這家店做起來，「珍奇小物」就會在九月十五日以前在櫥窗掛上「租售」的標示。他是個不錯的傢伙，卻一直在辛苦摸索，布萊福不再是過去的那個城鎮了。

安迪走在街道上──他把滑雪板插在通往布萊福鎮碼頭那條路的路口雪地──準備前往雜貨店。店裡的老人帶著幾分興趣看著他。這個冬天，關於安迪的閒話可不少，大家對於住在湖對岸這位男人的一致意見是，他因為某件事正在逃匿，可能是破產或離婚協議，可能有一位被拐走孩子監護權的憤怒妻子，他們可沒忽略安迪買的那些小孩衣服。還有一個共識是，他和小孩可能闖進了湖對岸的某個營地，整個冬天都住在那裡。沒有人對布萊福警察提起這個可能性，他其實是個只在城裡住了十二年，並認為他擁有這個地方的新來者。他就是個來自湖對岸、來自泰許摩、來自佛蒙特州那邊的人。在布萊福雜貨店圍繞傑克．羅利爐子坐著的老人家，都不太喜歡佛蒙特的風格，像是所得稅、目中無人的退瓶還金法令，還有那個該死的俄國人，他活像沙皇似地留在家中，寫些沒人看得懂的書[13]。不言而喻的全體一致看法是，讓佛蒙特人自行處理自己的問題，他們這裡可是新罕布夏州。

13.俄國作家索忍尼辛在流亡美國時，曾居住在佛蒙特。

「過不了多久，他就沒法橫越湖面了。」其中一人說道。他又咬了一口手中的巧克力棒，開始咀嚼。

「除非他套上兩個手臂游泳圈。」另一個人回應，大家咯咯笑了起來。

「我們再看他也沒多久了。」傑克在安迪接近雜貨店時，滿不在乎地說道。安迪穿著爺爺的舊外套，藍色羊毛保暖頭帶罩住耳朵，某種記憶——或許是酷似爺爺的家族長相——閃過傑克的腦海，又旋即消失。「等冰雪開始融化，他也會跟著蒸發不見。不只他，還有他藏在那裡的人。」

安迪停在外頭，解開背包，拿出幾封信，然後走進店裡。聚集在店裡的人紛紛開始檢視自己的指甲、手錶，甚至是那個老舊的爐子。還有一人拿出一條鐵路印花大手帕，對著它用力咳痰。

安迪環顧四周。「各位先生，早安。」

「你也早。」傑克．羅利說：「需要什麼嗎？」

「你們有賣郵票，對吧？」

「是，政府託付我這麼做。」

「請給我六張十五美分的郵票。」

傑克拿出他老舊的黑色郵票簿，小心翼翼從其中一張大全張撕下郵票。「今天還需要別的嗎？」

安迪想了一下，然後面露微笑，今天是三月十日。他沒有回答傑克，直接走到咖啡磨豆機旁邊的卡片架，選了一張華麗的大型生日卡，上面寫著：「女兒，在這個特別日子中，祝福妳」。他拿下它，付了錢。

「謝謝。」傑克說，把錢放入收銀機。

「不客氣。」安迪說完就走出雜貨店。他們看著他調整保暖頭帶，逐一把信貼好郵票，他的鼻孔呼出陣陣白霧。他們見到他繞過建築物，前往郵筒的所在地，只是坐在爐子旁邊的所有人都無法在法庭提供證言，指證安迪是否寄出了信件。等他重新回到視線當中，他正背起背包。

「他要走了。」其中一個老人評論。

「很有禮貌的傢伙。」傑克以此結束這個話題，大家轉而聊起其他事。

查理．佩森站在他的店門口，這家店整個冬天做不到三百美元的生意，他看著安迪離去。佩森可以作證信件的確已經寄出，他就站在那裡，看著安迪把信丟進郵筒。

看不到安迪的身影之後，佩森回到店內，經過他販賣一分錢糖果、泡泡糖和玩具紙炮的櫃檯，穿過櫃檯後方的門，進入裡面的起居室，這裡的電話設有防竊聽裝置，佩森撥號到維吉尼亞，尋求指示。

9

在新罕布夏州的布萊福小鎮，過去和現在都沒有郵局（在佛蒙特州的泰許摩也同樣沒有）；兩個城鎮都太小了。距離布萊福最近的郵局在新罕布夏的泰勒市。在三月十日下午一點十五分，一輛從泰勒市開來的小型郵務車停在雜貨店前面，郵差清空了郵筒。這個郵筒立在傑克替珍妮加油到一九七〇年的加油處附近，裡面的郵件包括安迪的六封信，以及五十歲老小姐雪莉．狄凡的一張明信片，她要寄給住在佛羅里達坦帕市的妹妹。在湖的對岸，安迪．麥吉在午睡，嘉莉．麥吉在堆雪人。

郵差先生羅柏特．艾弗瑞特把郵件放進袋子，再把袋子扔進藍色郵務車車後，接著開往同屬泰勒市郵遞區號的另一個新罕布夏小鎮威廉斯鎮。然後，他在威廉斯鎮民戲稱為大街的街道中央迴轉，準備返回泰勒市。所有郵件將在泰勒市分類，大約下午三點鐘分送出去。在鎮外五英里處，一輛米色的雪佛蘭 Caprice 橫停在路中央，擋住狹窄的雙向道。艾弗瑞特在雪地邊停車，下車察看可有需要援手的地方。

車上下來兩個人，他們走過來向他出示證件，說明他們的打算。

「不！」艾弗瑞特說。他試著發出笑聲，結果卻像是猜疑的聲音，就好像剛聽見有人說，今天下午泰許摩岸邊將開放游泳一樣。

「如果你懷疑我們自稱的身分——」其中一人開口，這人是奧維・傑米森，有時稱為奧傑，或是稱作「果汁」。他不介意應付這個鄉巴佬郵差，什麼都不介意，只要接獲的命令不在那個邪惡小女孩方圓三英里內。

「不，不是這樣；完全不是這樣。」艾弗瑞特說。他嚇壞了，就跟忽然要跟政府權威機關對峙的任何人一樣嚇壞了，當灰色地帶的執法機構突然露出真面目，感覺就像是水晶球浮現某種陰沉的具體實物一樣。不過，他還是態度堅決。「但我這裡的東西是郵件，**美國**郵件，你們務必要了解這一點。」

「事關國家安全。」奧傑說。在哈斯汀谷的慘敗之後，曼德斯農場周圍拉起了保護的警戒線，這片土地及房屋殘骸經過徹底搜查，結果奧傑找到了他的追風手槍，這把槍現在安穩地放在他左側胸口。

「是你們說的，這樣的理由還不夠。」艾弗瑞特說。

奧傑解開他的風雪大衣，讓艾弗瑞特看到追風。艾弗瑞特瞪大了眼睛，奧傑微微一笑。「好了，你可不想我拔出它，對吧？」

艾弗瑞特不敢相信會發生這種事，他做了最後掙扎。「你們可知道搶劫美國郵件的刑責？他們會把你們送到堪薩斯州的萊文沃恩。」

「回到泰勒市後，你會得到你們郵局局長的批准。」另一個人首次開口：「好了，別再瞎鬧了，好嗎？把鎮上的郵件袋給我們。」

艾弗瑞特把布萊福鎮和威廉斯鎮的小小郵件袋交給他，兩人就在路上當場打開袋子，冷漠地分類挑揀。羅柏特．艾弗瑞特覺得憤怒，也有點羞愧。他們現在的行為不對，就算這裡有核彈秘密也一樣。在路邊打開美國郵件這樣的行為不對。荒謬的是，他發現自己現在的感覺就像陌生人闖進他家，扒掉他太太的衣服一樣。

「你們會為此受到懲罰的！」他的聲音哽住、恐懼。「你們等著瞧。」

「在這裡。」另一人對奧傑說。他遞出六封信，住址出自同樣的細緻筆跡。艾弗瑞特也認出它們，這是從布萊福鎮雜貨店附近郵筒收來的郵件。奧傑把信件放進口袋，兩人把敞開的郵件袋直接留在路上，走回他們的汽車。

「你們會為此受到懲罰的！」艾弗瑞特以顫抖的語氣大喊。

奧傑頭也沒回地說：「如果你還想要郵局的養老金，那麼在跟別人說起這件事之前，先跟你們局長談談。就這樣。」

他們開車走了。艾弗瑞特看著他們揚長而去，感覺既憤怒又害怕，肚子反胃翻騰。最後，他終於拾起郵件袋，扔回郵務車裡。

「被搶了。」他說，詫異地發現自己快哭出來了。「被搶了，我被搶了，哦，該死，我被搶了。」

他以泥濘道路所能允許的最快速度，開回泰勒市。他按照那人的建議，先跟局長報告這件事。泰勒郵局局長名叫比爾．科本，艾弗瑞特在科本的辦公室待了一個多小時，他們的聲音不時傳出辦公室，顯得氣憤，聲嘶力竭。

科本今年五十六歲，已為郵政服務三十五年，而他真的嚇壞了。最後，他成功把他的恐懼傳達給艾弗瑞特。此後，艾弗瑞特隻字不提他在布萊福和威廉斯之間的泰勒路上被搶的那一天，甚至也沒跟他太太說。但是，他從未忘記這件事，也從未完全擺脫當時的憤怒和羞愧……以及幻滅感。

10

在兩點半，嘉莉堆完雪人；安迪也從午睡小憩後起床。奧維．傑米森和他的新搭檔喬治．沙達卡搭上飛機，四小時後，當安迪和嘉莉坐下來玩五百分拉米牌，一旁的晚餐碗盤已洗好，放在瀝水架瀝乾時，這六封信已到了霍利斯特上校的桌上。

第6章 上校與雨鳥

1

在三月二十四日嘉莉．麥吉生日的這一天，霍利斯特上校懷抱著強烈又難以說清楚的不安心情，坐在書桌後方。不安的**理由**倒是不難說清楚；約翰．雨鳥一小時內就會進來，這簡直就像等著魔鬼出現在十分錢硬幣上。但如果魔鬼的新聞稿值得相信，至少敲定交易後，魔鬼就會恪守條件，但上校總覺得雨鳥的人格中有著基本上無法控制的部分。說到底，他只是職業殺手，而職業殺手遲早會走向自我毀滅。上校覺得當雨鳥走到這一步，必定會伴隨驚天巨響。雨鳥對於麥吉任務到底了解多少？當然，只有他必須了解的部分，但是……這卻不斷困擾上校。他不是第一次這麼想，等麥吉事件結束後，為這個高大的印第安人安排一場意外是不是明智之舉。套句上校父親令人難忘的話來說，雨鳥就跟吃著老鼠大便卻說它是魚子醬的人一樣瘋狂。

他嘆了一口氣。屋外，一陣狂風把溼冷的雨珠打在窗戶上。他的書房在夏天是那麼明亮宜人，現在卻充斥不斷晃動的暗影。當他坐在這裡，左手邊的圖書館推車上堆滿麥吉檔案，這些影子顯得不甚友好。冬天使他年邁，他不再是去年十月那天神采飛揚騎單車到大門的那個人了，就在這一天麥吉父女再次逃脫，留下一片火海。當時他臉上的皺紋不太明顯，現在卻深如裂縫。他已經不得不戴上屈辱的雙焦眼鏡——他認為這是老人的眼鏡——剛戴的前六星期他噁心反胃才適應了新鏡片。這些是小事，是事態發展如此荒腔走板的外在象徵。他只能暗自抱怨這些事，因為他所受的訓練和教養都教育他不可抱怨隱藏在表面底下的大事。

那該死的小女孩彷彿是針對個人的厄運。母親辭世後，他唯一在意的兩個女人都在這個冬天死於癌症。他的太太喬琪亞在耶誕節過三天去世，而他的私人秘書瑞秋剛在一個多月前過世。

當然，他一直知道喬琪亞病情嚴重，死前十四個月所做的乳房切除術，只有延緩卻沒有阻止癌症的進展。瑞秋的死亡則是殘酷的意外，他記得自己在她最後時日開玩笑說，她需要胖起來（事後回想，我們有時是多麼不可饒恕呀），而瑞秋對他回敬同樣的玩笑。

現在，他只剩下商店——而且可能也維持不了多久。一種潛伏的癌症侵入上校本人，怎麼稱呼它？信任癌？差不多是這樣。在政府高層，這種疾病幾乎絕對致命，尼克森、蘭斯、赫姆斯……全都是信任癌的受害者。

他打開麥吉檔案，拿出最新附件：不到兩個星期前安迪所寄出的六封信。他來回翻動，卻沒有閱讀。它們基本上是相同的信件，內容他幾乎都快背起來了。信件底下是一疊光面照片，有些是查理．佩森拍攝的，有些出自泰許摩那邊的探員。拍到的畫面有安迪走在布萊福鎮的大街；安迪在雜貨店買東西，在結帳付錢；安迪和嘉莉站在營地的船屋旁，背景是積滿白雪的厄文．曼德斯那輛威利吉普車。有一張照片是嘉莉坐在壓扁的硬紙箱，滑下閃閃發光的堅硬雪殼斜坡，她的髮絲在過大的編織帽底下迎風飛揚。在這張照片中，她的父親站在後面，戴著連指手套的雙手扠著腰，仰頭大笑。上校經常看這張照片，鄭重地凝視許久，在把照片放到一旁時，有時會驚訝地發現自己居然雙手顫抖。他真的好想捉到他們。

他起身，駐足窗邊。今天沒有里奇．麥基揚在割草，赤楊落光葉子，只剩下枝椏，兩棟房子間的鴨塘空蕩蕩，彷彿一片石板。商店今年早春有數十件重大的待辦事項，就像一場盛宴，但對上校來說，其實只有一件要事，那就是安迪·麥吉和他的女兒嘉莉。

曼德斯農場的挫敗造成了眾多損害，商店和他雖然都安然度過，卻引發了來勢洶洶的批評浪潮。批評聲浪的焦點是，從維多莉亞·麥吉被殺和女兒被帶走——儘管時間短暫——那天開始，商店處理麥吉父女的方法。許多批評在於，從未加入軍隊的大學講師居然可以從兩名訓練有素的商店探員手中搶走女兒，還讓一人發瘋，一人昏迷了六個月。後者再也無法勝任任何工作；只要有人在他聽力範圍說「睡覺」這個字眼，他就會像沒了骨頭一頭倒下，昏迷四小時到一整天。就稀奇古怪的角度來說，這很好笑。

另一個重大批評是，麥吉父女居然可以這麼久維持領先一步，這深深影響了商店的形象，讓他們看起來全像傻瓜。

但大部分的批評還是針對曼德斯農場事件本身，因為這件事幾乎擊潰整個組織。上校知道密談已經出現。密談、備忘錄，甚至可能還有超機密國會聽證會的證詞。**我們不希望他像胡佛那樣戀棧，古巴事務完全被忽視，因為他無法從該死的麥吉檔案挪開眼睛。妻子最近才去世，你知道的，真可恥，深深打擊到他。整個麥吉事件不過就是一連串笨拙無能的展示，或許找個較年輕的……**

只是，他們都不了解他們面對的是什麼，他們以為自己了解，其實不然。他一再又一再看到他們拒絕接受這小女孩具有意念控火能力，是個燃火者這樣的簡單事實。實際上有數十份報告指出，曼德斯農場大火的起因是汽油外漏、是曼德斯太太打破煤油燈，是該死的自燃現象。

站在窗邊，上校發現自己不合常理地希望溫勒斯能在這裡。溫勒斯了解，他可以跟溫勒斯談論這種……這種危險的盲目心態。

他走回書桌。欺騙自己沒有意義，暗中破壞的過程一旦開始，就無法阻止。這真的很像癌細胞，可以收回人情（上校這個冬天就收回了十年意義的人情，只求能繼續留在這個位置）來延緩它的成長；甚至可以迫使它緩解。但是，遲早總會離開的。他覺得如果他按照規則行事，可以一直待到七月；如果決定真的全力以赴，採取強硬態度，或許可以留到十一月。只是，這可能意味要撕裂組織，而他並不想這麼做。他不想摧毀已投注半生心血的東西，但如果非做不可，他還是會下手：他將會堅持到底。

讓他得以繼續掌事的主要因素是，他們迅速找到麥吉父女的藏身處。上校很樂意居功，因為這有助於他守住地位，但這其實只花上電腦的運算時間。

他們跟進這個任務的歷時長久，足以廣泛深入了解麥吉的所有背景。電腦儲存了和麥吉及湯林森家譜相關逾兩百名親戚和四百名友人，這所有友誼可以追溯到維琪讀小學一年級時的最好朋友，那是一個名叫凱西．史密斯的女孩，現在是加州卡布雷市法蘭克．渥斯的太太，她可能起碼有二十年完全沒想起過維琪．湯林森。

輸入「**最後目擊**」資料到電腦之後，它立即列出可能名單。名單的第一個名字是安迪故去的爺爺，他在佛蒙特州的泰許摩擁有一處營地，後來所有權又傳給安迪。麥吉一家曾在那裡度假，如果走偏僻小路，它也算是在距離曼德斯農場不遠的地方。電腦判定，如果安迪和嘉莉要去任何「**已知地點**」，那就是這裡。

在安迪和嘉莉住進爺爺營地不到一星期，上校便知悉他們在那裡。營地周圍設下了鬆散的警戒線，而基於他們可能會在布萊福鎮購買所有必需品，他們又安排買下「珍奇小物」這家店。

他們只進行消極監視，所有照片都處於最佳的隱身情況，以遠攝鏡頭拍攝。上校可不想再冒險引發另一場烈火風暴。

他們大可以在安迪橫越湖面的任一趟行程中，悄悄抓走他。他們大可以對兩人開槍，而這會像拍到嘉莉以紙箱做雪橇的照片一樣容易。但是，上校想要這個女孩，同時現在他也開始相信，如果真要控制那個女孩，他們也需要她的父親。

再次找到他們的所在地之後，最重要的目標就是，確保他們保持緘默。上校不用電腦告訴他也知道，隨著安迪愈來愈懼怕，他尋求外在協助的機率就愈大。在曼德斯事件之前，他們還可以應付或接受新聞爆料；後來，新聞干預就變成了完全不同的狀況。光想到要是紐約時報掌握了這些資料，接下來可能發生的事，就讓上校噩夢連連。

在烈火風暴過後的混亂狀態期間，安迪有過非常短暫的機會可以寄出這些信件。但顯然麥吉父女也置身在自己的混亂狀態，他們錯失了寄信或打電話披露的黃金時機……反正，很有可能也不會有結果。樹林最近充滿怪人；記者跟任何人一樣憤世嫉俗，這成了耀眼的職業，他們對寶兒、蘇珊、雪兒和海明威孫女瑪歌等女演員更感興趣。現在已經安全多了。

現在兩人處於困境中，上校有整個冬天的時間來思考方案。即使在妻子的葬禮上，他也在梳理各種選項。他逐漸決定了一個行動計畫，現在準備把它付諸行動。他們在布萊福鎮的探員佩森說，泰許摩池的冰雪就快融化。而安迪．麥吉終於寄出他的信，會急躁地想要得到回應——而且或許開始懷疑他的信永遠到達不了他們想要的資源。他們可能會準備離開，而上校喜歡他們就待在那裡。

照片底下是一份超過三百頁的厚重打字報告，收在「最高機密」的藍色保護套裡。這是在臨床心理學家暨精神治療師派崔克．赫奇戴特的主持下，十一名醫師和心理學家共同寫出的報告及說明書。就上校的看法，赫奇戴特是商店旗下十到十二名最為敏銳的頭腦之一。擬定這項報告共耗費納稅人八十萬美元，他應該要名副其實。現在，上校以拇指翻動這份報告，心中想著那位年老的凶事預示者溫勒斯會怎麼理解它。

對於他認為安迪需要活著的直覺，在報告中得到確認。赫奇戴特團隊取得其邏輯鏈是根據這樣的假設：所有他們感興趣的力量都是自願行使，原動力在於持有者使用它的意願……關鍵詞是**意志**。

在這女孩的力量中，意念控火只是基石，這個力量總會失控，總會輕巧越過她的意志屏障，但這份綜合所有可用資訊的研究卻指出，選擇是否要啟動一切的是女孩本身——就如同在曼德斯農場，當意識到商店探員意圖殺害她父親時，她所採取的行動。

他迅速瀏覽了命運六號原始實驗的摘要，所有圖表和電腦讀數都歸結出同一件事：意志是原動力。

赫奇戴特和他的同僚採用意志為一切基礎的前提，研究了驚人的大量藥物後，決定對安迪使用氯丙嗪這種精神科藥物；嘉莉則是一種稱為奧瑞辛的新藥。報告中用了七十頁的官樣文章說明，這兩種藥物會讓他們感到興奮、恍惚和飄飄然，甚至無法行使足夠的意志來選擇巧克力牛奶或純牛奶，更不用說是燃火或說動別人眼盲這樣的事。

他們可以讓安迪．麥吉經常處於藥物控制之中，對他們來說，安迪沒有實際用處。研究報告和上校的直覺都顯示，他已經沒有前途，是個油盡燈枯的案例，那女孩才是他們感興趣的對象。給我六個月，上校心想，我們就會取得足夠的資料，就足以了解那顆小小腦袋裡的實際情況。即使這個小女孩只有溫勒斯揣測的一半能力，白宮和參議院每一個小組委員會也勢必都抗拒不了化學性誘導超能力的展望，以及它在軍備競賽上可能產生的重大影響。

還有其他可能性，但因為它太具爆炸性，就連「最高機密」的標題也不足負荷，所以未列入這份藍皮報告。隨著事態面貌在赫奇戴特和其專家小組眼前具體成形，赫奇戴特也漸漸隨之興奮激動，他在一星期前跟上校提及其中一種可能性。

「這是Z因子。」赫奇戴特說：「你可曾考慮過，如果發現這孩子不是不孕的雜交種，而是真正的突變種，會有怎樣的衍生結果？」

上校的確考慮過，只是他沒讓赫奇戴特知道。這引發了優生學的有趣議題……優生學在政治上是爆炸性的議題，和納粹主義及超級種族有揮之不去的關聯——這正是美國人民投入二次世界大戰奮力終結的事。不過，挖掘哲學之井，而造出所謂篡奪上帝職權等狗屁說法的噴油井是一回事；提出實驗證據指出，命運六號父母的子代可能成為人類火炬，具有凌空懸浮、精神或心靈感應，或只有天知道的其他能力，則又是另一回事。理想是很容易持有的便宜貨，只要沒有足以推翻它們的實際論證。如果真的有，那會怎麼樣？人類繁殖農場？儘管這聽起來很瘋狂，上校卻可以預見。這將是一切事物的關鍵，世界和平，或統治世界，拋開華麗詞藻和浮誇大話的戲法鏡子，這兩者其實不就是同一回事？

這是一堆複雜而難以解決的問題，眾多可能性將一直延伸到未來十多年後。上校知道，就實際期望來說，他在這裡最多只剩下六個月，但這可能已足以制定政策，就像勘查可以鋪設鐵軌及可以行駛鐵路的土地。這將是他留給國家以及這世界的遺產。與這件事相較，逃亡大學講師和他衣衫襤褸女兒的性命，還不如風中的塵埃。

女孩如果處於經常投藥狀態，就無法進行任何有效性的實驗和觀察；但是她的父親會是人質。而在少數想對父親進行實驗的場合，情況就會相反。這是簡單的槓桿原理，如同阿基米德觀察到的，只要槓桿夠長就能移動世界。

內部對講機響起。

「約翰．雨鳥到了。」新來的女孩說道，平常的接待員和藹聲調顯得乾澀，透露出底下的恐懼。

上校心想：**哦，寶貝，這一點我可不怪妳。**

「請讓他進來。」

2

還是同樣那個老雨鳥。

他從容不迫走了進來，磨損的棕色皮外套底下是一件褪色的格子襯衫，同樣褪色的直筒牛仔褲下緣，露出磨損老舊的 Dingo 靴。碩大的頭顱似乎就要碰到天花板，空洞眼窩中的戳傷殘疤讓上校在心中打了機伶。

「上校。」他說完，就坐了下來。「我在沙漠待得太久了。」

「我聽說過你在旗手市的家。」上校說：「還有你收藏的鞋子。」

雨鳥只是用那隻完好的眼睛，眨也不眨凝視著他。

「我怎麼看你都只穿這雙破鞋呢？」上校問。

雨鳥淡淡一笑，不發一語。同樣的不安情緒再次充斥上校心中，他發現自己又在思忖雨鳥知道多少，而這為什麼會讓他如此煩惱。

「我有個工作給你。」他說。

「很好，是我想要的那個工作嗎？」

上校訝異地看著他，考慮了一下，然後說：「我想是的。」

「說吧，上校。」

上校概述把安迪和嘉莉·麥吉帶回朗蒙特市的計畫，不一會兒就說完了。

「你會用那把槍嗎？」他最後問道。

「沒有我不會用的槍，你的計畫不錯，會成功的。」

「承蒙批准，不勝感激。」上校說。他原本打算稍事諷刺，結果聽起來卻像在鬧脾氣。總之，真是該死的人。

「我會開槍。」雨鳥說：「但有一個條件。」

上校站起來，雙手撐在凌亂堆放麥吉檔案資料的書桌上，身體湊向雨鳥。

「不。」他說：「你不得跟我談條件。」

「我這一次要談。」雨鳥說：「但我想，你會發現這個條件很容易履行。」

「不。」上校重複。突然間，他的心臟在胸口狂跳，只是不知道是出於恐懼還是憤怒。「你弄錯了，我是掌管這個機構和設施的人，我是你的上級。我相信你在軍隊已待得夠久，足以了解長官的概念。」

「是。」雨鳥微笑。「我這一生擰斷了一、兩個長官。一次是商店直接下令，上校，**你的**命令。」

「這是威脅嗎？」上校大喊。他心中有部分意識到自己反應過度，但就是忍不住。「該死，這是威脅嗎？如果是，我想你肯定瘋了！如果我決定不讓你離開這棟建築物，只要按下按鈕就行！我手下有三十人會使用那種槍──」

「但槍法都不像這獨眼紅番黑鬼一樣有把握。」雨鳥說，輕柔的語調絲毫沒有改變。「上校，你以為你現在已經逮到他們了，但他們就跟鬼火一樣，不管有什麼神祇，祂們或許不想要你抓到他們，不想要你把他們關在你邪惡空無的房間裡。你以前也曾以為你已經逮到他們了。」他指著堆放在圖書館推車上的檔案資料，然後又指指藍皮資料夾。「這些資料我都看過了，也看過你那份赫奇戴特醫師的報告。」

「你來陰的！」上校大吼，但從雨鳥的神情，他知道這是實情。他看過了，他不知怎地看過了。誰給他看的？上校怒火中燒，是誰？

「哦，是哦。」雨鳥說：「我想要，就會拿到。別人會交給我，我想……肯定是因為我俊美的臉蛋。」他拉開笑容，但忽然間，它散發出兇狠的掠奪意味。那隻完好的眼睛在眼窩裡轉呀轉。

「你想跟我說什麼？」上校問。他好想喝杯水。

「只是想說，我剛在亞利桑那待了很長的時間，我在那裡漫步，聞著風吹來的氣味……而對你來說，上校，這聞起來會很苦澀，就像從鹽鹼灘吹來的風。我有時間可以大量閱讀和大量思考，而我認為，我可能是全世界唯一確定可以把那兩人帶來這裡的人；而且等那小女孩來到這裡，我可能是全世界唯一可以對那女孩採取行動的人。你這些厚重報告、這些氯丙嗪和奧瑞辛——其中可能有藥物無法應付之處，它比你所了解的還要危險。」

聽著雨鳥的言論，感覺就像聽著溫勒斯的鬼魂說話，上校現在深深陷入恐懼和憤怒之中，完全說不出話來。

「這些我全都會做。」雨鳥親切地說：「我會把他們帶來這裡，你可以做你的實驗。」他的樣子就像允許孩子玩新玩具的父親。「只要你在完成對那女孩的實驗後，把她交給我處置。」

「你瘋了。」上校低語。

「你說得對極了。」雨鳥笑了起來。「而你也是，就跟愛麗絲夢遊仙境的瘋帽客一樣瘋。你坐在這裡擬定計畫，想要控制一種超出你理解範圍的力量，這種力量只屬於神……以及那個小女孩。」

「那你要怎麼阻止我抹滅你呢？就在此時此地？」

「聽好。」雨鳥說：「要是我消失，厭惡和憤慨的衝擊浪潮將在一個月內席捲全國，相較之下，水門事件不過就像偷了一文錢的糖果。聽好，要是我消失，商店組織不出六星期就會不復存在，不出六個月你就會被法官判處只能在牢裡度過餘生的重罪。」他再度微笑，露出他如歪斜墓碑般的牙齒。「上校，不要懷疑我。我在這腐敗發臭的葡萄園待了很久，這裡釀的酒真是苦澀。」

上校想笑，結果卻像是窒息的咆哮。

「十年來，我都一直在存放我的堅果和糧草。」雨鳥沉靜地說：「就像經歷過寒冬並銘記在心的動物一樣。上校，我擁有一個精采雜集──照片、錄音帶、全錄的文件影本，這些會讓我們的美國普羅大眾好朋友驚恐戰慄。」

「絕無可能。」上校說，但他知道雨鳥不是在虛張聲勢，他感覺到一隻冰冷無形的手壓住他的胸口。

「哦，很有可能。」雨鳥說：「三年來，我就像是資訊傳遞裝置，因為這三年來，我一直可以隨意竊聽你的電腦。當然，這是根據分時系統的基礎，也使得它非常昂貴，但我負擔得起。我的薪水一直很高，加上投資，收入就更高。上校，我站在你面前──哦，其實是坐著，但這樣比較不詩意──作為一個運作中的美國自由企業的成功榜樣。」

「不。」上校說。

「是的。」雨鳥回答：「我是約翰．雨鳥，但我也是美國地質替補局。如果你想要，就去查。我電腦代碼是AXON（軸突），到你的主要終端機檢查分時代碼。去搭電梯，我等你。」雨鳥蹺起二郎腿，這動作拉高了右腳褲管，透露靴子縫線一處裂口和一處凸起。他看起來像是，如有必要，可以等到天荒地老。

上校的思緒飛快轉動。「或許能夠以分時系統基礎存取電腦，但這仍然無法讓你竊聽──」

「去找諾夫賽格博士。」雨鳥親切地說：「問他一旦存取分時系統基礎，有多少方式可以進入電腦竊聽。兩年前，一個聰明的十二歲孩子竊聽南加大的電腦。順帶一提，我知道**你的**存取代碼。今年是BROW（眉毛），去年是RASP（刮除），我認為去年的合適多了。」

上校坐在那裡看著雨鳥，思緒分裂，感覺就像成了同時進行三種表演的三環馬戲團。有一部分驚嘆著從沒聽過雨鳥一口氣講這麼多話；有一部分在努力應對這瘋子居然全盤了解商店所有事務的這件想法；第三部分是想起一個中國咒罵，一個乍聽之下看似友好，直到坐下來仔細思考才發現其實不然的咒罵。**願你活在有意思的時代**。過去一年半，他一直活在極為有意思的年代，感覺只要再遇上一件有意思的事就會讓他徹底瘋狂。

此時，他想起溫勒斯——帶著一種拖泥帶水、恍然大悟的恐懼，感覺就好像……就好像……他變成了溫勒斯。四面八方被惡魔包圍，卻無能擊敗，甚至無法取得援手。

「雨鳥，你想要什麼？」

「我告訴過你了，上校。我只要你承諾，我和莎琳．麥吉這女孩的牽扯，不會以那一槍作為結束，而要作為開始。我想要——」雨鳥的眼神變深，變得若有所思及陰鬱內省——「我想要親密認識她。」

上校驚恐萬分地看著他。

雨鳥忽然領會，他輕蔑地對著上校搖搖頭。「不是**那種**親密，無關性愛。但我會認識她，我和她會成為朋友，上校。如果她像所有資料透露的那樣強大，那麼我跟她會成為非常要好的朋友。」

上校發出一個詼諧的聲音：不算笑聲，比較像是尖銳的傻笑。

雨鳥輕蔑的表情不變。「是，你當然認為不可能。你看著我的臉，見到的是怪物；你看著我的雙手，見到的是它們沾滿你命令我染上的鮮血。但是我告訴你，上校，這件事會發生的。這女孩兩年來都沒有朋友，生活中只有父親。上校，你看待她就像看待我一樣，這是你的重大過錯。你睜眼看，見到的是怪物，只是就女孩的例子來說，你見到的是一個有用的怪物。或許因為你是白人，白人眼中的怪物無所不在。白人看著他們自己的屁眼，見到的也是怪物。」雨鳥再次大笑。

上校終於鎮靜下來，開始理性思考。「就算你說的都是真的，我為什麼應該准許？我們彼此都知道，你的時日不多了。二十年來，你一直在追尋自己的死亡。其他事情都是附帶的，只是一種嗜好。你很快就會找到它，而到時我們就終結了。所以，我為什麼應該給你這種心想事成的榮幸？」

「或許就像你說的，或許我一直在追尋自己的死亡——我沒料想你會說出這麼精采的話，上校，或許你應該更常對神保持恐懼。」

「你不是我對神的想法。」上校說。

雨鳥露齒一笑。「當然，我更像是基督教的惡魔。但是我告訴你，如果我真的一直在追尋自己的死亡，我相信我早就發現它了。或許，為了好玩，我一直在跟蹤它。但我無意打倒你，上校，對於商店，或美國本土情報局也一樣。我不是理想主義者，我只想要這個小女孩，而你可能會發現你需要我，可能會發現我可以辦到赫奇戴特醫師小組所有藥物都無法做到的事。」

「回報呢？」

「等麥吉事件結束後，美國地質替補局也不再存在。你的電腦主管諾夫賽格可以改變他所有代碼；而你，上校，會搭著大眾班機跟我一起飛到亞利桑那。我們會在我最喜歡的旗手市餐廳共進愉快的晚餐，再回到我的房子，然後在房屋後方的沙漠裡，我們會自己生火，把眾多的文件、錄音帶和影片全部付諸一炬。而如果喜歡，我甚至可以讓你參觀我的鞋子收藏品。」

上校仔細考慮。雨鳥沉靜坐著，給他時間思考。

上校終於開口：「赫奇戴特和他的同僚認為，可能要花上兩年時間才能完全打開那女孩的心房，要看她的保護性抑制有多強烈。」

「而你四到六個月內就會去職。」。

上校聳聳肩。

雨鳥用食指輕觸鼻側，偏著頭，做出一種古怪的童話姿態。「上校，我想我們可以讓你掌權更久一點。數百具屍體的埋屍處，你知我知——這是字面上的意義，也是比喻只有你我了解內情。我想這用不了幾年的時間，到頭來，我們都會得到自己想要的東西，你覺得呢？」

上校思考了一下。他感覺老邁疲憊，完全不知所措。「我想你已經自行達成協議。」

「好。」雨鳥輕快地說：「我想，我會當女孩的清潔工，在既定計畫中根本沒這號人物，這對她會很重要。當然，她永遠不會知道我是開槍的那個人。知道這件事會很危險，是不是？非常危險。」

「為什麼？」上校最後問道：「為什麼你要做到這麼瘋狂的地步？」

「很瘋狂嗎？」雨鳥輕問。他起身，從上校的書桌拿起一張照片。照片中的嘉莉坐著壓扁的紙箱滑下雪殼斜坡，開懷大笑。「上校，在我們這一行，我們全都會存放過冬的堅果和糧草。胡佛也是這麼做，無數的中央情報局長官也是如此。你也是，不然你現在就領著養老金了。我開始準備的時候，嘉莉．麥吉甚至還沒出生，我只是在保護自己。」

「為什麼是這個女孩？」

雨鳥久久沒有回答，只是近乎溫柔地仔細看著手中照片，輕輕撫著它。

「她非常漂亮。」他說：「而且非常年輕，然而在她體內有你的Z因子，是神的力量，她將會和我非常親密。」他眼神迷濛。「是的，我們將會非常親密。」

第7章 困境中

1

在三月二十七日，安迪・麥吉突兀地決定他們不能再待在泰許摩了。他的信已寄出超過兩個星期，如果對方真有回應，應該早就到了。爺爺營地周遭的持續寂靜讓他不安，他猜想可能每個收件者都只把他當成怪人，於是置之不理，不過……他不相信。

他相信的是，他內心深處的直覺喃喃私語的是，他的信件不知怎地沒能落入收件人手中。而這表示，他們知道他和嘉莉的所在地。

「我們要離開了。」他告訴嘉莉。「來整理東西吧。」

她只是用謹慎的目光看著他，略略流露恐懼，卻不發一語。她沒有問要去哪裡，也沒問接下來怎麼辦，這也讓他緊張。他在小屋的櫃子裡找到兩個舊行李箱，上面有著久遠的假期轉印圖樣——大急流城、尼加拉瀑布、邁阿密海灘——兩人開始分類要帶走和要留下的東西。

炫目的明亮陽光從小屋東側窗戶傾洩而入，雪水在落水管涓涓滴落。前一天晚上，他睡得很少；他清醒躺在床上聆聽湖面解凍——冰封多時的泛黃冰塊裂開，往湖峽緩緩移動，發出高頻、縹緲，帶有神秘感的聲音。流動的湖水在湖峽匯入寬闊的漢考克河，往東穿過新罕布夏和緬因州全境，逐漸發臭污染，最後惡臭難聞，毫無生機地吐入大西洋。湖面解凍的聲音就像延長的水晶音符，也像琴弓永無止境拉過小提琴的高音弦，是一種連續笛聲，落在神經末梢，就要引發共鳴。他過去從未在冰封解凍時分待在這裡，不太確定自己是否會想要再次經歷。當解凍的聲音在這山丘侵蝕的碗狀低地，迴響在寧靜的常綠山壁之間時，帶來一種可怕和超自然的感覺。

他感覺到他們又再次非常逼近，就像不斷重現的噩夢中幾乎難以察覺的怪物。嘉莉生日的隔天，他再次外出跋涉，越野滑雪板很不舒適地扣在他的腳上，然後他發現了一道雪鞋足跡，一直延續到一棵高大的雲杉。在那裡，雪地足跡成了句點，看得出脫下雪鞋、後跟卡在雪地中的凹印。鞋子主人後來重新繫上鞋子的地方，留下慌張的混亂痕跡。（爺爺總是說這是「爛泥船」，莫名其妙地蔑視它們）。在樹底下，安迪發現了六個菸蒂，還有揉縐的柯達底片黃色紙盒。他從未感到如此不安，他脫下滑雪板，爬上雲杉。爬到一半時，他發現爺爺的小屋就在一英里處的直線視野中。小屋看起來渺小，像是空無一人，但如果有遠攝鏡頭……

他並未跟嘉莉提起他的發現。

行李箱很快就塞滿了。嘉莉持續沉默，迫使他緊張地找話說，感覺就好像她藉著不說話來指控他。

「我們搭便車去新罕布夏的柏林。」他說：「到時，我們再搭灰狗巴士回到紐約市，然後去紐約時報的辦公室——」

「但是爹地，你已經寄過信給他們了。」

「親愛的，他們可能還沒收到。」

她沉默地看著他好一陣子，然後說：「你認為**他們**拿走信了？」

「當然不——」他搖搖頭，再次開口。「嘉莉，我真的不知道。」

嘉莉沒有回答，她跪下來，合上其中一個行李箱，摸索著扣環，卻徒勞無功。

「親親，我來幫妳。」

「我自己可以！」她對他尖叫，然後哭了出來。

「嘉莉，別這樣。」他說：「親愛的，別這樣，這一切就要結束了。」

「不，才不會。」她哭得更加厲害。「它永遠也不會結束。」

2

整整十二名探員包圍了麥吉爺爺的小屋，他們在前一晚便已就定位，身上全都穿著白綠混雜的迷彩服。他們都沒去過曼德斯農場，而除了雨鳥帶著那把特製步槍，唐恩．朱爾斯拿著點二二手槍，其他人都沒帶武器。

「我不想冒險帶上可能因為曼德斯農場事件而恐慌的人。」雨鳥告訴上校：「傑米森一副嚇得卵蛋落到了膝蓋似的。」

同樣地，他也不想要聽到探員配戴武器。事情有其發生方式，他可不想帶著兩具屍體結束任務。他仔細挑選每一個任務組員，然後選擇唐恩．朱爾斯對付安迪．麥吉。朱爾斯是個三十多歲、安靜孤僻的矮小男子，工作表現出色。雨鳥知道這一點，因為朱爾斯是他唯一選擇合作過兩次以上的人。他的行動迅速，心靈手巧，不會在關鍵時刻擋道。

「麥吉白天會外出。」雨鳥在行前簡報對大家說：「女孩通常也會，但麥吉一定會出來。如果他單獨出來，我來對付他，朱爾斯接著迅速安靜把他帶離現場。如果是女孩單獨出來，做法也一樣。而如果兩人同時出來，我對付女孩，朱爾斯對付麥吉。你們其他人只是跑龍套的，了解嗎？」雨鳥的獨眼瞪視大家。「你們在那裡只是預防情況嚴重失控，就是這樣。當然，如果情況**真的**嚴重失控，你們大部分的人都會褲子著火衝向湖水。帶你們同行，只是以免有百分之一的機會你們可以派上用場。當然，萬一我搞砸了，不用說，你們也可以充當觀察員和目擊者。」

這句話博得幾聲緊張的乾笑。

雨鳥舉起一根手指。「如果你們有人失誤，或不知怎地驚嚇到他們。我個人將確保你被丟進我所知道最為惡劣的南美叢林山谷——帶著去了芯的屁眼同去。各位，相信這件事。記住，你們只是我的表演中的龍套角色。」

後來，在他們的「表演區域」——聖約翰伯利的一家廢棄汽車旅館——雨鳥把朱爾斯叫到一旁。

「你看過這男人的檔案？」雨鳥說。

朱爾斯抽著菸。「是。」

「你了解精神控制的概念？」

「是。」

「你了解俄亥俄州那兩名探員的遭遇？試圖帶走他女兒的那兩個人？」

「我跟喬治．渥林合作過。」朱爾斯淡然地說：「那傢伙會燒水泡茶。」

「就這人的配備來說，不難想見。我只是要我們兩人都清楚，你的行動必須非常快。」

「好。」

「這傢伙休息了一整個冬天，如果他有機會給你來一下，你就很有可能隨後三年都要待在四周包覆軟墊的病房，認為自己是小鳥或蕪菁之類的。」

「好。」

「好什麼？」

「我的動作會很快。別再說了，約翰。」

「他們很有可能會一起出來。」雨鳥沒理會他。「你要待在門廊轉角，留在他們走出大門時看不到的地方。你等我擊中那女孩，她父親會一心顧著她，你就在他身後給他脖子一擊。」

「好。」

「唐恩，別搞砸。」

朱爾斯笑了笑，抽了一口菸。「好。」他說。

3

行李打包完畢。嘉莉穿上她的外套和雪褲，安迪套上他的夾克，拉上拉鍊，然後拿起兩個行李箱。他感覺不太對勁，非常不對勁。他感覺到跳動，這是他的一種預感。

「你也感覺到了，對不對？」嘉莉問。她小巧的臉蛋發白，面無表情。

安迪不情願地點點頭。

「我們該怎麼辦？」

「希望這感覺有稍微提前。」他說，儘管心中覺得不可能。「我們還能怎麼辦？」

「我們還能怎麼辦？」她重複。

她走向他，張開雙手讓他抱起她，他記得她已經好久沒這麼做了——可能有兩年了吧。時間過得真快，孩子的變化真快，就在眼前不知不覺地改變，這種情形幾乎讓人害怕。

他放下行李箱，抱起她，緊緊摟住她。她親吻他的臉頰，也非常用力地擁抱他。

「準備好了嗎？」他放下她。

「好了。」嘉莉說，眼淚像是又快要落下。「爹地……我不會再燃火，即使我們還來不及離開，他們就出現了也一樣。」

「好。」他說：「嘉莉，沒關係，我了解。」

「爸爸，我愛你。」

他點點頭。「小乖，我也愛妳。」

安迪走到大門，打開它。陽光耀眼到他一度什麼也看不到，瞳孔收縮之後，這一天又清楚呈現在他眼前，積雪漸融，景色變得鮮明。右邊的泰許摩池燦爛奪目，大塊浮冰之間參差透出一片片不規則的湛藍湖水。松樹林在正前方，他從林間可以隱約看到隔壁營地的綠色木瓦板屋頂，上面的積雪終於全融化了。

樹林悄然無聲，安迪的不安感加劇。自從寒冬過後天氣回暖，開始天天迎接清晨的鳥叫聲到哪裡去了？今天什麼也沒有……只有枝椏融雪滴落的聲音。他發現自己迫切希望爺爺曾在這裡架設電話，他必須壓抑想要放聲大叫**誰在哪裡？**的衝動，因為這只會讓嘉莉更加害怕。

「看起來沒事。」他說：「我想我們仍領先他們……如果他們真的會來的話。」

「很好。」她淡然地說。

「小乖，我們上路吧。」安迪說，然後第一百次心想，**我們還能怎麼辦？**同時再度想著他有多痛恨他們。

嘉莉從屋子那頭，經過瀝水架走向他。瀝水架上擺滿他們今天早餐過後洗好的碗盤，整個小屋回到他們剛來時的模樣，整潔乾淨，爺爺會很高興的。

安迪摟住嘉莉的肩膀，再次擁抱她。然後，他拿起行李箱，兩人離開小屋，一起進入早春的陽光底下。

4

約翰．雨鳥棲身在一百五十碼外的高大雲杉中間高度，他腳上穿著電線架設工的釘鞋，而電線架設工的腰帶，讓他牢牢倚著樹幹。小屋大門打開後，他把步槍架上肩膀，固定好位置。全然的鎮靜有如令人安心的斗篷落在他肩頭。在他完好的眼睛中，一切變得驚人地清晰。失去另一隻眼睛的時候，他出現了景深感知模糊的問題，但在極度專注下，就像現在，他過去的清楚視力又回來了；就好像那隻毀壞的眼睛可以暫時再生一樣。

這樣的射程並不遠，如果要射中女孩脖子的是子彈，那他根本懶得擔心；只是，他要處理的是比較不靈活，會讓風險提高十倍的東西。在這把特別改裝的步槍槍管中，是一個尖端加了一安瓶奧瑞辛的飛鏢。在這樣的距離下，它很可能翻落或轉向。幸運的是，今天幾乎無風。

如果這意志來自偉大神靈和祖先，雨鳥默默祈禱，**請引導我的手我的眼，讓我這一槍不要落空。**

女孩走了出來，她父親在她身旁——那麼，朱爾斯也要上場了。透過望遠鏡的視野，女孩看起來就跟穀倉門一樣大。在歷經風霜的小屋板材映襯下，風雪大衣有如鮮明的藍光。雨鳥看到安迪手中的行李箱，意識到他們總算及時趕到。

女孩沒戴上兜帽，拉鍊拉環只拉到胸骨位置，所以外套在喉嚨處微微敞開。天氣溫暖，這也對他有利。

他按著扳機，瞄準鏡的十字準線對著她喉嚨下方。

如果這意志——

他扣動扳機，沒有爆炸聲，只有空洞「剝」的一聲，步槍後膛飄出一縷輕煙。

5

他們就要踏下臺階時，嘉莉猛然停住，發出窒息的吞嚥聲。安迪立刻放下行李箱，他沒聽到什麼動靜，但情況很不對勁，嘉莉的模樣變了。

「嘉莉？嘉莉？」

他盯著她不放，她動也不動站著，有如雕像一般，在燦爛的雪地襯托下顯得不可思議的美麗，也不可思議的嬌小。他忽然了解到是什麼變了，它如此重大，如此可怕，使得他一開始無法領悟。

在嘉莉的喉結正下方，露出一根像是長長針頭的東西。她戴著連指手套的手探向它，摸到它，把它扭成一個往上彎曲的怪模樣。一小滴鮮血開始從傷口滲出滑下，落到喉嚨旁邊。一朵精緻的鮮血小花髒污了上衣領子，剛好接觸到風雪大衣拉鍊邊緣的人造裘毛。

「嘉莉！」他大喊。他往前衝，在她翻白眼，身體往前倒時，及時抓住她的手臂。他把她放在門廊，一再又一再呼喊她的名字。她咽喉上的鏢針在陽光下閃閃發光，身體呈現死物般的疲軟無骨。他抱著她，護著她，望著陽光照耀的樹林，它顯得如此空曠，毫無鳥叫聲。

「誰幹的？」他大吼。**「誰幹的？給我站出來！」**

唐恩．朱爾斯走出門廊轉角，他穿著愛迪達網球鞋，單手握著點二二手槍。

「誰對我女兒開槍？」安迪喊叫。放聲大叫讓他的喉嚨發痛。他緊摟著她，她的身體在溫暖的藍色風雪大衣底下，是如此可怕的綿軟無力。他的手指找到鏢針，拔出它，傷口又滲出一滴血。

帶她進屋，他心想，**必須帶她進屋**。

朱爾斯逼近他，酷似演員布思刺殺林肯總統那樣，對著他的頸背開了一槍。安迪猝然抽搐跪倒在地，他更加用力抱住嘉莉，然後身體就往前癱倒在她身上。

朱爾斯仔細看著他，然後揮手要其他人走出樹林。

「真簡單。」在雨鳥蹚著三月末的泥濘融雪走向小屋時，朱爾斯自言自語：「真簡單，這般大驚小怪為哪樁？」

第8章 停電時分

1

最後造成嚴重破壞和生命傷亡的一連串事件，是從一場夏日暴風雨及兩部故障的發電機拉開序幕。

暴風雨發生在八月十九日，距離安迪和嘉莉被帶離佛蒙特州的爺爺營地將近五個月。十天來，天氣一直沉悶黏稠，而那個八月下午，雷雨雲在午後不久開始堆積，但是，在這兩棟隔著起伏廣闊草地及精剪花圃相對的南北戰前房屋領地工作的人，都不相信這次雷雨雲是來真的——不管是跨坐在割草機上的草皮修剪工；或是負責A到E的電腦子區（以及電腦室咖啡機），同時會在午餐時間牽出馬廄馬兒，在維持良好的馬徑上愛惜地小小跑馬的那名女子；上校更不用說，他坐在開著空調的辦公室，一邊吃著潛艇堡，一邊從事下一年度預算工作，完全不知外頭的高溫悶熱。

或許那一天在這朗蒙特的商店基地認為真的就要下雨的人，就是以雨命名的那個人。這名高大的印第安人在十二點半開車抵達，準備一點鐘打卡上班。他的骨頭以及左眼原本所在的碎裂眼窩，每當下雨之前，總會發疼。

他開著一輛破舊生鏽的雷鳥汽車，擋風玻璃上貼著D區的停車證。他穿著清潔工的白色制服，並在下車前，戴上刺繡眼罩。因為女孩的關係，他上工就會戴眼罩，但僅限這個時候。這讓他不快，因為只有眼罩會讓他想起失去的那隻眼睛。

商店的基地共有四區停車場，雨鳥的私人座駕是一輛柴油引擎的新穎黃色凱迪拉克，配有A區停車證。A區是貴賓停車區，就在兩棟莊園房子最南端的地下室。A區透過地下隧道電梯系統，可以直達電腦室、戰情室、寬闊的商店圖書及報刊室，當然還有「訪客營區」——這個毫無特色的名字是一個複合區域，包括各實驗室及拘留嘉莉．麥吉及她父親的套房單位。

B區停車場供第二高層的職員使用，它的距離稍遠；C區停車場是秘書、機械員、電力技師等類似身分的員工停車場，它又更遠了一些。D區的停車對象是非技術人員——套句雨鳥自己的用語就是，跑龍套的。它距離任何單位大約都有半英里，總是擠滿五顏六色的糟糕底特律破車，跟附近改裝車賽道的傑克森普蘭每週舉行的撞車大賽[14]，相差無幾。

官僚的啄食順序，雨鳥心想。他鎖上這輛破銅爛鐵，偏著頭往上看著雷雨雲。暴風雨就要來了，他估算，大概下午四點鐘就會到來。

他開始走向雅致坐落在糖松樹林後方的半圓拱形活動房屋，第五級和第六級的低階員工在這裡打卡。他的白色制服隨風拍動。一名園丁開著場地維護部的割草機經過他身邊，該單位大約有十二輛的割草機，這一輛的座位上方撐著一把色彩豔麗的陽傘，園丁完全沒有理會雨鳥；這也是官僚啄食順序的一部分。如果你是第四級，第五級就成了隱形人。就連雨鳥半毀容的臉龐也沒有引起太多的議論；就跟其他每一個政府機構一樣，商店雇用了足夠的老兵來維持門面。蜜絲佛陀不太需要教導美國政府關於優秀化妝品的種種事宜。不用說，一個有著明顯殘疾的老兵——像是裝有假肢、坐著電動輪椅或毀容等傷殘——可是抵得上三名看起來「正常」的老兵。雨鳥認識許多精神心靈像他自己的臉那樣在越南受到嚴重傷害的人，一直周遊在家庭派對；他們會很樂意在小豬連鎖超市找到售貨員的工作。但是，他們看起來就是不太對勁，倒不是雨鳥對他們懷有任何同情之意，事實上，他還覺得整件事很好笑。

他敢發誓，和他共事的人也都沒有認出他之前是商店探員及殺手。直到十七個星期以前，他都還只是黃色凱迪拉克偏光擋風玻璃後方的一個身影，只是一個擁有Ａ區停車證的人。

「你不覺得你這樣有點太誇張了嗎？」上校曾經如此問道。「那女孩跟園丁或任何低階員工都沒有連結，舞臺上只有她和你。」

雨鳥搖搖頭。「只需要一點閃失就會前功盡棄。只要有人不經意地提到，那個毀容的和善清潔工把車子停在Ａ區停車場，然後在主管洗手間換上白色制服。我在此要建造的是一種信任感，這種信任感是基於我們兩人都是外來者——就是怪胎，如果你願意這麼說——困在美國版本的蘇聯國家安全委員會（ＫＧＢ）之中。」

上校不喜歡這樣，他不喜歡任何人奚落商店的做法，尤其是在這個案例，商店在這個案例的做法是無可否認的極端。

「嗯，你當然是在做一件了不起的工作。」上校回答。

就這一點，並沒有令人滿意的答案，因為事實上，他並**沒有**做出了不起的工作。女孩在這裡的整段期間，甚至連點燃火柴這樣的小事都沒做。她父親的狀況也一樣，就算他仍然持有精神控制力，來這裡之後也絲毫沒有展現出任何相關能力，他們愈來愈懷疑他的能力是否仍舊存在。

女孩令雨鳥著迷。加入商店的第一年，他上了一系列在任何大學課表都找不到的課程——竊聽、偷車、暗中搜查，以及十多種其他技能。而唯一讓雨鳥全神貫注的課程是破解保險箱，這項

14. 即車手開著破車互撞，直到賽場只剩下一輛車。

課程的老師是一個名叫雷莫頓的年老竊賊。雷莫頓從亞特蘭大的監獄釋放出來的特殊目的，就是要向商店新進探員傳授這項技巧。他被視為該領域最傑出的人士，雨鳥也毫不懷疑這一點，只是他相信就現在來說，他幾乎已和雷莫頓旗鼓相當。

雷莫頓在三年前去世，雨鳥曾送花到他的葬禮——人生有時真是滑稽呀！雷莫頓當時曾仔細講授轉把式保險箱、方門保險箱，以及組合轉盤被槌子或鑿子敲壞，就會永久鎖死保險箱制動栓的副鎖裝置；他解釋什麼是桶型保險箱，黑人頭圖案代表什麼，以及如何打鑰匙；石墨的多種用途；如何利用洗碗盤的肥皂鋼絲絨取得鑰匙模印，如何製造浴缸炸藥，如何從後方一層一層破解保險箱。

雨鳥以一種冷淡譏誚的熱情回應了雷莫頓的課程。雷莫頓曾經說，保險箱就像女人：只要有工具和時間，任何箱子都能打開。他說，有難以打開的，也有容易打開的，但就是沒有打不開的箱子。

這女孩屬於難以打開的類型。

剛開始，他們必須替嘉莉打點滴，以免她餓死自己。過了一段時間之後，她開始了解到，拒吃只會讓她得到手肘內側的一堆瘀青，便開始吃東西，她對此也沒什麼熱情，純粹只是因為用嘴巴進食比較不會痛。

她看了一些他們帶給她的書——至少是隨意翻過，她有時會打開房間裡的彩色電視機，但幾分鐘後又關上。六月時，她從頭到尾收看了當地電影《黑美人》的介紹；還看過一、兩次「迪士尼奇妙世界」。就只是這樣。在關於她的每週報告中，愈來愈常出現「偶發性失語症」的字眼。

雨鳥在醫學字典上查了這個名詞，馬上就了解它的意思——因為身為印第安人和戰士的個人經歷，他或許還比醫師更加理解。女孩有時會說不出話，就只是站在那裡，沒有任何不快，但嘴巴就是發不出聲音。有時候，她會說出無法銜接上下文的句子，而且自己也沒意識到這一點。「我不喜歡這件衣服，我比較喜歡乾草的那一件。」有時候，她會心不在焉糾正自己——「我的意思是**綠色**的那一件」——但經常還是沒有察覺就繼續說下去。

根據字典的解釋，失語症是某種腦部疾病造成的遺忘疏失。醫師小組馬上開始胡亂折騰她的藥物治療，奧瑞辛換成了煩寧錠，但狀況並沒有顯著改變。後來奧瑞辛和煩寧錠同時施用，但兩種藥物之間產生出乎意料的交互作用，造成她哭個不停，直到藥效退去。改採一種結合鎮靜劑及輕度迷幻藥的新藥之後，情況一時有了改善，但此時，她又出現口吃以及輕微皮疹。目前，她再度回到奧瑞辛，只是仍受到密切監控，以免失語症狀況惡化。

大量的報告記錄了女孩精細的心理狀況，還有精神科醫師說的「火焰基本衝突」，這種花稍說法是用來表示，她父親告訴她不可以這麼做，而商店的人士卻要她放手施展……加上因為曼德斯農場事件所出現的內疚感，讓情況更為複雜。

雨鳥對這些說法不以為然，不是藥物，不是被關起來受到隨時監視，也不是因為跟父親隔離。她只是難以打開，就是這樣。

她不知什麼時候便已下定決心，無論如何，她都不打算合作。劇終。精神科醫師大可以忙著給她看墨水斑點，直到月亮變成藍色；醫師可以擺弄她的藥物治療，在鬍子底下嘀咕對八歲女孩成功用藥的困難性。報告大可以堆積如山，上校大可以大談特談。

而嘉莉．麥吉就是會持續堅持下去。

雨鳥察覺到情況就是如此，就跟察覺到大雨即將來臨一樣確信。而他非常佩服她這一點，她讓他們整批人瞎忙，如果任由他們下去，他們會瞎忙到感恩節，然後又是耶誕節。不過，他們不會永遠瞎忙下去，這是讓雨鳥最為擔心的部分。

保險箱破解專家雷莫頓曾說過一個有趣的故事：有兩個小偷在得知富國銀行的運鈔車因為暴風雨無法過來運走超市的整星期收入，便在星期五晚上闖入超市。超市使用的是桶型保險箱，他們嘗試破解組合轉盤，卻沒能成功。他們嘗試扳開它，但它完全無法往後扳動，無從著手。最後，他們決定炸開它，這倒是完全成功了。他們炸開了保險箱，狠狠炸開了它，但也因此裡面的錢全被炸毀，只剩下有時會在新奇鋼筆筆身上看到的那種鈔票碎片。

「重點是，這兩名小偷沒有打敗保險箱。」雷莫頓用他沙啞氣喘的聲音說：「整個遊戲重點在於打敗保險箱，除非在堪用狀態下拿到裡面的東西，否則就不算打敗保險箱，你們了解我的意思嗎？他們對它使用了過多的炸藥，也毀了裡面的錢。他們是笨蛋，保險箱擊敗了他們。」

雨鳥領悟到重點。

這裡有超過六十名具有大學學歷的人參與，但最後還是回歸到破解保險箱的做法。他們試著以藥物來鑽開女孩的組合輪盤；他們的精神科醫師已多到可以組成壘球隊，而這些醫師全都竭盡全力要解決「火焰基本衝突」；而那一堆奇形怪狀的桑橙[15]全可以歸結於他們嘗試從後方扳開她。

雨鳥走進小小的活動房屋，好整以暇從架上拿下考勤卡打卡，值班主管諾頓從手中閱讀的平裝書中抬起頭。

「印第，提早打卡也不算加班。」

「是嗎？」雨鳥說。

「是。」諾頓挑釁地瞪著他，表情堅定、幾乎可說神聖不可侵犯，這樣的姿態經常出現在握有小小權力的人身上。

雨鳥垂下眼睛，走去看公布欄。清潔工的保齡球隊昨晚獲勝，有人想要賣掉「兩臺狀況良好的二手洗衣機」；還有一個官方告示聲明：從W-1到W-2的所有員工在離開辦公室前必須先洗手。

「看樣子要下雨了。」他回頭對諾頓說道。

「印第，絕不會下雨。」諾頓說：「你怎麼不快滾？你讓這裡臭氣沖天。」

「好的，長官。」雨鳥說：「我只是來打卡。」

「下一次在你應到時間打卡就好。」

「好的，長官。」雨鳥再次說道，瞄了一眼諾頓粉紅脖子的側面，下頷骨下方的那處柔軟部位。長官，你可有時間尖叫？如果我像拿烤肉串插進牛排一樣，直接用食指從那個部位戳進你的喉嚨，你可有時間尖叫……長官？

他再度走進悶熱的戶外。雷雨雲現在已經逼近，它們緩緩移動，因為雨水的重量而往下沉。這將是猛烈的暴風雨。雷聲隆隆，但仍在遠方。

房屋現在就在眼前，雨鳥會繞到原本是食品儲藏室的側門，然後搭C電梯往下四層。今天他應該要在女孩住處區，清潔並打蠟那裡所有地板，這會給他一個好機會。不是她不願跟他說話，並非如此，而是她總是該死的疏離。他一直嘗試以自己的方式剝開保險箱，如果他可以讓她**笑**，可以拿商店跟他說笑，這就會像是撬開了重要的邊角，給了他探入鑿子的地方。只要她笑一個，就會讓他們變成自己人，變成秘密會議中的委員會，以二人成員對抗整個機構。

但至今他尚未能取得那個笑容，雨鳥為此對她的欽佩之情，溢於言表。

15. horseapple，也稱為馬蘋果，是桑科植物，果實外觀形似腦部，俗稱為猴腦果。

2

雨鳥把他的識別證放入正確的插槽，在開始打掃前，先走到清潔工休息區拿杯咖啡。他不想喝咖啡，但現在還早。他不能承擔展露熱切情緒的風險，諾頓已經注意到，還議論了幾句，這樣就夠糟了。

他拿起電壺，為自己倒了一杯泥漿般的咖啡，然後帶著它坐下來。至少其他呆子都還沒來。他坐在破舊的灰色彈簧沙發，喝著咖啡。他半毀容的臉龐鎮靜冷漠（嘉莉對他的臉只展現過轉瞬即逝的興趣），思緒飛快轉動，分析目前的狀況。

這裡的工作人員就像雷莫頓故事中那兩個青澀的超市保險箱竊賊，他們小心翼翼處理女孩，卻不是出自對她的愛意。他們遲早會認定小心翼翼不會有成果，等用完所有「軟性」選項後，他們會決定炸掉保險箱。如此一來，按照雷莫頓的尖銳用語，雨鳥幾乎可以肯定他們將會「炸掉錢」。

他已在兩份醫師的報告中見到「輕微電擊治療」的用語，其中一個醫師是平契特，而赫奇戴特又很重視他的意見。他看過一份緊急計畫，措詞充滿愚蠢的術語，簡直就像是異國語言。翻譯過來是，它訴諸眾多高壓手段：如果這孩子見到爸爸備受折磨，她就會崩潰。雨鳥認為，如果這孩子見到爸爸被接上電池，頭髮豎起，快速跳著波卡舞曲，她只會平靜地回到自己的房間，打破玻璃杯，吃下碎片。

但你不能告訴他們這件事，商店就像聯邦調查局或中央情報局，擁有「炸掉錢」的長久歷史。如果得不到外援，那就帶著湯普森衝鋒槍和炸藥，去暗殺掉那個混帳。在卡斯楚的雪茄加上一些氰化氫。這很瘋狂，但你不能告訴他們。他們眼中只有成果，它就像賭城某種神秘頭獎般閃閃發光。所以他們就炸掉錢，站在那裡看著一堆無用的鈔票碎片從指縫落下，不解到底發生了什麼事。

現在其他清潔工開始陸陸續續走了進來，他們有說有笑，互相拍擊彼此臂膀，他們談論前一晚擊出的全倒以及解掉的 spare（補中），談論女人、車子，以及喝得爛醉的經驗，一些直到世界末日都會繼續談論下去的同樣話題，哈利路亞，阿們。他們全都避開了雨鳥，沒有人喜歡雨鳥。他不玩保齡球，也不想談論他的車子，而且看起來活像從科學怪人電影裡逃出來的難民，他讓他們緊張。如果有人膽敢拍擊他厚實的臂膀，雨鳥可能會讓他坐上腰椎牽引器。

他拿出紅番牌菸草及之字牌捲菸紙，迅速捲了一根菸。他坐著抽菸，等著前往女孩住處區打掃的時間到來。

這種種事情加起來，讓他感覺到多年來未曾有過的愜意及朝氣。他意識到這一點，為此感激女孩。她在一無所悉的情況下，讓他暫時重拾人生——一種對事物充滿熱情、抱持強烈希望的人生；也就是說，成為一個擁有重大關心事物的人。她難以打開，這樣很好。但他終究會打開她，（有難以打開，容易打開，但就是沒有打不開的）；他將會讓她隨他們起舞，等舞曲結束，他就會殺了她，在她逐漸失去生機進入另一階段時，深深凝視她的眼睛，希望能夠捕捉到領悟的火花，一個訊息。

而在這段期間，他會活著。

他掐熄香菸，起身準備上工。

3

雷雨雲愈積愈厚，到了下午三點，這朗蒙特複合機構籠罩在一片黑壓壓的天空底下。滾滾雷聲一道比一道兇猛，攫獲底下芸芸眾生的信心，網羅信徒。場地維護員已收拾好割草機，兩棟房屋前院的桌椅都被搬了進去。馬廄裡，兩名馬夫努力安撫因為天空一聲聲驚雷而緊張不安的馬兒。

暴風雨大約在三點半來襲，就跟殺手的子槍一樣突如而至，傾注所有狂暴怒火。先是落雨，旋即轉為冰雹。風從東往西吹來，倏地又從完全相反的方向捲至。一道道藍白交雜的閃電劃過天際，留下淡淡的汽油味道。狂風開始逆時針打旋，晚間天氣預報的影片顯示，一個小型龍捲風掠過朗蒙特中心，行進中掀開了一家購物中心的屋頂。

商店大致安然度過這場暴風雨，兩扇窗戶被冰雹打穿，強風捲起鴨塘對岸小型觀景臺旁的尖樁籬柵，拋落在六十碼外的地方，而損壞就這麼多（還有吹落的枝椏和毀壞的花圃——場地維護員有更多工作要做了）。在風雨最大的時候，警衛犬在兩圈通電圍網之間狂奔，等暴風雨緩和後，又迅速冷靜下來。

主要的損害是冰雹和狂風驟雨之後的雷暴所造成的，因為閃電擊中了洛溫崔和布里斯卡發電所，使得東維吉尼亞部分地區直到午夜都處於停電狀態，而布里斯卡的供電地區也包括商店總部。

燈光熄滅時，在辦公室的霍利斯特上校不快地抬起頭，而原本並不張揚的空調，從穩定嗡嗡聲響逐漸歸於死寂。停電和濃厚烏雲造成影影綽綽的半黑暗狀態，大約持續了五秒鐘就足以讓上校低聲嘀咕「該死！」，不解他們的備用電力系統出了什麼事。

他望向窗外，閃電幾乎連續不斷地打下。那天晚上，檢查哨的兩名哨兵之一將會告訴他的妻子，他見到大如兩個大淺盤的電氣火球在微弱通電的外圈圍網和強烈通電的內圈圍網之間竄來竄去。

上校伸手準備打電話詢問電力狀態，此時，電燈亮了起來，空調開始嗡嗡運轉，於是上校就收回電話前的手，改而拿起鉛筆。

這時，燈又熄了。

「要命！」上校說。他丟下鉛筆，還是拿起電話，看看電燈是否膽敢在他開口罵人之前又恢復照明。電燈拒絕他的激將法。

這兩棟隔著起伏草地相對的房屋，以及商店旗下所有複合設施，全是由東維吉尼亞電力當局供電，但也有兩套柴油發電機的備用供電系統。其中一套系統供應「關鍵功能」——通電圍網、電腦終端機（就電腦時代來說，停電可能會造成難以置信的巨額金錢損失），以及小醫院。第二套系統供應複合中心較不重要的功能——燈光、空調、電梯，諸如此類的設備。第二套系統是設計用來「接替」，也就是說，如果主要系統出現超載跡象，它就會接替；但如果第二套系統超載，主要系統不會接替。在八月十九日，兩套系統都超載了。第二套系統在主要系統超載時，按照電力系統規劃師的計畫接替了供電（但說實話，他們從未規劃主要系統一開始就超載的情況），結果主要系統比第二套系統足足多運轉了七十秒鐘。兩套系統的發電機就像鞭炮般一個接著一個爆炸，只是這鞭炮每個造價大約八萬美元。

後來，事後的例行調查帶回一個讓人一笑置之的溫和裁決：「機械故障」，雖然更為精確的結論應該是「貪贓枉法」。當一九七一年設立備用電力系統時，一名參議員得知這件小工程（以及價值一千六百萬美元的商店其他建設）的最低競標價格，便透露給他從事電力工程顧問的妹夫。這個顧問認為只要東省西省貪貪便宜，就可以輕易低於最低競標價。

在一個仰賴人情和私下資訊的領域中，這只是一個小小人情，而它之所以受到矚目，只因為它是最後導致嚴重破壞和生命傷亡的一連串事件中的第一個連結。備用電力系統自從建造完畢後的這些年中，只零星使用過。在暴風雨造成布里斯卡發電所停擺，備用系統迎來它第一個重大挑戰，結果卻徹底失敗。當然，那位顧問這時候的事業早已蒸蒸日上，現在人正在聖托馬斯島的可奇海灘協助打造數百萬美元的海邊度假村。

商店直到布里斯卡發電所恢復運轉後，才得到電力供應……這也就是說，和東維吉尼亞其他地區恢復用電的時間相同——大約在午夜時分。

此時，下個連結已經建立。由於暴風雨和停電，安迪和嘉莉．麥吉兩人同時發生了大事，只是兩人對彼此的遭遇都一無所知。

經過五個月的停滯，情況開始再次往前推進。

4

停電的時候，安迪．麥吉正在收看電視的「讚美上帝俱樂部」，維吉尼亞有一個電視臺似乎二十四小時都在持續播放這個節目。或許不是這樣，但安迪的時間感已經崩壞，所以很難確認。

他的體重增加了。有時候——老實說，是常常如此——他照著鏡子時，會想起貓王，想起對方在接近人生盡頭時，體型有如吹氣球般慢慢膨脹。而其他時候，他會想起經過「修理」的公貓有時也會變胖變懶散。

他還不算胖，但已經逼近。在哈斯汀谷時，他曾在夢鄉汽車旅館浴室的體重計量過體重，當時是一百六十二磅；現在他的體重已有一百九十磅。他的臉頰變得豐潤，隱隱出現雙下巴和中學體育老師口中極為不屑的「男乳」，以及已不算是隱隱作態的大肚腩。這裡沒有太多運動——在氯丙嗪藥物的穩定控制下，他也沒什麼運動的欲望——而且食物又非常好吃。

在他處於藥物作用的亢奮期間，他並不擔心體重，而他幾乎都是處於這樣的狀態。當他們準備再進行更多沒有成果的測試時，會讓他停藥十八小時，有個醫師會來測試他的體能反應，並且進行腦波檢查以確認他的腦波仍舊正常，然後他會被帶進一個測試隔間，這是一個鋪著軟木鑲板的白色小房間。

他們在四月時，就開始加入志願者。他們吩咐他要做什麼，並且告訴他如果做得太過熱情——例如推動別人眼盲——他就要受到折磨。這個威脅的言下之意是，受折磨的可能不只有他一人。這個威脅對安迪來說無關痛癢，因為他不相信他們會真的傷害嘉莉。她是他們的獎學金學生，而他只是這計畫中的次要人物。

負責測試他的是一個名叫賀曼．平契特的醫師，接近四十歲，除了太常露齒一笑之外，看起來就是一個完全的普通人。有時，他的露齒笑容會讓安迪神經緊張。偶爾會有個較平契特年長、名叫做赫奇戴特的醫師會過來，但大部分都是平契特。

在他們著手第一個實驗時，平契特告訴他，在這實驗小房間中有張桌子，桌上放了一瓶標籤寫著「墨水」的酷愛葡萄飲料，以及一支放在筆架的鋼筆，還有一疊筆記紙、一壺水和兩個玻璃杯。平契特告訴他，志願者認為墨水瓶裡就是墨水，而不是別的東西。平契特接著說，如果他可以「推動」志願者為自己倒一杯水，然後往裡面倒進許多的墨水，再一口喝下整杯亂七八糟的飲料，他們會很感激他的。

「酷。」安迪說，但他的感覺卻不怎麼酷，他想念他的氯丙嗪，以及它帶來的平和感覺。

「很酷。」平契特說：「你願意這麼做嗎？」

「為什麼要做？」

「你會得到回報，很不錯的回報。」

「當隻好老鼠，就可以拿到乳酪。」安迪說：「是嗎？」

平契特聳聳肩，露齒一笑。他的工作服酷斃了，看起來就好像是在布克兄弟西服定做的一樣。

「好。」安迪說：「我投降，那我讓這可憐傢伙喝墨水的獎勵是什麼？」

「嗯，首先，你可以回去吃藥。」

突然間，這變得有點難以下嚥，他在想氯丙嗪是否會讓人成癮，如果會，那是心理上還是生理上的？「平契特，告訴我。」他說：「當一個毒品販子的感覺如何？這是否在醫師誓詞裡面？」

平契特聳聳肩，露齒一笑。「你還可以到戶外一陣子。」他說：「我相信你說過你對此很感興趣。」

安迪的確說過。他的住處區很舒服——舒服到有時會讓人忘記這不過是個加了襯墊的牢房。這裡有三個房間及一間浴室，還有訂閱ＨＢＯ頻道的彩色電視機，ＨＢＯ現在有個每星期播放三部最新電影的新選項。其中一個小矮人——很可能就是平契特——必定曾經提出，沒有必要拿走他的腰帶，只給他蠟筆寫字和塑膠湯匙吃飯，如果他想要自殺，他們根本沒辦法阻止他。他只要用力並持續施展推力，他就會像是舊輪胎那樣直接炸開腦袋。

所以他的住處各種便利設備一應俱全，小廚房甚至有微波爐。這裡帶著裝潢風格，客廳地板鋪了厚絨地毯，擺設的畫作也很優美動人。但儘管如此，覆上糖霜的狗大便也不會是婚禮蛋糕，這間高雅公寓通往戶外的所有門板上都沒有室內門把。公寓到處都是小小窺視孔——就像在飯店房門上裝設的那種小孔洞——浴室裡甚至也有一個。安迪估算過，這些窺視孔剛好提供了公寓的全部視野。安迪猜想，它們應該是連接電視監視裝置，可能還配備紅外線，所以甚至無法在有相當隱私的情況下打手槍。

他沒有幽閉恐懼症，但不喜歡被長期關在室內。這讓他緊張，甚至吃了藥也一樣。這是一種輕微的緊張感，通常表現在長聲嘆息或無動於衷。他的確要求過外出，他想要再次看到太陽和綠茵。

「對。」他對平契特輕聲說道：「我對外出表達過興趣。」

但他沒能出去。

志願者剛開始很緊張，無疑預期著安迪會要他倒立，像雞一樣咕咕叫，或是類似的荒謬行為。他是美式足球迷，安迪走向這個叫做狄克．歐布萊特的男子，跟他談起上個球季──誰打進季後賽，是怎樣晉級，贏得超級杯的又是誰。

歐布萊特激起了談興，隨後二十分鐘都在回顧整個球季，漸漸不再緊張。在他談到讓愛國者隊在美國聯會冠軍賽擊敗海豚隊的那個可惡裁判時，安迪說：「如果你想要，就喝杯水吧，你一定很渴了。」

歐布萊特看了他一眼。「對，我有點渴了。哎……我說太多話了嗎？這樣是不是搞砸了實驗，你覺得呢？」

「不，我不覺得。」安迪說。他看著歐布萊特拿起水壺，為自己倒了一杯水。

「你要喝一點嗎？」歐布萊特問。

「不，我不用。」安迪說，接著對他用力一推。「你何不在裡面加點墨水？」

歐布萊特抬頭看他，然後拿起「墨水」瓶，看了看，又放回原處。「加**墨水**進去？你一定是瘋了。」

實驗結束後，平契特就跟實驗之前那樣露齒笑著，但他並不高興，一點也不高興。安迪也不高興，當他對歐布萊特施展推力時，完全沒有那種側滑感……那種經常伴隨推力而來奇特**雙重**感覺，而且不會頭痛。他集中所有意志力暗示歐布萊特認為把墨水加入飲水是十分合情合理的舉動，而歐布萊特也做出十分合情合理的回應：安迪瘋了。儘管這個才能帶給他這麼多痛苦，但想到它可能拋棄了他，就讓他一陣恐慌。

「你為什麼要隱藏你的才能呢？」平契特問他。他點燃了一根切斯菲爾德香菸，露齒一笑。

「安迪，我不懂你的想法，這樣做對你有什麼好處？」

「第十次告訴你。」安迪回答：「我沒有抑制，我沒有作假，我盡全力對他施展推力，卻完全無效，就是這樣。」他想要他的藥丸，他感覺沮喪不安，周遭顏色似乎太鮮豔，光線太強烈，聲音太刺耳。還是吃藥比較好，吃了藥，他對於眼前一切的無用怒火，想念嘉莉的寂寞感，以及擔心她的遭遇等種種感覺都會減退，變得可以忍受。

「可惜我不相信。」平契特露齒一笑。「安迪，你再好好想想。我們不是要你讓人走下懸崖，或是給自己頭上一槍。我猜想，你並不像你以為的那樣迫切想要外出散步。」

他起身，作勢要離去。

「聽著。」安迪無法完全隱藏聲音中的絕望。「我想要吃一顆藥。」

「是嗎？」平契特說：「或許你會想知道，我正在減輕你的劑量……以免氯丙嗪妨礙了你的能力。」他再次露齒微笑。「當然，如果你的能力突然回來了……」

「有兩件事你應該知道。」安迪對他說：「首先，那個人很緊張，他一直預期會有事情發生。第二，他不是那麼聰明。對於老人和低智商的人，或說是低於平常智商的人，很難施展推力，對聰明的人比較容易。」

「是這樣嗎？」平契特說。

「對。」

「那麼你何不現在對我施展推力，讓我給你藥丸？我的智商有一五五。」

安迪早就試過了，但完全沒有作用。

最後，他終究還是得以到戶外散步；他們也終究再次增加了他的藥物劑量——在他們終於相信他沒有作假，事實上，他還拚命想要使用推力，卻不見成效。安迪和平契特醫師兩人都各自在思考，如果他不是單純用完才能，那麼在他帶著嘉莉一路從紐約到奧爾巴尼機場，再到哈斯汀谷的逃亡途中，他是否已讓自己永久性翻覆倒下。兩人也同時在思考，這是否是某種心理障礙。安迪本身則是相信，他的才能不是真的消失了，這單純只是一種防禦機制：他的大腦拒絕使用這個才能，因為知道這麼做可能會害死自己。他沒有忘記臉頰和脖子上失去知覺的部位，以及充血的眼睛。

無論如何，兩者都意味著同樣的結果：一個大鴨蛋。平契特原本夢想能率先對心靈精神控制提供可資證明的實驗數據，讓自己滿載榮耀，現在夢想飛走了，於是愈來愈少過來。

實驗在五月和六月還是持續進行——剛開始比較多志願者，後來是毫無戒備的對象。如同平契特自己先承認的，以後者為實驗對象似乎不完全符合道德，但是當初實驗採用ＬＳＤ迷幻藥，也不是完全符合道德。安迪訝異的是，平契特心中等同看待這兩件錯事後，似乎得到了相反的結論，認為一切都沒問題。反正也不重要，安迪對於這些受試者的推力控制都沒有成功。

一個月前，就在七月四日國慶日過後，他們開始要他以動物為實驗對象。安迪抗議說，精神控制動物甚至比嘗試精神控制笨蛋更加不可能，但是平契特和他的團隊對他的抗議置若罔聞，他們此時其實只是在例行跑完科學研究動機而已。因此，安迪一星期會有一次和一隻狗或是一隻貓、一隻猴子同處一室，感覺自己就好像是荒謬主義小說的角色。他想起那位看著一元美鈔，卻認為看到的是五百美鈔的計程車司機；想起那些他設法輕輕推往更具信心和魄力方向的膽怯主管。而在他們之前，他在賓州波特市開設了減重課程，參加的學員大多是寂寞的肥胖家庭主婦，她們對夾心派、百事可樂和任何夾著兩片麵包的東西上了癮，這些東西稍微填補了她們生活的空虛感。而他只需要輕輕一推，因為她們大部分都真的想要減重，他協助她們做到。他也想到那兩個帶走嘉莉的商店探員。

他**曾經**辨得到，但再也做不到了，而且甚至更難回憶起那到底是怎樣的感覺。所以他就坐在房間裡，任由狗兒舔著他的手，貓咪滿足地打著呼嚕，猴子悻悻然抓著屁股。猴子有時候會齜牙咧嘴，露出滿口利牙的末日般笑容，令人生厭地形似平契特的露齒一笑。而當然，這些動物都沒有做出任何不尋常的舉動。之後，他會被帶回他那大門沒有門把的公寓，小廚房流理臺上的白色盤子裡會有一顆藍色藥丸；再過一會兒，他不會再感到不安和沮喪。他會再度感覺到還不錯，接著他會收看ＨＢＯ的電影——如果找得到的話，就選克林．伊斯威特的作品——或是「讚美上帝俱樂部」。不困擾自己失去才能，變成一個多餘的人。

5

在暴風雨來襲的那個下午，他坐著收看「讚美上帝俱樂部」。一名頂著蜂巢髮型的婦人告訴主持人，神的力量是怎麼治癒了她的腎臟病。安迪看著她有點入迷了，她頭髮在攝影棚燈光底下閃閃發光，有如塗過亮光漆的桌腳。她看起來像是從一九六三年來的時空旅人，這是「讚美上帝俱樂部」讓他著迷的原因之一，還有就是它會怎樣以上帝之名，無恥勸募金錢。安迪會聽著這些穿著昂貴西裝、表情嚴肅的年輕人發表這些勸募言論，困惑地想著基督是怎麼讓換匯員走出會堂。「讚美上帝俱樂部」**所有**參加人士，看起來全像是來自一九六三年的時空旅人。

這名婦人說完了上帝拯救她免於震驚到化為碎片的故事，而節目稍早，還有一名在一九五〇年代早期頗為出名的演員分享了上帝讓他戒除酒癮。現在，蜂巢髮型的女士開始落淚，而過去出名的演員擁抱她。攝影機推近，放大特寫。讚美上帝俱樂部的歌手開始在舞臺後方吟唱，安迪在座位上挪動了一下身體，又快到他吃藥的時間了。

他隱約意識到藥物只是他這五個月出現異常改變的部分原因，虛胖只是這些改變的外在表現。當商店從他身邊帶走嘉莉，他們也打倒了他生命中僅存的堅實支柱。嘉莉不在了之後——哦，她無疑就在附近某處，但也可能去過月亮——似乎就沒有保持冷靜頭腦，採取適當行動的理由了。

而且，這段逃亡過程誘發了一種緊張類型的彈震症。他過了太久的高空鋼索生活，等到終於摔下來，就帶來嚴重的精神委靡。事實上，他相信自己靜悄悄遭受著精神崩潰。如果他真的見到了嘉莉，他甚至不確定她會不會認出他是同樣的那個人，而這個想法讓他悲傷。

他從未刻意欺瞞平契特，或是在實驗中作假。他並不認為這麼做，會真的連累到嘉莉，不過若是真有發生這種事的最輕微可能性，他是不會刻意作假。而且，按照他們的要求去做，也容易多了。他變得消極，在爺爺的門廊抱著脖子中針的嘉莉時，他已吼出他最後的怒火。他身上沒有任何殘存的怒意，早就彈藥用盡。

這就是安迪．麥吉在八月十九日那一天，當外頭的暴風雨走下山坡，他在室內看電視時的精神狀態。讚美上帝的主持人說完捐款的勸募言論後，介紹了一個福音三重唱。三重唱開始歌唱，突然間，燈熄了。

電視還亮著，影像旋即縮小成為一個亮點。安迪坐在椅子上，動也不動，不知道發生了什麼事。他的頭腦才剛察覺到黑暗的可怕，電力就恢復了。福音三重唱再次出現，高歌「我接到來自天堂的電話，耶穌就在線上。」安迪放心地吐出一口氣，接著燈又熄了。

他坐在那裡，緊緊握住椅子的扶手，彷彿一放手，他就會飛走。他拚命睜大眼睛看著電視上明亮的光點，即使他知道它早就沒了光線，他見到的只是流連的後像……或是痴心妄想。

再一、兩秒鐘電力就會恢復，他告訴自己，**某個地方會有輔助發電機，你不能指望光憑家用電就能讓這樣一個地方運作起來。**

然而，他還是很害怕。他發現自己突然想起童年看的少年冒險故事。不只一個故事描述到，手電筒或蠟燭熄滅後，在洞穴發生意外的情節。而作者似乎總是會用極大篇幅來書寫，以「明顯的」、「絕對的」或「全然的」來形容黑暗。甚至還有禁得起考驗的舊時常備用法：「活生生的黑暗」，像是「活生生的黑暗吞沒了湯姆和他的朋友」。如果這些形容詞是用來讓九歲的安迪．麥吉印象深刻，它並未成功。就他來說，如果想要被「活生生的黑暗吞沒」，只需要進入衣櫃，用毯子塞住門下縫隙。黑暗，畢竟，只是黑暗。

現在，他了解到自己錯了；這不是他小時候唯一弄錯的事，但可能是最後發現的一個。他會快快放棄這個發現，因為黑暗**並不只是**黑暗。他這輩子從來沒有處於這樣的黑暗之中，要不是屁股底下和雙手底下感覺到椅子，他也可能是飄浮在洛夫克拉夫特筆下的星辰之間的無光深淵之中。他舉起一隻手，讓它飄浮在眼前，儘管他可以感覺到手掌輕觸鼻子，卻看不到它。

他從臉上挪開這隻手，用它再次握緊椅子扶手，他的心臟在胸口急遽跳個不停。外面有人嘶啞大喊：「里奇！你他媽的到底在哪裡？」安迪像是受到威脅般縮回椅子，他舔舔嘴脣。

再一、兩秒鐘電力就會恢復，他心想，但腦海中受到驚嚇的部分不肯接受僅僅出自合理性的安慰，它問道：**在全然的黑暗中，一、兩秒鐘或一、兩分鐘是多久？在全然的黑暗中，如何測量時間？**

在外面，在他「公寓」的範圍外，有東西掉落了，有人驚訝又痛苦地尖叫。安迪再次縮回椅子，顫抖地呻吟。他不喜歡這樣，這樣不好。

嗯，如果他們不是幾分鐘就能修好它——要重新啟動斷路器之類的——他們會過來放我出去，他們一定會。

即使他腦海中受驚嚇的部分——和語無倫次相距不遠的部分——也承認這樣很合理，於是他稍稍放寬心。畢竟，這只是**黑暗**；就只是這樣——只是沒了光線而已。又不是說黑暗中有**怪物**之類的。

他好渴，思忖自己敢不敢起身，去冰箱拿薑汁汽水。他認為只要小心一點，他可以辦到。他站起來，拖著腳往前走兩步，小腿立刻撞到茶几邊緣擦破了皮，他彎下腰搓揉它，痛到眼淚差點掉下來。

這也像小時候，他們玩過的一種叫做「瞎子」的遊戲；他猜所有小孩都玩過。玩家必須在眼睛綁著大手帕或其他東西的情況下，從屋子這一頭走到另一頭。當跌在厚墊上面，或是被餐廳和廚房間的小平臺絆倒，大家都會覺得這正是遊戲最好笑的部分。這個遊戲給了一個痛苦的教訓，就是對於應該熟悉的房子格局配置，你其實很少記住；你有多麼依賴眼睛更勝於記憶呀。而這個遊戲讓你思考，如果瞎了，生活會有多痛苦。

但我不會有事的，安迪心想，**只要我慢慢走，放輕鬆，就不會有事的**。

他繞過茶几，然後拖曳著腳步，兩手往前伸，慢慢穿過客廳的空曠空間。空曠空間在黑暗中感覺這麼有威脅性，實在是很可笑的事。**電可能現在就會來了，我可以好好嘲笑自己，就好好嘲笑——**

「噢！」

他伸出的手指敲到了牆壁，痛到縮了回來。有東西掉下來——他猜是掛在廚房門口附近牆壁那張圖，一張仿效美國寫實主義畫家魏斯風格的穀倉和乾草田風景。它嗖地從他身旁掉落，如刀劍劃破黑暗的不祥聲響，啷噹跌落地板，聲音大得嚇人。

他緊握著疼痛的手指，動也不動站著，擦傷的小腿傳來陣陣刺痛，恐懼讓他口乾舌燥。

「嘿！」他大喊。「嘿，你們各位，別忘了我！」

他等待傾聽，沒有回答。外面仍有嘈雜聲和聲響，但現在已經遠去。如果聲音再更遠一點，他就處於死寂當中。

完全忘了我，他心想，感覺更加驚恐了。

他的心臟狂跳，可以感覺手臂和額頭冒著冷汗，他不由得想起有次在泰許摩池他游得太遠，感覺疲累，他開始拍擊水面呼喊，相信自己就快死掉了……但當他放下腳，池底就在那裡，水面高度只到他胸口。現在，底部在哪裡？他舔舔乾燥的嘴唇，但他的舌頭同樣乾燥。

「嘿！」他放聲大喊，但是聲音中的恐懼語氣卻讓他更為害怕。他必須控制住情緒，他在這裡無謂地閒晃，放聲大喊，距離徹底恐慌只有一步之遙，這全因為有人燒壞了保險絲。

哦，真是全都該死，這件事為什麼要在我吃藥時間發生呢？如果吃了藥，我就不會有事了，我到時會好好的。天哪，我感覺我的頭像是裝滿了碎玻璃——

他站在那裡，呼吸急促。他原本朝向廚房門口走去，卻偏離了方向，撞上了牆壁。現在，他完全失去方向感，甚至不記得那張愚蠢的穀倉風景畫是掛在門口左邊還是右邊？他悲慘地希望要是自己留在椅子上就好了。

「鎮靜。」他大聲地自言自語。「鎮靜。」

他察覺到，這**不只是**恐慌，還有因為早該服用的藥丸，這是他已經產生依賴性的藥丸。在服藥時間發生這種事，真是不公平。

「鎮靜。」他再次自言自語。

薑汁汽水，他起身是要來拿薑汁汽水，老天為證，他要拿到它。他必須專注在某件事上，總而言之就是要這樣，薑汁汽水就跟其他東西一樣管用。

他往左開始再度移動，但馬上被牆上掉落的畫絆到腳。

安迪大叫，身體一跌，他的雙臂狂亂揮動，卻徒勞無功，還是失去平衡。他狠狠撞到頭，痛得再次大叫。

現在，他害怕極了。救我，他心想。誰來救救我，看在老天的份上，帶一根蠟燭給我，帶東西給我，我很害怕——

他開始吼叫，手指在頭部側面感覺到溼溼黏黏的東西，是血，他麻木恐懼地想著，不知道傷得多嚴重。

「你們在哪裡？」他高聲叫喊，但沒有回答。他聽見——或至少以為聽見——遠方傳來一聲喊叫，然後又歸於沉寂。他的手指找到剛才絆倒他的那幅畫，氣憤它害他受傷，便把它丟向房間的另一頭。它打中沙發旁的邊桌，而原本立在那裡，現在已毫無用處的檯燈跟著倒下。燈泡炸開，發出空洞聲響，安迪再次放聲大喊。他感覺到頭側的血流得更多了，一道道滑下他的臉頰。

他氣喘吁吁，開始爬行，他探出一隻手，碰到了牆壁。當牆壁的硬實感，倏地結束在一片空無之中，他屏住氣息，縮回手，彷彿預期會有邪惡的東西從黑暗中蛇行出來抓住他。他的嘴脣間倒吸了一小聲的「咻」。剎那間，整個童年重現，他可以聽到山怪熱切爬向他時的私語。

「他媽的，只是廚房門口而已。」他胡亂嘀咕。「就這樣。」

他爬過門口，冰箱在右邊，他開始轉向那個方向。他呼吸急促，慢慢爬行，雙手在瓷磚上感覺冰冷。

上方的上一層水平面上，有東西倒下，發出砰然巨響。安迪猛然跪起，神經崩潰，失去控制。他開始一再又一再尖叫「救命！救命！救命！」直到聲嘶力竭。他不知道自己在這漆黑廚房，就這樣兩手和膝蓋著地，叫喊了多久。

最後，他終於停下來，努力讓自己鎮定。他的雙手和手臂無助地顫抖，頭部因為撞到而疼痛，但似乎已不再流血了。這讓人稍稍安心。他的喉嚨因為剛才的尖叫而火辣抽痛，使他再想到薑汁汽水。

他再度開始爬行，沒再發生意外，就找到了冰箱。他打開冰箱（可笑地期待內部燈光會亮起，散發熟悉的霜白微光），在這冰涼的黑色箱子中翻找，直到摸到一個上面有拉環的罐頭。安迪關上冰箱門，靠在上面。他拉開罐頭，一口氣喝下了半罐薑汁汽水。他的喉嚨為此祝福他。

然後一個想法浮現，他的喉嚨卡住了。

這地方失火了，他的大腦強作鎮靜地告訴他，**所以才沒有人過來帶你出去。你，現在……是可以犧牲的東西**。

這個想法超乎恐慌，引發了極致恐怖的幽閉恐懼症，他縮著身子靠著冰箱，緊抿嘴脣，神情痛苦；雙腳發軟。他甚至一度想像自己聞到了濃煙，熱氣包圍住他。汽水從他指間滑落，咕嚕咕嚕流到地板上，浸溼了他的褲子。

安迪坐在一地潮溼中，痛苦呻吟。

6

約翰．雨鳥事後回想，就算是他們的計畫，事情也不可能更順利……如果那些時髦的心理學家不想只在強風中吹哨子，總是白費工夫的話，他們**就該**計畫這件事的。但結果，直到出現停電這個幸運的偶發狀況，他的鑿子才終於得以探入嘉莉．麥吉武裝心靈的鋼鐵角落。這純屬運氣，加上他敏銳的直覺。

他讓自己在三點三十分進入嘉莉的住處區，外面的暴風雨正當開始來襲。他身前推著的推車，和大部分飯店和汽車旅館房務員巡迴房間所用的推車並無二致。裡面放著乾淨的床單和枕頭套、家具亮光劑、專門對付髒垢的去漬布，還有水桶拖把，一支吸塵器卡在推車末端。

嘉莉坐在沙發前的地板上，身上只有一件亮藍色的緊身衣，長腿如打坐般盤起。她經常採取這樣的坐姿，外人可能會認為她處於藥效的恍惚狀態，但雨鳥心知肚明，她目前雖然仍接受輕微的藥物處置，但劑量已少到只比安慰劑多一點。所有心理學家都失望地認同，她確實決心遵守誓言，永遠不再引火。施藥的原本用意在於避免她一路引火逃脫，但現在看來，她似乎已確定不會這麼做……其他事也一樣。

「嗨，孩子。」雨鳥說，他拿下吸塵器。

她回頭看了他一眼，並沒有回應。他插上吸塵器的插頭，等他開始吸地板時，她優雅起身，走進浴室，關上門。

雨鳥開始吸地板，心中沒有特定計畫。現在的情況是找尋細微跡象和訊號，留意它們，跟隨它們。他真心誠意欽佩這女孩，她父親已變成一團肥胖冷漠的大布丁；心理學家對此發表了一堆術語：「依賴衝擊」、「身分喪失」、「精神解離」和「輕微現實失能」，但這全都歸結於一件事，他已經放棄了，現在可以從等式中把他抹去。女孩並未如此，她只是隱藏起自己。面對嘉莉．麥吉，雨鳥從未感覺自己這麼像印第安人。

他吸著地板，等著她或許會從浴室出來。他認為她現在已比較常走出來，剛開始時，她總是躲在浴室，直到他離開。現在，她有時會出來觀察他。她今天或許會出來，或許不會。他會等待，伺機找尋跡象。

7

嘉莉坐在浴室裡，關著門，如果可以，她還想上鎖。在清潔工進來打掃前，她正在做從書中看來的簡單運動。清潔工來做清潔工作。她坐在馬桶上，開始感覺冰冷。環繞浴室鏡子的日光燈散發出白光，讓一切顯得冰冷，又太過耀眼。

剛開始，這裡有個居住「同伴」，一個年約四十五歲的婦人。她應該是要扮演「慈母」，但這個「慈母同伴」的綠色眼睛卻顯得硬冷，裡面長著像寒冰的小斑點。這些人殺了她真正的母親；現在卻要她和這個「慈母同伴」住在一起。嘉莉告訴他們，她不想要「慈母同伴」。他們微笑以對，於是嘉莉不再說話，直到「慈母同伴」帶著那冰淬般的眼睛離開前，她一句話也不說。她和那個叫做赫奇戴特的男人做了一個交易：只要他弄走那個「慈母同伴」，她就會回答他的問題，但僅限於他一人。她唯一想要的同伴是她父親，如果不能跟他住，那她寧可獨自一人。

從許多方面來說，她覺得這五個月（他們告訴她是五個月；但感覺不太出來）就像一場夢。她沒有辦法標示時間，一張張面孔來來去去，沒有留下記憶，就像沒有實體的氣球，食物也沒什麼味道。她有時覺得自己也像氣球，感覺像在飄浮。但她的大腦極其肯定地告訴她，就某方面來說，這很公平。她是殺人兇手，她犯下十誡中最嚴重的訓誡，注定要下地獄。

她在夜晚思索這件事，此時燈光變暗，公寓本身就像是夢境。她見到了一切，門廊上的男人頭上燃起火焰，汽車爆炸，雞群著火。那個燃燒的氣味總是換上了填充玩具悶燒的味道，她的泰迪熊的焦味。

（而且她喜歡上這個）

就是這樣；這就是問題所在。她愈是這麼做，就愈是喜歡它；她愈是這樣做，她就愈是可以感受到這個力量，像是一個活生生的東西，愈來愈強大。它像是上下顛倒的金字塔，尖端朝下。愈做愈難停手，停手會讓她**痛苦**。

（而且這充滿樂趣）

所以她永遠不會再這麼做了。再度做這件事之前，她會先死在這裡。或許她想死在這裡，在夢中死去的想法一點都不可怕。

只有兩張面孔她沒有完全解離，一張是赫奇戴特，另一張是每天都過來清掃她房間的清潔工。嘉莉有一次問他為什麼每天都要來，她又沒有亂糟糟。

約翰——這是他的名字——從後口袋拿出一本破爛的便條本，再從胸前口袋拿下一隻廉價的原子筆。他說：「孩子，這就是我的工作。」卻在紙上寫著：因為他們全是一堆混蛋，還能是什麼？她幾乎咯咯笑了出聲，但靠著回憶起頭上著火的人和聞起來像燒焦泰迪熊的人，及時制止自己。咯咯笑很危險，所以她只是裝作沒看到那張便條紙，或是看不懂上面寫什麼。清潔工的臉才是亂糟糟，他戴著眼罩，她為他感到難過，有一次差點問他這是怎麼回事——是因為車禍還是什麼的——但這會比看著他的便條紙咯咯笑更加危險。她不知道為什麼，但身上每一條神經都這麼告訴她。

他的臉看起來很恐怖，但他的人卻似乎很和善，況且以前海利森市的恰基．艾柏哈特小朋友的臉還更可怕。恰基三歲時，他媽媽在炸馬鈴薯，恰基扯下爐子上的熱鍋，熱鍋整個倒在他身上，他差點就死掉了。後來，其他孩子有時會叫他恰基漢堡或是恰基科學怪人，恰基就會大哭。這樣好刻薄，其他孩子似乎不明白這種事可能發生在任何孩子身上。三歲時，大家的聰明才智都不怎麼樣。

約翰的臉全毀了，但她不覺得害怕，赫奇戴特的臉才讓她害怕。他的面孔跟旁人一樣平常，只是那雙眼睛不一樣，它們甚至比「慈母同伴」的眼睛更加可怕，他總是用這對眼睛來窺探。赫奇戴特要她引火，一再又一再要求她這麼做。他把她帶到一個房間，有時那裡會有幾張縐巴巴的舊報紙，有時是盛滿油的玻璃皿，有時是其他東西。但所有問題，所有虛情假意的同情，總是回歸到同一件事：嘉莉，讓它著火。

赫奇戴特讓她害怕。她感覺得到他有各式各樣的……的

（東西）

可以施展在她身上，讓她引火。但她不願意，只是她害怕自己有朝一日會去做。赫奇戴特會使盡各種手段，不會遵守規則。有一天晚上，她作了一個夢，她在夢中點燃了赫奇戴特，醒來時，她用雙手緊緊捂住嘴巴，才沒有放聲尖叫。

有一天，為了拖延那個必然的要求，她問說什麼時候可以見她父親。這件事存在她心中很久，但她一直沒問，因為知道答案會是什麼。不過這一天她感覺特別疲倦，情緒低落，所以問題就這樣脫口而出。

「嘉莉，我想妳知道這問題的答案。」赫奇戴特指著小房間的桌子。桌上有一個鐵盤，上面盛滿了木屑。「如果妳點燃它們，我就立刻帶妳去找妳父親，兩分鐘後妳就可以跟他在一起。」

在他冰冷審視的眼睛底下，赫奇戴特扯開嘴巴，露出像是好朋友的露齒微笑。「好了，怎麼樣呢？」

「給我火柴。」嘉莉回答，感覺自己就快哭出來了。「我會點燃它們。」

「妳可以光靠意念就點燃它們，妳知道的。」

「不，我沒辦法。就算有辦法，我也不願意，這樣是不對的。」

赫奇戴特遺憾地看著她，好朋友的笑容不見了。「嘉莉，妳為什麼要這樣傷害自己？妳不想見妳爸爸嗎？他很想要見妳，他要我告訴妳這沒關係。」

然後，她**真的**哭了出來，她哭得很厲害，哭了好久，因為她真的好想見到爸爸，她無時無刻都想著他，都想念著他，想要感覺到他堅實的手臂擁抱著她。赫奇戴特看著她哭泣，臉上完全不見同情、悲傷或是仁慈，只有小心翼翼的算計，哦，她真恨他。

那是三個星期前的事，之後，她就頑固地不再提起她爸爸，只是赫奇戴特卻經常在她面前拿他作幌子，告訴她說她爸爸很悲傷，說她爸爸說引火沒有關係，最可怕的是，說她爸爸告訴赫奇戴特，他認為嘉莉不再愛他了。

她看著浴室鏡子裡自己蒼白的面孔，聆聽約翰的吸塵器持續發出的聲響。等他吸完地板，就會替她換床單，接著擦拭灰塵，然後就離開。突然間，她不想要他離開，她想要聽他說話。

剛開始，她總是進來浴室，一直待到他離開。有一次，他關上吸塵器後，過來敲了敲浴室門，擔心地叫喚：「孩子？妳沒事吧？沒生病吧？」

他的聲音是如此親切——而親切，單純的親切，是多麼難以出現在這裡——使她必須努力讓自己的聲音保持鎮靜冷淡，因為她的眼淚又快要掉下來了。「沒事……我很好。」

她等待，想知道他是否會嘗試更加深入，像其他人一樣，嘗試走進她的內心，但他就直接走開了，再次打開吸塵器。就某方面來說，她有點失望。

還有一次，在他清洗地板的時候，她從浴室走出來，他頭也沒抬地說：「小心地滑，孩子，妳可不想摔斷手臂吧。」只是這樣，而她再次驚訝到快哭出來了——這是關心，如此單純直接，又自然流露。

最近，她愈來愈常走出浴室來觀察他。觀察他……聆聽他。他有時會問她問題，但都不是什麼令人害怕的問題。不過，為了維持一般性原則，她大多還是不回答。不過，約翰並沒有因此退卻，他仍然會跟她說話。他會提到他的保齡球分數、他的狗，還有他的電視是怎樣壞掉的，他要好幾個星期才能修好它，因為這些小管子太貴了。

她猜他很寂寞。有這樣一張臉，他可能沒有妻子或其他人。她喜歡聽他說話，因為這就像是通往外頭的秘密地道。他的聲音輕柔悅耳，有時會有一點恍惚，但從來不會像赫奇戴特那樣尖銳或是質問。他看起來並不需要回答。

她從馬桶上起來，走到浴室門口，就在此時，燈熄了。她站在那裡，一手握著門把，困惑地偏著頭。她馬上覺得這是某種詭計。她聽到約翰吸塵器的聲音停下來，然後他說：「天哪，這是怎麼回事？」

接著，燈光又亮了，不過嘉莉還是沒有出去。吸塵器再度運轉，腳步聲來到門口，約翰說：「剛才裡面的燈是不是熄掉了一下子？」

「對。」

「我猜是暴風雨的關係。」

「什麼暴風雨？」

「我過來工作的時候，暴風雨像是快來了，雷雨雲很厚。」

暴風雨像是快來了，那是外面。她真希望能到外面，看看那厚厚的雷雨雲；聞聞夏天暴風雨來臨前空氣中的有趣味道，那是一種下雨、潮溼的味道。一切都那麼的——

燈光再度熄滅。

吸塵器沒了聲音。眼前再次陷入一片黑暗。她和這世界唯一的連結是她的手握在霧鉻表面的門把，她若有所思開始用舌頭輕叩上唇。

「孩子？」

她沒有回答。是詭計嗎？他剛才說是暴風雨，她相信這件事，她相信約翰。經過這段時間，發現自己居然相信別人告訴她的話，讓人驚訝又害怕。

「孩子？」還是他，而這一次他聽起來……很害怕。

她才剛悄然出現的怕黑感覺，現在昇華成他的怕黑了。

「約翰，怎麼回事？」她打開門，摸索前方。她沒走出去，還沒踏出腳步，因為擔心吸塵器會絆倒她。

「發生什麼事了？」現在他的聲音帶著恐慌，這讓她害怕。「電燈呢？」

「全熄了。」她說：「你說過的……是暴風雨……」

「我受不了黑暗。」他的語氣流露出恐懼，還有一種古怪的歉意。「妳不明白，我沒辦法……我得出去……」她聽見他忽然浮躁地衝過房間的聲音，接著一聲駭人巨響，他像是撞到東西跌倒了——很可能是撞到茶几。他痛苦地大叫，這讓她更加害怕。

「約翰？約翰！你還好嗎？」

「我得出去！」他尖叫。「孩子，叫他們讓我出去！」

「你怎麼了？」

他沒有回答，但不久，她聽到輕聲哽咽，意識到他哭了。

「救救我。」這時他開口了。嘉莉站在浴室門口，試著作出決定。她部分的恐懼已化為同情；但還有一部分仍在質疑，強烈而鮮明的懷疑。

「救救我，誰來救救我。」他低聲說道，聲音小到像是不指望會有人聽見或留意到。這讓她作出決定，她開始慢慢摸索走過房間，伸出雙手走向他。

8

雨鳥聽見她走過來，忍不住在黑暗中咧嘴一笑，他用手心捂住這個不帶幽默感的竊笑，以免電力恰好在這個時刻恢復。

「約翰？」

他從竊笑中擠出一個緊張痛苦的聲音。「孩子，對不起，我就是……這太暗了，我受不了黑暗。這就像我被俘虜後，他們關我的地方。」

「誰關你？」

「越共。」

她愈來愈近了，他收起笑容，開始讓自己進入角色。**害怕，你很害怕，因為在越共的地雷炸掉你大半邊的臉後，他們就把你丟進地洞……他們把你關在那裡……而你現在需要一個朋友。**

就某方面來說，這個角色很自然。他只要讓她相信，在這出乎意料的時機中，他顯露的極度激動是極度恐懼就好了。當然，他**的確**很害怕——害怕搞砸它。這件事讓從樹上射出奧瑞辛安瓶的那一槍，顯得像是扮家家酒。她的直覺極其敏銳，他緊張到汗水淋漓。

「越共是誰？」她問，現在非常接近了。她的手輕輕刷過他的臉，他緊緊握住它。嘉莉緊張地倒抽了一口氣。

「嘿，別怕。」他說：「這只是——」

「你……好痛，你抓痛我了。」

這是正確的語調。她也害怕，害怕黑暗，害怕他……只是也擔心他。他想要她感覺到她是溺水的人的一線生機。

「孩子，對不起。」他放鬆手勁，但不放開她。「就是……妳可以坐在我身邊嗎？」

「好。」她坐下。他隨著她身體坐到地面的輕微震動，顫抖了一下。在房間外頭，遠處傳來有人朝著另一個人大喊的聲音。

「放我們出去！」雨鳥立刻大叫。「放我們出去！嘿，放我們出去！這裡有人！」

「別這樣。」嘉莉驚慌地說：「我們沒事……我是說，我們沒事吧？」

他的大腦是超前調校的機器，正在急速運轉，書寫腳本，他會提前想好三、四句臺詞，這樣夠安全的了，但還不足以破壞一時衝動的行為。尤其，他不知他有多少時間，燈光再度亮起前有多少時間。他小心不要讓自己抱持太多期望或希望，他已經把鑿子探入保險箱邊緣底下，其他的都是意外收穫。

「是，我想是的。」他說：「只是因為黑暗，就是這樣。幹，我甚至沒有火柴，或是——噢，嘿，孩子，對不起，我說得太順口了。」

「沒關係。」嘉莉說：「我爸爸有時也會講那個字，有一次，他在車庫修理我的小推車，敲錘子時卻敲到自己的手，就說了五、六次這個字。其他時候也說過。」到目前為止，這是她在雨鳥面前說過最長的一段話。「他們很快就會過來放我們出去嗎？」

「不能，要等到電力恢復以後。」他說，表面上很難過，但內心卻開心極了。「孩子，這些門都是電子鎖。停電時，就會牢牢鎖住。他們把妳放在一個他媽——他們把妳放在一個牢房，孩子，它看起來像是很漂亮的小公寓，但妳可能也是在牢房裡。」

「我知道。」她輕聲說。他仍然緊緊握著她的手，但她現在似乎沒那麼介意了。「只是，你不該說出來的，我想他們會竊聽。」

他們！雨鳥想著。激動的勝利喜悅掠過他全身，他隱約意識到自己已有十年沒感覺到如此激烈的情緒。**他們！她說的是他們！**

他感覺到他的鑿子更加探入嘉莉．麥吉這個保險箱的角落了，不由自主再次緊握了握她的手。

「噢！」

「孩子，對不起。」他放開她的手。「我當然知道他們會竊聽，但現在沒有，因為停電了。哦，孩子，我不喜歡這樣，我得離開這裡！」他開始顫抖。

「越共是誰？」

「妳不知道？……對，我想是妳太小了。孩子，那是戰爭，在越南的戰爭。越共是壞人，他們在叢林裡穿著黑色寬鬆衣褲。妳知道越戰吧？」

她知道……只是隱約知道。

「我們當時在巡邏，結果走進了埋伏。」他說。這算是實情，但從這裡開始，約翰．雨鳥就開始和實情分道揚鑣。為了避免她困惑，用不著告訴她，他們當時全都處於吸毒後的飄飄然狀態，大部分的低階軍人都是抽高棉大麻，而他們那個的西點軍校中尉更是每次巡邏都會嚼著皮約特扣子[16]。這個中尉距離神智正常和瘋狂國度之間的檢查哨只有一步之遙，雨鳥有一次看到他拿半自動步槍槍擊一名婦人，見到婦人六個月大的胎兒四分五裂地滑落；後來中尉告訴他們說，這稱之為「西點墮胎」。就這樣，他們在返回基地的路上，他們真的走進了埋伏，只是這埋伏是比他們更處於迷幻狀態的自己人設下的，結果四人被炸飛。雨鳥不覺得有必要告訴嘉莉這些事，不需要告訴她毀掉他半邊臉的克雷莫地雷是出自馬里蘭的軍火工廠。

「我們只有六人逃了出去，我們衝過叢林，但我想我跑錯路了。只是，錯的路？對的路？在那場瘋狂的戰爭中，你不知道哪一條路是對的，因為那裡沒有真正的路線。我跟其他隊友分散，我努力找尋熟悉的事物，卻踩到地雷。我的臉就是這麼來的。」

「我真的很遺憾。」嘉莉說。

「等我醒來，我已經落入**他們**手中。」雨鳥說，現在進入純屬虛構的領域。他後來其實被送到了西貢軍醫院，手臂吊著點滴。「他們不給我任何醫療，除非我回答他們的問題。」

現在，要小心謹慎。如果他小心謹慎，就會有好結果，他感覺得到。

他提高聲音，一副困惑和憤憤不平的樣子。「問題，隨時都在問問題。他們想要知道軍隊的動向……補給……輕裝步隊的部署……種種一切。他們從不放手，總是一直問我。」

「對。」嘉莉熱切地說，而他心中高興極了。

「我一直告訴他們，我什麼都不知道，沒辦法跟他們說任何事，我只是個糟糕的小兵，只是負著背包的一個數字。他們不相信我，我的臉……那種痛苦……我跪下來求他們給我嗎啡……他們說等到……等到我告訴他們答案後，就可以拿到嗎啡。我可以在好的醫院接受治療……等到我告訴他們之後。」

現在緊握著手的人成了嘉莉。她想到赫奇戴特的冰冷灰色眼睛，想到他指著盛著一堆木屑的鐵盤。**我想妳知道這問題的答案……如果妳點燃它們，我就立刻帶妳去找妳父親，兩分鐘後妳就可以跟他在一起**。她同情這個嚴重毀容的人、這個怕黑的大人，她認為她可以了解他受過的遭遇，她知道他的痛苦。而在黑暗中，她開始默默為他流淚，而就某方面來說，這眼淚也是為了她自己……這五個月來未能流下的淚水。這些悲傷和憤怒的眼淚是為了約翰．雨鳥，也是為了她父親、她母親和她自己。淚水發燙，令人痛苦。

16. peyote button，由皮約特仙人掌結瘤部位製成的致幻劑。

這些眼淚還不夠悄然無聲，雨鳥如雷達般的耳朵聽見了。他必須再次壓抑另一個微笑，哦，太好了，鑿子已經牢牢探入。有難以打開的，也有容易打開的，但就是沒有打不開的箱子。

「他們就是不相信我。最後，他們把我丟進一個暗無天日的地洞，那裡有一個小……房間，我想你會這麼稱呼它，樹根從土牢的牆壁伸出來……而有時候，我會見到九呎高的地方有些許陽光。他們會過來──我猜他是他們的指揮官──他會問我是否打算說了。他說，我在這裡已經發白，就跟魚一樣；說我的臉受到感染，我的臉會長壞疽，然後它就會進入我的腦子，腐蝕我的腦子，我會發瘋，然後死掉。他問我想不想離開黑暗，再次見到太陽。而我懇求他……我乞求……我以我母親的名字發誓說我一無所知。然後他們大笑，再次放回板子，往板子上面倒土，就像要活埋。當時的黑暗……就像現在這樣……」

他的喉嚨發出窒息的聲音，嘉莉更加緊握他的手，讓他知道有她在這裡。

「房間裡有一條大約七呎長的狹窄地道，我必須到地道的另一頭，去……妳知道的。那裡空氣很糟糕，我一直想著自己在這片黑暗中就要透不過氣，就要聞著自己的大便窒息了──」他呻吟。「對不起，這不適合說給小孩聽。」

「沒關係。如果這會讓你舒服一點，就儘管說吧。」

他爭辯了一下，然後決定再說一些。

「我在那裡被關了五個月，最後才以交換俘虜出去。」

「你吃什麼？」

「他們會扔下餿掉的米飯，有時是蜘蛛，活生生的蜘蛛。非常大的蜘蛛，我猜是樹蜘蛛，知道嗎，我得在黑暗中追捕牠們，殺掉牠們，再吃掉牠們。」

「哦，**好噁！**」

「他們把我變成野獸了。」他說完，就靜默了片刻，只留下大聲的喘息。「孩子，妳的處境比我好，但其實還是同一件事。捕鼠器裡的老鼠。妳覺得他們會很快讓電力恢復嗎？」

她久久沒有說話，他有些擔心自己是不是說得太過分了。此時，嘉莉說：「沒關係，反正我們在一起。」

「好。」他說，然後又急忙說：「妳不會說出去的吧？知道我這樣子說話，他們會開除我。我需要這份工作，如果妳長得像我這樣，就需要一份好工作。」

「不會，我不會說的。」

他感覺鑿子順暢地再探入了一個等級，現在兩人之間有了共同秘密。

他現在掌握了她。

在黑暗中，他想著悄悄把雙手掐上她的脖子會怎麼樣。當然，這才是他心中的最終目標——不是他們愚蠢的實驗，不是他們兒童遊戲。她……然後或許還有他自己。他喜歡她，真的喜歡。他甚至可能會愛上她。這個時間將會到來，等到他送她上路，再目不轉睛仔細端詳她的眼睛。到時候，如果她的眼睛給了他已尋找多時的訊號，或許他會追隨她。是，或許他們會一起進入真正的黑暗。

在上鎖的門外，混亂的漩渦來回打轉，有時近，有時遠。

雨鳥在心中摩拳擦掌，然後繼續在她身上下工夫。

9

安迪不知道他們沒過來帶他出去是因為停電造成門自動上鎖。他在半昏迷的恐慌狀態中，不知坐了多久，深信這地方著火了，想像著失火的濃煙味道。外面的暴風雨已經離開，午後的陽光慢慢西斜，迎向黃昏。

嘉莉的臉驀然浮現在他腦海，清楚得就像她一直站在他的眼前。

（她有危險，嘉莉有危險）

這是他的預感是從泰許摩最後那天以來第一次出現。他以為跟推力一樣，他也失去了這個能力，但顯然並非如此，因為他從來沒有出現過比這次更清晰的預感——即使在維琪被殺害的那一天也沒有這麼強烈。

這表示推力也還是存在嗎？不是完全消失，只是隱藏起來？

（嘉莉有危險）

什麼樣的危險？

他不知道，但是，這個念頭，這個恐懼，讓她的臉蛋清晰出現在他眼前，在這片黑暗中顯現每一個細節。她的臉蛋、大大的藍眼睛和細鬈的金髮，使得內疚感如影隨形而至……只是就他的感覺來說，內疚感是太輕微的字眼；他的感覺近似驚恐。自從燈熄了之後，他就一直處於狂熱的恐慌狀態，而這恐慌完全是為了他自己。他甚至完全沒想到嘉莉必定也陷入黑暗之中。

不，他們會出現，帶她出去，他們可能老早就帶她出去了。他們想要的是嘉莉，嘉莉可是他們的飯票。

這想法很合理，但他仍有著令人窒息的確定感，認為她置身某種危險之中。

為嘉莉擔心的這件事，掃除了他自己的恐慌，或至少讓它變得可以忍受。他的意識再次轉往外界，變得比較客觀。他察覺到的第一件事就是，他坐在一攤薑汁汽水裡，他的褲子因此溼掉了，也黏答答的，他發出小小的厭惡聲。

行動。行動是恐懼的良藥。

他跪坐起來，摸索著翻倒的薑汁汽水罐，然後推開它，它噹啷滾過瓷磚地板。他從冰箱拿了另一罐汽水，嘴巴還是感覺很乾澀。他拉開拉環，放進汽水罐裡，開始暢飲。扣環一直想要逃進他的嘴裡，他心不在焉一直回吐它，沒有停下來思考，不過幾分鐘前，光是這樣就會讓他找到理由再恐懼和顫抖十五分鐘。

他用空著的那隻手一路沿著牆壁，摸索走出廚房。這個樓層現在一片死寂，只是遠方偶爾會傳來呼喊聲，但這個聲音似乎沒什麼好擔心或恐慌。煙味完全是幻覺，因為停電使得所有對流器都停擺了，室內空氣因此不太好，但就只是這樣。

安迪沒有穿過客廳，而是轉向左方，低伏爬進他的臥房。他小心翼翼摸索到床鋪，把薑汁汽水放在床頭櫃，然後脫下衣服。十分鐘後，他就換上了乾淨的衣服，感覺舒服一點。他突然想到，他沒遇上什麼特別麻煩，就完成了剛才所有的動作；然而，剛停電的時候，穿過客廳簡直就像穿過地雷區。

（嘉莉——嘉莉出了什麼差錯？）

但這其實不是一種她出了**差錯**的感覺，而是感覺到她置身在剛發生的危險當中。如果他可以見到她，他就會問她怎麼——

他在黑暗中苦笑，對，沒錯，這就跟豬吹口哨，乞丐騎大馬一樣不可信。不如希望月亮裝在玻璃密封罐，不如希望——

他的思緒一度完全停止，然後又繼續推進——只是更加緩慢，也不帶苦澀意味。

不如希望商務人士更有自信。

不如希望胖女人瘦下來。

不如希望綁架嘉莉的打手眼睛瞎掉。

不如希望推力能回來。

他的雙手在床罩上忙來忙去，不時扯動它、揉捏它、摸索它——這是大腦的需求，近乎無意識的，它需要某種連續的感官刺激。希望推力回來毫無道理，推力已經消失了。就像他不可能當紅人隊的投手一樣，他已經不可能一路施展推力回到嘉莉身邊，它消失了。

（是嗎？）

忽然間，他並不確定。部分的他——非常內心深處的他——可能已經決定不接受意識清醒時的決定，不要循著抵抗最少的道路，或是給予他們想要的任何東西。或許部分的他決定不要放棄。

他坐在那裡摸索床罩，雙手一再碰觸床罩。

果真如此嗎？或者只是因為一個無法證明的猛然預感而形成的企盼？預感本身可能跟他認為自己聞到的濃煙一樣虛假，純粹因為焦慮而產生。沒有驗證預感的方法，而這裡當然也沒有人可以讓他施展推力。

他喝了一口薑汁汽水。

假設推力**真的**回來了。沒有宇宙萬靈藥；他跟別人一樣清楚這一點。他在傾其所有倒下之前，可以施展許多小小推力，或是三到四個重大衝擊。他或許可以找到嘉莉，但毫無機會讓兩人真的逃出這裡。他只會經由腦出血（想到這一點，他的手指就不由自主摸上原本失去知覺的部位），成功把自己推進墳墓。

再來就是他們給他服用的氯丙嗪，他知道方才的恐慌狀態有很大部分是因為停藥——因為停電而延遲了服藥時間。即使現在已感覺比較鎮定自制，他還是**想要**氯丙嗪，以及它所帶來的寧靜和舒適感覺。剛開始，他們在對他進行實驗之前，最長會讓他停藥兩天。這會帶來持續的緊張不安，以及輕微的沮喪感，就好像始終不肯散去的厚厚烏雲……而當時，他還沒有像現在一樣，形成深切的藥物依賴。

「承認吧，你有藥癮了。」他輕聲說道。

他不知道是不是真的這樣。他知道有對於尼古丁和海洛因這種生理成癮，它會造成中央神經系統的生理性改變；另外還有心理成癮。他曾經和一個叫做比爾．華勒斯的人一起教書，這個人一天不喝上三到四瓶可樂，就會變得非常非常緊張。而他的大學老朋友昆西則是洋芋片成癮，但他只吃「矮胖子」這個新罕布夏州一個名不見經傳的品牌，聲稱其他牌子都讓人不滿意。安迪認為這些習慣都屬於心理成癮。他不知道他對氯丙嗪的渴望是生理還是心理成癮；只知道他需要它，真的**需要**它。光是坐在這裡，想到放在白色盤子上的藍色藥丸就讓他嘴巴再次乾澀。他們不再讓他在實驗前停藥四十八小時，只是不知道這是因為他們認為他撐不了這麼久就會神經緊張地尖叫，還是因為只是在把實驗種種變數走過場。

這結果是個殘酷難解的單純問題：在氯丙嗪藥效下，他無法施展推力；然而，他就是沒有拒絕它的意志力（當然，如果他們**逮到**他拒絕服藥，那可就像為他們開了蚯蚓罐頭那樣，惹來一堆麻煩事了，不是嗎？——它可是真正的夜行性大蚯蚓）。等停電結束後，他們重新為他送上放在白色盤子的藍色藥丸時，他會吃下藥。然後，他會慢慢回到停電前那種平靜冷淡的穩定狀態。這一切只是一個偏離原本路線的詭異出遊。他很快會回去收看讚美上帝俱樂部和HBO克林．伊斯威特的電影，繼續從總是塞得滿滿的冰箱，拿出過多的零食來吃，繼續增加體重。

（嘉莉，嘉莉有危險，嘉莉陷入各式各樣的困境，嘉莉置身充滿傷害的世界）

如果這樣，他對此無能為力。

而即使他有能力，即使他可以設法解決麻煩——讓豬吹口哨，乞丐騎大馬，有何不可？——關於嘉莉未來的解決方案，還是一如既往一樣遙不可及。

他攤開四肢躺在床上，現在他大腦中專門處理氯丙嗪的小小部門仍喧囂不已。目前沒有解決之道，所以他的思緒飄向過去。他見到自己和嘉莉，一個身著破舊燈芯絨外套的高大男子和一個穿著綠衣紅褲的小女孩，以噩夢般的慢動作，逃離紐約第三大道。他見到嘉莉從機場公共電話拿到零錢後，神情緊繃，臉色蒼白，淚水滑落臉頰……她拿到零錢，還讓一個軍人的鞋子著火了。

他的思緒飄得更遠，回到賓州波特市的店面和葛尼太太。悲傷又肥胖的葛尼太太穿著綠色褲裝走進減重辦公室，把他們寫著精心措辭的宣傳單當成救命稻草。這個宣傳用語其實是嘉莉的主意：沒減重，那未來六個月的雜貨我們買單。

葛尼太太在一九五〇到一九五七年間，和擔任貨車調度員的丈夫育有四子，現在孩子長大成人，他們厭惡她，她的老公也厭惡她，並且開始和別的女人交往，她可以理解，因為五十五歲的史丹．葛尼仍是外表俊俏、朝氣蓬勃，充滿男子氣概的男人，而她自從第三個孩子離家去上大學後，就逐漸增加了一百六十磅的體重，從結婚時的一百四十磅，來到三百磅。她走進辦公室，綠色褲裝讓她顯得圓潤、巨大和絕望，她的屁股幾乎就跟銀行總裁辦公桌一樣寬。當她低頭在皮包翻找支票簿時，三下巴變成了六下巴。

他讓她和其他三個胖女人分在同一班。課程包括運動和適度節食，兩者都是安迪在公共圖書館研究得來的方案；另外還有被他列入「諮詢費」的適度精神喊話——以及不時對她們施展的中等程度推力。

葛尼太太的體重從三百磅減到兩百八十磅，再到兩百七十磅。她害怕又開心地坦承，她現在似乎都不想再添一碗了，加添加點的食物就是不好吃。以前，她總是在冰箱存放一盆又一盆的點心（還有麵包箱裡的甜甜圈，冷凍櫃裡總有兩、三條莎莉雪藏乳酪蛋糕），讓她晚上看電視可以吃，而現在她就是……呃，這聽起來似乎很瘋狂，但……她就是一直忘記有這些東西。她以前一直聽說節食時，會滿腦子只有零食。她說，在採行「體重監督」課程後，她的狀況顯然不是這樣。

班上其他三名女性熱切地回應說她們也有同樣的經驗。安迪只是站在後方看著她們，一種荒謬的父愛式感覺油然而生。四人對於她們共通的經歷，又驚又喜。以前總是讓人覺得無聊又痛苦的強身健體運動，現在幾乎可說是令人愉快。然後還有一種詭異的強烈走路衝動，她們全都覺得，一天不好好走上一段路，就會焦慮不安。葛尼太太招認，她已養成每天走路到市區再回家的習慣，即使來回路程超過兩英里。過去，她總是搭公車，因為站牌就在她家正前方，這樣做當然很合理。

不過，有一天因為大腿肌肉實在太痛了，她就搭了公車，結果她一直覺得焦躁不安，只好在第二站下車。其他人也附和說有類似經驗。她們都為此，為痠痛的肌肉等等，讚揚安迪。

葛尼太太第三次發表意見時，體重已來兩百五十磅。為期六星期的課程結束後，她已降到兩百二十五磅。她說她先生對此震驚萬分，尤其她先前的無數次節食計畫和一時興起都失敗收場。他希望她去看醫生；擔心她可能得了癌症。他不相信可以在六星期內以自然手段減重七十五磅。她給安迪看了她的手指，上面滿是因為拿針線改小衣服而來的紅腫和繭子。這時，她抱住安迪（差點壓垮他的背），對著他的頸窩哭泣。

他畢業的學員通常會回來，就像他大學裡較為成功的學生通常至少會回來一次，有些是來道謝，有些純粹只是想在他面前展現自己的成功——實際上是想說，瞧，真是青出於藍……有時安迪會這麼想，這其實不像他們以為的那樣不尋常。

但是葛尼太太是前者，她在安迪開始感到不安並覺得在波特市受到監視的十天前，過來打招呼並表達深切謝意。後來，還不到那個月的月底，他們就去了紐約。

葛尼太太仍然是個胖女人，只有在看過她以前的樣子，才會注意到這驚人的變化——就像雜誌上減重前和減重後的對比照片。她最後一次過來時的體重已經降到一百九十五磅，但當然，重要的不是她實際的體重，重要的是她一直以每星期減少六磅的速度，上下誤差兩磅，穩定減重下去。而且她的體重將持續遞減到一百三十磅，上下誤差十磅。這其間不會有猛爆性減重或揮之不去的懼食後遺症，這些情況有時會導致神經性厭食症。安迪想要賺錢，但可不想因為賺錢而害死人。

葛尼太太告訴安迪，她和孩子的相處變得融洽，和老公的關係也在改善當中，說完後，她斷言：「你所做的一切應該讓你被列為國家資源。」安迪當時笑著謝謝她，但現在，躺在黑暗中昏昏欲睡時，他認真想著，這不是很接近他和嘉莉目前的遭遇嗎？他們已被列為國家資源。

因此，這個才能不全是壞的，當它可以幫助葛尼太太的時候絕對不是壞的。

他微微笑。

笑著笑著就睡著了。

10

後來，他就記不得夢裡的細節了。他一直在找東西。他來到一個錯綜複雜的走廊迷宮，只有晦暗的紅色緊急照明提供了光線。他不斷打開空房間的房門，又關上它。有些房間棄置著一些廢紙團，有一間是一個翻倒的桌燈，以及一張掉落的魏斯風格畫作。他感覺自己像是在一個倉卒撤離、已經關閉的設施。

不過，他還是終於找到他要找的東西，是……什麼呢？盒子？櫃子？不管是什麼，都重得要命，而且上面有著模板印刷的白色骷髏頭和交叉骨頭的圖案，就像收在地窖高處架子上的老鼠藥罐子。儘管它是如此沉重（必定至少跟葛尼太太一樣重），他還是設法把它抬了起來。他可以感覺到全身肌肉和肌腱都緊繃用力，卻不覺得疼痛。

當然不會痛，他告訴自己，**這是夢，所以不會痛。你之後會為此付出代價，之後會感到疼痛的。**

他把箱子搬出找到箱子的房間，他必須把它搬到某個地方，但他不知道那是什麼地方，又是在哪裡——

等你看到就知道了，他腦海有聲音輕聲說道。

所以他抬著這個箱子或說是櫃子，在無止境的走廊來回穿梭，肌肉毫無痛苦地拉扯著，頸背繃緊；雖然肌肉不痛，他卻開始感覺頭痛。

大腦是肌肉，腦海的聲音訓誡著，而這訓誡成了兒歌吟唱，一個小女孩邊跳繩邊唱著：**大腦是可以移動世界的肌肉，大腦是可以移動世界的**——

現在所有房門都像地鐵車門一樣，微微外拱，車門鑲著大面窗，而窗戶都有著圓角。透過這些門（如果可以稱為門的話），他見到交雜混亂的景象：溫勒斯博士拉著大型手風琴，他看起來就像是發狂的美國手風琴演奏家勞倫斯．維克，面前放了裝滿鉛筆的錫杯，脖子上掛著標語寫道：視而不見的人最瞎。透過另一面窗戶，他見到穿著白色長袍的女孩發出尖叫，在空中飛舞，在牆上疾馳，安迪匆匆掠過這道門。

從另一道窗戶，他見到嘉莉，他再次確信這是某種海盜夢境——藏寶、唷嗬呼喊之類的——因為嘉莉像是在跟《金銀島》的西爾法船長說話。這人的肩膀上棲著一隻鸚鵡，一邊眼睛戴著眼罩。他對嘉莉笑著，流露讓安迪緊張的一種虛情假意的友情。彷彿要證實安迪的想法，這個獨眼龍攬住嘉莉的肩膀，嘶啞地高吼：「孩子，我們來給他們好看！」

安迪想要停在這裡，敲打窗戶，引起嘉莉的注意力——她像是被催眠似地凝視著那名海盜。他想要確保她看透這個奇怪的男人，確保她了解他不是表面的那樣。

但他停不下來，他要把這該死的

（箱子？櫃子？）

拿到

（？？）

拿到哪裡？他到底為什麼要做這件事？

但到時候他就會知道了。

他繼續看了數十間房間——他記不得所有見到的景象——然後來到一條空白走廊，走廊盡頭是一道空白牆壁。但也不是完全空白，白牆正中央有個像是寄信口的東西。

此時，他見到上面的浮凸字體，頓時明白了。

上面寫著：銷毀。

葛尼太太突然出現在他身邊，一個美麗苗條的葛尼太太，身材玲瓏有致，還有一雙像是為了整夜跳舞的修長美腿，可以在露天平臺一直舞動到天空星辰隱去，直到黎明如悅耳樂聲在東方升起。你永遠猜不到，他茫然想著，她的衣服是出自默片《帳篷製造手奧瑪》的手筆。

他試著抬起箱子，但做不到。忽然間，它變得好重。他的頭更痛了，就像是那匹黑馬，那匹雙眼血紅無人駕馭的黑馬，他驚恐地意識到牠脫韁騁馳，就在這廢棄設施的某個地方，而牠朝他奔來，噠，噠，噠——

「我來幫你。」葛尼太太說：「你幫過我；現在換我來幫你。畢竟，你才是國家資源，不是我。」

「妳看起來好漂亮。」他說。他的聲音像來自遠方，穿透加劇的頭痛而來。

「我感覺像出獄了。」葛尼太太說：「讓我幫你。」

「只是我的頭好痛——」

「當然會痛，畢竟，大腦是肌肉。」

她幫了他嗎？還是他自己辦到的？他記不得了。但他記得當時他這麼想：現在他了解這場夢了，這是他徹底丟棄的推力，是推力。他記得對著標示「銷毀」的孔洞倒箱子，他傾倒箱子，好奇這個自從大學時代就一直棲身在他大腦裡的東西，倒出來會是什麼模樣。但出來的不是推力；當箱子打開時，他感到既驚訝又恐懼。落入斜槽的是一堆藍色藥丸，**他的**藥丸，是的，他嚇到了；套句麥吉爺爺的話說，他突然嚇到變成沒用的五分錢了。

「不！」他大喊。

「要。」葛尼太太堅定地回答：「大腦是可以移動世界的肌肉。」

然後，他就明白她的想法了。

看來他愈是傾倒藥丸，他的頭就愈是疼痛，也愈是黑暗，直到再也沒有任何光線，成了全然的黑暗，是活生生的黑暗，有人不知在哪裡燒斷了所有保險絲，這裡沒有光線、沒有盒子、沒有夢境，只有他的頭痛，以及雙眼血紅、無人駕馭的黑馬即將奔來，即將奔來。

噠，噠，噠，噠……

11

他必定醒來好一段時間才真的意識到他醒了，全然沒有光線的情況下，很難找到確實的分界線。幾年前，他看到一個實驗報導，提到一群猴子被放進抑制住牠們所有感官的環境，然後猴子全發瘋了。他可以了解猴子發瘋的原因，他不知道自己睡了多久，沒有具體的感官輸入，只除了——

「噢，天啊！」

坐起來的動作為他的頭部帶來兩道像是閃過白光的劇烈疼痛，他的雙手抱著頭顱，來回搖晃，疼痛慢慢減緩到可以忍受的程度。

沒有具體的感官輸入，只除了這要命的頭痛。我必定落枕了，他心想，我必定——

不，哦，不。他熟悉這種頭痛，非常熟悉。是他施展過中重度推力後的那種頭痛……比他對胖女人和膽怯商務人士施展推力過後還要疼痛，但不像在公路休息站對那些人施展推力過後那麼痛。

安迪的雙手飛快來到臉上，從額頭到下巴仔細摸索。沒什麼部位有逐漸形成的麻木感，在他微笑的時候，兩邊嘴角也像平常一般上翹。他向神祈禱，希望有光線讓他可以在浴室鏡子檢視自己的眼睛，看它們有沒有出現透露內情的充血狀況。

推力？施展推力？

這太荒謬了，這裡有誰可以被推？

有誰，除了——

他的呼吸慢慢止於他的喉嚨，然後又緩緩恢復。

他以前曾這麼想過，卻從未嘗試。他以為這會像是電流無盡迴圈，造成電路過載。他很害怕，所以不敢嘗試。

我的藥丸，他心想，**我吃藥的時間過了，我想要吃藥，我真的很想要它，我真的很需要它。我的藥丸讓一切舒適愉快。**

這只是一種想法，完全沒有迫切的渴望。想到服用氯丙嗪，就跟**請把奶油遞給我**的情緒變化一樣。事實上，除了要命的頭痛之外，他感覺相當舒適愉快。而且，他曾經有過比現在更嚴重的頭痛——像在奧爾巴尼機場的那一次。相較之下，這只是小兒科。

我對自己施展了推力，他驚奇地想著。

他第一次真的了解到嘉莉當時的感覺，因為他第一次為自己的超能力感到害怕。他第一次真正意識到，對於它是什麼又能做到什麼，他的了解有多麼稀少。它之前為什麼消失了？他不知道。為什麼回來了？他也不知道。這和他在黑暗中的強烈恐懼有關嗎？是他突然感覺到嘉莉正遭受威脅（他對那個海盜般的獨眼男人有過可怕記憶，但此時卻飄離不見了），還有對自己忘了她的這種自我厭惡嗎？還是他跌倒撞到頭的關係呢？

他不知道；他只知道他已經推動了自己。

大腦是可以移動世界的肌肉。

他靈機一動，儘管他一直給予商務人士和胖女人輕推，但他大可以成為一人戒毒中心。他陷入這種新進假設的顫抖狂喜之中。他曾經在睡前想到，能夠幫助可憐胖女人葛尼太太的這種才能絕對不會是壞事。那麼，可以為紐約市每一個可憐的吸毒者戒毒的這種才能呢？**這件事**如何？運動迷？

「老天。」他低語：「我真的戒癮了嗎？」

沒有迫切渴望。氯丙嗪，白色盤子上藍色藥丸的畫面——這念頭無疑非常淡然。

「我戒癮了。」他回答自己。

下一個問題：他可以維持戒癮嗎？

但他才僅僅自問了這個問題，其他問題就如潮水湧來。他可以發現嘉莉到底發生什麼事了嗎？他像是自我催眠那樣，在睡夢中對自己使用推力；那麼是否可以在清醒時，對別人施展呢？例如說，對那個總是擺出討人厭露齒笑容的平契特？平契特知道嘉莉的狀況，可以推使他說出來嗎？他最終能否帶她離開這裡呢？有沒有辦法這麼做？如果他們真的離開，接下來呢？首先，不要再逃亡了，這不是解決之道，一定有地方可以去。

這是他近幾個月以來第一次感到興奮。他開始嘗試零星的計畫，接受、反對和質問計畫。這是他近幾個月來第一次感覺能自在運用頭腦，覺得生氣蓬勃，充滿活力，能夠有所作為。而其中最重要的是：如果他可以愚弄他們相信兩件事——他仍舊持續服藥，而且他還是無法使用他的精神控制才能，他可以——他可能有機會嘗試——採取某種行動。

當燈光重新亮起時，他仍一直在思考這些事。在另一個房間裡，電視開始傳出同樣的花言巧語：耶穌照顧你的靈魂，而我們照顧你的存摺。

眼睛，電眼！他們又開始監視你了，或是很快就會開始……別忘記這一點！

瞬間，他突然明白了一切——如果他真要得到機會，肯定未來好幾天、未來好幾星期他都一定要耍點花招；而且幾乎可以肯定，他在某個時候一定會被逮到。沮喪的心情飄來……但沒有隨之帶來對藥丸的渴求，這有助於他掌控住自己。

他想到嘉莉，而這給了更多助力。

他從床上慢慢起身，然後走進客廳。「發生什麼事？」他大喊：「嚇死我了！我的藥呢？誰來把我的藥給我！」

他在電視機前坐了下來，神情懶散、呆滯、悶悶不樂。

在這張了無生氣的臉龐底下，他的大腦——可以移動世界的肌肉——轉動得愈來愈快。

12

就像她父親同時間作的夢境一樣，嘉莉．麥吉始終記不得她和雨鳥長談的細節，只記得一些重點。她始終不太確定自己是怎樣開始傾訴這許多事，像是她是怎麼來到這裡，還有她想念爸爸的深切寂寞，以及害怕他們會找到辦法，藉以欺騙她再次使用意念控火的能力。

當然，部分是因為停電，而且知道**他們**沒有在竊聽。部分是因為約翰本人，他經歷了這麼多折磨，是如此可憐地害怕黑暗，害怕它所帶來的回憶，關於越共拘留他的那個可怕地洞的回憶。他幾乎不太感興趣地問她，他們為什麼要把她關起來，為了轉移他的思緒，她就開始說了一下。但很快就不只這樣，事情開始愈來愈快地透露出來，說出她閉口不談的那些事，最後事情一件接著一件雜亂無章地吐露出來。她哭了一、兩回，他笨手笨腳地抱住她。他很溫柔……許多方面讓她想起爸爸。

「現在要是他們發現你全知道了。」她說：「他們可能也會把你關起來，我不應該說出來的。」

「他們會把我關起來，好啊。」約翰開心地說：「孩子，我拿到的是D級許可證，讓我得以打開莊臣地板蠟的許可證，就是這麼回事。」他大笑。「我想，如果妳不洩漏妳跟我說過了，我們都不會有事。」

「我不會說出去的。」嘉莉熱切地說。她原本有點不安，想說如果約翰把事情說出去，他們可能就會利用他來對她施壓。「我好渴，冰箱裡有冰水，你要喝一點嗎？」

「不要離開我。」他立刻說道。

「嗯，那我們一起去，我們手牽手。」

他似乎考慮了一下。「好吧。」他說。

他們拖著腳步，兩人緊緊握著手一起走到廚房。

「孩子，妳最好不要說出去，尤其是這件事，大塊頭的印第安人怕黑。他們會笑我，讓我在這裡待不下去。」

「他們不會笑你的，如果他們知道——」

「或許不會，或許如此。」他輕笑了一下。「但我寧可他們永遠不知道。孩子，我感謝神，讓妳在這裡。」

她深受感動，再次熱淚盈眶，不得不再努力控制住自己。他們走到了冰箱，她摸索著找到冰水壺，它已經不冰了，但安撫了她的喉嚨。她再次不安地想著，她到底說了多久的話，卻不知道答案。不過，她說出了……所有的事。甚至是她原本想要隱瞞的事，像是曼德斯農場所發生的事。當然，赫奇戴特他們知道，但她又不在乎他們。她真的很在意約翰……以及他對她的看法。

不過，她還是說了。他會問直入核心的問題，而……她還是說了，通常還帶著眼淚。但他沒有更多問題，或是盤問、猜疑，只有接受和平靜的同情。他似乎了解她經歷了怎樣的痛苦，或許是因為他自己也曾遭受了痛苦。

「水給你。」她說。

「謝謝。」她聽見他喝水，接著水壺回到她手中。「非常感謝。」

她把水壺放到一旁。

「我們回去另一個房間吧。」他說：「真不知道燈到底還會不會亮起來。」他現在已經迫不及待希望燈光亮起了，他猜想，大概停電了七個多小時。他想要離開這裡，思考這一切。不是她跟他說的事——這些他全都知道了——而是要如何利用它。

「我相信燈很快就會亮了。」

他們拖著腳步回到沙發，然後坐了下來。

「他們沒跟妳說過妳老爸的任何消息？」

「只有說他很好。」她說。

「我敢說我可以進去找他。」雨鳥說，彷彿突然想到這個主意的模樣。

「你可以嗎？你真的認為你可以嗎？」

「我可以找一天和賀柏換班，我去找他，跟他說妳沒事。呃，不要用說，但給他字條之類的。」

「哦，這樣會不會很危險？」

「孩子，做這樣的事當然會有危險，但是我欠妳一個人情，我會去看看他的狀況。」

她在黑暗中伸出雙手抱住他，並且親吻他。雨鳥給了她一個深情的擁抱。他以他自己的方式愛著她，現在比以往更加強烈。現在，她是他的了，而他認為他也屬於她，暫且如此。

他們坐在一起，沒怎麼說話，然後嘉莉開始打瞌睡。此時，他說了一件事，感覺就像是冷水潑上了她的臉，讓她忽然整個醒來。

「媽的，如果妳辦得到，應該把他們該死地全都點上火。」

嘉莉震驚地倒抽了一口氣，一副他突然打了她似的。

「我跟你**說過**。」她說：「那就像是放……猛獸出籠，我向自己承諾，永遠不會再這麼做。

在機場的那個軍人……還有農場的那些人……我殺了他們……燒死了他們！」她的臉蛋發熱、滾燙，淚水又快要奪眶而出。

「從妳說的看來，這聽起來像是自衛呀。」

「是，但也沒有理由去——」

「這聽起來也像是，妳可能救了妳老爸一命。」

嘉莉沉默不語，但他可以感覺到苦惱、困惑和痛苦不斷湧現在她的心頭。他連忙往下說，不想讓她想起她也差一點就殺死她爸爸了。

「至於赫奇戴特那個傢伙，我看過他，我在戰爭中看過像他那樣的人。每一個都是沒受過多少訓練的速成軍官，自以為高高在上。如果這個方式沒能讓他從妳身上得到想要的東西，他就會嘗試其他方式。」

「這就是我最害怕的事。」她低聲承認。

「而且，還有一個會使用熱腳[17]的人。」

嘉莉吃了一驚，接著用力大笑——就像黃色笑話有時會讓她笑得更厲害那樣，只因為要說這些笑話並不容易。等結束笑聲後，她說：「不，我不會再燃火。我對自己承諾過，這樣很壞，我不會再做。」

這樣就夠了，該是住手的時候了。單憑直覺，他覺得他可以繼續下去，但他發現這可能是虛假的直覺。他現在累了，應付這女孩就跟破解雷莫頓的保險箱一樣讓人筋疲力竭。現在，很容易就繼續說下去，犯下永遠無法彌補的錯誤。

「好吧，我想妳是對的。」

「你真的會去找我爸爸？」

「孩子，我盡力。」

「約翰，我很遺憾你跟我一起困在這裡，但我也非常高興。」

「是呀。」

他們聊了一些無關緊要的事，然後她把頭靠在他的手臂上。他可以感覺到她又開始打瞌睡——現在非常晚了——當燈光大約在四十分鐘後亮起時，她已經睡熟了。光線照到她的臉上，她動了動，把臉埋進他這邊黑暗的地方。他若有所思低頭看著她纖細如柳條的頸子，頭顱的柔和弧度。懷裡這個瘦削嬌小的身軀，蘊藏這麼大的力量，這有可能是真的嗎？他的大腦仍拒絕相信，但他的心卻感覺如此。發現自己如此分裂是一種奇怪而且多少有點美妙的感覺。他的心信以為真，已經來到他們不願相信的程度；認為這是真的，已經到了瘋狂溫勒斯的胡言亂語的程度。

他把她抱起來送到床上，替她蓋好被子。當他把被子拉到她的下巴位置時，她動了動，半夢半醒。

他衝動地俯身親吻了她。「孩子，晚安。」

「晚安，爹地。」她帶著濃厚的睡意說道，然後她翻身又睡著了。

他低頭注視她好幾分鐘，然後走回客廳。赫奇戴特本人在十分鐘後匆匆忙忙出現。

「電力故障。」他說：「暴風雨，該死的電子鎖，全都卡死了。她是否——」

「只要你說話能該死地小聲一點，她就沒事。」雨鳥輕聲說。他伸出他一雙大手，揪住赫奇戴特白色實驗袍的翻領，然後把他往前拉，如此一來，赫奇戴特突然被嚇到的臉就距離雨鳥的臉

17. hotfoot，讓捉弄對象燙腳的惡作劇。有各種版本，像是把點燃的香菸或火柴放進捉弄對象的鞋子，或是夾在對方的腳趾；以口香糖把火柴黏在對方的鞋子點燃等等。

不到一吋。「還有，如果你再次做出你認識我的模樣，如果你再次做出我不像是Ｄ級清潔工的模樣，我就會殺了你，然後把你大卸八塊，丟入食物調理機，做成貓食。」

赫奇戴特語無倫次虛弱地抗議著，嘴角積起了白沫。

「你聽懂了嗎？我會殺了你。」他搖晃了赫奇戴特兩次。

「我─我─懂─懂了。」

「那就走吧。」雨鳥說，把臉色慘白、兩眼圓睜的赫奇戴特推到外面走廊。

他最後再環顧了一眼，便推著推車走出去，順手關上自動上鎖的大門。在臥室，嘉莉熟睡著，這是她近幾個月來睡得最安寧的一次，也可能是好幾年來的第一次。

第9章 小火苗，老大哥

1

強烈的暴風雨過後，時間繼續流逝了——三個星期。悶熱難忍的夏天仍橫行在東維吉尼亞，但學校已經開學，黃色校車吞吞吐吐沿著朗蒙特路況良好的鄉間道路起起落落行進。離這裡不太遠的華盛頓特區，即將展開另一年的立法、謠言和影射活動，而全國性電視慣常引發的怪胎秀氣氛、有計畫的洩密和各界的杯觥交錯，也將在其間留下印記。

這一切在兩棟南北戰前莊園有著空調控制的涼爽房間，以及底下如蜂巢般的通道和樓層之間，沒有產生太大的影響。唯一相關的可能是嘉莉．麥吉要念書了。認為她應該接受教育是赫奇戴特的主意，嘉莉原本拒絕，但約翰．雨鳥說服她接受。

「這有什麼壞處？」他問。「沒道理像妳這樣聰明的女孩要遠遠落後呀。狗屎——嘉莉，抱歉——但有時我會向神祈願，希望自己不是只接受過八年教育，這樣我現在就不會在拖地板了——我敢保證。而且，這也可以打發時間。」

所以她就接受了——為了約翰。是家庭教師過來授課：年輕人教她英文，年長的女士教她數學，戴著厚厚眼鏡的年輕女士教她法文，坐輪椅的男人教她科學。她聽他們講課，認為自己學到了東西，但她是為約翰學的。

約翰三度冒著丟掉工作的危險，傳紙條給她父親，這讓她很內疚，所以更加願意做一些她認為可以取悅約翰的事。他也為她帶來爸爸的消息——說他很好，知道嘉莉也很好讓他鬆了一口氣，而他目前在配合他們進行實驗。這件事讓她很苦惱，不過她已經長大了，開始懂得——雖然只有一點點——適合她的事不見得也適合她父親。而最近她愈來愈這麼想，或許約翰是最清楚什麼最適合她的人。他說話方式真誠又有趣（他總是爆粗話，又馬上為此道歉，讓她咯咯發笑），非常能言善道。

停電過後，他大概有整整十天沒提到和燃火有關的話題。每次要說這些事的時候，他們就會去廚房，他說那裡沒有「蟲子」（竊聽器），而他們總是低聲交談。

那天，他這麼說：「嘉莉，妳有再想過燃火這件事嗎？」他現在都叫她嘉莉，不再用「孩子」了，是她要他這麼做的。

她開始顫抖，自從曼德斯農場事件後，光是想著製造火焰她就會有這樣的影響。她的身體發冷、緊張、發抖；在赫奇戴特的報告中，稱之為「中度恐懼反應」。

「我跟你說過。」她說：「我做不到，我不願意。」

「喏，做不到和不願意不是同一件事。」約翰說。他現在在清洗地板——但做得很緩慢，這樣就能夠跟她說話。他來回拖地，嘴脣幾乎不動地說著話，就跟犯人在監獄裡說話的方式一樣。

嘉莉沒有回答。

「我只是對這件事有兩個想法。」他說：「但要是妳不想聽——如果妳確實打定主意——我就不說了。」

「不，沒關係的。」嘉莉客氣地說，但她真的希望他不要說了，不要談論它，甚至不要去想它，因為這讓她感覺很糟糕。但是約翰為她做了這麼多事……她非常不想違背他或傷害他的感情。

她需要朋友。

「嗯，我只是在想他們必定知道當時農場的失控情況。」他說：「他們可能會真的非常小心，我想他們不會在一個堆滿紙張和油布的房間讓妳做實驗的，是不是？」

「沒錯，但是——」

他一隻手稍稍離開拖把。「聽我說完，聽我說完。」

「好。」

「而且他們肯定知道這是妳唯一一次造成真正的——怎麼說呢？——大火。小火苗，嘉莉，只要小火苗。而要是真的發生什麼意外了——這我倒是覺得不太可能，因為我覺得妳比自己以為的還能控制自己——但我們假設**真的**發生了什麼意外。嘿，那要怪誰呢？怪妳嗎？幹，逼了妳半年，要妳這麼做的可是那些混蛋哩！哦，對不起。」

他說的話讓她很害怕，但看到他愁眉苦臉的表情，她還是忍不住捂著嘴咯咯笑了起來。約翰也輕輕笑了笑，接著又聳聳肩。「我另一個想法是，如果妳想學會控制，就必須經過不停的練習。」

「我才不在乎能不能控制它，因為我就是不會再做這種事。」

「或許吧，但誰知道呢？」約翰固執地說，一邊擰乾拖把。他把拖把立在角落，再把肥皂水倒入水槽。他開始拿水桶接清水，再沖滌拖把。「或許妳會因為受到驚嚇而使用了能力。」

「不，我才不會。」

「或是妳發高燒之類的，像是流感或哮吼，哦，該死，我也不知道，就是某種感染。」這是赫奇戴特少數提供給他的有利臺詞之一。「嘉莉，妳割過盲腸嗎？」

「沒——沒有吧……」

約翰開始用清水拖地板。

「我哥哥割過盲腸，但第一次搞砸了，他差點死掉。因為我們是保留區的印第安人，沒有人鳥——沒有人關心我們的死活。他發了高燒，燒到攝氏四十點五度，燒到神智不清，胡言亂語，對著沒人的地方說話。知道嗎？他還說我們父親是什麼死亡天使，要來索命，拿起床邊的刀子刺了他一刀。我跟妳說過這個故事，對吧？」

「沒有。」嘉莉低聲回答，這次倒不是擔心被竊聽，而是這故事讓她既驚嚇又著迷。「真的嗎？」

「真的。」約翰證實，再次擰了拖把。「這不是他的錯，是高燒造成的。人們神智不清時，什麼話都可能說，什麼事都做得出來，**無論什麼事**。」

嘉莉明白他說的是什麼意思，她感受到一種沉重的恐懼，這是自己從未考慮過的事。

「但如果妳可以控制這什麼控火的……」

「如果我神智不清，我怎麼能控制它？」

「因為妳就是**可以**。」雨鳥回到溫勒斯原本的比喻，那個大約在一年前讓上校很厭惡的比喻。「嘉莉，這就像如廁訓練，一旦學會控制住腸道和膀胱後，就永遠不會忘記。神智不清的人有時會因為滿身大汗弄溼床舖，卻很少尿溼床。」

赫奇戴特曾指出這並不完全正確，但嘉莉又不知道。

「哎，總之，我只是要說，如果妳學會**控制**，就不用再擔心這件事了。妳不明白嗎？這樣妳就解決這難題了。但要學會控制，就必須不斷練習，就跟學會綁鞋帶，在幼稚園學字母一樣。」

「**我……**我不想燃火！我不願意！我**不願意**！」

「哎呀，我讓妳生氣了。」約翰苦惱地說：「我不是故意的，嘉莉，對不起。我不會再說了，我這個大嘴巴。」

但下一次，卻是她自己提起。

那是三、四天過後，她已經非常仔細思考過約翰說的事……她相信她找到了漏洞。「這就是不會停止的。」她說：「他們的要求會愈來愈多，如果你知道他們**追查**我們的情況，就會知道他們**永遠**不會歇手。只要我開始，小火之後，他們就會要大火，得到大火後，就要熊熊烈火，然後……我不知道……但我害怕。」

他再次佩服她。她擁有直覺，天生聰慧，不可思議的敏銳。他很好奇當他雨鳥本人，告訴赫奇戴特，嘉莉．麥吉對於他們列為最高機密的整體方案一清二楚時，赫奇戴特會怎麼想。他們關於嘉莉的所有報告都以理論推斷，意念控火只是她許多相關超能力最引人入勝的部分，雨鳥相信她的直覺也是其中一項。她的父親曾一再又一再告訴他們，嘉莉甚至早在艾爾．史戴諾維茲和其他人到達曼德斯農場之前，就已經**知道**他們要來了。這個想法讓人害怕，如果她對於**他的**真實性產生了這樣的直覺……嗯，俗話說，女人被人看不起，發起怒來比地獄怒火還要命，而如果他對嘉莉的猜想有一半屬實的話，那麼她就有十足的能力製造出地獄，或是差不多的復刻版。他可能會突然發現自己身體愈來愈灼熱，這為過程增添了趣味……一種他已失去多時的趣味。

「嘉莉。」他說：「我的意思不是說妳應該**免費**為他們做這些事。」

她疑惑地看著他。

約翰嘆息。「我不太知道要怎麼跟妳解釋這件事。」他說：「我想我有點愛上妳，我沒有女兒，妳就像我女兒一樣。他們一直把妳關在這裡，不讓妳見妳爸爸，不讓妳出去，其他小女孩擁有的東西妳都沒有……這就是讓我覺得很**噁心**。」

現在，他讓自己完好的眼睛熱烈盯著她，這有點嚇到她了。

「妳可以得到這一切，只要妳配合他們……並加上附帶條件。」

「附帶條件？」她完全給搞糊塗了。

「對！我敢說妳可以讓他們同意妳到外面曬太陽，甚至是去朗蒙特逛街購物，妳可以離開這該死的小方框，到正常的房子，見見其他孩子，還有——」

「見到我爸爸？」

「對，當然。」只是這件事永遠不會發生，因為如果兩人拼湊一下資訊，就會發現友善清潔工約翰好到不像真人。雨鳥從未傳字條給安迪．麥吉，赫奇戴特認為這會是毫無收穫的冒險，而雨鳥雖然覺得赫奇戴特在大部分的事情上都是徹底的笨蛋，這次倒是認同他的看法。

以廚房沒有竊聽器，小聲交談就不會被竊聽，這種種謊言愚弄八歲女孩是一回事；但要以同樣的謊言來愚弄女孩的爸爸又是另一回事了，即使他已經完全藥物成癮。麥吉可能不會成癮到看不出他們現在其實只是分別在對嘉莉「扮黑臉扮白臉」，這是警察部門數百年來用來突破犯人心防的技巧。

所以就像維持其他虛構事實一樣，他繼續杜撰說他把她的訊息傳給了安迪。他倒是常常去看安迪，只不過是在電視監視器上。安迪配合他們實驗也是真的，只不過他已經耗盡能力，連推動小孩吃冰棒都做不到。他已經變成一個大胖子，只關心電視演什麼，藥丸什麼時候到，而且他不再要求和女兒見面。當面見到她父親，發現他們對他做的一切，可能會讓嘉莉對他們重新堅決抵抗，而他已快要攻陷她，她現在**想要**被說服。不，什麼事都可以商量，唯獨這點不行。嘉莉．麥吉再也見不到她父親，雨鳥推測，不用多久，上校就會用商店的飛機把麥吉送到毛伊園地。不過，這女孩同樣用不著知道這件事。

「你真的認為他們會讓我見他嗎？」

「沒問題的。」他輕易回答。「剛開始當然不行；他們知道，他可是對付妳的王牌。但如果妳做到某種程度，然後說除非讓妳見他，不然妳就不幹了——」他就說到這裡，餌已經丟出去，一個閃亮亮的重大誘惑就垂放在水中。上面滿是鉤刺，可是不好吃，這又是這位頑強小姑娘所不知道的另一件事。

她若有所思看著他，那一天，關於這件事的談論就到此為止。

然而，大約一星期之後，雨鳥忽然推翻了他的立場。他這麼做並沒有具體理由，只是直覺告訴他，繼續鼓吹是無法再有進展。該是乞求的時候了，就像故事中的兔子哥[18]求狐狸哥不要把牠丟進野薔薇叢那樣。

「還記得我們之前說的事嗎？」他提起話題。這時他正在幫廚房地板打蠟，而她裝作在慢慢挑選冰箱裡的點心。一隻乾淨的粉紅色小腳較另一隻腳後退，他看到了她的腳掌，這很奇異地讓他想起童年中期的時代。這是前於情色，幾乎可說是神秘的，讓他再次對她感到憐惜。她疑惑地回頭看他，綁成馬尾的頭髮甩到一邊肩膀。

「是。」她說：「我記得。」

「嗯，我一直在想這件事，不懂我怎麼會自以為是專家來給人提建議。」他說：「我甚至沒辦法跟銀行拿到一千美元的車貸。」

「哦，約翰，這又不代表什麼意義——」

「不對，的確有意義。如果我懂道理，我就會是赫奇戴特那樣的人，受過大學教育。」

18. Br'er Rabbit，Br'er是Brother的縮寫，這是十九世紀初非裔美國人口說故事的主角，後來也出現繪本形式。其中一個故事中，兔子哥被狐狸抓到後，乞求狐狸不要把牠丟進野薔薇叢，狐狸生疑反倒把到手的兔子丟過去，兔子便一溜煙逃走了。

她極其不屑地回答：「我爹地說，任何有錢笨蛋都可以上大學。」

他心中真是高興極了。

2

三天後，魚咬餌了。

嘉莉告訴他，她決定讓他們進行實驗。她說她會小心，而如果**他們**不知道怎麼小心，她也會讓他們知道。她的臉蛋瘦削，蒼白憔悴。

「除非妳全想清楚了，不然別這麼做。」約翰說。

「我想過了。」她低聲說。

「妳是為他們而做的嗎？」

「**不是！**」

「好！妳是為自己而做嗎？」

「對，為我自己，也為我父親。」

「很好。」他說：「還有，嘉莉——讓他們按照妳的方式來做。懂我的意思嗎？妳已經向他們展示過妳有多強硬，別讓他們看到弱點，不然他們就會趁虛而入，妳要強硬，懂我的意思嗎？」

「我……應該吧。」

「他們得到東西，妳也要得到東西，每一次都要這樣，沒有白給的午餐。」他的肩膀微微垮下，眼中失去光彩。她討厭看他這樣子，顯得消沉和挫敗。「不要讓他們像對待我那樣對待妳，我為國家奉獻了四年人生和一隻眼睛，其中一年還在地洞吃蟲子過活，發高燒，隨時聞著自己的大便，抓頭髮上的蝨子。等我出來後，他們說，約翰，非常感謝你，然後往我手中塞了一支拖把。他們偷走了我應得的東西，嘉莉，妳懂嗎？別讓他們對妳這樣。」

「我懂的。」她嚴肅地說。

他神情開朗了一些，然後露出微笑。「那麼這偉大的日子會是哪一天？」

「我明天要和赫奇戴特醫師見面，我會告訴他，我決定合作……只有一點點。而我……我會告訴他**我**想要的東西。」

「嗯，剛開始別要求太多。嘉莉，這就像路上的巡迴雜藝團，要先表演一些絕活，才能收錢。」

她點點頭。

「但是妳會讓他們知道發號施令的人是誰吧？要讓他們知道是誰說了算。」

「好。」

他的笑容更開心了。「好孩子！」他說。

3

赫奇戴特氣壞了。

「你**到底**在玩什麼把戲？」他對雨鳥大吼。他們現在在上校的辦公室，雨鳥心想，他還真敢叫，不過就是因為上校在這裡當裁判。此時，他再看了一眼赫奇戴特火爆的藍眼睛、脹紅的臉頰、發白的指關節，承認自己或許錯了。他大膽地一路直闖大門，進入赫奇戴特的神聖花園。停電過後，雨鳥實行的重大改變是一回事；赫奇戴特出現危險的紕漏，他也知道。他認為，這一次是完全的另一回事。

雨鳥只是盯著赫奇戴特。

「你認真提了一個不可能的條件！你該死地知道她不會見到她父親！什麼『他們得到東西，妳也要得到東西』。」赫奇戴特暴怒地模仿。「你這笨蛋！」

雨鳥繼續盯住赫奇戴特。「別再叫我笨蛋。」他語氣十分淡然，赫奇戴特瑟縮了一下……但也只有一下下。

「兩位先生，拜託。」上校疲憊地說：「別再吵了。」

他的桌上有一臺錄音機，他們剛聽完雨鳥今天上午和嘉莉的對話。

「赫奇戴特醫師顯然忽略了一件事，他和他的小組終於可以得到東西了。」雨鳥說：「如果我沒算錯的話，這將百分之百提升他們的實用知識儲備區。」

「源自一場完全難以預測的意外。」赫奇戴特靜靜地指出。

「是你們目光短淺而沒能自行製造的意外。」雨鳥反脣相譏：「或許是在忙著玩你們的老鼠吧。」

「兩位先生，夠了！」上校說：「我們來這裡不是要互相指責；這不是這次會面的目的。」他看著赫奇戴特說：「你應該合作一點，我必須說你展現的感激之情相當少。」

赫奇戴特嘀咕了幾句。

上校看著雨鳥。「同樣地，我也認為你的**法庭之友**[19]角色也做得太過分了。」

「你這麼想嗎？那麼你就是還不明白。」他看著上校，又看看赫奇戴特，目光再回到上校。「我認為你們兩人的理解力幾乎等於麻痺，你們有兩名聽候差遣的兒童精神科醫師，而如果他們代表了該領域的確切水準，那邊許多精神異常的孩子可就有重大麻煩了。」

「你倒是說得容易。」赫奇戴特說：「這個——」

「你們就是不明白她有多**聰明**。」雨鳥打斷他。「你們就是不明白她有多麼……多麼擅長看出事情的前因後果。和她一起工作會像是通過地雷區。我對她提出這種胡蘿蔔加棍子的軟硬兼施想法，是因為她自己也會想到。替她先想到這一點，會讓她更信任我……實際上是化劣勢為優勢。」

赫奇戴特張嘴想要說話，但上校舉起一隻手，轉向雨鳥。他使用對其他人不曾用過的安撫柔和語調……當然這其他人不包括雨鳥。「這並未改變你限制住赫奇戴特及其小組未來作為的事實，她遲早會了解到她的最終要求——見她父親——是不會獲得許可。我們全都認同允許他們見面，可能會永久隔絕她對我們的用處。」

「正是如此。」赫奇戴特說。

「而且，如果她像你說的一樣敏銳。」上校說：「她很快就會提出這無法獲准的要求。」

「她的確會，而這樣一切就結束了。」雨鳥同意。「首先，她一見到她父親就會了解到我對他的狀況一直在說謊，她會因此作出結論，認定我一直在為你們充當騙子。所以，問題完全在於你們可以讓她持續多久。」

雨鳥湊向前。

「幾個重點。首先，你們兩人都要習慣這個想法，就是她不會單純地為你們永無止境地點火，她是人，是一個想要見她父親的小女孩，她不是實驗室老鼠。」

「我們已經——」赫奇戴特不耐煩地開口。

19. amicus curiae，不屬於訴訟任何一方，主動或應法庭邀請提供意見或協助的人。

「不，不，你們沒有。我們回到最基本的實驗獎勵制度，就是胡蘿蔔和棍子，嘉莉認為點火就是在你們面前掛了胡蘿蔔，這終究會引著你們——和她本人——走到她父親面前。但我們的認知不一樣，實際上，她父親才是胡蘿蔔，我們藉此來牽引她。好，騾子會為了吃到掛在眼前的胡蘿蔔耕完公地放領法案的所有田地，這是因為騾子很蠢，**但這小女孩可不蠢**。」

他看著上校和赫奇戴特。

「我一直這麼說，這就像往橡樹釘釘子，橡樹的第一個鑿口極度困難，你們知道嗎？你們兩人似乎一直忘記這件事。她遲早會了解，會要你們堅守承諾。因為她不是騾子，也不是實驗室白老鼠。」

而且你希望她退出，上校憎惡地慢慢想著，你希望她退出，這樣就可以殺了她。

「所以你們要以這個基本原則為出發點。」雨鳥繼續說：「之後再開始思考盡可能延長她合作時間的方法，等事情結束後，你們就可以寫你們的報告，如果得到足夠的數據，就能拿到一大筆撥款，就可以吃掉胡蘿蔔。屆時，你們就可以重新對著一堆可憐無知的笨蛋，注射你們的女巫靈藥。」

「你這是侮辱。」赫奇戴特以顫抖的語氣說。

「但贏過那些終端機傻瓜。」雨鳥回答。

「對於延長她的合作時間，你有何建議？」

「只要給她小小的特權，你們就可以從她身上得到好處。」雨鳥說：「草地散步，或是……每個小女孩都喜歡馬兒。我敢說，只要讓她騎你們馬廄的馬，找個馬夫帶她在馬徑上繞一圈，你們就能從她身上得到六次火焰。這樣應該就足以讓一打像赫奇戴特這樣的小文書，耗上五年時間了。」

赫奇戴特推開桌子站起來。「我用不著坐在這裡聽這種話。」

「坐下，然後住嘴。」上校說。

赫奇戴特感覺熱血直沖腦門，他一副準備吵架模樣；只是來得快去得也快，他像是快哭出來了，然後慢慢坐下。

「你們可以讓她進城買東西。」雨鳥說：「或許安排她去喬治亞的七旗樂園搭雲霄飛車，甚至和她的清潔工好朋友約翰一起去。」

「你真的認為這樣的事——」上校開口。

「不，我不認為。撐不了多久，遲早會回到她父親身上。但她是人，也想要自己的東西。只要她為自己找到說辭，說這是在拿到大獎前先給你們一些好處，她就會按照你們想要她做的那樣，持續很久。但是，這終究會回到親愛的老爸身上，她不會背棄這個原則。她很頑強。」

「那我們的輕軌電車旅行就結束了。」上校沉思。「所有人都下車，方案結束，至少這一階段是如此。」就許多方面來說，結束的展望讓他大大鬆了一口氣。

「不，不是這時候。」雨鳥說，露出陰森的笑容。「我們手裡還有一張牌，等小的胡蘿蔔用完後，還有一個非常大的胡蘿蔔。不是她的父親——不是這個大獎——而是會再讓她繼續合作好一陣子的東西。」

「是什麼？」赫奇戴特問。

「你們自己想吧。」雨鳥仍保持笑容，但不再多說了。上校或許猜得到，儘管這半年壯志未酬，但上校只施展一半腦力也比他大部分員工（以及所有覬覦他王位的人）用上全部腦子還聰明。至於赫奇戴特，他永遠猜不到。赫奇戴特比無能還低下好幾個層級，比起其他地方，這樣的偉業更可能在政府官員中見到。赫奇戴特連狗屎乳酪奶油三明治的味道都追蹤不到。

他們是否有人會在這個小測驗中，找出最後的胡蘿蔔（我們或許可以說是遊戲胡蘿蔔）並不重要；結果依舊相同。不管怎樣，這都將讓他舒服地坐在駕駛座。他原本可以問他們：**當親生父親不在身邊時，你們認為她現在的父親是誰？**

如果他們猜得出來，就讓他們自己去想吧。

約翰·雨鳥繼續保持笑容。

4

安迪·麥吉坐在電視機前，電視機上方的方形裝置閃爍著HBO的黃色指示燈。螢幕上，《第三類接觸》的李察·德雷福斯試著在客廳打造惡魔山模型。安迪帶著沉靜乏味的滿足表情看著，內心卻緊張無比，就是今天了。

對安迪來說，停電後的這三週期間有著難以忍受的緊張和壓力，同時交雜著明顯的犯罪興奮感。他頓時了解到，俄國的KGB是怎樣喚起如此的恐怖，而喬治·歐威爾《一九八四》的主角溫斯頓·史密斯在他短暫瘋狂的暗中反叛期間，是多麼樂在其中。他現在又有了秘密，它在他心中咬啃運作，就像所有懷抱重大秘密的人的感受一樣，但這也讓他再度感覺完整和有力。他現在正在欺騙他們，天知道他可以持續多久，也不知道是否會有任何成果，但他現在就在進行當中。

現在已快上午十點，那個總是露齒一笑的男人平契特即將在十點到來。他們會去花園散步，「討論他的進展」。安迪想要推動他……或至少試試看。要不是有電視監視器和數不清的竊聽裝置，他可能早就這麼做了。而等待給了他時間思考攻擊路線，並一再探查其中有無弱點。事實上，他已經在心中重擬了許多次部分的場景。

夜晚的黑暗中，他躺在床上時會一再思索：**老大哥正在監視，要不斷提醒自己這件事，心中牢牢記住這件事。他們把你關在老大哥的前腦，要是你真的想要幫助嘉莉，就得繼續愚弄他們。**

他這輩子從沒睡這麼少過，主要是因為他擔心自己會說夢話。有些晚上，他會清醒地躺在床上好幾小時，甚至不敢翻來覆去，以免他們懷疑服藥的人怎麼會轉側不安。在他真的入睡時，卻睡得很淺，常作怪夢（經常是西爾法船長的身影，戴著獨眼罩，裝著木肢的海盜，一再出現這些情景），很容易就驚醒。

他們相信他嚴重藥物成癮，所以藏藥不吃是最容易的部分。現在一天送四次藥，而停電過後，他再也沒做過實驗。他相信他們已經放棄了，這就是平契特在今天散步途中要告訴他的事。

有時他會佯裝咳嗽，咳出藥丸到捂住的手掌中，再放進稍後會倒進廚餘處理機的食物殘渣。而最常是沖進馬桶，但有時候他會假裝喝薑汁汽水，再把藥丸吐進剩一半的汽水罐讓它溶解，然後像是忘了喝，讓汽水罐靜置，最後就倒入水槽中。

老天知道他對這種事並不專精，而監視他的人倒是可能很擅長。但是，他認為他們已不再像從前那樣密切監視他，如果還像以前一樣，他就會被逮到，一切到此為止。

當德雷福斯和孩子曾被飛碟人士帶走的媽媽開始測量魔鬼山側面時，表示大門電路暫時中斷的警報器響了，安迪繼續保持不動。

就是這個，他再次告訴自己。

賀曼．平契特走進客廳。他比安迪矮，而且非常纖細；他身上有一種氣質，總是讓安迪微微覺得娘娘腔，卻又無法準確指出是什麼。今天他穿著灰色高領薄毛衣和夏天外套，看起來極為恰當正式。當然，他露齒一笑。

「安迪，早安。」他說。

「哦。」安迪頓了頓，彷彿在思考。「嗨，平契特醫師。」

「介意我把電視關掉嗎？你知道，我們應該去散步了。」

「哦。」安迪皺起眉頭，接著又疏解開來。「好，我已經看過這部片三、四次了，但我很喜歡結局，非常漂亮。你知道，幽浮就把他帶走了，去到星星上面了。」

「是呀。」平契特說著，關上電視。「我們可以走了嗎？」

「去哪裡？」安迪問。

「去散步。」賀曼．平契特很有耐心地說：「記得吧？」

「哦。」安迪說：「當然。」他起身。

5

安迪房間外面的走廊很寬敞，地板鋪著瓷磚。燈光柔和，採取間接照明。不遠處是通訊或電腦中心；人們帶著電腦的打孔讀卡進去，拿著列印文件出來，裡面傳來小型機器的嗡嗡聲響。有個年輕男子斜靠在安迪住處外面，他穿著獵裝成衣，腋下有個鼓起——政府探員的標準模樣。這名探員是標準作業程序的一部分，但是在安迪和平契特散步時，他會走在兩人後面，在聽力範圍外監視他們。安迪認為他不會造成問題。

當他和平契特走向電梯，探員已落在後頭。安迪的心臟激烈跳動，感覺像撼動了整個胸腔。但他努力掩藏這種緊張感，仔細看著所有東西。這裡大約有十二道未標示的門，走廊的另一端是幾道他曾經看過維持敞開的門，一間應該是小型專用圖書室，一間是影印室，其他就一無所知。嘉莉現在可能就在這任何一道門的後面……或是在這機構完全不同的另一個區域。

他們走進大到可以容納輪床的電梯，平契特拿出鑰匙圈，找出其中一根鑰匙插入鑰匙孔，然後按下其中一個沒有標示的按鈕。電梯門關上，車廂平穩地往上升，探員現在靠在電梯車廂後方，安迪雙手插著牛仔褲口袋站著，臉上帶著乏味的微笑。

電梯門開了，來到一個原本像是舞池廳的地方，地板斜拼鋪著光亮的橡木。在房間遙遠的另一頭，一道螺旋梯優雅轉了兩圈抵達樓上，左邊的落地窗通往陽光燦爛的露臺以及後方的假山庭園。右邊沉重的橡木大門半開，傳來打字小組趕製當天兩大捆文件的打字聲。

還有不知從哪裡傳來的鮮花芬芳。

平契特帶他穿過陽光映照的舞池廳，一如既往，安迪一副第一次見到的模樣，評論了這片斜拼地板。他們走出落地窗，商店的影子探員跟在身後。天氣非常溫暖，非常潮溼，蜜蜂懶洋洋飛過空中。假山庭園那頭綻放著繡球花、連翹和杜鵑花叢，耳邊傳來割草機永無止歇的聲響。安迪的臉迎向太陽，滿露毫無偽裝的感激之情。

「安迪，你感覺如何？」平契特問。

「好，很好。」

「你知道，你在這裡已待了快半年。」平契特的語氣微帶驚訝，流露出「快樂時光總是飛快消逝」的感覺。他們往右轉，走上一條碎石子小徑，沉悶的空氣中傳來忍冬和檫樹的香甜氣味。接近房屋的鴨塘另一頭，有兩匹馬兒悠閒經過。

「這麼久哦。」安迪說。

「對，很久的一段時間。」平契特露齒一笑。「安迪，我們已經判定，你的能力已經……消失。事實上，你知道我們根本沒有顯著成果。」

「嘿，你們一直給我用藥。」安迪責備。「你們不能指望我在飄飄然的時候，表現出最佳狀況。」

平契特清清喉嚨，並沒有指出安迪在前三輪實驗中，完全沒有用藥，而三輪都沒有成果。

「我是說，我已經盡力，平契特醫師，我**努力**過了。」

「是，是，你當然努力過了。我們認為——其實是，**我**認為——應該讓你好好休息一下。聽著，安迪，商店在夏威夷群島的毛伊有個小園地，我很快就要為這六個月寫一個報告，你覺得——」平契特的露齒笑容擴大成為遊戲秀主持人不懷好意的笑容，語氣像是大人要給小孩一個不可思議的款待一樣。「你覺得如果我建議近期的未來你就待在那裡如何？」

這近期的未來可能是兩年，安迪心想，也可能是五年。他們會想監視他，以免精神控制能力死灰復燃；或是充當隱形王牌，以免和嘉莉出現什麼無法預料的困難。但最後，無疑會出現意外或用藥過量，甚至是「自殺」。以歐威爾的說法就是，他會成為一個「非人」。

「我還是可以拿到我的藥嗎？」安迪問。

「哦，當然。」平契特回答。

「夏威夷……」安迪如夢似幻說道，然後他以一種他希望是相當愚蠢的表情，環顧四周。「赫奇戴特醫師可能不會讓我走，赫奇戴特醫師不喜歡我，我看得出來。」

「哦，他喜歡你。」平契特向他保證。「他真的喜歡你，安迪。無論如何，你都是我的人，不是赫奇戴特的。我向你保證，他會按照我的建議去做。」

「但你還沒寫好這件事的意向書。」安迪說。

「是，我認為我應該先跟你談談。不過，赫奇戴特的贊成真的只是形式問題。」

「再做一輪實驗才是明智的。」安迪說，然後往平契特輕輕一推。「只是安全起見。」

平契特的眼睛突然奇特地翕動了一下，露齒笑容收斂，變得略帶困惑，接著就一起消失了。

現在平契特看起來才像是用了藥的人，這個想法給了安迪一種惡毒的滿足感。蜜蜂在花叢間嗡嗡飛過，剛割過草的青草氣味飄蕩在空中，濃郁得讓人發膩。

「你寫報告的時候，建議再多做一輪實驗。」安迪重複。

平契特的眼神清明，露齒笑容又燦爛回歸。「當然，夏威夷這件事目前只有你我知道。」他說：「等我寫報告的時候，我會建議再多做一輪實驗。我想這樣比較明智，你知道的，只是為了安全起見。」

「但之後我可能會去夏威夷？」

「是的。」平契特說：「之後過去。」

「另一輪實驗要用上三個月左右嗎？」

「對，差不多三個月。」平契特笑容滿面看著安迪，彷彿安迪是他的得意門生。

他們現在愈來愈接近池塘，鴨子慵懶划過明鏡般的水面。兩人在池邊停下，獵裝年輕人看著一名中年男子和女子沿著池塘另一頭騎馬。水面映出他們完整的倒影，只在白鴨划過時漾出一道長長的漣漪。安迪覺得那對男女怪異地像是郵購保險的廣告，那種總是從週日報紙掉到你的膝上——或是你的咖啡的夾頁廣告。

他的頭微微抽痛，不算什麼問題。但是緊張之下，他差一點過於用力推動平契特，這樣後面的年輕人可能就會注意到它所造成的結果。年輕人雖然像是沒在看他們，但安迪不會上當。

「跟我說說這附近的道路和鄉間。」他以非常平靜的語氣對平契特說話，並且再次輕輕施展推力。從先前各種對話的片段，他知道他們離華盛頓特區並不遠，卻不像中央情報局總部蘭利離得那樣近，但也就只知道這麼多。

「這裡非常漂亮。」平契特恍惚中說著：「自從他們把洞填起來之後。」

「對，這裡很漂亮。」安迪說，便陷入安靜之中。

有時候推力會引發受到推力的人一種近乎催眠式的記憶回溯——通常是一些模糊的聯想——不管引發的回憶是什麼，打斷它都不是明智之舉。這可能會造成回聲效應，回聲會變成像打水漂的彈跳，而彈跳會導向……呃，幾乎任何事。這曾經發生在華特．米提[20]那樣的商務人士，把安迪嚇得半死。這件事後來平安度過，但如果好朋友平契特突然跳入恐怖尖叫的回憶，可就完全不平安了。

「我太太喜歡那個東西。」平契特以同樣的恍惚語氣說道。

「什麼東西？」安迪問：「她喜歡什麼東西？」

「她新的廚餘處理機，它非常……」

他的聲音隱去。

「非常漂亮。」安迪提示。穿著獵裝外套的年輕人稍稍拉近了距離，安迪感覺到上脣沁出了汗珠。

「非常漂亮。」平契特贊同，茫然地望向池塘。

探員駐足，不再走近，安迪決定他可能必須再冒險一推……非常輕微的一推。平契特站在他身邊，有如一部真空管壞掉的電視機。

影子探員拾起一小塊木頭，扔向水面。它輕輕落水，粼粼漣漪往外擴散。平契特的眼睛翕動。

「這附近鄉間非常漂亮。」平契特說：「你知道的，就是有很多斜坡起伏，很適合騎馬的鄉間。我和我太太會來這裡騎馬，如果抽得出空，一星期會來一次。我想道恩是離這裡最近的西邊城鎮……其實是西南邊。非常小的城鎮，道恩在三〇一號公路旁，而蓋瑟是最近的東邊城鎮。」

「蓋瑟在高速公路邊嗎？」

「不，只在一條小型道路旁。」

「除了道恩之外，三〇一號公路通往哪裡呢？」

「哦，如果往北走，就一直通到華盛頓特區。如果往南，就可以到里奇蒙。」

安迪現在想要問嘉莉的事，他早就打算問嘉莉的情況，但是平契特的反應有點嚇到他。他的聯想是**妻子、洞、漂亮**，以及——非常奇怪！——**廚餘處理機**，非常獨特也有點讓人不安。這表示，雖然可以推動平契特，但他並不是很好的施力對象。他可能具有某種精神紊亂的人格，緊緊束縛在正常的外表底下，天知道是怎樣的力量在表層下巧妙抗衡。對精神層面不穩定的人施展推力，可能導致各式各樣難以預測的結果。如果不是有影子探員在，他還是會不管不顧就繼續嘗試（畢竟以他經歷的種種遭遇，他對於搞亂賀曼．平契特的腦袋沒什麼太多該死的歉疚感），但他現在有點害怕放手去做。擁有推力的精神科醫師對人類可能有非常大的好處……但安迪．麥吉並不是精神科醫師。

或許，從單一的記憶回溯作出這麼多假設有點愚蠢；之前，他也見過許多人有這樣的反應，但很少人失控躁動。只是，他不信任平契特，平契特的笑容實在太多了。

他的內心深處，在潛意識深深埋藏的地方，突然傳來一句冰冷的殺意：**叫他回家自殺，就這樣推動他，用力推動他**。

他驚駭地推開這個想法，覺得有點反胃。

20. Walter Mitty，美國漫畫家及作家詹姆斯．瑟柏一九三九年所發表的短篇小說〈華特．米提的秘密生活〉的主角，這故事曾在一九四七年及二〇一三年兩度改編成電影為《白日夢冒險王》。

「好吧。」平契特環顧四周，露齒一笑。「我們要回頭了嗎？」

「好。」安迪說。

他就這樣展開行動了，但對於嘉莉的狀況仍一無所知。

6

跨部門備忘錄

提交人：賀曼・平契特

敬啟者：派崔克・赫奇戴特

日期：九月十二日

事關：安迪・麥吉

最近三天，我回顧了我所有筆記和大部分的錄音帶，並且和安迪・麥吉談過話。自從九月五日我們上次討論以來，情況沒有根本上的改變，但目前，如果沒有強烈反對意見（如霍利斯特上校說的：「只是錢的問題！」）我想要暫緩夏威夷計畫。

派特，事實上，我認為保險起見，明智的做法是再做最後一輪實驗。在這之後，我們可以繼續按照計畫，把他送到毛伊園地。我相信最後一輪實驗大約要進行三個月左右。

請給我意見，我再展開必要的文書工作。

賀曼

7

提交人：P．H
敬啟者：賀曼．平契特
日期：九月十三日
事關：安迪．麥吉

我不明白！上次我們所有人在場時都同意——你也跟我們其他人一樣——麥吉就跟用過的引信一樣死寂。你知道的，我們過橋前的猶豫時間只有這麼多！

如果你想要安排另一輪實驗——**簡要**的一輪實驗，那請自便。我們下星期要對女孩展開實驗，但因為某消息人士愚蠢的大量干涉，我認為她的合作可能不會持續太久。不過，在實驗持續的期間，這或許是個不錯主意，讓她父親待在一旁……作為「滅火器」？

哦，對——這或許「只是錢的問題」，但這是納稅人的錢，賀曼，不鼓勵如此輕率，**尤其是**霍利斯特上校本人，請銘記在心。

讓他最多再待六到八星期，除非你有得到成果……如果是這樣，我會親自吃掉你的休閒鞋。

派特

8

「他媽的，他媽的。」賀曼．平契特看完備忘錄後大聲說道。他又看了一次第三段，這個赫奇戴特，這個擁有全新翻修的一九五八年雷鳥汽車，居然為了錢敲打**他**。他揉掉備忘錄，丟進字紙簍，往後靠向旋轉座椅。最多兩個月！他不喜歡這樣，三個月比較合適，他真的覺得——

他的腦海逕自奇妙地浮現了家裡裝設的廚餘處理機，他也不喜歡這件事。最近，這處理機不知為何一直出現在心中，尤其在處理安迪．麥吉問題之前更是如此，而且他似乎無法擺脫這個想法。水槽中央受到橡膠墊守護的黑色洞口……像是陰道，那……

他更加往後坐進座椅，開始空想。等到猛然驚醒，他不安地發現時間幾乎已過了二十分鐘。他抽出一張面向他的備忘錄表格，開始寫摘要給那個可惡的赫奇戴特，忍辱吞下他的指摘——「只是錢的問題」的說法有欠考慮。他必須克制自己不要重新申請三個月的實驗期（他的腦海再度浮現處理機的黑色平滑洞口）。如果赫奇戴特說兩個月，那就是兩個月。但要是他可以從麥吉身上得到成果，那麼赫奇戴特就等著一雙九號休閒鞋十五分鐘後就會出現在他的寫字墊上，附上刀叉，以及一瓶調味粉。

他寫完備忘錄，在下方一揮簽上賀曼，然後往後坐按摩太陽穴。他頭痛了。

賀曼．平契特在中學和大學時代，一直有個不為人知的異裝癖。他喜歡穿女人的衣服，因為覺得這讓他看起來……嗯，非常漂亮。大三時，他被兩個兄弟會成員發現了這個癖好，而讓他們封口的代價是一種例行羞辱，這跟平契特以前帶著強烈幽默感參加的入會受辱儀式，沒什麼太大不同。

在凌晨兩點鐘，發現秘密的那兩人在兄弟會所的廚房地板丟滿垃圾殘渣，強迫只穿著女性內褲、褲襪和吊襪腰帶及胸罩塞滿衛生紙的平契特，收拾垃圾，並且清洗地板，全程處於被發現的危險下：只要有兄弟會「兄弟」下樓找東西吃就會看到。

整個事件以互相手淫結束，平契特認為，他應該要感謝這樣的收場，因為這可能是讓他們信守承諾的真正原因。但他最後還是退出了兄弟會，因為恐懼，也因為自我厭惡——主要是他發現那個事件不知怎地令人興奮。之後，他再也沒有做過「異性裝扮」。他不是同性戀，他有一個可愛的妻子和兩個優秀的孩子，這證明他不是同性戀。他已經好多年沒想起這件令人厭惡的羞辱事件，然而——

廚餘處理機的意象，以及那個覆蓋橡膠的黑色平滑洞口，卻一直縈繞心頭，而且他的頭更痛了。

安迪的推力所引發的回聲效應開始了，它目前懶洋洋地慢慢移動；廚餘處理機的意象，以及打扮是非常漂亮的想法，仍舊只是間歇性出現。

但它將會加快速度，開始彈跳。

直到讓人無法忍受。

9

「不。」嘉莉說：「這樣不對。」說完，她就再次轉身走出這小房間。她的臉色蒼白緊繃，眼睛底下出現些許的紫黑暈影。

「嘿，等等。」赫奇戴特伸出手說道，他掛上微笑。「嘉莉，有什麼不對嗎？」

「每一件事。」她說：「每一件事都不對。」

赫奇戴特看著這個房間。它的角落架設了一臺索尼電視攝影機，它的電線穿過軟木牆壁連接到隔壁觀察室的影像錄影機。房間中央的桌子上放著一個盛滿木屑的鋼盤，腦電波測量接線在它的左邊，一名穿著白袍的年輕人正在安排這些接線。

「我還是不懂妳的意思。」赫奇戴特說。他仍然擺出慈父式的笑容，但其實已經快氣瘋。用不著讀心術就可以明白這一點，看他的眼睛就知道。

「你不聽我說。」她尖叫：「你們都不聽我說，除了——」

（除了約翰，但妳不可以說出來）

「跟我們說怎麼改。」赫奇戴特說。

她不肯被安撫。「如果你**有聽我說**，就會知道。盛放木屑的鋼盤，這可以，但只有它可以。但木頭桌子，牆壁上的東西，那些都是易燃的……那傢伙的衣服也是。」她指向實驗技師，對方微微畏縮了一下。

「嘉莉——」

「攝影機也一樣。」

「嘉莉，攝影機是——」

「它是塑膠的，如果受熱過大就會爆炸，小碎片就會飛到各處。而且，這裡沒有水！我告訴過你，啟動之後，我必須把它推向水裡。爸爸和媽媽是這麼告訴我的，我必須把它推向水裡以便撲滅它，不然……不然……」

她哭了起來，她想要約翰，她想念爸爸。最重要的是，哦，最重要的是，她不想要待在這裡，她昨天整個晚上都睡不著。

至於赫奇戴特，他只是若有所思看著她。眼淚，情緒爆發……他認為這些都更加顯示她真的已準備好要來進行這一切實驗。

「好。」他說：「好的，嘉莉。妳怎麼說，我們就怎麼做。」

「你說得沒錯。」她說：「不然你們什麼也得不到。」

赫奇戴特心想：**我們會得到很多，妳這目中無人的小婊子。**

結果證明，他完全正確。

10

那天下午稍後，他們把她帶到一個完全不同的房間。當他們把她帶回她的住處時，她在電視面前睡著了——儘管擔心困惑，她的身體還是很幼小，會強索它的需求——她睡了將近六個小時。這樣的睡眠，加上午餐的漢堡薯條，她感覺好多了，比較能夠控制自己。

她仔細看了這個房間好久好久。

盛著木屑的盤子現在放在金屬桌子上，牆壁是沒有任何裝飾的灰色工業鋼板。

赫奇戴特說：「實驗技師穿著石棉衣和石棉拖鞋。」他俯身對她說，臉上仍掛著慈父般的微笑。腦波儀操作員看起來很熱、很不舒服，他戴著白色布口罩，以避免吸入石棉纖維。赫奇戴特指著對面牆壁一個長方形鏡子說：「那是單向玻璃，我們的攝影機架設在那後方，還有，妳看到有浴缸。」

嘉莉走向它，這是個舊式的爪腳浴缸，在了無修飾的周遭中，顯得格格不入。浴缸裡裝滿水，她認為這樣應該行得通。

「可以。」她說。

赫奇戴特的微笑加深了。「很好。」

「只是你要去另一個房間，我不想做的時候還要看到你。」嘉莉高深莫測地看著赫奇戴特。

「可能會發生事情。」

赫奇戴特的慈父笑容終於收斂了一些。

11

「她說得沒錯，你知道的。」雨鳥說：「如果你有聽她說，一開始就會準備妥當。」

赫奇戴特看著他，嘀咕了幾聲。

「但你還是不相信，對吧？」

赫奇戴特、雨鳥和上校站在單向玻璃前面，他們身後的攝影機對準實驗的房間，索尼錄影機的運作聲音幾乎聽不到。玻璃微微偏光，使得實驗室裡一切微微泛藍，就像透過灰狗巴士車窗看到的景象。技師把腦波儀的接線貼在嘉莉頭上，觀察室的電視監視器上呈現了她的腦電波。

「看看這些α波。」其中一個技師說：「她真的情緒高亢。」

「是害怕。」雨鳥說：「她真的很害怕。」

「你相信，是吧？」上校突然說道：「你剛開始不相信，但現在相信了。」

「對。」雨鳥說：「我相信。」

在另一個房間，技師從嘉莉身邊退開。「準備好了。」

赫奇戴特撥動開關。「嘉莉，開始，等妳準備好就開始。」

嘉莉瞄向單向玻璃，在詭異的一瞬間，她似乎直接看向了雨鳥完好的那隻眼睛。

他回視她，淡淡一笑。

12

嘉莉．麥吉看著只映出她個人映像的單向玻璃……但是被眾多眼睛注視的感覺非常強烈。她真希望約翰在那裡，這會讓她感覺自在許多，但她沒有感覺到他在場。

她轉向裝著木屑的盤子。

這不是輕推，而是**猛推**。她想著做這件事的情形，再次厭惡又恐懼地發現自己**想要**施展這個能力。她想著它的感覺，就像是一個又熱又餓的人，面對巧克力冰淇淋蘇打，只想大口吞下它。沒錯，但剛開始，會想要先……先細細品嘗。

這樣的渴想讓她深感慚愧，然後她幾乎憤怒地搖搖頭。**我為什麼不能想要這麼做？人如果擅長某件事，就會想要去做。就像媽媽很會玩填字遊戲，而波特市街上的杜瑞先生總是做麵包。當自家吃的已經夠了，就會替別人做。如果擅長一件事，就會想要去做……**

木屑，她略為輕蔑地想著，**他們應該給我來點困難的東西。**

13

技師率先感覺到了。他在石棉衣裡面感覺悶熱、不舒服，不斷流汗，剛開始他以為是石棉衣的關係。然後，他見到這孩子的 α 波產生高而尖的規律波形，這顯示出極度的專注力，也是大腦想像力活躍的明顯特徵。

他愈來愈熱——而驀然間，他感到害怕。

14

「有動靜了。」觀察室一名技術員以興奮高亢的語氣說道：「溫度跳升了華氏十度，她的 α 波形像是該死的安地斯山脈──」

「起火了！」上校驚呼。「**起火了！**」他的聲音顫動高昂，有種多年來就是等著這一刻的勝利滿足感覺。

15

她盡全力猛推木屑盤子，木屑與其說是著火，不如說是轟然冒火。過了一會兒，盤子本身翻轉了兩圈，撒落一堆堆著火的木屑，然後噹啷一聲狠狠撞上牆壁，在鋼板上留下凹陷。

監看腦波畫面的技師恐懼地大叫，倉皇衝向門口。他的喊叫聲讓嘉莉驀然回到奧爾巴尼機場當時，艾德．戴葛多發出慘叫，他的軍用鞋子著火，急急衝向女性洗手間。

她帶著突如而至的恐懼和興奮之情心想，**哦，天哪，它變得更強了！**

鋼板牆壁產生一道奇特的深色波紋，房間變得爆熱。在另一間房間的數位溫度計，原本從華氏七十度上升到八十度後就停止，現在卻繼續迅速超過九十度，直到九十四度才減緩。

嘉莉把這火熱的東西投向浴缸；她現在已快要陷入恐慌。浴缸的水面打轉，然後開始激烈沸騰，不過五秒鐘的時間，浴缸的水就從冰冷變成蒸氣騰騰的滾水。

技師衝了出去，連實驗室的門都忘記拉上。觀察室中頓時出現一陣驚嚇的騷動。赫奇戴特大吼，上校瞠目結舌看著單向玻璃，盯著浴缸的水沸騰。團團蒸氣從水面升起，單向玻璃開始起霧。

只有雨鳥保持冷靜，負手淡然笑著，他看起來就像是一個老師，目睹得意門生採取艱困的假設，解決了特別棘手的難題。

（撤退！）

她在腦海裡怒吼。

（撤退！撤退！撤退！）

忽然，它就不見了，有東西消散了，空轉一、兩秒鐘後就停住了。她的專注力鬆懈下來，不再集中在火焰。她再次看到了房間，感覺她所製造的熱度讓她的皮膚冒出汗水。觀測室的溫度計最高達到華氏九十六度，接著往下降了一度。那個激烈冒泡的大浴缸逐漸平息——但至少一半的水量已經蒸發。儘管門開著，這個小房間卻像是蒸氣室般炙熱，水汽瀰漫。

16

赫奇戴特興奮地確認他的儀器，他向來整齊往後梳、貌似河流的頭髮，現在歪斜扭曲，一撮頭髮在後面翹起，看起來就像是電影《一窩小屁蛋》的主角艾法法。

「到手了！」他氣喘吁吁。「到手了，我們全部弄到手了……影像全錄起來了……溫度變化曲線……有見到浴缸的水沸騰嗎？……老天！……我們有錄音嗎？……有嗎？……我的天，看到她做了什麼嗎？」

他經過一個技師，旋即轉身，粗魯地抓住對方的衣服前襟。「對於她的本事，你還有任何懷疑嗎？」他大吼。

技師本人幾乎就跟赫奇戴特一樣興奮，他搖搖頭。「老大，完全不懷疑，完全沒有。」

「我的天。」赫奇戴特說，再次轉身離去，顯得心不在焉。「我早該想到的……什麼事情……對，什麼事情……但是那個托盤……飛了起來……」

他看到雨鳥，雨鳥仍負手站在單向玻璃旁，臉上有著微微困惑笑容。赫奇戴特已忘記舊恨，他衝向這位高大的印第安人，抓住他的手，使勁搖晃。

「到手了！」他極其滿足地對雨鳥說：「我們全到手了，這樣就禁得起法院訊問了！**就在該死的最高法院！**」

「對，你到手了！」雨鳥溫和地認同。「現在，你們最好找人帶她回來。」

「啊？」赫奇戴特茫然看著他。

「唔。」雨鳥說，仍帶著溫和的聲調。「剛剛在裡面的那個人，可能想起有個差點忘記的約會，因為他連門都沒關就衝出去，而你的燃火者剛剛走了出去。」

赫奇戴特目瞪口呆看著玻璃，起霧狀況更嚴重了，但無疑裡面已空無一人，只剩下浴缸、腦波儀、翻覆的鋼盤，以及帶著火苗散落的木屑。

「你們派人去帶她回來！」赫奇戴特轉身大喊。站在儀器邊的五、六名技師動也不動，顯然除了雨鳥之外，沒有人注意到上校在女孩離開後也跟著離去。

雨鳥對著赫奇戴特笑了笑，然後揚起眼睛掃視其他人，這些人的臉色突然變得跟身上的實驗袍一樣蒼白。

「好。」他輕聲問道：「你們誰要去帶回那女孩？」

沒有人移動。這真是有趣；雨鳥突然想到，當政客發現事情終於發生，導彈真的飛向空中，炸彈如雨般落下，森林和城市失火，他們就會是這種模樣。這真是有趣，他只好笑了出來……笑了又笑……笑了又笑。

17

「真是漂亮。」嘉莉輕聲說道：「這一切真是漂亮。」

他們站在鴨塘附近，距離她爸爸和平契特幾天前的所在位置不遠。今天天氣比那一天涼爽多了，已有一些樹葉逐漸變色。不夠柔和到可以稱為微風的一道輕風吹皺了池塘水面。

嘉莉抬起臉蛋迎向太陽，然後閉上眼睛微笑，站在她身邊的雨鳥去海外作戰前，曾在亞利桑那的史都華監獄做過六個月的看守工作，他在結束長期監禁後出獄的犯人臉上也見過同樣的神情。

「妳要不要走到馬廄那裡，看看馬兒？」

「哦，好，當然要。」她立刻說道，隨後又靦腆看了他一眼，「我是說，如果你不介意的話。」

「介意？我也很樂意來到戶外，這對我是休憩時刻。」

「他們派你來的嗎？」

「不是。」他們開始沿著池畔走向另一頭的馬廄。「他們徵求志願者，我想因為昨天發生的事，他們沒有找到什麼人。」

「嚇到他們了嗎？」嘉莉的語氣故作甜蜜。

「我想是的。」雨鳥說，而且他說的完全是事實。上校追上在走廊遊蕩的嘉莉，把她送回住處。那個操作腦波儀卻奪門而逃的年輕人，現在被送去巴拿馬城執行任務。實驗過後的內部會議激烈討論，科學家不管是在最佳狀態還是最差狀態，一方面提出了上百種新穎想法，另一方面又極為擔心——尤其此事過後——如何控制她本人。

有人建議她的住處要採取防火材質，安排全天候守衛，對她再次施藥。雨鳥盡可能忍耐聆聽這些意見，最後他以手上綠松石戒指的指環狠狠敲擊會議桌邊緣，直到引起所有人的注意力。因為赫奇戴特不喜歡他（或許用「痛恨」這個說法也不算過分），他旗下的科學家也不喜歡他，但雨鳥仍舊吉星高照，畢竟他每天都花很多時間和這個人類噴槍相處。

「我建議——」他起身，溫和地以獨眼環視大家。「繼續之前的狀況。直到今天，你們都按照女孩可能沒有能力的這種假設行事，就是你們知道已列入紀錄二十多次的那種能力，你們當時假設就算她確實持有能力，也是小小的能力，就算不是小小能力，她可能也不想再使用它。現在，你們都知道事實並非如此，而你們想要再次重新惹惱她。」

「不是這樣。」赫奇戴特不高興地說：「這只是——」

「**就是這樣！**」雨鳥對他怒吼，赫奇戴特在他的椅子上縮了縮。雨鳥再度微笑環視桌前的各位。「現在，這女孩又開始吃東西，多了十磅的體重，不再是原本骨瘦如柴的模樣。她看書、說話、塗數字畫；她要了娃娃屋，這是她清潔工好朋友承諾試著替她找來的東西。簡單來說，她的精神狀態比剛到那時好多了。各位先生，我們都不想胡亂破壞收益良多的現狀，對吧？」

稍早監看錄影設備的男子猶豫地說：「但要是她讓住處著火，怎麼辦？」

「如果她要這麼做，」雨鳥靜靜地說：「她早就做了。」沒有人回應這句話。

現在，他和嘉莉離開池畔，走向滾著白邊的深紅馬廄時，雨鳥大笑：「嘉莉，我猜妳的確嚇到他們了。」

「但你沒有被嚇到嗎？」

「我為什麼要？」雨鳥撥亂她的頭髮。「我只有在困在黑暗中才會變得膽小。」

「哦，約翰，你不需要為這件事感到丟臉。」

「如果妳要讓我著火。」他重複前一晚的發言：「我想妳早就做了。」

她立刻繃緊了臉。「我希望這種話你沒有……你連說都不該說。」

「嘉莉，對不起。有時候，我說話就是沒經大腦。」

他們走進馬廄，裡面昏暗，帶著芳香。陽光微弱斜射進來，柔和了柵欄，乾草塵埃在光線下如夢幻般緩緩舞動。

一名馬夫正在替一匹額頭有白斑的黑色閹馬梳理鬃毛。嘉莉停下腳步，愉快驚嘆地看著馬兒。馬夫回頭看她，咧嘴一笑。「妳一定是那個年輕小姐，他們跟我說過妳可能會來。」

「這匹馬真**漂亮**！」嘉莉輕聲說道，雙手顫抖地碰觸馬兒絲綢般的皮毛，馬兒沉靜、柔和的黑色眼珠讓她一見鍾情。

「這匹馬是男生哦。」馬夫說，瞄了一眼雨鳥。馬夫從未見過雨鳥，對他一無所知。「算是啦。」

「牠叫什麼名字？」

「法師。」馬夫說：「妳要過來好好摸摸牠嗎？」

嘉莉遲疑地靠過去，馬兒放低頭部，她撫摸著，不一會兒就開始對牠說話。她沒有想過，她之後會為了能夠在約翰的陪同下騎著牠，就同意再進行六次的燃火實驗……但雨鳥在她的眼神中看了出來，微微一笑。

她忽然回頭看他，見到了那個微笑，她撫摸馬兒鼻口的手頓了頓。這個微笑有一種讓她不太喜歡的意味，而她原本以為自己喜歡約翰的一切。她對大部分的人都會產生一種直覺，也沒對這件事想過太多；這就像她的藍眼睛，她能夠往外彎曲的拇指一樣，都是她的一部分。她通常會依著這樣的感覺，和別人相處。她不喜歡赫奇戴特，因為感覺他對她的關心態度就跟對著試管一樣，對他來說，她只是一個物件。

而跟約翰在一起，她對他的喜愛只是根據他的行為、他對她的和藹態度，或許還有部分是因為他毀容的臉龐：這件事讓她產生了認同感和同情心。畢竟，她會留在這裡，不正因為她也是怪胎嗎？然而，除此之外，他是少數不知怎地完全對她封閉的人——就像紐約那位經常和爸爸下西洋棋的熟食店老板羅契先生。羅契先生年紀很大，戴著助聽器，前臂上有個褪去的藍色刺青數字[21]。嘉莉曾問過爸爸，那個藍色數字有沒有什麼意義，爸爸先是告誡她絕對不要問羅契先生這件事，才說以後再跟她解釋。但他一直沒跟她解釋，羅契先生有時候會帶波蘭煙燻香腸片給她，她會一邊看電視一邊拿來吃。

而現在，看著約翰的微笑，它看起來好陌生，令人有點不安，她第一次出現這個念頭：**你心中在想什麼呢？**

只是，她對馬匹的驚奇讚嘆驅散了這樣的小事。

「約翰。」她說：「『法師』是什麼意思？」

「哦。」他說：「就我所知，它的意思和『巫師』、『術士』差不多。」

「巫師，術士。」她輕聲說出這兩個名詞，在輕撫法師如黑絲綢般的鼻口時，細細品味它們的意義。

18

雨鳥陪著她走回去時說：「如果妳這麼喜歡牠，妳應該要求赫奇戴特讓妳騎那匹馬。」

「不……我不可以……」她眼睛圓睜，驚嚇地看著他。

「哦，妳當然可以。」他刻意誤解她的意思。「我雖然不是很了解閹馬，但聽說牠們的性格應該很溫和。牠看起來非常巨大，但我想牠不會帶著妳狂奔的，嘉莉。」

「不——我不是這個意思，而是他們不會讓我騎的。」

他的雙手按住她的肩膀，止住她的腳步。「嘉莉．麥吉，有時候妳真的很蠢。」他說：「停電的時候，妳幫了我一個大忙，還保守了這個秘密。所以，現在請聽我說，讓我來幫妳。妳想再見到妳父親嗎？」

她迅速地點點頭。

「那麼，妳就要讓他們明白妳是來真的。嘉莉，這就像是玩紙牌，如果不是按照實力發牌……那麼妳就無法發牌。妳每一次為他們的實驗引火，就要從他們那裡得到東西。」他輕輕搖晃她的肩膀。「妳的約翰叔叔就是要說這件事，妳聽到我說的話了嗎？」

「你真的認為他們會答應嗎？如果我要求的話。」

「如果妳**要求**的話？或許不會。但如果妳**吩咐**他們，就一定可以。我有時會聽到他們說話，當你進去替他們倒字紙簍和菸灰缸時，他們會認為你只是新的家具。我聽說赫奇戴特嚇到差點尿褲子。」

「真的嗎？」她稍稍露出笑意。

「真的。」他們繼續往前走。「嘉莉，那妳呢？我知道妳以前很害怕做這件事，那現在對它是什麼感覺呢？」

她久久沒有回答。等她終於開口，雨鳥從沒聽過她以如此深思熟慮和略帶大人口吻的語調說話。「現在不一樣了。」她說：「它變得比較強，但是……我也比以前更能夠控制它。在農場的

21.二戰期間，猶太人被帶至納粹於波蘭建立的奧斯威辛集中營時，就會被刺上數字編號。

那一天──」她顫抖了一下，聲音也跟著變弱──「它只是……它只是脫離了一陣子……就變得到處都是。」她的眼睛變得深沉。她回顧記憶，見到雞群轟地被點燃，有如活生生的可怕煙火。「但是昨天，當我要它撤退時，它就撤退了。我告訴自己，這只會是小火苗，結果就真的是這樣。就像我拉著線放它出來。」

「然後，妳就把它拉回身上？」

「老天，不是。」她看著他說：「我把它丟向水裡。如果我把它拉回自己……我想我會燒起來吧。」

他們不發一語，默默走了好一陣子。

「下一次，應該要準備更多的水。」

「但妳現在不害怕了嗎？」

「不像我以前那樣害怕。」她仔細作出區別。「你認為他們什麼時候會讓我見我爸爸？」

他摟住她的肩膀，擺出同仇敵愾的模樣。

「嘉莉，等他們自取滅亡。」

19

那天下午，雲層開始堆積，到了傍晚，一場寒冷的秋雨就落了下來。在商店總部附近一處房價極為昂貴的小型郊區，一個叫做朗蒙特山丘的郊區，這邊的一棟房屋裡，派崔克．赫奇戴特正在他的工作坊，組裝模型船（模型船和那輛全新翻修的雷鳥是他僅有的嗜好，房子裡已擺放了數十艘捕鯨船、護衛艦、郵船），一邊想著嘉莉．麥吉的事。他的心情非常好，他覺得如果可以再跟她做十二次實驗——甚至十次就夠了——他的未來就有了保障。他可以把餘生都用來研究命運六號的特性……薪資跟著大幅調高。他小心翼翼用膠水固定船的後桅，吹起口哨。

在朗蒙特山丘的另一棟房子裡，賀曼．平契特在堅挺勃起的當兒，努力拉上妻子的內褲，眼神顯得深沉、恍惚。他的妻子出門參加保鮮盒派對，兩個優秀孩子一個去了幼童軍聚會，另一個參加了中學的校內西洋棋比賽。平契特小心翼翼在背後扣上妻子的胸罩，它鬆垮垮掛著在他瘦削的胸膛。他看著鏡子中的自己，認為自己看起來……嗯，非常漂亮。他像夢遊的人一般，走出臥室來到廚房，毫不在意窗戶沒有遮掩。他站在水槽邊，低頭看著新裝的廚餘處理機的投物孔。他思索了好一陣子後，啟動了處理機。在鋼製鋸齒磨轉的霍霍聲音中，他握住自己，開始自慰。等高潮到來又消退之後，他開始環顧周遭。眼中充滿木然的恐懼，像是剛從噩夢驚醒的模樣。他關上廚餘處理機，急急回到臥室，在經過窗戶時，蹲伏著身體。他的頭好痛，嗡嗡作響。老天，他到底怎麼了。

來到朗蒙特山丘的第三棟房屋——這是赫奇戴特和平契特之輩負擔不起的山坡景觀房子——霍利斯特上校和雨鳥坐在客廳，喝著窄口大肚酒杯裡的白蘭地。上校的立體音響播放著維瓦第，維瓦第是上校亡妻最喜歡的音樂家之一，可憐的喬琪亞。

「我同意你的看法。」上校緩緩說道，再次納悶自己為什麼會邀請這個他又恨又懼的人來家裡。女孩擁有非凡的力量，他猜想非凡力量就是適合奇怪的親密夥伴。「她如此漫不經心提到『下次』的這個狀況，意義十分重大。」

「沒錯。」雨鳥說：「顯然，我們必須堅持到最後一刻。」

「不過，這不會一直持續下去。」上校晃了晃手中的白蘭地，然後強迫自己面對雨鳥閃動的眼睛。「我相信我明白你為何想要延長下去，即使赫奇戴特不想。」

「你呢？」

「我想。」上校頓了頓又說：「而這對你很危險。」

雨鳥微笑。

「如果她發現你是真正站在哪一邊。」上校說：「你就很有機會了解到牛排在微波爐裡是怎樣的感覺了。」

雨鳥的微笑擴大到毫無幽默的鯊魚式咧嘴笑容。「上校，到時你會為我流下一滴悲痛的眼淚嗎？」

「不會。」上校說：「沒必要騙你。不過，早在她真正同意合作之前，我就一直感覺到溫勒斯博士的鬼魂在附近飄蕩，有時好像就近在眼前。」他從眼鏡框上緣看著雨鳥。「雨鳥，你相信有鬼嗎？」

「是，我相信。」

「那麼你就清楚我的意思。在我們最後一次見面時，他試著警告我。他作了一個比喻——我想想——對，是米爾頓七歲時還在苦苦掙扎要寫出讓人看得懂的字母，而同樣的這個人，長大卻寫出了《失樂園》。他談論她……談論她製造毀滅的潛力。」

「對。」雨鳥說，眼睛放出精光。

「他問我，如果我們發現這個小女孩可以從引火進步到製造核爆，進而炸毀整個地球時會怎麼做。我認為他很可笑，只是在擾亂人心，簡直就像瘋子一樣。」

「而現在，你認為他可能說得沒錯。」

「且讓我們這麼說吧，我發現自己會在凌晨三點鐘思索問題，你不會嗎？」

「上校，當曼哈頓計畫小組引爆了他們第一個原子裝置時，沒有人確切明白會發生什麼事。

有一派學說認為，這個連鎖反應永遠不會終止——甚至直到世界末日，我們都將會有一個在沙漠照耀的小型太陽。」

上校慢慢地點了頭。

「當時納粹也很可怕，日本鬼子也很可怕。」雨鳥說：「而現在，德國人和日本人很好，俄國人卻很可怕，穆斯林很可怕。天知道未來是誰會變得很可怕？」

「她很危險。」上校不安情緒升高了。「溫勒斯說得對，她就是個無解的死胡同。」

「或許吧。」

「赫奇戴特說牆壁被鋼盤敲中的地方凹陷了，它是鋼板，卻因為高熱而呈現波紋。鋼盤本身完全扭曲變形。她熔化了它。這小女孩可能瞬間釋放出三千度的高熱。」他看著雨鳥，但雨鳥只是心不在焉環視客廳，彷彿失去了興趣。「我要說的是，你打算做的事對我們所有人都很危險，不只你一人危險。」

「哦，是。」雨鳥滿不在乎地表示認同。「是有風險，或許我們用不著這麼做，或許赫奇戴特很快就能得到他所需要的一切，不必進行到……呃，B 計畫。」

「赫奇戴特是狂熱分子。」上校毫不客氣地說：「他是資訊狂魔，永遠也不饜足，他可以對她進行兩年實驗，卻仍然尖叫說我們太倉卒了，尤其是在見到我們……在見到我們送走她之後。這件事你知我知，所以不要玩弄詭計。」

「時間到了，我們自然會知道。」雨鳥說：「**我會**知道。」

「到時會發生什麼事呢？」

「友善的清潔工約翰會走進去。」雨鳥微微一笑：「他會跟她打招呼，跟她說話，讓她開心地笑。友善的清潔工約翰會讓她快樂，因為他是唯一辦得到這件事的人。當約翰感覺到她來到最快樂的時候，就會一拳打向她的鼻梁，打爆她的鼻子，讓碎片進入她的大腦。一切會很快了結……到時候，我會目不轉睛看著她的臉。」

他微笑，但這次不像鯊魚的笑容。這次的笑容感覺溫柔、親切……**像是父親**一般。上校喝完他的白蘭地，他需要酒精。他只希望雨鳥真的知道什麼時候是確切的時機，不然他們全都會知道牛排在微波爐裡是怎樣的感覺。

「你瘋了。」上校說。他不假思索脫口而出，但雨鳥似乎並不覺得受到冒犯。

「哦，沒錯。」他同意，拿起白蘭地一飲而盡，臉上仍繼續微笑。

20

老大哥，老大哥是問題所在。

安迪從客廳走進廚房，強迫自己慢慢行走，臉上保持微微笑意——那種因為嗑藥而神智不清，而飄飄然的表情與腳步。

到目前為止，他只成功讓自己續留在這裡，續留在嘉莉附近，並且查出最近的道路是三〇一號公路，以及周遭鄉間非常有農村氣息。做到這一切已經是一星期前的事，距離停電事件更過了一個月，除了跟平契特外出散步觀察到的東西，他對這機構的平面配置仍一無所知。

他不想在住處對任何人施展推力，因為老大哥一直在監視竊聽。他也不想再推動平契特，因為平契特已逐漸崩潰——安迪很確定這一點。自從上次去鴨塘的小小散步過後，平契特的體重就不斷下滑，出現黑眼圈，彷彿睡得很不安穩。他有時會開口說話，但說著說著就沒聲音了……像是忘了思緒，或是思路被打斷了。

這一切讓安迪的處境更加危險。

平契特的同事什麼時候會注意到他的狀況呢？他們可能會認為這只是緊張和壓力，但要是他們聯想到他呢？這就會斷送安迪帶嘉莉離開這裡的任何渺茫機會。另一方面，他對於嘉莉陷入重大困境的感覺也愈來愈強烈。

以耶穌基督之名，他要怎麼對抗老大哥呢？

他從冰箱拿出一瓶威氏果汁，走回客廳，坐到電視機前面，但他沒有在看電視，而是心思飛快轉動，找尋離開的方法。但方法出現時，卻完全是個意外（就像停電一樣）。就某方面來說，是賀曼．平契特為他開啟了大門：平契特靠著自殺，辦到了這件事。

21

兩個人走了進來，準備帶他出去，他認出其中一人曾出現在曼德斯農場。

「來吧，大男孩。」這個人說道：「散步一下。」

安迪傻笑，內心卻浮現了恐懼。出事了，事情非常不對勁；如果是好事，他們不會派這樣的人過來。或許他被發現了，事實上，這是最有可能的事。「去哪裡？」

「出來就是。」

他被帶向電梯，但離開電梯進入舞池廳後，他們卻繼續往屋內走，而不是到室外。他們經過小小的秘書室，進入一個更小的房間，一名秘書剛好從ＩＢＭ打字機上拿起打字的信件。

「直接進去。」她說。

他們經過她的右手邊，穿過一道門，進入一個小書房，這裡有一面凸窗可以眺望低矮赤楊掩映的鴨塘。在舊式的拉蓋書桌後方，坐著一名長者，他有一張敏銳睿智的臉龐，臉頰紅潤，安迪心想，這應該是因為風吹日曬而不是其他緣故。

他抬頭看著安迪，然後對帶他來的那兩人點頭示意。「謝謝，你們可以在外頭稍候。」

他們離開書房。

書桌後方的長者銳利地注視安迪，安迪溫和地回視他，仍微微傻笑。他向上天祈禱，自己沒有做得太過火。「嗨，你是誰啊？」他問。

「安迪，我是霍利斯特上校，你可以叫我上校。他們告訴我，這裡的牛仔競技由我負責。」

「很高興認識你。」安迪說，拉大笑臉，但內心的緊張程度卻增加了一格。

「安迪，我有個悲傷的消息要告訴你。」

（哦，老天，不，是嘉莉，嘉莉出事了）

上校用他精明的小眼睛，堅定看著他。那雙眼睛深陷在讓人愉快的細密皺紋裡，幾乎讓人忽略它們有多麼冷酷專注。

「哦？」

「是的。」上校說完，沉默了一會兒，持續的沉默極度折磨人。

上校開始打量自己的雙手，他的雙手現在交叉端放在書桌的寫字墊上。安迪只能壓抑自己不要跳過桌子去勒死他。然後，上校抬起視線。

「平契特醫師去世了，安迪，他昨晚自殺了。」

安迪真的吃驚地張大了嘴巴，放心和恐懼的情緒交替湧現。而就像炙熱的天空籠罩在一片混亂汪洋上方，有個領會高懸在這一切之上，他領會到就是這件事改變了一切……但怎麼改變？**如何改變？**

上校密切地盯著他。**他在懷疑，他心中有所懷疑，但是這懷疑是認真的，或只是他工作的一部分？**

上百個問題，他需要時間思考，卻沒時間。他只能站在那裡思考。

「你驚訝嗎？」上校問。

「他是我的朋友。」安迪簡單回答，他必須閉上嘴巴以免說出其他事。這個人會很有耐性地傾聽；會在安迪每一次發言過後停頓久久（就像現在的停頓一樣），看看安迪是否會不經大腦脫口說出什麼。這是標準的審問技巧，安迪強烈感覺到樹林裡有人為的坑洞。平契特當然是因為回聲效應，回聲造成了精神的彈跳現象。他對平契特施展推力，啟動了彈跳，撕裂了平契特的精神。就這點來說，安迪感覺不到內心的歉意，那裡只有恐懼……以及一個蹦蹦跳跳、歡欣無比的穴居人。

「你確定真的是……我是說，有時候意外會感覺像是──」

「恐怕不是意外。」

「他有留下遺書嗎？」

（提到我？）

「他穿著妻子的內衣，走進廚房，啟動廚餘處理機，然後把手臂伸了進去。」

「哦……我的……天呀。」安迪重重跌坐在椅子上。要不是旁邊剛好有椅子，安迪可能會直接跌坐在地板上。他雙腿發軟，帶著反胃的恐懼望著霍利斯特上校。

「安迪，你跟這件事沒什麼關係吧？」上校問：「你沒有推動他這麼做吧？」

「沒有。」安迪說：「就算我還有能力這麼做，但我為什麼要做出這樣的事？」

「或許因為他想要送你去夏威夷。」上校說：「或許你不想去毛伊，因為你女兒在這裡。或許你一直在愚弄我們，安迪。」

儘管現在的霍利斯特上校已經慢慢逼近真相，安迪心中仍稍稍鬆了一口氣。如果上校真的認為是他推動平契特做這種事，這場對話就不會只有他們兩人在場。不，這只是按章行事；僅止於此。他們可能在平契特本人的檔案中就找到足以判定為自殺的證據，用不著找尋神秘難解的謀殺手段。不是說所有職業中，精神科醫師的自殺率最高嗎？

「不，根本不是這樣。」安迪說。他的語氣聽起來害怕、困惑，幾乎就要哭出來。「我**想要**去夏威夷，我跟他說過了。我想就是這樣他才會想要再多做一些實驗，因為我想要去。我認為就某方面來說，他並不喜歡我。但我當然跟這一切……發生在他身上的這一切沒有關係。」

上校若有所思看著他，兩人目光交會了一陣子，然後安迪垂下了眼睛。

「好，我相信你，安迪。」上校說：「賀曼．平契特最近的壓力太大，我想，很不幸的是，這是我們生活的一部分。而且還有這秘密的異裝癖，嗯，這對他的妻子一定很難以承受。非常困難。安迪，但我們先管好自己的事。」安迪可以感覺到上校的視線又審視著他。「是的，我們總得先管好自己的事，這是最重要的事。」

「沒錯。」安迪呆滯地說。

此時，出現了一陣久久的沉默。過了一會兒，安迪抬起頭，以為會見到上校盯著他不放。但上校卻凝視著後面的草地和赤楊，神情顯得鬆弛、困惑、蒼老，就像是沉浸在其他時光，或許是快樂時光。見到安迪看著他，他眉頭厭惡地微微一皺，又旋即散去。安迪心中頓時燃起痛恨的怒火，這個霍利斯特憑什麼該感到厭惡呢？他見到眼前坐的是一個藥物成癮的胖子——或是說他以為見到的是這樣。不過，是誰下的命令呢？而你這老妖怪，又對我女兒做了什麼？

「總之，」上校說：「安迪，我很高興地告訴你，你就要去毛伊了——這就是所謂的天底下沒有絕對的壞事，諸如此類的吧？我已經開始文書作業。」

「但是……聽著，你不會真的認為我跟平契特醫師的這件事有關吧？」

「不，當然不。」不由自主的細微厭惡之情再度浮現。這一次，安迪感覺到病態的滿足，就像一個黑人成功在一個討厭的白人身上發洩所得到的快感。不過，凌駕其上的是一句令人不安的話：**我已經開始進行文書作業**。

「嗯，這就好。可憐的平契特醫師。」他只象徵性地垂頭喪氣了一會兒，然後熱切地問：「我什麼時候去？」

「愈快愈好，最晚下週末。」

頂多九天！他的胃部像有一隻公羊在橫衝直撞。

「安迪，真高興跟你談話，很遺憾我們必須在如此悲傷不快的情況下見面。」

他的手伸向對講機按鈕，安迪突然了解到不能讓他這麼做。因為攝影機和竊聽裝置，他在自己的住處無計可施。但如果這傢伙真是重要人物，這間辦公室可能誰也聽不見，他會定期檢查有無竊聽器。當然，他會有自己的竊聽裝置，但是——

「放下手。」安迪說，推動了一下。

上校遲疑片刻，然後縮回手，放回寫字墊上另一隻手的旁邊。他帶著懷念的飄忽表情，望著後面草地。

「你這裡有談話錄音嗎？」

「沒有。」上校淡然地說：「長久以來，我這裡一直有一部 Uher 5000 錄音裝置，就是給尼克森帶來麻煩的同一款式，不過我十四週前拆掉它了。」

「為什麼？」

「因為看起來我就要丟掉工作了。」

「為什麼你覺得你就要丟掉工作？」

上校像是在唸連禱文，非常快速地說：「沒有生產，沒有生產，沒有生產，成果才能證明資金有理，換掉負責人，沒有錄音，就沒有醜聞。」

安迪試著從中思考出結果，這會導向他想要的方向嗎？他無從判斷，時間又相當緊湊。他感覺自己像是復活節找彩蛋活動中最笨最緩慢的孩子，他決定再往這個方向試一下。

「你為什麼沒有生產？」

「麥吉已沒有任何意念控制力，大家都認同他已永久耗盡。那女孩不肯燃火，說她無論如何都不願意。人們說我對命運六號太執著，我竭盡全力。」他露齒微笑。「現在沒問題了，就連雨鳥也這麼說。」

安迪又推了一下，他的額頭開始微微抽痛。「為什麼沒問題？」

「目前有三個實驗了，赫奇戴特欣喜若狂。她昨天點燃了一片鋼板，赫奇戴特說，測量到四秒鐘逾兩萬度的熱點溫度。」

震驚讓頭痛加劇，讓他更難掌握暈頭轉向的思緒。嘉莉在燃火？他們對她做了什麼？天啊，他們到底做了什麼？

他正準備詢問，對講機卻響了起來，嚇得他推得比應有程度更加強烈。他瞬間對上校傾盡全力，上校全身顫抖，像是被電擊趕牛棒抽了一下。他發出輕微的窒息聲，紅潤的臉頰幾乎血色盡失。安迪的頭痛出現量子跳躍，他徒勞無功地提醒自己放輕鬆；在這人的辦公室腦溢血對嘉莉可是沒有幫助。

「別這樣。」上校呻吟。「好痛——」

「告訴他們十分鐘內不要打擾。」安迪說。黑馬踢著某處馬廄的門，想要出來，想要盡情奔馳。他感覺到油膩的汗水滑下臉頰。

對講機再度響起。上校俯身按下按鈕，神情像是老了十五歲。

「上校，湯普森參議員的助理到了，帶來你先前要求的飛羅計畫資料。」

「十分鐘內不要打擾。」上校說完，就關上對講機。

安迪大汗淋漓坐著，這樣可以擋住他們嗎？還是會感到懷疑？不重要。這就像《推銷員之死》的威利．羅曼一直很想哭，森林還是燃燒了起來。老天，他想著威利．羅曼做什麼？他快瘋了。黑馬很快就會出現，他就可以騎上它，他幾乎要咯咯笑了。

「嘉莉一直在燃火？」

「是。」

「你們怎麼讓她同意這麼做的？」

「胡蘿蔔和棍子，是雨鳥的主意。前兩次，她得到去戶外散步的獎勵。現在，她得到騎馬的機會，雨鳥認為這可以再安撫她兩星期。」然後他又重複說道：「赫奇戴特欣喜若狂。」

「雨鳥是誰？」安迪問，完全沒察覺到他剛問了最重大的問題。

上校在接下來五分鐘，短促快速地說著話。他告訴安迪，雨鳥是商店的殺手，曾在越南受重傷，失去了一隻眼睛（安迪麻木想著，就是我夢中的那個獨眼海盜）。他告訴安迪，在商店終於捕獲安迪和嘉莉的泰許摩圍捕行動中，雨鳥就是負責人。他還提到停電事件啟發雨鳥展開取得嘉莉信任的第一步，並進而讓她開始在實驗環境下燃火。最後，他告訴安迪，雨鳥對這一切的個人興趣在於一切騙局揭露後，要取得嘉莉的性命。上校以不帶情緒但有些急切的聲音講述完這一切，就陷入沉默。

安迪愈聽愈是憤怒恐懼，等上校吟誦式的講述結束後，他已渾身顫抖。嘉莉，他心想，哦，嘉莉，嘉莉。

他的十分鐘就快要結束了，他還有好多事需要弄清楚。兩人可能沉默了四十秒鐘；外來觀察者或許會認為兩人是不再需要語言交流的友好老朋友。安迪的心思飛快轉動。

「霍利斯特上校。」他說。

「什麼事？」

「平契特的葬禮在什麼時候？」

「後天。」上校平靜地說。

「我們要去參加，我是說，我跟你，你明白嗎？」

「是，我明白。我們要去參加平契特的葬禮。」

「我要求參加，聽到他的死訊後，我崩潰大哭。」

「是，你崩潰大哭。」

「我非常難過。」

「是，你非常難過。」

「我們要搭你的私人用車，就只有我們兩人。如果這是標準程序的話，可能會有其他商店人員的車子在我們前方或後方，兩旁會有摩托車，但是**我們兩人要單獨前往**。你明白嗎？」

「哦，是。非常明白，只有我們兩人。」

「然後，我們要好好談一談，你明白嗎？」

「是，好好談談。」

「你的車子有竊聽裝置嗎？」

「完全沒有。」

安迪再次推動，這次是一連串的輕拍。他每推一下，上校就瑟縮了一下，安迪知道這很有可能會引發回聲效應，但他別無選擇。

「我們要談論嘉莉被關在哪裡，我們要談論怎麼把這地方搞得一團亂的方法，但不要出現停電時，房門自動上鎖的情況。然後，我們要談論讓我和嘉莉可以離開這裡的方式。你明白嗎？」

「你們不能逃走。」上校以一種可恨的幼稚語氣說：「設想方案中沒有這一點。」

「**現在有了**。」安迪說，再次推動。

「**噢！**」上校哀號。

「你明白嗎？」

「是，我明白。不要，不要再這樣，這樣好痛！」

「這個赫奇戴特——是否會質疑我去參加葬禮？」

「不，赫奇戴特一心只有那個小女孩，近來很少想到其他事。」

「很好。」這一點也不好，這是鋌而走險。「最後一件事，霍利斯特上校。你將會忘記我們這場小小談話。」

「是，我會把它忘得一乾二淨。」

黑馬放出來了，開始騁馳。**帶我離開這裡**，安迪模糊想著，**帶我離開這裡，馬兒出來了，森林燃燒起來**。頭痛變成反胃作嘔的陣陣抽痛。

「我告訴你的每一件事，都是你自然而然想到的主意。」

「是。」

安迪看著上校的書桌，見到上面有一盒面紙。他抽出一張面紙，開始擦拭眼睛。他並沒有哭，只是頭痛造成他淚水直流，這樣剛好。

「我現在準備離開了。」他對上校說。

他放開控制力。上校再次往外看著赤楊，神情茫然。然後，他的神色一點一點恢復活力，他接著轉身面對安迪，安迪正擦著眼睛，擤著鼻涕。不需要過度表演。

「安迪，你現在感覺怎麼樣？」

「好多了。」安迪說：「但是……你知道的……聽到這樣的事……」

「是，你非常難過。」上校說：「你想不想喝杯咖啡之類的？」

「不用了，謝謝。我想要回到我的住處，可以嗎？」

「當然，我送你出去。」

「謝謝你。」

22

帶安迪過來辦公室的那兩個人，懷疑又困惑地看著安迪——面紙、流淚的通紅眼睛，以及上校慈父般摟著他肩膀的手臂。類似的神情也出現在上校的秘書眼中。

「聽到平契特的死訊，他崩潰大哭。」上校輕聲說：「他非常難過，我想我可以安排他跟我一起參加賀曼的葬禮，安迪，你願意去嗎？」

「願意。」安迪說：「願意，拜託，如果你可以安排的話，可憐的平契特醫師。」他忽然真的號啕大哭，那兩個人帶他經過湯普森參議員助理，這名助理手中拿著好幾疊藍皮檔案夾，顯得尷尬不知所措。他們帶著仍淚流不止的安迪出去，兩人都各自輕輕握住安迪的手肘，也都帶著和上校非常相同的厭惡表情——厭惡這個藥物成癮的胖子，居然為俘虜他的人徹底情緒失控，失去判斷力，淚水泉湧。

安迪的眼淚是真實的……但這是為了嘉莉而流下的淚水。

23

約翰總是和她一起騎馬；但在嘉莉的夢中，她是獨自騎著馬。馬夫領班彼得・卓柏為她安放了一個小巧的英式馬鞍；但在她夢中，她是騎在光裸的馬背上。她和約翰騎在蜿蜒穿過商店土地的馬徑上，在糖松的小型樹林進進出出，繞行鴨塘，頂多只有驅馬慢跑；但在她夢中，她和法師一起奔馳，速度愈來愈快，穿過真正的森林，沿著一條荒涼小徑疾馳而下，上方交錯的枝椏灑落一地綠光，她的髮絲在身後飛揚。

在法師如綢緞般的毛皮底下，她可以感覺到牠的肌肉起伏，她雙手抓著牠的鬃毛奔馳，在牠的耳邊低語，說她想要快點……快點……再快點。

法師回應她，馬蹄奔騰如雷。小徑穿過雜亂糾結的綠色樹林，成了一條隧道，身後不知從哪裡傳來隱約的爆裂聲，然後

（樹林起火了）

一陣濃煙。是火，是她引燃的火焰，但沒有罪惡感，只有興高采烈。他們可以超越火勢，法師可以去到任何地方，做任何事。他們可以逃離森林隧道，她可以感覺到光明在望。

「快點，再快點。」

興高采烈、自由奔放。她分不出自己大腿和法師側腹的分界，兩者融為一體，就像在實驗中，

她以力量熔解焊接的金屬一樣。在他們前方，有一棵巨大的倒木，白色的風倒木看起來就像一堆雜亂的枯骨。她狂喜中，以赤裸的腳跟輕踢法師，感受牠的後臀肌肉緊繃。

他們躍過它，剎那間凌空而起。她的頭往後仰，雙手抓住馬鬃，放聲尖叫——不是因為害怕，而是如果不尖叫，就這樣抑制自己，可能會讓她爆炸。自由，**自由，自由……法師，我愛你。**

他們輕鬆躍過倒木，但現在濃煙的氣味愈來愈刺鼻明顯——身後傳來爆裂聲，一個火星盤旋落下，像是蕁麻般短暫刺痛了她的皮膚之後熄滅，此時她才意識到自己赤裸著。赤裸著而且

（但是樹林起火了）

自由，無拘無束，釋放——她和法師奔向光明。

「快點。」她低語：「快點，哦，求你。」

這匹高大的閹馬設法加快了速度，風兒在嘉莉耳邊颯颯吹過。她用不著呼吸；空氣從她半張的嘴巴湧進她的喉嚨，陽光透過這些古老樹木落下，像是一道道飄浮塵埃的老舊紅銅。

光明就在前方——森林的盡頭，開闊的土地，她和法師可以在那裡永遠奔馳。火勢已在他們身後，可恨的濃煙氣味、恐懼感也一樣。太陽就在前方，她可以騎著法師一路奔向大海，她或許可以在那裡找到爸爸，兩人可以靠著網起滿滿的閃亮溜滑魚兒，生活下去。

「快點！」她勝利地大喊：「哦，法師，**快點，快點**，再快——」

就在此時，森林盡頭一個身影出現，進入逐漸變寬的光線隧道，擋住它身形後方的光線，擋住去路。剛開始，如同這夢境總是出現的場景，她以為那是她父親，**確信**那是她父親，她喜悅得幾乎發疼……此時，喜悅忽然化為徹底的恐懼。

她才剛注意到這人太高太壯——但是有點熟悉，極為熟悉，即使只是身影——法師便抬起前腳，放聲尖叫。

馬兒會尖叫嗎？我不知道牠們會尖叫——

馬兒前蹄騰空踢踏，她的大腿跟著下滑，她努力不要摔下去。馬兒不是在尖叫，而是在嘶鳴。但在她身後某處，傳來一聲**尖叫**和其他的尖叫嘶鳴，**哦，老天**，她心想，**那裡有好多馬，那裡有好多馬，樹林起火了——**

在前方，擋住光線的身影，那個令人畏懼的形體，現在開始朝她走來；她已經摔落在小徑上，法師用牠的鼻口輕蹭她赤裸的肚子。

「你別想傷害我的馬！」她對著不斷逼近的身影大喊，一個不是她父親的夢中父親。「你別想傷害這些馬，哦，請你別傷害這些馬！」

但身影上前，拔出槍，她這時候就會驚醒，有時伴隨著尖叫，有時只是打著哆嗦的冷汗，她知道自己作了噩夢，但只記得瘋狂興奮地奔馳在林間小徑，以及大火濃煙的氣味……這些事物之外，還有一種遭人背叛，近乎噁心的感受。

而那一天來到馬廄時，她會碰觸法師，或是用臉頰依偎牠溫暖的肩膀，感受她無以名之的恐懼。

第10章 殘局

1

這是一個較大的房間。

事實上，直到上星期，它都還是商店總部不限宗教宗派的小教堂。目前情況好轉的速度，體現在上校輕易且迅速地強硬實現赫奇戴特的各項需求。一個全新的小教堂——不是古怪的閒置房間，而是真正的小教堂——在總部東邊土地上改造出來。同時，針對莎琳．麥吉的剩餘實驗也將在這裡進行。

仿木鑲板和長椅全被移除，地板和牆壁以形似鋼絲絨的石棉絨進行隔熱處理，再鋪上高厚度的回火鋼板。原本是聖壇和中堂的區域被隔開，架設赫奇戴特的監視儀器和電腦終端機。這一切在賀曼．平契特以可怕手段結束生命的四天前動工，而全部只花了一星期就完工。

現在是十月初的午後兩點，一道空心磚牆豎立在這長形房間中央，左邊有一個巨大的淺型水槽，六呎深的水槽中已先倒入超過兩千磅的冰塊。嘉莉．麥吉穿著藍色牛仔背心裙和紅黑條紋半筒襪，金髮以黑色天鵝絨蝴蝶結綁成辮子，垂放在兩側肩胛骨。她站在水槽前方，小巧優雅。

「嘉莉，可以了。」赫奇戴特的聲音透過對講機傳來。就跟其他設備一樣，這個對講機也是倉卒安裝，播音效果微弱低劣。「我們準備好了，就等妳開始。」

攝影機以全彩品質錄製整個過程，在影片中，小女孩的頭兒微垂，幾秒鐘之間，場上沒有絲毫動靜。電子溫度探測器安裝在空心磚牆的中央，錄影畫面左方有一個數位溫度讀數，突然間，它的數字往上激增，從七十度到八十度，接著再到九十度。之後，數字就急速跳動，成了一團紅色的模糊跳動。

現在，影片調換成慢動作；這是可以捕捉整個詳細過程的唯一方式。對透過觀察室鉛玻璃觀測孔監看過程的人來說，這一切以子彈速度發生。

在極度放緩的慢動作中，空心磚牆開始冒煙；砂漿和混凝土的微粒開始像爆米花般緩緩往上蹦跳。接著看到連接磚牆的砂漿，像熱糖漿般「流動」。然後磚塊從中間往外瓦解，因為高熱而炸裂，先是陣陣微粒撒落，接著團團微粒浮起。放置在磚牆中央的數位溫度感應器讀數靜止在七千度，這不是因為溫度停止爬升，而是因為感應器本身已被摧毀。

在這原本是小教堂的實驗室四周，放置了八臺巨大空調，它們全以高速運轉，不斷把冰冷的空氣輸送到實驗室。在室內整體溫度超過九十五度時，八臺空調立即啟動。嘉莉已經非常擅長把來自身上的熱流指向一個點，但曾經被熱鍋把手燙到手的人都知道，即使所謂不導熱的材質還是會導熱——只要有足夠的熱能可以傳導。

在八臺工業用空調全速運轉下，實驗室的溫度應該下降華氏十五度，上下誤差五度。但影片卻顯示溫度持續攀升，突破一百度、然後是一百零五度，接著是一百零七度。只是，觀察者臉上所滑落的汗水，不能只歸因於熱度。

現在，即使最緩慢的慢動作對於當下發生的事，也無法給予清晰畫面，但有一件事很清楚：當空心磚持續往外往後爆裂時，它們無疑是在燃燒；這些磚塊就像壁爐裡的報紙那樣熊熊燃燒。

當然，八年級的自然課本提到，只要夠熱，**任何東西**都可以燃燒。但是，看到這樣的知識是一回事，親眼目睹空心磚冒出藍色和黃色火焰又是另一回事了。

然後，隨著整面磚牆汽化，碎裂粒子的猛烈後座力讓一切都變得模糊不清。小女孩以慢動作側轉，片刻之後，冰水的平穩表面開始震動沸騰。實驗室的溫度達到一百一十二度後，即使有八臺冷氣，它還是跟死亡谷的夏天正午一樣熱），開始往下降。

清潔人員可有得清理的了。

2

跨部門備忘錄

提交人：布雷福・海克

敬啟者：派崔克・赫奇戴特

日期：十月二日

事關：莎琳（嘉莉）・麥吉的最新生物遙測（第四號）

派特——我已經看過四次影片，還是無法相信這不是特效詭計。在此冒昧提出建議：在前往參議院命運六號撥款和更新計畫小組委員會時，請井然有序做好準備，不僅僅只是要保護自己的屁股，還要戴上裝甲護板！人類天性如此，那些人觀看這些影片時，會很難相信這不是單純的騙人把戲。

至於公事：讀取的數據已透過專人遞交，這份備忘錄大概只會比它們提前兩、三小時。你可以自行判讀數據，但我在此簡要總結我們的發現，而結論可以總結成一句話：難倒我們了。她這次就像太空人進入外太空那樣，身體固定了各種測定接線，你會注意到：

一、血壓在八歲小孩的正常範圍，當那面牆像廣島原子彈那樣炸開時，她的血壓幾乎沒有變化。

二、異常高的α波讀數；被我們稱為她的「想像電路」的數值很活躍。你不見得會認同我和克雷佩，我們認為波形變得較為平穩，顯示出一種「掌控中的靈巧想像」（克雷佩的溢美之詞，不是我的）。這可能意味她逐漸掌握了能力，並且能夠更加精確操縱。正如俗話說的，熟能生巧。否則，這就沒有特別的意義了。

三、所有新陳代謝的遙測數值都在正常範圍——沒有奇怪或異常之處。她彷彿是在閱讀一本好書或寫學校作文，而不是製造你們說熱點必定有三萬度的高熱。在我心中，最迷人（及最令人沮喪！）的資料是認知能力測試，**僅次於沒有卡路里燃燒**。為免你忘了以前學過的物理——這是你們精神科醫師的職業風險——告訴你，卡路里是一種熱量單位；精確來說是，把一公克的水提升攝氏溫度一度所需要的熱量。在這個小小展示中，大約燃燒了二十五卡路里，這大概是我們做六個仰臥起坐和繞著大樓走兩圈所燃燒的熱量。但是，卡路里是熱量單位，該死，**熱量**，而她製造的就是熱量……真是如此嗎？它是**來自**她，還是**經由**她呢？如果是後者，那它是從哪裡來的？找出這個答案，你肯定就能拿諾貝爾獎了！但容我告訴你，如果我們各個系列的實驗就像你說的那樣有所限制，我確定我們永遠找不到答案。

結語：你確定**想要**繼續這些實驗嗎？最近我只要想起那個孩子，就會坐立不安。我會開始想到脈衝星、中微子和黑洞，以及天知道還有什麼事。這宇宙散落著許多我們甚至完全沒聽說過的力量，有些只能在數百萬光年的距離外觀測到……而且要為此鬆一口氣。我最後一次看影片的時候，我開始認為這個小女孩是這創世熔爐的一個裂縫——如果你想這麼說，也可說是缺陷。我知道這聽起來很奇怪，但我覺得如果不說出來，就是玩忽職守。我自己也有三個可愛的女兒，願上天原諒我這麼說，等到她被消滅之後，我個人會覺得如釋重負。

如果她可以毫不費力就製造三萬度的高熱，你可曾想過，如果她全力以赴會發生什麼事？

布雷福

3

「我要見我父親。」赫奇戴特進來時，嘉莉說道。她看起來蒼白憔悴，她現在已脫下背心裙，換上一件舊睡衣，頭髮鬆散放在肩膀上。

「嘉莉——」他開口，但原本想說的話卻突然不見了。布雷福．海克的備忘錄和支援的遙測讀數深深困擾著他。布雷福決定把最後兩段列印出來，就透露了許多事，也提議了許多事。

赫奇戴特本人也感到恐懼。授權把小教堂更動為實驗室時，上校也授權在嘉莉住處附近裝設更多空調——不是八臺，而是二十臺。目前只裝設了六臺，但在四號實驗過後，赫奇戴特才不管會不會裝設完畢。他想到他們可以裝上兩百臺這該死的玩意兒，卻無法阻擋她的力量。現在不再是她會不會殺死自己的問題了；而是如果她想要，她會不會摧毀整個商店總部——或許再加上整個東維吉尼亞。赫奇戴特現在認為，如果她想做這些事，她就辦得到。這套推論的最後一點讓人更加恐懼：現在只有雨鳥能夠有效控制她，而雨鳥是瘋子。

「我要見我父親。」她重複。

她父親正在參加可憐的賀曼．平契特的葬禮，在上校的要求下，他和上校一起出席。即使平契特的死亡和這裡所發生的一切無關，看來也為赫奇戴特的心靈投下邪惡的棺罩。

「嗯，我想這可以安排。」赫奇戴特小心翼翼說道：「如果妳可以再展示一些——」

「我已經展示夠多的了。」她說：「我想要見我爹地。」她的下嘴唇開始顫抖，眼睛淚光閃現。「妳的清潔工。」赫奇戴特說：「那個印第安人說實驗過後，妳今天上午不想去騎妳的馬，他很擔心妳。」

「那不是我的馬。」嘉莉聲音沙啞。「這裡的東西全都不是我的，除了爹地……我……想要……**見他！**」她抬高聲音，成了充滿淚水的怒吼。

「嘉莉，別激動。」赫奇戴特說著，忽然感到害怕。這裡是不是突然變熱了呢？還是只是他的想像？「別……別激動。」

雨鳥。這應該是雨鳥的工作，該死。

「嘉莉，聽我說。」他露出一個燦爛的友善笑容。「妳要不要去喬治亞州的六旗樂園？它可能是除了迪士尼樂園以外，整個南方最棒的遊樂園。我們會租下整個遊樂園一天，就只讓妳玩。妳可以搭摩天輪、去鬼屋，還有旋轉木馬——」

「我不想要去任何遊樂園，我只想要見我爹地。我要見他，我希望你有聽到我說的，因為我要見他！」

的確變熱了。

「你在冒汗。」嘉莉說。

他想到那面空心磚牆，它爆炸得如此快速，只能透過慢動作看到火焰。他想到翻轉兩圈的那個鋼盤，它飛過整個房間，撒下許多燃燒的木屑。如果她把這個力量投向他，他根本來不及知道自己的遭遇，就會化為一堆灰燼和熔化的骨頭。

哦，天啊，拜託——

「嘉莉，對我發脾氣不會得到任何——」

「會。」她實話實說。「會的，而且我對你非常生氣，赫奇戴特醫師，我對你非常生氣。」

「嘉莉，拜託——」

「我要見他。」她再說了一次。「現在你走開，去告訴他們我要見我父親，然後如果他們想要的話，可以再讓我做幾次實驗，我不介意。但如果我見不到他，我會做出事來，就跟他們這麼說。」

他離開了。他覺得自己應該多說些什麼——說一些可以稍稍挽回他的尊嚴，稍稍掩飾他的恐懼的話。

（「**你在冒汗**」）

她見到他大驚失色——但平安無事。他離開了，只是就連隔開他和她的那道鋼門都無法完全平息他的恐懼……或是他對雨鳥的怒火。因為雨鳥早就預見這一切了，卻緘默不語。如果他為此指責雨鳥，這名印第安人只會冷笑問說這裡到底誰才是精神科醫師？

這些實驗減弱了她的燃火情結，這個情結變成如同出現十多道漏水裂縫的土壩。而實驗也提供她把一個近似粗暴大錘的力量，修練到如同馬戲團表演者丟擲飛刀，可以精準施展的本事。

這些實驗是完美的實物教學，他們讓她毫不懷疑地得知，這裡是誰說了算。是她。

4

赫奇戴特離開後，她跌坐進沙發，捂著臉哭泣。她湧現一陣陣矛盾的情緒——內疚、恐懼、憤慨，甚至還有一種發火的愉快感覺。但最明顯的是恐懼。當她同意為他們做實驗後，情況就改變了，她害怕情況就這樣永久改變了。現在，她不只是**想要**見她父親，而且**需要**他。她需要他告訴她，接下來怎麼辦。

剛開始，他們給了她一些獎勵——和約翰到戶外散步，幫忙梳刷法師，然後是騎上法師漫步。她喜愛約翰，喜愛法師……那個笨蛋根本不知道當他說法師是她的的時候，她有多麼難過，因為嘉莉知道法師永遠不會是她的。這匹高大閹馬只有在她朦朧記得的夢中才屬於她，但現在……現在……實驗本身，這種可以使出她的力量並感受到它成長的機會……**這件事**開始成了獎勵。它成了一種可怕但又引人入勝的遊戲，她感覺到自己只是淺嘗而已，她就像是才剛學走路的小寶寶。

她需要她父親，需要他告訴她什麼是對的，什麼是錯的，是否應該繼續，還是永遠停止。如果——

「如果我**能夠**停止。」她透過指縫說道。

這是最令人恐懼的地方——不再確定她**能不能**停止，如果她不能，這意味什麼？哦，這意味著什麼？

她又哭了起來，她從未感覺到如此可怕的孤獨。

5

平契特的葬禮是一幅悲慘的景象。

安迪原本以為他沒什麼問題；他的頭痛消失，而且畢竟這個葬禮只是要和上校單獨見面的藉口。他一直不喜歡平契特，儘管最後證實平契特弱小到不值得討厭。平契特對於自己能夠凌駕安迪這樣一個人類同胞，總是流露出幾乎不加掩飾的傲慢和毫不掩飾的快樂，加上安迪對嘉莉高過一切的關心，使得安迪對自己不經意在平契特腦海引發的彈跳現象，進而造成平契特崩潰失控，原本並不怎麼內疚。

以前也曾出現過回聲效應，但他總是有機會再次修正狀況。在他和嘉莉不得不逃出紐約市當時，他對此已經相當熟練。似乎每個人的大腦深處都埋藏著地雷，根深柢固的恐懼和罪惡感，有著自殺、精神分裂及妄想衝動——甚至是謀殺衝動。推力會造成一種可受暗示的極端狀態，如果暗示落入這些黑暗路徑，就可能形成毀滅。減重課程中，曾有一名家庭主婦出現可怕的緊張症現象；還有一名商務人士客戶曾經坦承有一股變態衝動，想從櫃子中拿出軍用手槍來玩俄羅斯輪盤，這種衝動在他心中不知怎地連結到中學時代看過的愛倫．坡小說《威廉．威爾森》。在這兩個案例中，安迪都可以在它加速成為致命彈跳現象前，及時停止回聲效應。對於那個身為銀行三級主管，有著沙色頭髮的文靜商務人士，他只需要再度施展另一個推力，暗示他從未看過愛倫．坡那篇小說即可。連結——不管它先前是怎樣——已經中斷。只是這次，他一直沒有機會打破平契特的回聲效應。

當他們在寒冷的瀟瀟秋雨驅車前往葬禮的途中，上校不斷談論著這個自殺事件，像是努力想要接受它。他說，他從未想過當那些利刃開始砍攪時，居然會有人可以把……手臂一直放在裡面。但平契特就這麼做了，平契特不知怎地就這麼做了。就在此時，葬禮在安迪眼中開始顯得悲慘。

兩人只參加了下葬儀式。一小群死者親友聚集在一簇黑傘底下，安迪和上校遠遠站在他們後方。安迪發現，記得平契特的傲慢，記得這位沒有實權的矮小男子像是熱中權力的小凱撒，記得他沒完沒了、令人不快、如神經抽搐般的露齒笑容是一回事；看著他一身黑衣、戴著頭紗、面容憔悴慘白的遺孀，牽著兩個兒子（小的那位跟嘉莉年齡相仿，兩人都露出像是被下藥般的震驚茫然神情）卻又是另一回事了。她知道——就像她一樣——親友都必定知道她的丈夫被發現時的模樣，他穿著她的內衣，右手手肘前方部位幾乎全消失了，像是被削尖的血淋淋鉛筆，他的鮮血噴濺在水槽和廚櫃各處，血肉——

安迪不由自主想要嘔吐，他的身體往前彎，落入寒冷的雨中，努力擺脫反胃感。牧師的聲音無意義地上揚又減弱。

「我想走了。」安迪說：「我們可以離開了嗎？」

「當然可以。」上校說。他自己看起來也臉色蒼白、衰老，精神不佳。「我今年已經參加過太多葬禮了，總算挺得住。」

他們悄悄離開人群，也離開人群圍繞著的人造草皮、在大雨中顯得垂頭喪氣、花瓣凋零的鮮花，以及置放在墓穴上方滑道的棺木。兩人並肩走回蜿蜒的碎石車道，上校的經濟型雪佛蘭就停在送葬隊伍的後方。他們穿過滴著雨水，神秘地沙沙作響的柳樹，另外有三、四位幾乎看不到身影的人在他們身邊走動。安迪心想，他現在應該了解美國總統是怎樣的感覺了。

「你知道的，那醜聞對遺孀和兩個男孩很不好。」上校說。

「她會……呃，她會受到照顧嗎？」

「就錢的方面來說，非常不錯。」上校近乎平淡地回答。他們現在已接近停車道，安迪可以看到上校的橘色雪佛蘭 Vega 了。兩名男子悄悄坐進上校座車前方的雪佛蘭 Biscayne；另外兩人坐進後方的灰色普利茅斯。「但沒有人能補償那兩名男孩，你見到他們的神情了嗎？」

安迪不發一語。他現在感覺到內疚，它就像鋒利的鋸片在他五臟六腑之間攪動。即使告訴自己，他當時的情況是迫不得已也沒有用。他現在只能不斷回想起嘉莉的臉蛋……嘉莉和她身後一個陰暗不祥的身影，一個名叫雨鳥的獨眼海盜，他騙取了她的信賴，以便加快那一天的到來，他將會——

他們上車，上校啟動引擎。前方的車子開駛，上校跟上，普利茅斯緊隨在後。

安迪突然感覺到一種近乎詭異的確信，就是推力再度拋棄他了——在他嘗試時，會完全沒有動靜——這彷彿是要賠償兩名男孩的神情。

但除了繼續嘗試，他還能做什麼呢？

「我們來聊聊。」他對上校說，同時推了一下。推力仍在，頭痛幾乎同時出現——這是他頻繁使用推力所必須付出的代價。「這不會干擾你開車。」

上校像是安坐在座位，他準備打方向燈的左手頓了頓，才繼續完成動作。雪佛蘭 Vega 不快不慢地跟著前導車，穿過巨大石柱，準備駛上主要幹道。

「是，我想我們聊天一點也不會干擾我開車。」上校說。

他們距離總部二十英里，安迪在上車和抵達墓地時確認過里程表。許多車程是行駛在平契特告訴他的三〇一號公路上，這是一條快速道路，他估計自己只有二十五分鐘可以安排好一切。他這兩天幾乎都只在考慮這件事，認為自己已把一切規劃妥當……只是有一件事他急切需要知道。

「霍利斯特上校，你和雨鳥還能確保嘉莉繼續合作多久？」

「不會太久。」上校說：「雨鳥非常巧妙地安排一切，所以你不在的時候，他成了唯一可以真正掌控她的人，一個父親代理人。」他近乎吟誦地低語：「她的父親不在時，他就是她的父親。」

「等她不想再合作時，就會被殺死？」

「不是馬上，雨鳥還可以讓她再做一陣子。」上校打方向燈駛上三〇一號公路。「他會假裝被我們發現了，被發現兩人在談話，被發現他提議如何處理她的……她的問題，被發現他傳了字條給你。」

上校不再出聲，但安迪也不需要了。他感到噁心，他在想他們是不是彼此慶賀，居然可以如此容易愚弄一個孩子，在一個孤獨環境中贏得她的感情，並且在獲取她的信任後，為自己的目的來扭曲她。等無計可施之後，就告訴她，她的唯一朋友，清潔工約翰要丟掉工作了，依據政府機密法，約翰可能還會因為成為她的朋友而遭到起訴。嘉莉就會自行接續餘下的工作，繼續應付他們，繼續合作。

我希望很快就能見到這傢伙，我真的希望。

但現在沒有時間思考這件事……如果一切順利，他永遠不必見到這個雨鳥。

「你們已決定讓我在一星期後去夏威夷。」安迪說。

「是，沒錯。」

「怎麼去？」

「搭乘軍用運輸機。」

「你跟誰接洽這件事？」

「帕克。」上校立刻回答。

「霍利斯特上校，帕克是誰？」

「維克托．帕克利吉少校。」上校說：「在安德魯斯。」

「安德魯斯空軍基地？」

「是，當然。」

「是你的朋友？」

「我們一起打高爾夫。」他隱隱作笑。「他會削出右曲球。」

真是了不起的消息，安迪心想，他的頭現在抽痛得像蛀牙一樣。

「你今天下午要打電話給他，說你想要把班機提前三天。」

「是嗎？」

「這樣會有問題嗎？需要很多文書作業？」

「哦，不。帕克會削過文書作業。」那個有點古怪、不是真正開心的微笑又出現了。「他會削出右曲球，我跟你說過了嗎？」

「是，是，你說過。」

「哦，很好。」

車子以精準的五十五英里限速，穩定行駛。雨勢減緩，變成濛濛細雨，擋風玻璃的雨刷來回擺動。

「上校，今天下午打電話給他，一回去就打給他。」

「打電話給帕克，好。我正想著應該這麼做。」

「告訴他，要在星期三而不是星期六送走我。」

四天不夠他復原——三星期還比較有可能——但現在事態迅速推展到了高潮，已經進入殘局。事實擺在眼前，安迪不得不面對它。他不願——他不能——再讓嘉莉留在雨鳥這傢伙的掌握之中。

「星期三而不是星期六？」

「對，然後告訴帕克，你要一起去。」

「一起去？我不能——」

安迪再次施力。這讓他很難受，但他還是用力一推。上校在座位上猛然抽動，車子稍稍偏離了路面。安迪再次想到，他根本就是乞求在這傢伙腦中啟動回聲效應。

「一起去，是，一起去。」

「沒錯。」安迪陰鬱地說：「現在——告訴我，你做了什麼安全措施？」

「沒有特別的安全措施。」上校說：「氯丙嗪讓你幾乎成了廢物，而且你已經耗盡能力，無法再使用精神控制力，這能力休眠了。」

「哦，是。」安迪說，一隻手微微顫抖著按住額頭。「你是說我會單獨上飛機？」

「不。」上校立刻說道：「我相信我要親自帶你過去。」

「是，但除了我們兩人呢？」

「還有兩名商店探員同行，部分是要擔任空服員，部分是要監視你。你知道的，這是標準流程，要保護投資。」

「預計只有兩名探員同行，你確定嗎？」

「是。」

「當然還有機組員。」

「是。」

安迪看向窗外，他們已開了一半路程。這是關鍵的部分，但他頭痛劇烈，擔心會忘記了什麼事。如果這樣，整個紙牌屋就會倒塌。

嘉莉，他想著，努力堅持下去。

「霍利斯特上校，夏威夷離維吉尼亞很遠，飛機是否會在中途加油？」

「會。」

「你知道在哪裡嗎？」

「不。」上校安詳地回答，安迪真想給他眼睛一拳。

「當你跟……」他叫什麼名字？他瘋狂地在疲憊疼痛的大腦中摸索，終於想到了名字。「當你跟帕克通電話時，打聽飛機中途會在哪裡降落加油。」

「是，好的。」

「要自然而然在對話中問起。」

「是，我會自然而然在對話中問起飛機中途會在哪裡降落加油。」他那雙沉思又顯得迷離的眼睛看了安迪一眼，安迪發現自己在思考是否就是這個男人下令殺害維琪。他突然有股衝動，想要叫這個男人踩下油門撞向下一個橋墩。只是還有嘉莉，嘉莉！他心中說著，要為嘉莉堅持下去。

「我跟你說過帕克會削出右曲球了嗎？」上校愉快地說。

「有，你說過了。」想！快想！該死！看來最有可能是在芝加哥或洛杉磯附近，但不會在奧黑爾機場或洛杉磯國際機場等民用機場。飛機會在空軍基地加油，這件事並不會對他粗劣的計畫造成問題——這是少數不會出問題的事——只要他可以事先知道地點。

「我們想要在下午三點出發。」他告訴上校。

「三點。」

「你要負責讓這個約翰．雨鳥在其他地方。」

「要派他出去？」上校滿懷希望地問，這讓安迪膽顫地意識到上校害怕雨鳥——非常害怕。

「是，什麼地方都可以。」

「聖地牙哥？」

「好。」

現在，最後一步。他辦得到，前方的反光路標指示朗蒙特出口的方向。安迪伸進褲子的前口袋，拿出一張折成方形的紙條。他用食指和中指夾著它，一度就這麼把它放在膝蓋上。

「你要告訴那兩名和我們同去夏威夷的商店探員，在空軍基地跟我們會合。」他說：「他們要在安德魯斯基地跟我們碰面，只有你和我一起去安德魯斯，就像現在。」

「是。」

安迪深深吸了一口氣。「但是我女兒要跟我們一起去。」

「她？」上校第一次展現了激動的情緒。「**她？**她很危險，她不能——我們不能——」

「還不是你們欺騙她，她才會變得危險。」安迪嚴厲地說：「聽著，她要跟我們一起去，你不得再反駁我，**你明白了嗎？**」

這一次，車子更加明顯偏移路面，上校發出呻吟。「她會跟我們一起去。」他同意。「我不會再反駁你，這樣好痛，實在好痛。」

但不像我那麼痛。

現在，他的聲音像是來自遠方，穿過鮮血淋漓、不斷束緊大腦的疼痛網子而來。「你要把這個交給她。」安迪把折起的字條遞給上校。「今天給她，但要小心，別讓人起疑。」

上校把字條塞進胸前口袋。他們現在已接近商店；左邊就是雙層的通電網，網子每隔五十碼左右就閃爍著一個警告標誌。

「重複要點。」安迪說。

上校簡明扼要地迅速說道，這種語調顯然出自一個從少年軍校時期，就受到複誦訓練的人。

「我會在星期三而不是星期六安排你搭乘軍用運輸機前往夏威夷。我會跟你一起去，你的女兒也會加入我們。兩名同行的商店探員會在安德魯斯基地和我們會合。我會跟帕克打探飛機中途要在哪裡加油，我會在打電話更改班機時跟他打聽。我有一張字條要交給你女兒，我會在跟帕克通完電話後給她，我會在不引起任何懷疑的情況下交給她。我還會安排約翰．雨鳥在星期三前往聖地牙哥。我相信這樣涵蓋了一切。」

「是的。」安迪說：「我想是的。」他往後靠著椅背，閉上眼睛。過去和現在的記憶碎片紛亂地湧進他的腦海，他像是漫無目標任風吹打的稻草人。這真的有機會成功嗎？還是他只是替他們兩人買了死亡機票？他們現在已經知道嘉莉的本事；已經握有第一手經歷。如果事情出了差錯，他和嘉莉就會在軍用運輸機的貨艙結束旅程，進入兩個箱子中。

上校在檢查哨暫停，他搖下車窗，遞出一張塑膠卡片，值班人員把它插進電腦終端機。

「請進，長官。」他說。

上校繼續行駛。

「霍利斯特上校，最後一件事，你要忘記這一切。你會完全自動自發完成我們討論的每一件事，並且不得再跟任何人談起。」

「好。」

安迪點點頭。不是很完善，但也只能如此。這次產生回聲效應的機率極大，因為他對上校施展的推力一直十分猛烈，也因為他給予的指示違反現況。上校憑藉他在這裡的地位，可能會輕鬆完成每一件事，但也可能不會。只是安迪現在已過於疲倦，也過於疼痛，已經管不了這麼多。

他幾乎無法自行下車，上校只好扶他一把，穩住他的身子。他隱約感覺到冰涼的秋日細雨打在臉上真是舒服。

從前導車下來的那兩個人以一種冷酷的厭惡感看著他，其中一人是唐恩．朱爾斯。朱爾斯穿著藍色運動衫，運動衫上面印著「美國奧運飲酒代表隊」。

好好看看這個嗑藥恍惚的大胖子吧，安迪昏沉沉想著。他的眼淚就快要掉下來，呼吸開始急促，卡在喉嚨裡。你們現在好好看著，因為如果這個胖子這一次逃掉的話，他就會把這個污水坑整個炸出沼澤區。

「好了，好了。」上校說著，以敷衍的同情心，屈尊俯就拍了拍安迪的肩膀。

做好你的工作，安迪心想，陰鬱地克制住淚水；他再也不會在這群人面前流淚。做好你的工作，你這混蛋東西。

6

回到住處後，安迪跌跌撞撞爬上床，立刻就睡著了。他隨後六個小時都睡得跟死人一樣，大腦臨時破裂的血管滲血，部分腦細胞發白死去。

他醒來時，已經晚上十點。頭痛依舊劇烈，他雙手撫上臉龐，失去知覺的部位——一處在左眼下方，一個在左臉頰，一處在太陽穴下方——又回來了，而且面積比先前還大。

我再繼續施展推力就會害死自己，他心想，知道這確定是事實。不過，如果可以的話，他還是會一直堅持下去，以便度過這個難關，以便給予嘉莉機會。他會設法堅持到那個時候。

他走到浴室，拿了一杯水，然後又回到床上。過了好一陣子，睡意回來了。他睡著前的最後一個念頭是，嘉莉必定已經看到那張字條了。

7

霍利斯特上校從賀曼·平契特的葬禮回來後，就一直很忙碌。他才剛走進辦公室，秘書就拿了一份標示為「急件」的跨部門備忘錄給他，備忘錄提交人是派崔克·赫奇戴特。上校告訴秘書幫他接通維克托·帕克利吉的電話，就坐下來看備忘錄。我應該多出去走走，他心想，可以讓腦細胞透透氣。開車回來的路上，他突然想到真的沒道理等上整整一星期才把麥吉送到毛伊；這個星期三就夠久了。

接著，手中的備忘錄吸引了他全部注意力。

這和赫奇戴特平常冷靜及頗為巴洛克式的風格相去甚遠，事實上，它的措辭是近乎歇斯底里的誇飾文體。上校略帶興味地想著，這孩子可真的用高爾夫球桿揍了赫奇戴特一頓，狠狠揍了一頓。

備忘錄的結論是，嘉莉已經開始堅持己見，不願合作。這比他們預料的還早，事情就到此為止。或許——不，可能是——甚至比雨鳥料想的更早。嗯，他們會先擱置幾天，然後再……然後再……

他的思路中斷，眼神呈現一種遙遠略帶困惑的模樣。在腦海中，他見到一根高爾夫球桿，是五號鐵桿，嗖地一揮，扎實打中斯伯丁小白球。他可以聽到輕輕呼嘯而過的聲音，球兒應聲飛出，小白球高高映著藍天。但它是個右曲球……右曲球……

他的眉頭舒展開來，他剛才在想什麼，失神離題真不像他的風格。嘉莉開始堅持己見；這才是他剛剛在思考的問題。嗯，這不要緊，沒有什麼好焦躁的。他們先不管她一陣子，或許直到週末，然後就可以利用雨鳥對付她。她會再點上一堆火焰，以免雨鳥惹上麻煩。

他的手悄悄伸向胸前口袋，感覺到裡面折起的紙條。他的腦海中再次聽到高球桿揮打的輕柔聲音，聲音像是迴盪在辦公室當中。但這一次不是呼嘯的聲音，而是悄然的嘶嘶聲，幾乎像是……蛇吐信的聲音。這真讓人不舒服，蛇總是讓他很不舒服，從非常小的時候開始就是這樣。

他費力地從腦海中屏除這些關於蛇和高球桿的愚蠢思緒，或許葬禮比他原本預期的還讓他心煩意亂。

對講機響起，秘書告訴他，帕克在一號線。上校拿起電話，小聊一會兒之後，上校問帕克如

果他們把毛伊行程從星期六提前到星期三，是否會有問題。帕克確認之後，表示沒有任何問題

「那麼，大約在下午三點可好？」

「沒問題。」帕克重複。「只是不要再提前，不然就太壅塞了，這地方在尖峰時段比高速公路還忙。」

「不會，確定就是這個時間。」上校說：「還有一件事：我也要一起去，但可別說出去，好嗎？」

帕克爆出男中音的熱情笑聲。「來點陽光、樂趣，以及草裙舞嗎？」

「有何不可？」上校問：「我在護送貴重的貨物，我想如有必要，我也可以在參議院委員會面前證明自己有理。自從一九七三年以來，我就沒有真正度假過了，該死的阿拉伯人和他們石油破壞了那一年的年底假期，搞出了第一次石油危機。」

「我會保守秘密的。」帕克同意。「去那裡的時候，你會打幾場高爾夫嗎？我知道毛伊至少有兩個一流球場。」

上校沒有說話。他若有所思盯著桌子上方，目光像是從中穿透，話筒微微下垂偏離了耳朵。

「上校？你還在嗎？」

在這個舒適小巧的書房中不祥地傳來清楚的細微聲響：**嘶嘶嘶**——

「該死，我想線路斷了。」帕克嘀咕。「上校？上——」

「老夥伴，你還是會削出右曲球嗎？」

帕克大笑。「開什麼玩笑？等我死了之後，他們會把我埋在該死的長草區。我剛還以為我們線路斷了。」

「我還在。」上校說：「帕克，夏威夷有蛇嗎？」

現在換成帕克停頓了。「再說一次？」

「蛇，毒蛇。」

「我……哎呀，我怎麼知道。如果這很重要的話，我可以幫你查查……」帕克含糊的語氣像是暗示上校雇用了大約五千名手下，就是為了調查這種事。

「不，沒事。」上校說。他再次牢牢握住話筒到耳邊。「我只是在自言自語，我可能是老了。」

「上校，你才沒有，你身上還有很多吸血鬼本質。」

「是啦，或許。多謝，老夥伴。」

「小事一樁。真高興你要去放鬆一下，這一年來你經受過這麼多事，沒有人比你更應該去度假。」他說的當然是喬琪亞；他對麥吉一家毫無所知。上校疲憊地想著，這表示他根本不知道事情有多嚴重。

他正準備說再見時，突然加上一句：「對了，帕克，飛機中途要在哪裡加油？你知道嗎？」

「伊利諾州的德班。」帕克立刻回答：「在芝加哥郊外。」

上校說了謝謝，就跟他道別，掛上電話。他的手指再度伸向口袋的字條，碰觸它。他的視線落在赫奇戴特的備忘錄上，聽起來這女孩似乎也相當煩躁不安。他下去跟她說說話，安撫一下她，或許無傷大雅。

他湊向前，按下對講機。

「上校，有何吩咐？」

「我要到樓下一陣子。」他說：「大約三十分鐘後回來。」

「好。」

他起身離開書房，這麼做的時候，他的手悄悄滑入胸前口袋，再次感受字條的存在。

8

嘉莉躺在床上，上校是十五分鐘前離開的，而現在她的腦海一片混亂，充滿沮喪、恐懼和困惑的猜想。她真的不知道要怎麼想了。

他在半小時前的四點四十五分過來，自我介紹說他是霍利斯特上校（「但請叫我上校，大家都是這麼叫他。」）。他有一張和善敏銳的臉龐，讓她聯想到英國小說《柳林風聲》裡的插圖。她最近不知道在哪裡見過這張臉，但直到上校喚起她的記憶後，她才想起來。在第一次實驗後，送她回來房間的就是他，當時穿著白衣服的男人奪門而出，沒關上門。她那時的思緒一團紊亂，震驚內疚中交雜著——沒錯，興奮的勝利之情，難怪她想不起他的臉。當初就算是Kiss樂團的吉恩．西蒙斯送她回去，她可能也不會注意到。

他說話的態度圓滑，極具說服力，讓她立刻起了戒心。

他說赫奇戴特很擔心，因為她宣稱除非見到她父親，不然實驗就結束了。嘉莉承認的確如此，然後就不肯再多說，保持著一種固執的沉默……但這大部分是出自於恐懼。如果跟上校這樣圓滑的人提出自己的道理，他會一一駁倒道理，直到白的說成黑的，黑的變成白的。直率的要求比較好，比較安全。

但他還是讓她驚訝。

「如果妳是這麼想，那好吧。」他說。她的驚訝之情一定有點滑稽，因為他輕聲笑了起來。「這需要一點安排，但是——」

聽到「一點安排」時，她的神情再度緊繃。「我不要再點火。」她說：「不要再實驗，就算這要花上你十年去『安排』。」

「哦，我想用不了那麼久的時間。」他一點也不生氣。「嘉莉，我只是要向一些人匯報，而在這樣的一個地方，需要採取文書作業。不過，在我安排的期間，連蠟燭都不會要妳點。」

「很好。」她冷冷地回答，不相信他，也不相信他會安排任何事。「因為我也不願意。」

「我認為，我應該可以安排在……星期三。對，確定是星期三。」

他突然陷入沉默。他微微偏著頭，像是在傾聽頻率高到她聽不到的聲音。嘉莉困惑地看著他，想問他是否安好，但還是猛然閉上嘴巴。他的樣子給人一種感覺……他的坐姿給她一種熟悉的感覺。

「你真的認為我可以在星期三見到他嗎？」她膽怯地問道。

「是，我想可以。」上校說。他在椅子裡面轉換坐姿，然後深深嘆了一口氣。他對上她的視線，露出困惑的微笑……這個神情也很熟悉。他忽然天外飛來一筆說道：「我聽說你爸爸的高爾夫打得很好。」

嘉莉眨了眨眼。就她所知，她爸爸這輩子還沒摸過高爾夫球桿。她正準備這麼說時……她想到了，她全身突然湧現一股令人暈眩又不知所措的興奮之情。

（莫爾先生！他就像莫爾先生！）

他們住在紐約時，莫爾先生是爸爸課程中的一個商業主管。他個子不高，一頭淡金色頭髮，戴著粉紅邊眼鏡，總是掛著溫和羞怯的笑容。就跟其他人一樣，他參加課程，希望能更有自信。他是在保險公司，還是銀行之類的地方工作。爹地曾經非常擔心莫爾先生好一陣子，說是一種「里克．奧謝」[22]，因為爸爸對他使用過推力，又跟莫爾先生以前看過的故事有關。爹地用來讓莫爾先生增加自信的推力，讓他以不好的方式想起那個故事，結果讓他生病。爹地說「里克．奧謝」是來自那個故事，然後像網球一樣在莫爾先生的頭腦裡胡亂彈跳。但是，它不像真正的網球最後會停止彈跳，那個故事的記憶反倒會愈來愈強烈，讓莫爾先生生病。嘉莉只知道爹地害怕這不只會讓莫爾先生生病；還擔心這會害死他。所以有一天晚上，他特地要莫爾先生在其他人離開後留下來，施展推力讓他相信自己從未看過那篇小說。之後，莫爾先生就好了。爹地有一次跟她說，他希望莫爾先生永遠不會去看一部叫做《越戰獵鹿人》[23]的電影，但沒有解釋原因。

不過，在爹地讓他復元之前，莫爾先生看起來就像上校現在一樣。

她突然間確定她的父親曾經對這個人施展推力，她心中的興奮之情就像龍捲風一樣強烈。除了約翰有時帶回的一般消息，她已經好久沒聽到他的現狀，好久沒見到他，不知道他身在何處。現在，有種奇妙的感覺，像是父親倏然出現在這個房間，告訴她一切安好，他就在附近。

上校忽然起身。「嘉莉，我要走了，但我會留意妳的事，所以別擔心。」

她想要告訴他不要走，跟她說說她爸爸的事，他在哪裡，是否安好……但是她的舌頭像是在嘴巴裡面長了根。

上校走到門口，然後停下腳步。「哦，差點忘了。」他從房間那一頭走向她，從胸前口袋拿出一張折起的字條，遞給她。她麻木地接過它，看了一眼就收進睡袍的口袋。「還有，外出騎馬時，要小心蛇。」他以親密的語氣說：「如果馬兒看見蛇，就會受驚逃跑，一定會這樣，牠會——」

22. rick-o-shay，一九五八年到一九八一年的美國漫畫，發音接近俄羅斯輪盤（Russian roulette），安迪可能不想讓嘉莉知道俄羅斯輪盤，就用別的名稱代替。

23. The Deer Hunter，一九七九年奧斯卡最佳影片，電影中也有俄羅斯輪盤的場景。

他停下話來，一隻手按向太陽穴，用力揉了揉。剎那間，他顯得蒼老，心煩意亂。然後他稍微搖搖頭，像是要甩開思緒。他跟她說再見後就離開了。

在他離開後，嘉莉站在那裡好久好久才拿出字條。她打開紙張，查看裡面的內容。結果，一切變了樣。

9

嘉莉，親愛的——

第一件事：看完字條後，就把它沖進馬桶，好嗎？

第二件事：如果一切按照我的計畫進行——按照我的希望進行——我們星期三就會離開這裡。給妳這張字條的人，和我們同一陣營，只是他自己並不知道……妳懂嗎？

第三件事：我要妳在星期三下午一點鐘到馬廄，我不管妳怎麼辦到——如有需要，就再為他們點燃一次火。但務必要到。

第四件事也是最重要的事：不要相信約翰．雨鳥這個人。這可能會讓妳很難過，我知道妳信任他。但是嘉莉，他是非常危險的人。絕對沒有人會因為妳信任他而責怪妳——霍利斯特說他取信別人的能力足以贏得奧斯卡獎。但要知道，當時是他負責帶人到爺爺營地把我們抓過來的。希望這不會讓妳太難過，只是知道妳的狀況，我想妳一定會難過。發現別人為了個人目的一直在利用妳，不是件愉快的事。聽著，嘉莉：如果雨鳥過來——他很可能會過來——**非常重要的是**，要讓他覺得妳對他的感情沒有改變。到星期三下午，他就不會礙著我們了。

嘉莉，我們要去洛杉磯或芝加哥，我想我知道安排記者會的方法。我有個老朋友叫做昆西，我指望他來幫助我們，我相信——我必須相信——如果我可以聯絡到他，他會過來找我們。舉行記者會可能意味著全國都會知道我們的事，他們可能會要我們留在某個地方，但是我們可以在一起，我希望妳仍跟我一樣想要這樣的生活。

這樣不算太壞，除了他們可能出於種種錯誤原因，想要妳燃火。如果妳對於再次逃亡有任何疑慮，記住，這是最後一次……而這也是妳媽媽的期望。

我想念妳，嘉莉，我非常愛妳。

爹地

10

一個噩夢？

是約翰率領那些人拿麻醉槍對付她和爸爸？

約翰？

她躺在床上，頭轉來轉去。內心這種淒涼孤單的感覺，心碎的感覺，讓她難以承受。這個殘酷的困境沒有解答。如果她相信爸爸，就必須相信約翰為了讓她同意做實驗，而一直在欺騙她。如果她繼續相信約翰，那麼她揉掉沖進馬桶的那張帶有爸爸簽名的字條就是個謊言。無論哪一方，它的傷害，它的**代價**，都極為巨大。長大就是這麼一回事嗎？要應付傷害？代價？如果是這樣，她希望早早死去。

她想起第一次看到法師的那天，她抬頭看到約翰的微笑……那個微笑中有種她不喜歡的意味。她想起自己不曾從他身上感受到任何真實情感，就好像他封閉住了，或是……或是……

她努力把這個想法擺在一旁。

(或是內心死亡)

不過，它不願意被擺在一旁。

但他**不像**那樣，他**不是**。他停電時的恐懼，受越共折磨的那些遭遇。這會是謊言嗎？會是他面目毀容所支持下的謊言嗎？

她的頭在枕頭上轉來轉去，轉來轉去，轉來轉去，這是她不斷否認的動作。她不願去想這件事，不願，不願，不願。

但就是忍不住。

要是……要是他們刻意製造停電呢？或是，剛好停電……**而他利用了這件事？**

(不！不！不！不！)

然而，她的思緒已不受她的意識控制，以冷酷不可動搖的決心，不斷環繞在這塊令人恐懼發狂的蕁麻叢。她是聰明的女孩，仔細處理她的邏輯鏈，如同沉痛懺悔者必須以徹底的悔過和順從數著難忍的念珠那樣，一次數著一個邏輯念珠。

她想起以前看過的電視節目，是《警網雙雄》的一個故事。他們把警察和知道搶劫內情的壞人關在同一個牢房，他們稱呼這個佯裝慣犯的警察是「臥底」。

約翰．雨鳥是臥底嗎？

爸爸說雨鳥是，爸爸何必騙她？

妳相信誰？約翰還是爹地？爹地還是約翰？

不，不，不，她的腦海不斷單調地重複這個字……卻沒有用。她困在懷疑折磨之中，這不是八歲女孩應該承受的痛苦。等到睡意來襲，夢境也隨之到來。只是這一次，那個擋住光明的身影，她看到了他的面孔。

11

「好了，到底是怎麼回事？」赫奇戴特氣沖沖問道。

他的語氣暗示著，這最好是什麼好事。他原本在家裡收看假日電影院的詹姆士．龐德，結果電話打來，一個聲音告訴他，小女孩可能出了什麼問題。在開放線路上，赫奇戴特不敢多問，只好穿著網球衫和油漆噴紋的牛仔褲，直接過來。

他非常害怕，只能咀嚼抗胃酸嚼片來減緩胃酸翻騰。他親吻妻子說再見，對著她揚起眉頭的疑問，只說設備出了一點小問題，他很快就會回家。他很好奇，如果知道「小問題」隨時可以殺死他，她會怎麼說。

現在，站在這裡對著熄燈後用來監視嘉莉的紅外線監視器，看著上面如鬼魂般的影像，他再次祈禱這一切結束，小女孩消失。當一切只是一系列藍皮檔案所勾勒出的學術性問題時，他從未料到會是這樣。事實是燃燒的空心磚牆，事實是三萬度以上的熱點溫度；事實是布雷福．海克提到什麼啟動宇宙引擎的力道；事實是他怕極了。他感覺自己就像是坐在不穩定的核子反應爐上方。

赫奇戴特進來的時候，值班人員尼爾利轉身。「大約下午五點時，上校有下去看她。」他說：「她對晚餐不屑一顧，很早就上床睡覺。」

赫奇戴特看著監視器，嘉莉和衣在床上翻來覆去。「她像是在作噩夢。」

「一個噩夢，或是一連串噩夢。」尼爾利嚴肅說道：「我打電話給你是因為一小時內，房間溫度提升了三度。」

「不算多。」

「這是在房間有溫度控制系統的情況下，溫度提升無疑是她的緣故。」

赫奇戴特咬著指關節，思考這件事。

「我想應該找人下去叫醒她。」尼爾利終於說出了要旨。

「這是你找我來的原因嗎？」赫奇戴特大喊：「叫醒一個小孩，給她一杯溫牛奶？」

「我不想越權行事。」尼爾利冷酷地說。

「不。」赫奇戴特說，忍住接下來的話。如果溫度繼續提高，就必須叫醒小女孩，而且如果她被嚇到，很有可能會攻擊醒來時第一眼看到的人。畢竟，他們一直忙著移除她對意念控火能力的制衡原則，並且做得相當成功。

「雨鳥在哪裡？」他問。

尼爾利聳聳肩。「就我所知，可能在溫尼伯打手槍吧。但就她來說，他已經下班了。如果他出現，她可能會相當懷疑——」

尼爾利控制面板上的數位溫度計又上升了一度，然後很快地又接連上升了兩度。

「**必須**要有人下去。」尼爾利說，他現在的語氣也開始不安。「現在那裡是華氏七十四度，要是她再提高溫度怎麼辦？」

赫奇戴特努力思考該怎麼做，但他的腦袋像是結凍了。他現在大汗淋漓，但是嘴巴卻像毛襪一樣乾燥。他想要回家，臥倒在沙發上，看著詹姆士·龐德追逐蘇聯的特務機構或管他什麼東西。他不想留在這裡，他不想盯著小型方形玻璃底下的紅色數字，等著它們突然爆增十度、三十度或上百度，就像看著空心磚牆——

思考！他對著自己大喊，你要做什麼？你要做什麼？

「她剛剛醒來了。」尼爾利輕聲說道。

兩人目不轉睛盯著監視器，嘉莉挪移雙腳踩著地板，她垂著頭坐著，掌心撐著臉頰，頭髮蓋住了她的臉。過了一會兒，她起身走去浴室，神情茫然，眼睛大致閉著。赫奇戴特猜想，她可能還沒真正睡醒。

尼爾利按了開關，切換成浴室的監視器。在日光燈的照明下，現在的畫面顯得清晰銳利。赫奇戴特以為她要小便，但是嘉莉只是站在門內，看著馬桶。

「哦，聖母瑪利亞，看看這個。」尼爾利低喃。

馬桶裡的水開始冒出輕微蒸氣，持續了一分多鐘（奈特的工作日誌是一分鐘二十一秒），然後嘉莉走到馬桶邊沖水，再坐上去小便，沖水，喝了兩杯水後，回去床上睡覺。這一次她的睡眠似乎變得比較舒適深眠。赫奇戴特看了一下溫度計，發現它下降了四度。在他的目光下，又降了一度，來到六十九度——剛好比套房的正常溫度高一度。

他和尼爾利一直留到午夜過後。「我要回家睡覺了，你會把這件事記錄下來，是吧？」

「我拿薪水就是要來做這個的。」尼爾利冷漠地回答。

赫奇戴特回家了，隔天他寫了一份備忘錄，建議任何經由更進一步實驗所提供的新知，應該和潛在風險保持平衡，他認為目前的潛在風險已快速增加到讓人不安的地步。

12

嘉莉不太記得昨晚的事。她只記得好熱，所以起床去丟掉一些熱度。她記得夢到那個夢，但只隱約記得——一種自由的感覺

（光明在望，就在森林盡頭，那裡有一處她和法師可以永遠奔馳的開闊土地。）

夾雜著恐懼感和失落感。是他的臉，一直是約翰的臉。或許她早就知道，或許她早就知道

（樹林起火了，不要傷害馬兒，哦，請不要傷害馬兒。）

一直都知道。

當她隔天上午醒來時，她的恐懼、困惑和淒涼開始了它們或許不可避免的轉變，成了一種鮮明的憤怒。

他星期三最好不要擋路，她心想，**他最好如此，如果關於他的所作所為都是真的，那他星期三最好不要靠近我或爹地。**

13

快到中午的時候，雨鳥推著他裝滿清潔用品、拖把、海綿和抹布的清潔推車，走了進來。他的白色清潔工制服，在他身邊輕輕飄揚。

「嗨，嘉莉。」他說。

嘉莉坐在沙發上，看著一本繪本。她抬起目光，臉色蒼白，一開始未露笑意……而且謹慎，臉頰的皮膚像是伸展得過於緊繃。然後，她面露笑容。但這不是，雨鳥心想，她平常的笑容。

「嗨，約翰。」

「妳今天上午的臉色看起來不太好，嘉莉，請原諒我這麼說。」

「我昨晚沒睡好。」

「哦，是嗎？」他知道她沒睡好。那個笨蛋赫奇戴特因為她在睡夢中提高了五、六度溫度，就氣到口沫橫飛。「很遺憾聽到這件事，是因為妳爸爸嗎？」

「我想是的。」她合上書站了起來。「我想我要再去睡一下，我現在不太想要聊天。」

「好，去吧。」

他看著她離開，等臥室門咔地關上時，他走進廚房，裝滿水桶。她看他的模樣不太對勁，那個笑容，他不喜歡。她昨晚睡得不好，是的，沒問題。大家偶爾會碰上這種事，隔天上午起來就對老婆大小聲，或是盯著報紙卻看不下去。當然，但是……他內心卻發出了警訊。她已經有好幾個星期沒那樣看他；她今天上午也沒有迎向他，熱切開心地見到他，這個狀況他也不喜歡。她今天保留了自己的空間，這讓他不安。或許這只是睡不好的後遺症，或許昨晚的噩夢只是她吃的東西所造成的，但這還是讓他很不安。

還有一件事讓他很在意：上校昨天接近傍晚的時候下來看她，他以前從未這麼做過。

雨鳥放下水桶，將拖把擰乾器掛在桶子邊緣。他沾溼拖把，再擰乾水，便開始拖地板，慢慢拖出一道又一道的長長痕跡。他傷痕累累的臉龐顯得沉著安寧。

上校，你是一直想往我背後捅刀子嗎？認為你已經得到夠多了？也或許你只是不敢面對我的孬種。

如果最後一點屬實，那麼他就徹底看錯上校了。赫奇戴特是另一回事。赫奇戴特完全沒有跟參議院委員會及小組委員會打交道的經驗，總是東晃晃西晃晃，弄一些佐證的東西，他可以放縱自己感受恐懼。但上校不能，上校知道沒有所謂的充分證據，尤其是處理像嘉莉．麥吉這樣有爆炸（這裡刻意用雙關語）潛力的東西。而上校想要申請的不只是資金，等他在會期結束前得到機會，他將脫口說出最令人畏懼和神秘的官僚用語：**長期資金**。而在幕後，還潛伏著無言卻強大的優生學暗示。雨鳥猜想，到最後，上校會發現勢必要邀請一群參議員來到這裡看嘉莉表演。或許他們還會獲准帶孩子過來，雨鳥一邊拖地一邊想著，總是比海洋公園訓練有素的海豚來得好。

上校會知道他需要所有能得到的助力。

所以他昨晚為什麼要過來見她？他為什麼要破壞現狀？

雨鳥擰乾拖把，看著灰色的髒水回到桶子。他從廚房敞開的門口，看向嘉莉緊閉的臥室房門。她把他關在外面，他不喜歡這樣。

這讓他非常非常不安。

14

在那個十月初的星期一晚上，從棉花州而來的溫和風暴，吹得烏雲凌亂掠過剛從地平線上慵懶升起、如孕肚般的滿月。第一批樹葉落下，在修剪整齊的草地和場地上沙沙作響，惹得不屈不撓的場地維護員大軍在隔天上午好生收拾了一番。有些落葉打轉飄入鴨塘，如小船般漂浮水面。秋天已再次造訪維吉尼亞。

安迪在房間看電視，頭痛仍未消除，臉上的麻木部位雖然減少了面積，卻還未消失。他只希望能在星期三下午以前準備妥當。如果事情按照他的計畫進行，他可以把他必須施展的推力，減少到最低次數。如果嘉莉拿到了他的字條，如果她可以在對面的馬廄和他會合……那麼她將成為他的推力、他的操縱桿和他的武器。當他擁有等同的核子步槍時，誰還會跟他爭辯？

上校坐在朗蒙特山丘的家中，就像雨鳥來訪的那個晚上，他手中也握著裝有白蘭地的窄口大肚杯，立體音響傳來輕柔的音樂。今天晚上是蕭邦。上校坐在沙發上，在房間的另一頭，兩幅梵谷畫作底下的牆壁倚著上校老舊損壞的高爾夫球袋。他剛從地下室把球袋提上來，那裡有十二年來他和喬琪亞住在這裡，沒有前往世界各地出任務時所累積的運動器材。他把高爾夫球袋帶到客廳，因為他最近就是一直無法擺脫腦海裡的高爾夫，高爾夫，或是蛇。

他把球袋拿上來，想要一一取出鐵桿和兩支推桿，然後再次檢視它們，撫摸它們，看看這樣是否可以讓他放鬆下來。此時，其中一支鐵桿似乎……嗯，這太可笑了（其實是荒謬），但其中一支鐵桿似乎有了**動靜**。就好像它根本不是鐵桿，而是一條蛇，一條爬過這裡的毒蛇。

上校靠牆放下球袋，就快步離開。半杯的白蘭地止住了他雙手短暫的顫抖。等喝完酒時，他或許可以告訴自己，他的手完全沒有顫抖。

他把酒杯舉到嘴邊，接著又停下動作。又來了！又有動靜了……還是這只是眼睛錯覺？

眼睛錯覺，肯定是。在他該死的球袋裡沒有蛇，只有最近不太常用的球桿。太忙碌了。他是相當不錯的高球員，哦，不是，他比不上尼克勞斯或湯姆．華生，但他可以讓小白球留在球道上。不會像帕克那樣，總是削出右曲球。上校不喜歡削球，因為這表示你是在長草區，那裡長著高高的草，有時會有——

控制好自己，控制好自己。你仍舊是上校嗎？抑或不是？

他手指又開始顫抖了。怎麼會這樣？到底怎麼會這樣？有時，似乎會有解釋，一個完美合理的理由——或許是某人說的話，而他就是……記不得了。但其他時候——

撕裂。

（就像現在，耶穌基督，就像現在）

他感覺像是瀕臨精神崩潰，感覺他的大腦成了溫熱的太妃糖，就要被這些格格不入的思緒撕裂。

（你是上校嗎？抑或不是？）

上校猝然把手中的白蘭地杯子扔進壁爐，杯子頓時如炸彈般碎開。一個窒息的聲音——一聲啜泣——從他緊繃的喉嚨傳來，像是不計任何痛苦，要嘔出腐爛的東西。然後，他讓自己走過房間（搖搖晃晃如醉酒，如踩著高蹺），抓起高爾夫球袋的肩帶（再次像是有東西在裡面行動挪移……**挪挪移……嘶嘶嘶**），負上肩膀。憑著一腔孤勇，把球袋背進暗影重重的地窖洞穴，他的額頭沁出一大顆一大顆明顯的汗珠，恐懼和決心讓他神情凝重。

除了高爾夫球桿別無他物，除了高爾夫球桿別無他物，他的腦海一再吟誦。而途中每一個步伐，他都預期會有一條棕色的長形物，帶著黑珠子般的眼睛和滴著毒液的尖小利牙，從袋子滑行出來，往他的脖子刺下兩個傷口，注入死亡。

回到客廳後，他感覺好多了。除了揮之不去的頭痛，他感覺好多了。

他可以再度有條理地思考。

幾乎可以。

他喝醉酒。

隔天上午，他再次感覺好多了。

暫且如此。

15

雨鳥在這風大的星期一晚上，整晚都在蒐集資料，令人不安的資料。他先是去找尼爾利談話，前一天當上校去找嘉莉時，就是尼爾利在監看畫面。

「我想要看看監視錄影帶。」雨鳥說。

尼爾利沒有異議。他把雨鳥安置在走廊上的一個小房間，交給他星期天所有錄影帶，以及一臺具有放大和定格畫面功能的索尼放映裝置。尼爾利很高興能夠擺脫雨鳥，只希望他不會再回來要求其他東西。女孩就已經夠可怕的了，而雨鳥爬行動物般的風格，讓他的可怕程度更勝幾分。

影片錄製在三小時長度的 Scotch 帶子上，時間標示採取 0000 到 0300，以此類推。雨鳥找到有上校影像的帶子，看了四次，他沒有任何動作，直到上校說：「嘉莉，我要走了，但我會留意妳的事，所以別擔心。」才按了倒帶鍵。

影帶中有許多讓約翰．雨鳥在意的事。

他不喜歡上校看起來的模樣，上校變得蒼老，和嘉莉說話時，有好幾次像是忘了自己說到哪裡，像是即將步入衰老期的人。他的眼睛有一種迷茫不知所措的神情，和雨鳥聯想到的作戰疲勞症表情出奇地近似，一名戰友曾把這個症狀適切命名為「大腦振盪搖擺」。

我認為，我應該可以安排在……星期三。對，確定是星期三。

他到底為什麼這樣說？

雨鳥認為，讓這孩子心中建立這樣的期望，絕對會摧毀未來實驗的機會。明顯的結論是，上校在玩弄自己的詭計，以商店最佳的傳統來迷惑人。

但雨鳥不相信，上校看起來不像在搞陰謀，他看起來精神錯亂。像是那句關於嘉莉爸爸打高爾夫的評論，真是完全天外飛來一筆，和兩人之前及之後說的話都沒有關聯。雨鳥一度思索這會不會是某種暗語，但這想法明顯荒謬。上校知道嘉莉房間所進行的一切都受到監視和錄影，並且經常拿出來檢討。他可以說出比這句話更好的偽裝語言，這句關於高爾夫的發言就高懸在那裡，牛頭不對馬嘴，令人困惑。

而且還有最後一件事。

雨鳥一再重複播放。上校停下腳步，**哦，差點忘了**。然後他交給她一件東西，她好奇看了看，就收進睡袍口袋。

雨鳥的手指放在索尼放映機的按鈕上，看著上校說了六次，**哦，差點忘了**；交給她一件東西六次。剛開始，雨鳥以為那是口香糖，然後他利用定格放大的功能，他相信，那東西非常非常可能是字條。

上校，你到底是想幹什麼？

16

那天晚上接下來的時間，以及星期二凌晨的前幾小時，他都坐在電腦前，叫出他所知道關於嘉莉．麥吉的一切資料，努力找出某種模式，卻一無所獲。眼睛疲勞讓他開始頭痛。

起身關燈時，他突然靈光一閃，出現一個毫不相關的連結。這跟嘉莉無關，而是跟那個藥物成癮的發福廢物——跟她爸爸有關。

平契特。賀曼．平契特一直負責安迪．麥吉的案子，上星期卻以雨鳥想像中最恐怖的方式自殺了。顯然是精神失常，精神錯亂，精神異常。上校帶安迪去參加葬禮——真的停下來思考的話，會覺得這有點奇怪，但還不算異常。

接著，上校的行為開始有點詭異——談論高爾夫，遞字條。

這太荒謬了，他已經沒有能力了。

雨鳥站起來，手放上電燈開關。電腦螢幕發出暗淡的綠光，就像剛挖出來的綠寶石顏色。

誰說他沒有能力了？他？

雨鳥突然意識到，這裡還有另一件奇怪的事。平契特早就放棄安迪，已經決定把他送到毛伊圍地。如果安迪無法展示任何和命運六號有關的效果，根本沒必要讓他留在這裡……而且把他和嘉莉分開也更安全。但是，平契特突然改變主意，決定再安排另一輪實驗。

接著，平契特決定清理廚餘處理機……在它仍保持運轉的情況下。

雨鳥走回電腦，他頓了頓，思考了一下，然後打上**嗨 電腦／查詢安德魯・麥吉一四一一二／進一步實驗／毛伊基地／查詢完畢**

電腦閃現：**處理中**，過了一會兒。**嗨 雨鳥／安德魯・麥吉一四一一二 無進一步實驗／授權人「椋鳥」／預訂前往毛伊 十月九日十五時／授權人「椋鳥」／安德魯斯空軍基地—德班空軍基地〔伊利諾〕—卡拉密空軍基地〔夏威夷〕／完畢**

雨鳥看看手錶，十月九日是星期三。安迪明天下午要離開朗蒙特，前往夏威夷。誰說的？椋鳥授權人說的，而椋鳥就是上校本人。不過這是雨鳥第一次知道此事。

他的手指再次敲擊鍵盤。

查詢機率 安德魯・麥吉一四一一二／應有精神控制能力／交叉參照賀曼・平契特

打到這裡，他必須停下來翻找平契特的代碼。他拿出那本破舊磨損、充滿汗漬的密碼簿，過來這裡之前，他已先把它塞進後口袋。

一四四〇九 查詢完畢

電腦回答：**處理中**，電腦螢幕就這樣空白了好一段時間，久到雨鳥懷疑自己是不是弄錯程式，最後一無所獲，只會得到「六〇九」的錯誤代碼。

然後電腦閃現：**安德魯．麥吉一四一一二／精神控制能力 機率 三十五％／交叉參照賀曼．平契特／完畢**

百分之三十五？

怎麼可能？

好，雨鳥心想，我們把平契特移出這該死的方程式，看看會發生什麼事。

他打上：**查詢機率 安德魯．麥吉一四一一二／應有精神控制能力 查詢完畢**

電腦閃現：**處理中**，這一次十五秒鐘就答覆了。**安德魯．麥吉一四一一二／精神控制能力 機率二％／完畢**

雨鳥往後靠，閉上他那顆完好的眼睛，從抽痛的頭部中感覺到某種勝利感。他最後才問出了重要的問題，但這是人類為其直覺跳躍所付出的代價，電腦對這種跳躍一無所知，即使它接受指令程式會說：「嗨」、「再見」、「很抱歉〔程式處理人名〕」、「真遺憾」和「哦，該死」。

電腦認為安迪保有精神控制能力的機率不大，直到加入平契特的變因，而機率瞬間激增，就快登月。

他打上：**查詢原因 安德魯．麥吉一四一一二精神控制能力〔機率〕 交叉參照賀曼．平契特一四四〇九後從二％增加到三十五％ 詢問完畢**

電腦回答：**處理中**，接著出現：**賀曼．平契特一四四〇九 判定自殺／機率顧及安德魯．麥吉一四一一二可能造成自殺／精神控制能力／完畢**

就是這個，在這個西半球最大、最複雜熟練的電腦庫房中，就等著有人問出正確問題。

要是我把對於上校的懷疑，當成確定事實輸入呢？雨鳥思索，然後決定放手一試。他再次拿出密碼簿，找尋上校的代碼。

建檔，他輸入，**詹姆士・霍利斯特上校一六〇四〇／和安德魯・麥吉一四一一二參加賀曼・平契特一四四〇九葬禮 建檔結束**

電腦回應：**已建檔**。

建檔，雨鳥繼續輸入，**詹姆士・霍利斯特上校一六〇四〇／目前顯現重大精神壓力的跡象 歸檔結束六〇九**，電腦回應。它顯然不知道「精神壓力」和「鬼扯」有什麼不同。

「真是服了。」雨鳥嘀咕，又試了一次。

建檔／詹姆士・霍利斯特上校一六〇四〇／目前在莎琳・麥吉一四一一一面前 行為違反方針 歸檔結束

已建檔。

「終於建好檔了，你這賤人。」雨鳥說：「那麼來試試這個。」他的手指回到鍵盤上。

查詢機率 安德魯・麥吉一四一一二／應有精神控制能力／交叉參照賀曼・平契特一四四〇九／交叉參照詹姆士・霍利斯特上校一六〇四〇詢問完畢

電腦顯示：**處理中**。雨鳥往後坐，盯著螢幕，等候結果。百分之二太低，百分之三十五也不算什麼值得下注的數字。但是——

電腦現在閃現：**安德魯・麥吉一四一一二／精神控制能力機率 九十％／交叉參照賀曼・平契特一四四〇九／交叉參照詹姆士・霍利斯特上校一六〇四〇 完畢**

現在提升到了百分之九十，這**的確**值得下注。

約翰・雨鳥還敢下注兩件事，一是上校交給嘉莉的東西，的確是她父親要給她的字條；二是裡面寫著他們的逃脫計畫。

「你這該死的畜生。」約翰．雨鳥嘀咕，不無欽佩。

雨鳥再次回到電腦前面，打上

六〇〇 電腦 再見 六〇〇

六〇四 雨鳥 再見 六〇四

雨鳥關上鍵盤，輕聲笑了起來。

17

雨鳥回他目前居住的家，和衣倒頭就睡。他在星期二剛過中午時醒來，然後打電話給上校，說他下午不去上班，因為他得了重感冒，很可能是流感，擔心傳染給嘉莉。

「希望這不會讓你明天去不了聖地牙哥。」上校輕快地說道。

「聖地牙哥？」

「三份檔案。」上校說：「最高機密，我需要一個信使，就是你了。你的飛機將在明天上午七點從安德魯斯起飛。」

雨鳥的腦筋飛快轉動，這應該是安迪．麥吉的傑作。麥吉知道他的事，當然知道，這必定連同麥吉策劃的什麼瘋狂逃脫計畫，一起寫在交給嘉莉的字條裡，所以女孩昨天的行為才會那麼奇怪。安迪可能是在前往平契特葬禮或回來的途中，對上校狠狠施展了推力，上校便一五一十交代了所有事。麥吉預訂明天下午從安德魯斯出發；現在上校告訴他雨鳥，明天上午要出差。麥吉利用了上校，預先安全地除去他這個障礙。他要——

「雨鳥？你有在聽嗎？」

「我在聽。」他說：「你可以派別人去嗎？上校，我覺得很不舒服。」

「我只信得過你。」上校回答：「這東西太勁爆了，我們不想……讓草叢裡的蛇去……去拿到它。」

「你剛才是說『蛇』嗎？」雨鳥問。

「是！蛇！」上校簡直是在尖叫。

麥吉肯定對他施展過推力了，並且在霍利斯特上校的大腦造成了慢動作式的雪崩災難。雨鳥忽然有種感覺——不，是直覺上的確定——如果他拒絕上校，並且一直固執己見，上校就會崩潰……就像平契特那樣崩潰。

他想要這麼做嗎？

他決定不要。

「好吧。」他說：「我會上飛機，上午七點，還要盡量吞抗生素。上校，你真是混蛋。」

「我毫無疑問也可以對你證明我的慈父之情。」上校說，但是這個打趣顯得勉強而且空洞。他聽起來像是鬆了一口氣，也像在顫抖。

「是，我相信。」

「或許等你到那裡的時候，可以打一輪高爾夫。」

「我不打——」高爾夫。他也跟嘉莉提到了高爾夫——高爾夫和蛇。這兩個東西想必是麥吉在上校大腦中啟動的詭異旋轉木馬的一部分。「好，或許我會試試。」他說。

「上午六點三十分到安德魯斯。」上校說：「去找一個叫做迪克．法爾森的人，他是帕克利吉少校的副官。」

「好。」雨鳥說，雖然他明天並不打算到安德魯斯空軍基地。「上校，再見。」

他掛上電話，然後坐到床上。他穿上老舊的沙漠靴子，開始作計畫。

18

嗨電腦／詢問狀態 約翰．雨鳥一四二二二／從安德魯斯空軍基地［特區］到聖地牙哥［加州］最終目的地／詢問完畢

嗨上校／狀態 約翰．雨鳥一四二二二／從安德魯斯空軍基地［特區］到聖地牙哥［加州］最後目的地／東岸時間上午七時出發 安德魯斯空軍基地／狀態 確認／完畢

電腦真是小孩子，雨鳥看著這些訊息時想著。他只是打進了上校的新代碼——知道他拿到了新代碼，上校一定很震驚——就電腦來說，他就是上校。他開始輕輕吹起口哨，現在太陽剛剛西下，商店總部昏昏欲睡地按照例行常規行事。

最高機密建檔

代碼 請求

代碼 一九一八〇

代碼 一九一八〇，電腦回覆，準備建檔最高機密

雨鳥只遲疑了片刻，便打下：**建檔／約翰．雨鳥一四二二二／安德魯斯空軍基地［特區］到聖地牙哥［加州］ 最終目的地／取消／取消／取消完畢［一九一八〇］**

建檔完成

接著，雨鳥從密碼簿找出取消任務的電腦通知對象：維克托．帕克利吉和他的副官迪克．法爾森。新的指令會在午夜電傳安德魯斯，他預訂搭乘的飛機不會等待雨鳥這個乘客就直接起飛。神不知鬼不覺，包括上校。

六○○ 電腦 再見 六○○

六○四 上校 再見 六○四

雨鳥推開鍵盤。當然，他大可以今晚就終結整件事，但這樣缺少說服力。某種程度上，電腦可以支持他；只是電腦計算的機率不是決定性因素。等事件發生後，等一切都出現後，再阻止他們比較好。這樣也比較有意思。

整件事都很有意思，在他們一心關注女孩的期間，爸爸重新取得了能力，也可能是一直隱藏了他的能力。他很有可能扔掉他的藥。現在，他掌控了上校，這表示他差一點就可以掌控這個一開始就囚禁他的機構。這真是太有趣了；雨鳥早就明白殘局經常如此。

他並不清楚麥吉的計畫，但他猜想得到。是的，他們會去安德魯斯，只是嘉莉會跟他們同行。上校不怎麼費事就可以把她帶離商店總部——這世界上可能也只有上校可以輕易辦到。他們會去安德魯斯，但不會去夏威夷。安迪可能計畫讓兩人消失在華盛頓特區；但也可能在德班下飛機，而且上校還會被設定派出一輛軍官用車。這樣的話，芝加哥就會是他們隱身的城市——只是幾天後，他們就會重新出現在激動的《芝加哥論壇報》頭條。

他一度考慮完全不去妨礙他們，這樣也會很有意思。他猜這樣上校最後就會進入精神病院，胡亂嚷嚷高爾夫球桿和草叢裡的蛇，或是自殺身亡。至於商店呢？大可以想像蟻丘底下放一瓶硝化甘油會發生什麼事吧。雨鳥猜想，從媒體得知安德魯．麥吉一家怪異試驗的蛛絲馬跡開始，不出五個月，商店就會不復存在。他對商店沒有什麼忠誠度，也向來沒有。他是獨行俠，殘廢傭兵、紅銅膚色的死亡天使，這裡的現狀對他並不代表任何意義。此時，擁有他的忠誠的不是商店。

而是嘉莉。

兩人有個約會。他會深深看著她的眼睛，而她也會看著他的……也可能是兩人一起邁出腳步，進入烈焰當中。

殺了她，或許可以讓世界免於某種難以想像的末日大戰，但這也不在他的盤算之中。他虧欠世界的忠誠度，就像對於商店。是世界和商店帶他離開了封閉的沙漠社會，離開原本可能成為他唯一救贖的地方，使得他漂泊無根……或者是，缺乏救贖，成為無害版本的《湯姆歷險記》印第安喬，在加油站幫人加油，或在旗手市和鳳凰城之間的公路某處，站在破爛的小小路邊攤販賣印第安人偶贗品。

但是嘉莉，嘉莉！

自從停電那個無盡黑夜過後，他們就一起困在一場漫長的死亡華爾滋之中。那天早上在華盛頓殺死溫勒斯後，他原本的小小猜想，現在已發展成為一個無可辯駁的確定：這女孩是他的。但這會是一種愛的行為，而不是毀滅的行為，因為反過來幾乎也一樣屬實。

這是可以接受的，就許多方面來說，他願意死去。而死在她的手中，死在她的烈焰中，將會是一種悔悟的行為……甚至可能是赦罪。

等到她和她的父親再次團聚，她會成為一把上膛的槍……不，是一個能量飽滿的火焰噴射器。

他會看著她，他會讓他們兩人重聚，這樣會發生什麼事呢？誰知道呢？

但知道了，豈不是很掃興？

19

那天晚上，雨鳥去了華盛頓，找到一個加班的飢餓律師。他給了這名律師總共三百美元的小鈔，在這名律師的辦公室整頓好幾件私事，準備迎接明天的到來。

第11章 燃火的女孩

1

嘉莉在星期三早上六點起床，她脫掉睡衣，踏進淋浴間。她洗了身體，洗了頭髮，然後把水轉為冷水，就這樣渾身顫抖站在花灑底下超過一分鐘。她擦乾身子，仔細穿好衣服——棉質內褲、絲質襯衣、深藍色高筒襪、牛仔背心裙。最後，她套上磨損但舒適的樂福鞋。

她昨晚滿懷著恐懼及緊張興奮上床睡覺，以為自己根本睡不著。但她睡著了，而且不停夢到的不是法師及林間奔馳，而是她的媽媽，這很特別，因為她不像以前那樣時常想起媽媽。在她的記憶中，媽媽的臉龐有時會變得模糊不清，就像褪色的照片。但在她昨晚的夢中，媽媽的臉蛋——會笑的眼睛、溫暖豐厚的嘴唇——是如此清晰，彷彿前一天才見面似的。

現在，換好衣服，為今天作好準備，她臉上不自然的緊張線條已經消失，變得鎮靜沉穩。在廚房門邊牆壁的電燈開關底下，有個鋁合金髮絲紋面板，面板內嵌著呼叫鈕和揚聲器。她按下呼叫鈕。

「嘉莉，什麼事？」

她只知道這聲音的主人叫做麥克。等到七點——距離現在大約還有半小時——麥克就會離開，換成路易斯。

「我今天下午想要去馬廄。」她說：「看看法師，你可以告訴他們嗎？」

「嘉莉，我會留字條給赫奇戴特醫師。」

「謝謝你。」她停頓了一下。她認得他們的聲音，麥克、路易斯、蓋瑞，就像聽到電臺DJ會想像他們的模樣，她心中對他們的長相也有所想像。因此，也慢慢喜歡上他們。她突然意識到，她幾乎確定永遠不會再跟麥克說到話了。

「嘉莉，還有別的事嗎？」

「沒有，麥克。祝你……有個愉快的一天。」

「哎呀，謝謝妳，嘉莉。」麥克聽起來既驚訝又愉快。「妳也一樣。」

她打開電視，轉到每天上午都會透過有線頻道而來的卡通節目。大力水手卜派從菸斗大口吸食了菠菜，準備痛扁布魯托。下午一點鐘，像是距離一整個時代。

要是赫奇戴特醫師說她不能出去怎麼辦？

電視螢幕描繪出卜派的肌肉剖面圖，每一條肌肉大約都有十六個渦輪引擎。

他最好不要那麼說，他最好不要，因為我要去，不管怎樣，我都要去。

2

安迪的睡眠不像他女兒的那樣舒服或療癒，他輾轉反側，有時就快要睡著，卻又在快要熟睡時驚醒，因為噩夢的可怕前緣觸及了他的心靈。他唯一記得的是，嘉莉蹣跚走在馬廄馬棚間的走道，頭不見了，脖子噴出的不是鮮血，而是紅藍火焰。

他原本預計睡到七點，但當床邊數位時鐘來到六點十五分時，他再也待不下去，身體一翻便下床去淋浴間。

昨晚剛過九點的時候，平契特原本的助理奈特醫師帶著安迪的離去文件進來。奈特年近六十，是一個髮量漸禿的高大男子，他一副慈父模樣，雜亂無章說著話。真遺憾你要離開了；希望你享受在夏威夷的生活；但願我能跟你一起去，哈，哈；請在這裡簽名。

奈特要他簽名的文件是他隨身物品清單（包括他的鑰匙圈，看到它讓安迪湧現突如而至的強烈鄉愁），等他到夏威夷之後，這些物品預計會再開列清單；他並且在另一張說明這些物品已確實歸還的文件上簽名。他們謀殺了他的妻子，橫越了大半個美國來追捕他和嘉莉，綁架並且囚禁他們父女，現在居然要他簽一張關於他隨身物品的文件，安迪覺得這真是黑色滑稽及卡夫卡式的荒謬。我當然不想遺失任何鑰匙，他想著，一邊簽下名字；我日後可能會需要其中一把來開汽水瓶，對吧，夥伴？

文件中還有一份星期三行程的副本，上校在底下工整簽了名字的首字母。他們將在十二點三十分出發，屆時上校會來安迪的住處接他。兩人會繼續前往東檢查哨，經過C區停車場，在那裡會有兩輛護送車跟上。他們會開車到安德魯斯，大約在下午三點登機。途中會暫停一站加油，那是在芝加哥附近的德班空軍基地。

好，安迪心想，**就這樣**。

他換好衣服，開始在房間到處走動，收拾衣物、刮鬍刀、鞋子、房間拖鞋。他們提供了兩個Samsonite 行李箱給他。他記得所有事情都要慢慢來，動作要帶有受藥物影響的那種小心專注。

他剛從上校那裡得知雨鳥的時候，第一個念頭是希望可以見到他。對於這樣一個用鎮靜麻醉槍射中嘉莉，後來又以更加可惡的做法背叛她的人，如果能推動他拿槍對準自己的太陽穴，然後扣下扳機，會是一件多麼令人愉快的事呀！但他已經不想見到雨鳥了，他不想要有任何意外。臉上的麻木部位已縮小到如針孔，卻依舊存在——提醒他如果過度使用推力，很可能會讓自己送命。

他只希望事情能夠順利進行。

他的少少物品實在太快就能收拾完畢，他只能坐下來等待。他很快就能再次見到女兒的這個念頭，有如大腦裡溫暖的小煤塊。

對他來說，下午一點鐘像是距離一整個時代。

3

雨鳥那個晚上根本沒睡著。他大約在清晨五點半時從華盛頓回來，把凱迪拉克開進車庫後，就坐在廚房的桌子旁，喝著一杯又一杯的咖啡。他在等待從安德魯斯打來的電話，要等到這通電話進來，他才可以放心。上校理論上還是可能發現他藉由電腦所動的手腳。麥吉把霍利斯特上校的腦袋搞得一團亂，但仍不容小覷。

大約在六點四十五分，電話響了。雨鳥放下咖啡杯，起身，再走去客廳接電話。「我是雨鳥。」

「雨鳥嗎？我是安德魯斯的迪克．法爾森，維克托．帕克利吉少校的副官。」

「老兄，你吵醒我了。」雨鳥說：「希望你抓到的螃蟹大如橘子板條箱，這是印第安的古老詛咒。」

「你的行程取消了。」法爾森說：「我想你知道的。」

「對，上校昨天晚上親自打電話跟我說了。」

「真遺憾。」法爾森說：「這通電話只是標準程序，就是這樣。」

「喔，你完成了標準程序，那我可以回去睡覺了嗎？」

「當然，我真羨慕你。」

雨鳥刻意笑了幾聲，便掛上電話。他回到廚房，拿起咖啡杯，走到窗邊往外看，卻看不見任何東西。

朦朧流過他心靈的是，為死者的祈禱[24]。

4

上校直到快十點半時，才進辦公室，比他平常晚了一個半小時。他離開家前，徹底搜索了他的小 Vega，因為前一晚他已經深信車子被蛇群入侵。這個搜索工作花了他二十分鐘——需要確認裡面沒有響尾蛇或銅頭蝮（或是更為邪惡、更奇異的蛇）棲息在後車廂的陰暗處，或是在有餘溫的引擎體上打盹，蜷縮在車前的手套箱中。他不想要太靠近，擔心這嘶嘶吐著蛇信的可怕爬蟲類會跳出來，所以就用掃把的柄頭按下手套箱按鈕，當維吉尼亞的地圖從這儀表板的方形洞口掉下來時，他差點放聲尖叫。

後來，前往商店的途中，他經過綠徑高爾夫球場，不知不覺就在路肩停下車，以略帶迷離的專注神情，看著球員揮打第八洞和第九洞。每當有人揮出右曲球落入長草區，他總忍不住想要下車對他們大喊，小心長草裡的蛇。

最後，一輛十輪大卡車的喇叭聲（他左邊輪子仍停在行車道）才讓他從這失神狀態驚醒，繼續開車上路。

他的秘書以一疊夜間電傳傳真歡迎他，他順手接來，並未費心翻看裡面是否有需要立即關注的緊急事項。秘書在座位上一一檢視各種要求申請，又突然好奇地抬頭看著上校。上校完全沒注意她，只是帶著茫然的神情凝視她辦公桌上層拉開的抽屜。

「打擾一下。」她說。儘管已經工作了好幾個月，她還是很有新人的自覺，知道她的前任原本和上校非常親密，或許還跟上校睡過——她有時會這樣揣測。

「嗯？」他終於轉頭看她，但是眼神還是一副茫然的模樣。這不知怎地讓人震驚……就像是看著傳說鬧鬼的房子上合起的百葉窗。

她猶豫了一下，然後直言：「上校，你還好嗎？你看起來……呃，有點蒼白。」

「我很好。」他說，一時又回到了原本的自己，驅散了她的一些疑慮。他抬頭挺胸，不再神情茫然。「任何要去夏威夷的人都應該感覺很好，對吧？」

「夏威夷？」葛洛莉亞疑惑地說，這對她倒是新消息。

「先不管這些。」上校說著，把電報紙、跨部門備忘錄和電傳塞在一起。「我稍後再看，麥吉父女有什麼事嗎？」

「有一件事。」她說：「我正要告訴你，麥克．凱勒赫說，嘉莉要求今天下午出去馬廄看馬兒——」

「好，可以。」上校說。

「——過了一陣子她又按了呼叫鈕，說她想要在十二點四十五分出去。」

「好，好。」

24. Prayer for the Dead，相信有未來審判、死者復生或煉獄的宗教，經常會為死者向神禱告。

「讓雨鳥先生帶她出去嗎？」

「雨鳥在前往聖地牙哥的路上。」上校顯然很滿意。「我會另外派一個人去接她。」

「好，你要見這個……」她隱去了聲音。上校的視線再次離開她身上，顯然又在盯著那個敞開的抽屜。抽屜半開，按照規定，它向來如此。裡面有一把槍，葛洛莉亞就跟以前的瑞秋一樣，是神槍手。

「上校，你確定沒事嗎？」

「應該關上它。」上校說：「牠們喜歡暗處，牠們喜歡爬進去躲起來。」

「牠們？」

「蛇。」上校說完就走進他的辦公室。

5

他坐在辦公桌後面，電報和傳真雜亂無章堆在前方。它們被遺忘了，現在一切都被遺忘了，只除了蛇、高爾夫球桿以及十二點四十五分要做的事。他會下樓去找安迪．麥吉，他強烈感覺到安迪將會告訴他接下來要做什麼，他強烈感覺到安迪會讓一切順利。

至於在今天下午十二點四十五分過後，他人生的每一件事都在一片匯集的黑暗之中。

他不介意，這可說是一種解脫。

6

在九點四十五分，約翰．雨鳥溜進靠近嘉莉住處的監控室。肥胖的大塊頭路易斯．崔恩特正在監看畫面，屁股幾乎從椅子上溢出來。數位溫度計顯示穩定的華氏六十八度。門打開的時候，他回頭看，見到是雨鳥，他的神情便有點緊張。

「我聽說你出差去了。」他說。

「取消了。」雨鳥說：「還有，路易斯，記住你今天早上從來沒見到我。」

路易斯一臉疑惑看著他。

「你沒看到我。」雨鳥重複。「今天下午五點過後，我就不管了。但在這之前，你都沒見過我。如果我聽到你說看到我，我就會來找你，割點脂肪回去。你了解嗎？」

路易斯．崔恩特的臉色明顯發白，手中的夾心蛋糕掉落在嵌著電視監視器和麥克風通話鈕的斜面鋼板上，再滾下斜面，摔落地面。蛋糕已被遺忘，只留下一道碎屑。他聽說過這傢伙很瘋狂，他看得出來，他聽說過的事全都是真的。

「我了解。」面對這樣的詭異笑容和露出精光的獨眼瞪視，路易斯小聲說著。

「很好。」雨鳥走向他，路易斯連忙閃開，但雨鳥完全沒理會他，只是凝視其中一個螢幕。嘉莉在那裡，穿著藍色的背心裙，漂亮得像幅畫。雨鳥以情人的眼神，注意到她今天沒有綁辮子，頭髮鬆散落在脖子和肩膀上，顯得纖細可愛。她什麼事也沒做，就只是坐在沙發上，沒有看書，沒有看電視，看起來像是等公車的女人。

嘉莉，他讚賞地想著，**我愛妳，我真的愛妳。**

「她今天要做什麼？」雨鳥問。

「沒什麼。」路易斯殷勤地說，幾乎喋喋不休。「只是要在十二點四十五分出去，去梳理她騎的那匹馬。我們明天要對她再做一個實驗。」

「明天嗎？」

「是的。」路易斯根本不在乎實驗的狀況，但他覺得這樣可以取悅雨鳥，而且或許雨鳥會離開。

他似乎被取悅了，笑容重新出現。

「她十二點四十五分要去馬廄，是嗎？」

「對。」

「誰帶她去？既然我去了聖地牙哥。」

路易斯發出高亢到像是女人的咯咯笑聲，表示很欣賞這樣的妙語。

「是你的哥兒們，唐恩・朱爾斯。」

「他不是我的哥兒們。」

「對，當然不是。」路易斯急急附和。「他……他認為這個命令有點可笑，但既然這是直接來自上校——」

「可笑？他到底覺得哪裡可笑？」

「呃，就是帶她出去，然後把她留在那裡。上校說馬廄的馬夫會看著她，只是他們根本不了解狀況，唐恩的想法是，這似乎會花上——」

「是，但這裡又不是花錢來聽他的想法的，是不是，胖子？」他用力拍擊路易斯的肩膀，產生如同小小悶雷的聲響。

「對，當然不是。」路易斯輕快回應，他現在已開始冒汗了。

「待會兒見。」雨鳥說著，往門口走去。

「你要走了？」路易斯無法掩飾鬆了一口氣的感覺。

雨鳥的手放在門把上，頓了頓，然後回頭望。「你是什麼意思？」他說：「我從沒來過這裡。」

「是的，先生，從來沒有。」路易斯匆匆回答。

雨鳥點點頭就離開了，順手帶上門。路易斯盯著關上的門好幾秒鐘，然後放心地重重呼出一口氣。他的腋窩都溼了，白色襯衫整個黏在背上。過了好一會兒，他撿起掉在地上的夾心蛋糕，撣撣它，又繼續吃了起來。監視畫面中的女孩仍靜靜坐著，什麼事也沒做。雨鳥——怎麼偏偏是**雨鳥**——是如何讓她喜歡上他，這對路易斯．崔恩特來說，依舊是個謎。

7

十二點四十五分，從她醒來到這個時刻似乎已過了永恆，房門嗡的一聲，唐恩．朱爾斯走了進來，他穿著棒球運動外套和老舊的燈芯絨褲。他冷冷看著她，沒什麼興趣的樣子。

「來吧。」他說。

嘉莉跟著他走了出去。

8

那一天的天氣涼爽，美好宜人。在十二點三十分的時候，雨鳥慢慢走過仍舊翠綠的草地，來到L形的低矮馬廄。馬廄漆成深紅色，滾著活潑的白邊，這個深紅就像是乾涸的血液顏色。天空中，一朵朵好天氣的雲兒緩緩行進，一道微風扯動他的襯衫。

如果死亡勢在必行，那麼今天就是適合它的好日子。

走進馬廄，他找出馬夫領班的辦公室，然後進去亮出他蓋著A級層級的識別證。

「長官，什麼事？」卓柏說。

「撤離這個地方。」雨鳥說：「五分鐘內，大家都離開這裡。」

馬夫沒有爭辯，也沒有胡亂說話，就算他臉色發白，曬黑的皮膚也掩飾了這一點。「馬也要嗎？」

「人就好，從後面出去。」

雨鳥已經換上野戰服——他們在越南的時候，有時會說這是「射越服」。長褲口袋又深又大，附有袋蓋。他從其中一個口袋掏出一把大型手槍，馬夫領班睿智的目光看著它，不覺得意外。雨鳥隨意拎著槍，指向地板。

「長官，會有麻煩嗎？」

「可能有吧。」雨鳥輕聲說：「我不是很清楚，老兄，快離開。」

「希望不會傷害到馬兒。」卓柏說。

雨鳥這時微微一笑，心想，**她也會這麼想的**，他看過她和馬兒在一起時的眼神。這個地方，馬兒的隔間裡有散落的乾草，閣樓還有成捆的乾草塊，加上到處都是乾燥的木頭，根本是個到處貼滿「嚴禁煙火」的大型火絨箱。

這是危險地帶。

不過，隨著歲月的累積，他愈來愈不在乎他的生命，他一直行走在危險地帶。

他走回大型的雙扇門往外看，還不見人影。他轉身，開始行走在馬棚間的走道，聞著馬兒讓人懷舊的甜美辛辣氣息。

他逐一檢查馬棚，確認全都上了門栓。他們仍在鴨塘的另一頭，大約還有五分鐘路程。不是上校和安迪．麥吉，而是唐恩．朱爾斯和嘉莉。

嘉莉，來到我身邊，他溫柔地想著，**快過來吧**。

他環顧四周，目光在陰暗的上層閣樓停留了片刻，便走到樓梯——只是釘在支撐梁柱上的橫木——身手靈活往上爬。

三分鐘後，嘉莉和唐恩．朱爾斯踏入空曠涼爽、暗影重重的馬廄。他們在門口站了一下，讓眼睛適應陰暗的光線。雨鳥拿著點三五七的麥格農手槍，槍口裝設著雨鳥自行打造的消音器，它就像蹲伏在槍口的怪異黑蜘蛛。事實上，它不是非常靜音的消音器：幾乎不可能把大型槍枝的槍擊聲完全消音。當——如果——他扣動扳機，它會先產生一聲沙啞的短促聲響，然後是低沉的爆裂聲，接下來就沒什麼太大作用了。雨鳥希望根本用不著這把槍，但現在他雙手持槍，讓消音器對準朱爾斯的胸口。

朱爾斯仔細環視周遭。

「你可以走了。」嘉莉說。

「喂！」朱爾斯抬高音量，完全不理會嘉莉。雨鳥了解朱爾斯，他是按章行事的人，認為只要仔細遵照每一道命令，就沒有人能攻擊你，可以隨時蓋住屁股保護好自己。「喂！馬夫！有人在嗎？我把孩子帶過來了！」

「你可以走了。」嘉莉又說了一遍，朱爾斯再次無視她。

「來吧。」他抓住嘉莉的手腕。「我們得找到人。」

雨鳥有點遺憾地準備射殺朱爾斯。不過，情況原本還可能更糟，至少朱爾斯是循規蹈矩死去，而且會蓋好屁股。

「我說了，你可以走了。」嘉莉說，朱爾斯猛然放開她的手腕。他不只是放開手，還立刻甩開手，就像碰到滾燙的東西一樣。

雨鳥密切注視這有趣的發展。

朱爾斯終於轉身看著嘉莉，一邊揉著手腕，不過因為距離太遠，雨鳥看不出他的手腕是否有痕跡。

「你出去。」嘉莉輕聲說道

朱爾斯伸手到外套底下，雨鳥再次準備給他一槍。他打算等朱爾斯完全掏出槍後再開槍，朱爾斯明顯想把嘉莉送回房子。

不過，朱爾斯的槍只掏到一半，就大叫一聲，槍跌落地板。他往後退了兩步，退離女孩，瞠目而視。

嘉莉只半轉身，彷彿對朱爾斯沒了興趣。在L形建築的長邊牆壁上有一個水龍頭，水龍頭下方是一個裝了半桶水的水桶。

蒸氣從水桶裡冉冉升起。

雨鳥不認為朱爾斯會注意到這件事，因為朱爾斯目不轉睛盯著嘉莉。

「你這混蛋，快滾出去。」她說：「不然我會燒了你，煎了你。」

約翰．雨鳥給了嘉莉一個無聲的微笑。

朱爾斯站在那裡看著她，猶豫不決。這個時候，他的頭微偏，眼睛不斷左右來回動著，看起來就像鼠輩，而且危險。雨鳥準備在她放手施展時給予支援，但還是希望朱爾斯能夠識時務，因為力量往往會失控。

「立刻滾出去。」嘉莉說：「回去你來的地方，我會看著你行動。**快！滾出去！**」

她語氣中的尖銳怒意讓朱爾斯下了決定。

「放輕鬆。」他說：「好，但是女孩，妳無處可逃，有的只是困難的道路。」

他邊說邊慢慢經過她，走回門口。

「我會盯著你。」嘉莉嚴厲地說：「可別想要轉身，你這……臭雞蛋。」

朱爾斯走出去，口中還說了些什麼，但雨鳥聽不清楚。

「快**滾！**」嘉莉大喊。

她站在雙扇門邊，背對著雨鳥，沐浴在午後寂靜的陽光下，勾勒出小巧的剪影。他全身再次湧現對她的愛意，那麼，這裡就是他們約會的地方了。

「嘉莉。」他輕柔呼喚。

她身體一僵，往後退了一步。她沒有轉身，但他感覺得到她瞬間認出他來，並且燃起一股怒火，雖然這一切只能透過慢慢聳起的肩膀察覺到。

「嘉莉。」他再次叫喚：「嗨，嘉莉。」

「是你！」她低語，他幾乎聽不到她的聲音，閣樓底下某個地方，馬兒輕輕嘶鳴。

「是我。」他承認。「嘉莉，一直是我。」

現在，她轉過身來，視線掃過馬廄的長邊方向。雨鳥看著她的動作，但她沒有看到他；他在充滿暗影的二樓閣樓，藏在一疊乾草塊後方，完全隱去身影。

「你在哪裡？」她尖聲質問：「你騙了我！我爹地說，在爺爺營地是你開的槍！」她的手不自覺放上咽喉被鏢針打中的地方。「**你在哪裡？**」

哎，嘉莉，妳會想知道嗎？

一匹馬兒嘶鳴：不是滿足的輕啼，而是猛然出現的強烈恐懼。這聲音引起另一匹馬哀鳴，還有一匹馬用力踢著馬棚上栓的門，形成雙重聲道。

「你在哪裡？」她再次大喊，雨鳥感覺溫度驟然上升。就在他底下，一匹馬兒——可能是法師——大聲嘶鳴，聽起來就像是女人的尖叫。

9

門鈴短促刺耳地響起，霍利斯特上校走進位於北棟莊園底下的安迪住處。他已經不是一年前的那個他了，當時他雖然年老，卻強硬且精明矍鑠；擁有一張讓人料想會在十一月蹲踞掩蔽物邊緣，悠然權威地拿著獵槍的臉龐。而現在走進來的這個人，心煩意亂，腳步蹣跚；一年前仍是鐵灰色的頭髮，已幾乎全白，像是嬰兒細嫩的髮質；嘴巴還不時無力地抽動。但最大的改變是他的眼神，顯得困惑，甚至有點孩子氣；這樣的神情偶爾會中斷，換上充滿懷疑、恐懼，近乎退縮的側眼一瞥。他的雙手軟綿綿放在身側，手指無意義地抽動。回聲效應已變成彈跳現象，在他的大腦中以致命的速度瘋狂呼嘯，橫衝直撞。

安迪．麥吉起身迎向上校，他身上穿的是當時和嘉莉在紐約第三大道設法擺脫商店轎車追蹤時的衣物。現在，燈芯絨夾克的左肩縫線已經綻裂，棕色條紋褲也褪色，臀部布料坐得發亮。

等待對他有好處，他覺得自已終於能夠平靜看待這一切。不是理解，絕對不是。他感覺就算和嘉莉設法克服這荒誕的困境，逃離此地繼續生活下去，他也永遠無法理解他們。他認為在這盛大的一團混亂中，他的個性沒有任何需要指摘之處；沒有什麼父之過需要由女兒來贖罪償還。需要兩百美元不是什麼錯，參加一個受控管的實驗也不是什麼錯；就跟想要自由一樣沒有錯。**如果**

我可以擺脫這一切，他心想，**我就會告訴他們：好好教導你們的孩子，好好教導你們的寶寶，教好他們，他們宣稱知道自己在做什麼，有時候他們知道，但大部分時間是在說謊。**

但情況就是這樣，不是嗎？無論如何，他們至少過得有意義。不過，這並沒有讓安迪想要原諒或理解造成這一切的人，而為了找到內心的平靜，他把滿腔怒火投向以國家安全之類的名義，做出這一切的不知名官僚身上。只是，他們現在不再不知其名：其中一人就站在他面前，微笑著、抽搐著，神情茫然。安迪對上校的狀況，絲毫不覺得同情。

好朋友，這可是你自找的。

「嗨，安迪。」上校說：「都準備好了？」

「是。」安迪說：「可以幫我提一個行李嗎？」

上校的茫然神情頓時換上虛假的精明一瞥。「你檢查過它們了嗎？」他厲聲說道：「查看裡面有沒有蛇。」

安迪對他施展推力，但只是輕輕一推，他想要盡可能保留力量以應付緊急狀態。「拿起來。」他示意兩個行李箱中的其中一個。

上校走過去，拿了起來；安迪跟著提起另一個。

「你的車在哪裡？」

「就在外面。」上校說：「已經停在約定地點了。」

「會有人檢查我們嗎？」他的意思其實是：**會有人攔下我們嗎？**

「怎麼會呢？」上校問，確實覺得驚訝。「我可是負責人。」

安迪只能接受。「我們要出去了。」他說：「然後我們要把這些行李放進後車廂——」

「後車廂沒問題。」上校插嘴：「我今天上午檢查過了。」

「——接下來要繞去馬廄接我女兒，有問題嗎？」
「沒有。」上校問。
「很好，我們走吧。」
他們離開房間，走向電梯。一些人在走廊上來來去去，忙著自己的差使。他們小心翼翼瞄了一眼上校，又迅速轉開視線。電梯帶他們到上面的舞池廳，上校領著他穿過一條長長的前廊。
在上校授意艾爾・史戴諾維茲前往哈斯汀谷的那一天，是由喬西負責門廳進出，現在她換到較重要也較好的職務。現在是一個有著早發性禿髮的年輕人坐在那裡，一手拿著黃色彩色筆，眉頭深鎖看著電腦程式教科書。在上校和安迪接近時，他抬起頭看了看。
「嗨，李察。」上校說：「在用功呀？」
李察大笑。「比較像是它們在對我用功。」他謹慎地瞥了一眼安迪，安迪不置可否地回視他。上校把拇指放上一個凹槽，不知哪裡咚的一聲，李察的控制面板上一個綠燈亮起。
「目的地？」李察問。他把彩色筆換成原子筆，筆在一個小小的線圈記事本上遊走。
「馬廄。」上校輕快地說：「我們要去接安迪的女兒，他們準備逃走。」
「安德魯斯空軍基地。」安迪反駁，並且施展推力。疼痛頓時像刀鋒不利的菜刀砍向他的腦袋。
「安德魯斯空軍基地。」李察附和，連同時間把它記在記事本上。「各位先生，祝你們有美好的一天。」
他們走進微風吹拂的十月陽光底下。上校的 Vega 停在環形車道的潔淨白色碎石子路面。「鑰匙給我。」安迪說。上校拿鑰匙給他，安迪打開後車廂，兩人一起把行李放進去。安迪關上後車廂，把鑰匙還給上校。「走吧。」

上校繞行鴨塘，駛向馬廄，途中，安迪注意到一個穿著棒球運動外套的人跑向他們剛才離開的房子，他覺得有點不妙。上校把車子停在馬廄敞開的大門前面。

他伸手想要拔下鑰匙，安迪輕輕拍掉他的手。「不用，別熄火，來吧。」他下車，頭部陣陣抽痛，有節奏地往大腦深處傳送疼痛的律動，但還不算太糟。還不算。

上校下車，卻猶豫不決地止步。「我不想進去裡面。」他說，眼珠在眼窩裡瘋狂轉動。「太暗了，牠們喜歡暗處，牠們會躲起來，會咬人。」

「這裡沒有蛇。」安迪說，再次輕輕一推。這樣已足以讓上校挪動腳步，但他還是不太相信的樣子。兩人走進馬廄。

從光亮處走到陰影底下，安迪的眼睛一度什麼也看不見。就在這樣恐怖狂亂的一瞬間，安迪以為她不在這裡。這裡又熱又悶，馬兒不知為何躁動不安，發出嘶鳴，踢著馬棚。安迪什麼也看不到。

「嘉莉？」他叫喚，聲音沙啞急切。「**嘉莉？**」

「爹地！」她呼喊，他全身頓時湧現一陣歡欣。但是這個歡欣在聽出她聲音中強烈的恐懼後，變成了懼意。「爹地，不要進來！不要進──」

「我想這恐怕太遲了。」一個聲音從上方傳來。

10

「嘉莉。」一聲音輕柔喚著，來自上方，在哪裡？它像是來自四面八方。

她怒火中燒，在這極度的不公平，這種永無寧日，以及他們隨時封鎖了每一次逃亡嘗試的情況下，怒火顯得更加熾烈。她幾乎立刻感受到**它**開始從她體內浮現。**它**現在總是愈發接近表面……愈發熱切想要迸現。就像面對帶她來的那個人的時候，她在他掏槍當兒，只是讓槍枝發燙，燙到他放手。算他幸運，子彈沒有直接在槍身裡面爆炸。

她已經感覺到熱量聚集在她體內，就像什麼詭異的電池，開始散射出去。她掃視上方陰暗的閣樓，卻找不到他。那裡太多乾草塊，太多暗影。

「嘉莉，我不會下去。」他稍稍抬高了聲音，語氣仍舊沉穩。他的言語穿過憤怒和困惑的混亂思緒而來。

「你應該要下來這裡！」嘉莉大喊，身體開始顫抖。「你應該要下來這裡，免得我決定燒掉一切！我辦得到！」

「我知道妳辦得到。」輕柔的聲音回答，它像是平空出現，也像是從周遭各處而來。「但如果妳這麼做，就會燒到許多馬兒。嘉莉，妳沒聽見牠們的聲音嗎？」

她聽到了，他一提醒她，她就聽到了。牠們已經害怕到近乎瘋狂，紛紛嘶鳴長嘯，衝撞鎖住門栓的馬棚。法師就在其中一個馬棚裡。

她喘不過氣來，她再次見到曼德斯家前院的那道蔓延火溝，爆炸燃燒的雞群。

她再次轉向水桶，感受到深切的恐懼。力量顫動，她就快要控制不住，再過一會兒

（撤退！）

它就要迸現

（！撤退！）

衝上天際。

（！撤退，撤退，聽到我說的嗎，撤退！）

這一次，半滿的水桶不只是冒出蒸氣，而是立刻激烈沸騰。過了一會兒，桶子上方的鍍鉻水龍頭像是螺旋槳般轉了兩圈，從牆壁伸出的給水管上爆開，如火箭般射過馬廄，撞上另一頭的牆壁，彈跳了幾下。水管噴出水，是冷水，她可以**感覺**到它的冰涼。但冷水噴濺出來不久，就轉為蒸氣和朦朧的霧氣，瀰漫在馬棚之間的走道。盤起掛在給水管旁邊掛鉤上的綠色塑膠水管也熔化了。

（撤退！）

她開始控制住它，把它拉回來。一年前，她還做不到這樣的掌控，只能放任事態走向毀滅的道路。她現在比較能控制住它了……啊，實在有太多需要控制的了。

她站在那裡，渾身顫抖。

「你還想怎麼樣？」她低聲問道：「為什麼不能就放我們走？」

一匹馬兒發出高亢驚懼的嘶鳴，嘉莉完全了解牠的感受。

「沒有人認為可以就這樣放妳走。」雨鳥輕聲回答：「我相信就連妳爸爸也認為不可以。嘉莉，妳很危險，妳自己也知道。我們可以放妳走，而接下來抓到妳的可能會是俄國人、北韓人，甚至是未開化的中國人。或許妳以為我在開玩笑，但我沒有。」

「這不是我的錯！」她大喊。

「對。」雨鳥沉思：「當然不是，但這全是廢話。我才不在意什麼Z因子，嘉莉，我從來就不在意，我只在乎妳。」

「**哦！你這騙子！**」嘉莉尖叫：「你騙我，裝作別人的模樣——」

她停下話。雨鳥輕巧越過一捆低矮的乾草塊，坐在閣樓邊緣，雙腳垂晃。手槍在他的膝蓋上，他的臉龐像是她頭上一輪毀滅的月亮。

「騙妳？不，嘉莉，我只是混雜事實而已，而且我這樣做是為了讓妳活下去。」

「卑鄙的騙子。」她低語，驚愕地發現到自己**想要**相信他；眼睛開始感覺到刺痛的淚意。她好累，好想相信他，想要相信他喜歡她。

「妳不願接受實驗。」雨鳥說：「妳爸爸也不願意，這樣他們會怎麼做？說『哦，抱歉，我們弄錯了』，然後就把你們放回街上嗎？嘉莉，妳見過這些人執行任務的樣子，見到他們對曼德斯那傢伙開槍。他們拔掉妳親生母親的指甲，然後綁——」

「**住口！**」她痛苦地尖叫，力量開始擾動，焦躁不安，它就要浮現。

「不，我不要。」他說：「嘉莉，該是妳了解真相的時候了。我讓妳繼續前進，讓妳變得對他們如此重要。妳以為我這麼做是為了我的工作嗎？我才不是。他們是混蛋，上校、赫奇戴特、平契特，還有帶妳過來這裡的朱爾斯——他們全是混蛋。」

她抬頭望著他，像是被他俯看的臉龐給催眠了。他沒戴眼罩，眼睛原本的部位現在是一個扭曲撕裂的空洞，就像恐怖的回憶。

「這件事我沒有騙妳。」他說著，碰觸他的臉。他的手輕輕地、近乎疼惜地觸碰從下巴旁邊劃出的疤痕，撫向傷痕累累的臉頰，再到燒毀的眼窩本身。「對，我混淆了事實，沒有什麼河內的老鼠洞，沒有越共。是我們自己人幹的，因為他們是混蛋，就跟這些人一樣。」

嘉莉聽不懂，不了解他的意思。她的思緒飛快轉動，他難道不知道她可以從他現在坐的地方把他烤成脆片嗎？

「這些都不重要。」他說：「除了妳和我都不重要。我們要彼此坦誠，嘉莉，我只想要這樣，對妳坦誠。」

她察覺到他說的是事實，但他的話中卻隱藏著更黑暗的事實，他有所隱瞞。

「上來。」他說：「我們來好好說清楚。」

對，這就像是催眠，而就某方面來說，也像是心靈感應。因為，即使她了解那黑暗事實的模樣，雙腳卻開始走向閣樓的樓梯。不是要談論他所談論的事，而是關於終結，終結懷疑、不幸和恐懼……終結製造強烈大火直到災難來臨的誘惑。他以自己扭曲、瘋狂的方式，談論要成為她無人能及的朋友。而且……是的，部分的她想要這樣；部分的她想要一種終結和一種解脫。

所以，她開始往樓梯走去，雙手搭上橫木，此時，她父親的聲音闖了進來。

11

「**嘉莉？**」他呼喚。咒語解除。

她的手離開橫木，猛然醒悟。她轉向門口，見到他站在那裡，而浮現在她腦海的第一個念頭是

（爹地，你變胖了！）

不過，它一閃而過，快到她幾乎來不及確認。而不管胖或瘦，那都是他；不管在哪裡，她都會認出他，她對他的愛襲上心頭，如同迷霧驅散，破除了雨鳥的咒語。而她醒悟到的是，不管約翰．雨鳥對她有怎樣的意義；他對她的父親都只意味著死亡。

「爹地！」她大喊：「不要進來！」

雨鳥頓時不快地皺了皺臉，手槍已離開他的膝蓋，指向門口的身影。

「我想這恐怕太遲了。」他說。

有個人站在爹地的身邊，她認為應該就是大家都叫他上校的那個人。他只是站在那裡，肩膀

像是骨折似地垮了下來。

「進來。」雨鳥說，安迪走了進來。「好，停住。」

安迪停下腳步，上校落後一、兩步跟在他後面，彷彿兩人是綁在一起的模樣。上校的視線緊張地往馬廏的陰暗處掃來掃去。

「我知道你辦得到。」雨鳥語氣輕快，近乎幽默。「事實上，你們兩人都辦得到。但是，麥吉先生……安迪？我可以叫你安迪嗎？」

「隨便你。」她的父親說，聲音沉著鎮定。

「安迪，如果你嘗試對我施加你的能力，我就會設法抵抗到足以射殺你女兒的那一刻。還有嘉莉，如果妳嘗試對我施加妳的能力，誰知道到時候會發生什麼事？」

嘉莉跑向父親，臉蛋緊貼燈芯絨夾克上的凸出絨條。

「爹地，爹地。」她嘶啞地低語。

「嗨，小餅乾。」他撫著她的頭髮。他抱住她，然後抬頭看向雨鳥。雨鳥坐在閣樓邊緣，有如坐在船桅上的水手，安迪夢裡的獨眼海盜成了真人。「你想怎樣？」他問雨鳥。他意識到雨鳥可能是想拖延時間，直到剛才跑過草地的那個人搬來救兵，但不知為何他不認為這是眼前這名男子想要的。

雨鳥沒有理會他的問題，只輕喚：「嘉莉。」

嘉莉在安迪懷裡顫抖，但沒有回頭。

「嘉莉。」他再次呼喚，輕柔而堅持。「嘉莉，看著我。」

她百般不情願地慢慢轉身，抬起頭看著他。

「就像剛才一樣，過來這裡。」他說：「任何事都沒有改變，我們來做完我們的正事，這一切就會結束了。」

「不，我不准。」安迪的語氣幾近和藹。「我們就要離開了。」

「上來，嘉莉。」雨鳥說：「不然我就立刻給妳父親的腦袋一槍。妳可以燒了我，但是我敢說，我可以在那之前就按下扳機。」

嘉莉像是受傷的動物，從喉嚨深處發出哀鳴。

「嘉莉，別動。」安迪說。

「他不會有事的。」雨鳥的聲音輕柔、理智，極具說服力。「他們會把他送去夏威夷，他會過得很好。嘉莉，由妳來選，送他腦袋一顆子彈，還是卡拉密沙灘上的金黃細沙。會是哪一個呢？由妳來選。」

她的藍色眼眸一直沒有離開雨鳥的獨眼，嘉莉腳步顫抖，離開父親一步。

「嘉莉！」他嚴厲地大喊：「不可以！」

「就快結束了。」雨鳥說，手中的槍管毫不動搖，始終對著安迪的腦袋。「這就妳想要的，不是嗎？我會輕柔地，我會乾淨俐落地完成。相信我，嘉莉。為妳父親這麼做，也為妳自己這麼做，相信我。」

她又踏了一步，接著再踏出另一步。

「不。」安迪說：「嘉莉，別聽他的。」

但這句話彷彿給了她行動的理由，她再次走向樓梯，雙手搭上稍稍高出頭部高度的橫木，然後遲疑了一下。她抬頭看向雨鳥，目不轉睛看著他。

「**你保證他不會有事？**」

「是。」雨鳥說，而安迪突然徹底察覺到：這謊言的力量……他所有謊言的力量。

我要對她施展推力，他啞然驚愕地想著，**不是對他，而是對她**。

他打起精神準備施展，她現在已站上第一根橫木了，雙手攀向頭部上方的下一根橫木。

而就在此時，上校——大家全都忘了他的存在——開始尖叫。

12

當唐恩．朱爾斯回到上校和安迪幾分鐘前才離開的建築物時，他驚惶失措的模樣讓大門值勤的李察抄起了抽屜的手槍。

「什麼——」他開口。

「警報，發警報！」朱爾斯大喊。

「你有得到授權——」

「我有必要的授權了，你這該死的笨蛋！那女孩！那女孩要逃跑！」

李察的控制面板上有兩個簡單的組合轉盤，上面有一到十的數字。李察慌張地扔下筆，把左邊的轉盤轉到剛好到「七」的位置；朱爾斯繞過來把右邊輪盤設定在「一」的位置。不久，控制臺裡面傳來一陣隱約的低沉聲音，這樣的聲音隨後重複傳遍商店總部的每一角落。

場地維護員關上割草機，跑向存放步槍的棚子。通往易受攻擊的電腦終端機的各道大門合起上鎖。上校的秘書葛洛莉亞也拿出手槍。商店所有可用的探員一邊解開外套扣子掏出武器，一邊跑向擴音器附近等候指令。外層圍網的電流從平常溫和的日間等級，提高到致命的電壓。在兩層圍網間奔跑的杜賓犬聽到警報，感受到商店提升至戰鬥狀態的種種改變，開始歇斯底里的狂吠蹦跳。商店和外在世界之間的大門自動合起鎖住。供應餐廳麵包的一輛麵包車被滑動關上的大門夾壞後保險桿，不過駕駛員倒是幸運地沒被電死。

警報像是進入了潛意識，不斷鳴叫。

朱爾斯對著李察控制臺上的麥克風說：「鮮黃狀況，我再說一遍，是鮮黃狀況。不是演習。到馬廄會合，保持警覺。」他在腦海中努力搜尋分配給嘉莉．麥吉的代碼，卻想不起來，他們像是每天都會換掉這個東西。「是那個女孩，她在使用力量！重複，她在使用力量。」

13

奧維．傑米森站在北棟三樓休息室的擴音器下方，一手拿著他的追風手槍。聽到朱爾斯的訊息後，他猛然坐下，把手槍塞回槍套。

「哼。」剛才跟他一起打撞球的那三個人跑出去時，他自己說道：「哼，我才不去，別算上我。」別人要是樂意的話，大可以像獵犬聞到氣味那樣跑過去。他們當時不在曼德斯農場，沒見過這特殊的小三生採取行動的模樣。

這時候，奧傑最想要的就是找個深深的地洞，好好把自己埋進去。

14

霍利斯特上校幾乎沒怎麼在聽嘉莉、她父親和雨鳥之間的三方對話，他處於待命狀態，舊的命令已經完成，新的還未公布。談話聲不具意義地流經他的大腦，他可以自由地思考他的高球賽、還有蛇、九號鐵桿、紅尾蚺、五號鐵桿、木紋響尾蛇、七號鐵桿，以及大到可以吞下整隻山羊的大蟒蛇。他不喜歡這個地方，這裡到處都是散落的乾草，讓他想起高球場長草的氣味。上校三歲的時候，他哥哥在乾草中被蛇咬，那不是太危險的蛇，但哥哥卻在**尖叫**，他放聲**尖叫**，當時有乾草、三葉草和牧草的氣味，他的哥哥是世界上最強壯、最勇敢的男孩，現在卻在**尖叫**，高大強悍的里昂·霍利斯特**尖叫**著說：「快去找爹地來！」他雙手握住腫脹的腳，淚水同時滑下臉頰，當三歲的霍利斯特上校害怕哭泣，轉身準備按照哥哥的話去做時，蛇滑行越過他的**腳**，他自己的**腳**，那感覺就好像致命的綠色池水——後來醫師說，咬傷不嚴重，那條蛇必定剛咬過別的東西，牠的毒囊耗盡，但里昂卻認為自己就要**死掉**。到處都是青草的甜美夏日氣息，蚱蜢竄跳，不斷沙沙出聲，吐出咬嚼菸草的汁液（「吐出來，我就讓你走」曾經是很久以前內布拉斯加的口號）；好的氣味，好的聲音，高球場的氣味和聲音，還有哥哥的尖叫聲，蛇的乾燥觸感和鱗片感覺，往下看就會見到牠平扁的三角形頭部，牠的黑色眼珠……蛇在返回長長草叢時，滑行經過上校的腳……回到長草，你可能會說……而那個味道像是這裡……他不喜歡這個地方。

四號鐵桿和蝰蛇、推桿和銅頭蝮——

現在，彈跳現象愈來愈快來回撞擊，在雨鳥和麥吉父女對峙時，上校的視線茫然地環視陰暗的馬廄。最後，他的目光停留在爆裂的給水管旁邊部分熔化的綠色塑膠水管。它盤起來掛在鉤子上，在最後飄散的蒸氣中隱去了部分樣貌。

恐懼忽然在他心中閃現，有如一堆舊日的風倒木轟然燃起大火。恐懼強烈到他甚至無法呼吸，更無法叫喊示警。他的肌肉僵住了，動彈不得。

然後，它們放鬆了。上校抽搐地吸了滿滿一大口氣，猛地吐出一聲震耳欲聾的瞬間尖叫：

「蛇！有蛇！是蛇！」

他沒有逃跑，儘管弱化到目前的樣子，逃跑仍不存在於霍利斯特上校的骨子裡。他像是一具生鏽的機器人猛然上前，他抄起靠在牆壁的一把釘耙，那是蛇，他要打牠，打爆牠，打扁牠。他要……他要……

他要救里昂！

他衝向已部分熔化的水管，狠狠揮擊耙子。

事態因此急轉直下。

15

探員和場地維護員紛紛往L形的低矮馬廄集合，探員大多拿著手槍，而場地維護員大多手持步槍，他們大致圍成一圈的時候，馬廄傳來尖叫聲。過了片刻，裡面出現重重的捶擊聲，以及一聲像是壓抑的痛苦哀鳴。瞬間過後，一個低沉的撕裂聲，接著是確定來自消音左輪手槍的悶沉射擊聲。

在馬廄外面圍成一圈的人停下腳步，然後再次往內逼近。

16

上校尖叫並抄起釘耙，只瞬間打斷了雨鳥的注意力，但這樣的剎那就夠了。槍口方向從安迪的頭部轉向上校，這是直覺動作，就像叢林中狩獵的老虎迅速機警的挪移。但就是這樣的強烈本能出賣了他，使得他從行走多時的危險邊緣摔落。

安迪同樣本能及敏捷地施展推力，當槍口朝向上校時，他立即對雨鳥高喊「跳下！」施展這輩子最強烈的意念。他的頭如撕裂般劇烈疼痛，像是受到榴霰彈碎片的強烈衝擊，他出現一種終於**坍塌**，已無可挽回的坍塌感覺。

爆裂，他心想。思緒沉重有如爛泥，他蹣跚後退，整個左側身體完全麻木，左腳再也無法支撐他。

（終於來了，這該死的爆裂終於整個爆了。）

雨鳥雙手用力一擋，從上方閣樓邊緣跌落，顯露近乎滑稽的意外神情。他握著槍，即使狠狠摔落地面，跌斷一隻腳向前趴著時，他仍緊緊握住槍。他壓抑不了疼痛和困惑的呼喊，還是牢牢握住槍。

上校衝到綠色水管旁邊，用釘耙重重敲打。他的嘴巴開開張張，卻沒有發出任何聲音——只有口沫橫飛。

雨鳥抬起頭，頭髮落下覆住他的臉龐，他用力甩開擋住視線的頭髮，獨眼發出精光，嘴巴憤恨抿起，舉槍瞄準安迪。

「不！」嘉莉尖叫：「不！」

雨鳥開槍，消音器冒出一陣輕煙，子彈擦過安迪低垂的頭部旁邊，炸裂新的碎片。雨鳥一隻手臂撐住地面，再開了一槍。安迪的頭猛然向右倒，脖子左側血流如注。

「不！」嘉莉再次尖叫，雙手捂住臉。「**爹地！爹地！**」

雨鳥支撐身體的手臂癱軟下來，長長的碎片劃過他的手心。

「嘉莉。」他低喃：「嘉莉，看著我。」

17

他們現在包圍了馬廄，也停下了腳步，不知道怎麼處理現在的狀況。

「那女孩。」朱爾斯說：「我們得除掉她──」

「**不！**」裡面傳來女孩的尖叫，像是聽到朱爾斯的計畫，接著是：「**爹地！爹地！**」

然後是另一個爆裂聲，這次更加大聲，突然間一道猛烈的閃光，讓他們不禁護住了眼睛。一道熱浪從敞開的馬廄大門湧出，逼得站在門前的人節節後退。

緊接而來的是濃煙，濃煙和燒紅的火光。

在這剛萌生的地獄中，馬兒開始嘶鳴。

18

嘉莉奔向父親，腦子亂作一團，當雨鳥叫喚時，她真的轉頭看他。他趴在地上，努力用雙手穩住手槍。

令人難以置信地，他臉上掛著微笑。

「看著我。」他沙啞說著：「這樣我才能看著妳的眼睛，我愛妳，嘉莉。」

然後，他扣下扳機。

力量從她身上瘋狂湧現，完全失控。襲向雨鳥的途中，它汽化了原本會射入她大腦的那個鉛塊。剎那間，像是一股狂風吹皺了雨鳥的衣服，以及後面上校的衣物，之後就不見其他動靜。但是，吹皺的不只是衣服；還有血肉本身，血肉皺起，如油脂般下滑，然後從已經燒得焦黑的骨頭上剝落。

此時，一道如閃光燈般的無聲強光，霎時讓她目眩，她什麼也看不到，只聽見馬兒在馬棚裡恐懼發狂……她還聞到了濃煙。

馬兒！馬兒！她想著，開始在眼前的強光中摸索，這就是她的夢，雖然有所改變，但它就在這裡。而瞬間，她像是忽然回到奧爾巴尼機場，那個小女孩比現在矮了兩吋，輕了十磅，也更為天真無辜，她帶著從垃圾桶撿來的購物袋，走進一個又一個的電話亭，給予意念推動，硬幣就從退幣口傾洩而下……

她現在同樣以意念推動，只是近乎盲目，只憑精神探索她需要做的事。

波動沿著L形長邊各個馬棚的門而去，門栓冒煙，一個接著一個，變形扭曲掉落在地板上。那股穿過雨鳥和上校的力量，有如精神力的大砲發射，繼續怒吼往前行，造成馬廄後方爆裂成一堆冒煙的木材和板子。炸裂的碎片呈扇形散射至少六十碼，有如猛烈霰彈掃射，波及所有站在範圍內的商店探員。一名叫做克萊頓．布雷達克的人被一片旋轉的木板齊齊斬首；站在他旁邊的人被凌空飛來、如失控螺旋槳般的一根橫梁，砍成兩半；第三個人則是被冒煙的木塊削去一邊耳朵，幾乎過了十分鐘才察覺到這件事。

商店探員的戰線瓦解了，跑不動的人就爬行。只有一個人仍守在原本的位置，雖然僅堅持了片刻。他是喬治．沙達卡，就是他和奧維．傑米森搭檔，在新罕布夏攔截了安迪的信件。沙達卡原本只是在商店總部稍作停留，便要前往巴拿馬城出任務。剛才站在沙達卡左邊的人現在躺在地上呻吟；而原先站在他右邊的人就是不幸的克萊頓．布雷達克。

沙達卡本人奇蹟似地毫髮未傷，木片和灼熱的碎片在他周遭呼嘯而過。一根鋒利且致命的吊鉤嗖地插入距離他的腳不到四吋的地方，散發著暗紅光芒。

馬廄後方像是被半打炸藥炸開，掉落的燃燒梁木形成了一個寬度大約二十五呎的焦黑洞口。當嘉莉驚人的力量爆發時，一個大型堆肥吸收了它大量的能量；現在，它燃起熊熊烈火，使得馬廄後方的殘餘部分也整個著火。

沙達卡聽見了馬廄裡面馬兒的嘶嘶哀鳴，卻只見到耀眼的橘紅火光，火舌竄上放滿乾草的閣樓，這就好像透過舷窗看著地獄。

沙達卡霍然決定他不想再堅持下去了。

這要比在鄉間道路搶劫手無寸鐵的郵差沉重多了。

喬治．沙達卡把手槍塞回槍套，拔腿就跑。

19

她仍在摸索，還無法領會剛才發生的所有事情。「**爹地！**」她尖叫：「**爹地！爹地！**」

一切變得模糊，像是幽魂一般。空氣中充滿灼熱的嗆人濃煙和紅光，馬兒仍在撞擊馬棚的門，只是現在門栓全都掉落，棚門敞開，至少有些馬兒已經可以撤退。

嘉莉跪在地上，摸索著父親，馬兒紛紛奔馳經過她身邊逃離，像是隱約的虛幻影子。上方一根燃燒的椽子在一陣火星中落下，點燃了低矮隔間散落的乾草。在L形的短邊，一桶三十加侖的曳引機汽油著火，發出轟然巨響。

嘉莉像是瞎子一樣，伸出雙手匍匐前進，頭部距離奔騰的馬蹄咫尺之遙。突然，一匹馬兒蹭到她，她向後翻倒，一隻手碰到了一隻鞋子。

「爹地？」她啜泣。「爹地？」

他死了。她確定他死掉了。全都死掉了；世界在燃燒；他們殺死了她的母親，現在又殺死了她的父親。

她開始慢慢看到了景象，只是一切仍舊模糊不清，一陣陣熱浪襲來。她順著他的腳往上摸索，碰觸到他的腰帶，輕輕撫過他的襯衫，直到手指觸摸到一種潮溼黏稠的東西。它仍在擴散當中，她嚇得止住手，無法讓手指繼續前進。

「爹地。」她輕喚。

「嘉莉？」

只是一聲微弱的沙啞嗓音……但的確是他。他的手摸索到她的臉蛋，無力地拉著她。「過來這裡，過……過來一點。」

她挪到他的身邊，他的臉龐灰濛濛地浮現出來。他痛苦地擰著左臉，左眼嚴重充血，讓她想起在哈斯汀谷汽車旅館醒來的那個早上。

「爹地，看看這一團亂。」嘉莉呻吟，哭了出來。

「沒時間了。」他說：「聽著，聽著，嘉莉！」

她靠向他，淚水弄溼了他的臉龐。

「這是不可避免的，嘉莉……別為我浪費眼淚，但是──」

「不，不！」

「嘉莉，閉嘴！」他粗暴地說：「他們現在會想要殺死妳，妳明白嗎？不……不再是遊戲，而是激烈開戰。」他嚴重扭曲的嘴角發音模糊。「嘉莉，不要讓他們得逞，別讓他們掩飾一切，別讓他們說這……只是一場大火……」

他微微抬起頭，身體往後靠，用力喘息。在劈啪燃起的熊熊烈火中，隱約傳來外面無意義的微弱槍聲……還有馬兒未曾停歇的嘶鳴。

「爹地，別說話……休息……」

「不，沒時間了。」他用右手半是撐起身子面對她，嘴角兩側都淌下鮮血。「嘉莉，可以的話就逃出去。」她用衣襟替他拭去鮮血，身後的火勢不斷逼近。「可以的話就逃出去，如果出逃途中不得不殺人，嘉莉，就放手去做。這是戰爭，讓他們知道他們置身戰爭。」他的聲音開始隱去。「嘉莉，可以的話就逃出去，為了我逃出去，妳明白嗎？」

她點點頭。

靠近後方的頂上又有一根椽子落下，彷彿輪狀煙火散射出點點橘紅火星。現在撲面而來的熱浪像是來自敞開的熔爐煙道，火星有如飢餓叮咬的蟲子濺上她的皮膚，又轉瞬消失。

「妳要——」他咳出一大口鮮血，勉力說完——「妳要讓他們再也不能做出這樣的事，燒掉它，嘉莉，**把一切全部燒光**。」

「爹地——」

「去吧，快走，免得這裡爆炸。」

「我不能離開你。」她顫抖無助地說著。

他微笑，拉她靠近，像是要在她耳邊低語，最後卻只是親吻了她。

「——愛妳，嘉——」他嚥下了最後一口氣。

20

唐恩·朱爾斯發現自己在默認的情況下，接管了大局。火勢揚起時，他盡可能堅守崗位，相信小女孩會跑出來進入他們的射程範圍。當事情不如預期——當站在馬廄前方的人開始看到站在後方的人的遭遇——他決定不能再等下去，如果要掌控人馬就不能再等下去。他開始往前走，其他人也跟了上來……但是大家的神情緊繃凝重，不再像是處於可以輕鬆獲勝的心態。

雙扇門裡面的影子快速移動，她就要出來了。所有人都舉起槍，還有兩個人甚至在什麼事都還沒發生的情況下就開了槍，然後——

但出來的不是女孩；而是馬兒，六匹、八匹、十匹，牠們的皮毛上出現點點泡沫，眼睛因為恐懼發狂翻出了眼白。

朱爾斯手下的情緒一觸即發，他們扣下扳機。即使那些原本看到衝出馬廄的是馬兒並不是女孩而按捺下來的人，在同伴紛紛開火的情況下，似乎也按捺不住。這成了一場屠殺，兩匹馬兒往前跪倒，其中一匹痛苦哀鳴。在燦爛的十月晴空下，血花四濺，鮮明映著草地。

「**住手！**」朱爾斯大喊：「**住手，該死！別對這些該死的馬開槍！**」

他簡直像是對著潮汐下令的克努特大帝[25]，這些人——對看不到的事物心生恐懼，加上鮮黃警戒的警報聲、往天空竄起濃濃黑煙的大火，以及曳引機汽油轟隆隆的爆炸聲，更是讓他們情緒高亢——終於看到可以射擊的移動目標……當然就開槍了。

兩匹馬倒斃在草地上，一匹馬倒在碎石子車道，身體一半在車道外，急促地喘息。還有三匹馬驚懼地轉向左方，站在那裡的四、五個人急急散開。他們雖然撤離，卻沒有停下射擊，其中一人絆倒在地，被飛奔而來馬兒踩踏，發出痛苦尖叫。

「**住手！**」朱爾斯大吼：「**住手！不要開槍——停火！該死，停火，你們這些混蛋！**」

但屠殺依舊繼續進行。大家帶著奇怪的茫然神情，重新裝填子彈。他們許多人跟雨鳥一樣，都是越戰的退役老兵，在極度的緊張情緒中，掛上呆滯扭曲的表情，重現了舊日的噩夢。有些人放下槍，但只是少數人。五匹馬非死即傷倒在草地和車道上，有些馬兒逃走了，其中包括法師，牠的尾巴像是戰旗般迎風飄揚。

「女孩！」有人指著馬廄大門大叫：「**那個女孩！**」

但是太遲了，對馬兒的屠殺才勉強結束，他們的注意力已經轉移。等到他們重新瞄準嘉莉所在的地方，只見她頭兒低垂，身著牛仔背心裙和深藍色高筒襪，顯得嬌小又致命，一道道火溝已經開始以她為中心，如致死的蛛網朝他們散射而來。

21

嘉莉再次沉浸在這股力量裡面，這是一種解脫。

失去父親的哀傷，就像匕首一樣鋒利尖銳，現在逐漸消退，變成只是麻木的疼痛。如同既往，這股力量令她著迷，就像迷人又可怕的玩具，仍有待發掘其完整的可能性。

一道道火溝橫過草地，衝向四處潰散的人們。

你們這些混蛋，殺死了馬兒，她心想，而父親的聲音迴盪耳際，像附和著她：**如果出逃途中**

25. King Canute，以十二世紀丹麥籍克努特大帝為主角的虛構寓言故事，在故事中克努特大帝在海邊命令潮汐不准弄溼他的腳，藉此向奉承他的朝臣證明他無法控制自然萬物，唯有神才值得讚揚侍奉。

不得不殺人，嘉莉，就放手去做吧。這是戰爭，讓他們知道他們置身戰爭。

是的，她決定，她要讓他們知道他們置身戰爭。

其中一些人開始轉身逃跑，她的頭微微一動，就讓一條火線往右彎，包圍住三個人，他們的衣服成了燃燒的破布。三人摔倒在地，抽搐尖叫。

有東西從她頭側呼嘯而過；又有什麼東西在她的手腕上印下了細細的火焰。是朱爾斯，他從李察的崗哨取來另一把槍，站在那裡，雙腳張開，對著她開槍。

嘉莉往他的方向用力一推，施展出強力湧現的力量。

朱爾斯猛然往後飛了出去，力道大到像是被隱形的拆屋鐵球擊中，整整飛到四十呎外，而他已不成人形，變成了一個燃燒的火球。

然後大家全都潰散逃跑，就像在曼德斯農場那樣狂奔。

很好，她心想，**這對你們是好事**。

她不想殺人，這一點並未改變。改變的是，如果有必要，她會殺人，她會殺掉阻攔她的人。

她開始走向兩棟房子中較近的那一棟，它位在稍遠處的穀倉前方，完美有如鄉村月曆上的畫面，並與另一棟同伴隔著草地相對。

窗戶如被槍擊般碎裂；房子東側的常春藤攀爬架開始顫動，頓時成了一道道火焰。油漆冒煙，接著起泡、著火，烈焰像是攫取的大手竄向屋頂。

一道大門砰然打開，湧現令人恐慌的響亮火災警報，以及二十多名秘書、技術人員和分析師。他們衝過草地，朝著圍網奔去，卻又因為致命電流和狂吠蹦跳的警衛犬而改變了方向，變得有如受驚的羊兒來回穿行。力量想要衝向他們，但她轉開，投往向圍網本身，使得整齊的菱形網格開始彎曲熔化，流下金屬的淚滴。此時，圍網傳來輕微的嗡嗡聲，一種迅速移動的低頻聲音，它的電流過載，開始一區接著一區短路。令人目眩的紫色火花迸現，小小的火球開始在圍網上方跳躍，白瓷導體像是射擊場上的陶鴨狙擊目標一一爆裂。

狗兒現在整個發狂，皮毛狂亂地一根根豎起，牠們有如報喪女妖在兩層電網間來回跑動。其中一隻撞到仍通著高壓電的圍網，立刻凌空彈起，四肢張開發直，最後落下成了一團冒煙的東西，惹來兩隻同伴歇斯底里的殘暴攻擊。

關禁嘉莉和她父親的那棟房屋後方沒有穀倉，卻有一排同樣採用紅色白邊的穀倉木板打造，受到良好維護的低矮長形建築，這裡是商店的汽車停放處。現在，它寬闊的大門敞開，一輛掛著政府車牌的武裝凱迪拉克衝了出來，車頂天窗開著，一個人探出上半身，手肘撐在車頂上，開始以輕型機關槍掃射嘉莉。在她前方，堅實的草皮被胡亂射起，四處飛濺。

嘉莉轉向那輛車，放手讓力量衝去。力量仍不斷增加，變成一種沉重但靈活的東西，變成一種像是以急劇上升的連鎖反應自我補充，呈指數增強的隱形力量。汽車的油箱爆炸，吞沒了車尾，車子排氣管有如標槍一般射向空中。但在這之前，槍手的上半身就已經燒成了灰燼，擋風玻璃爆裂，特殊的防穿刺輪胎開始像油脂般熔化。

汽車在燃燒的火圈中繼續往前衝，失控劃過地面，失去了原本形狀，熔化成形似魚雷的東西。它翻滾了兩圈，在第二次爆炸中震顫。

秘書有如螞蟻一般，從另一棟房子紛紛竄逃。她大可以用火焰掃蕩——部分的她**想要**這樣——但她以逐漸減少的意志力費勁地把力量轉向房子本身，她和父親曾被強行扣留在這裡……約翰在這裡背叛了她。

她釋出力量，毫無保留。剎那間，像是毫無動靜；只有氣流微微閃動，就像木炭堆積良好的燒烤爐上方閃動的氣流……然後，整個房子就爆炸了。

她留下的唯一清晰印象是（後來，這在倖存者的證詞中也重複出現了數次），房子的煙囪似乎完好無缺，有如磚造火箭升空，而底下擁有二十五間房間的房子像是女孩玩耍的紙牌屋在噴槍火焰中整個崩解。石塊、木板、木片彈向空中，乘著嘉莉力量中的火龍吐息飛向遠方。一部IBM打字機熔化變形，成了打了結的綠色鋼製抹布，它捲向天空，再重重落在兩道圍網中間，撞出一個坑洞。一張秘書的旋轉座椅瘋狂地轉動，以十字弓射箭的速度飛到視線以外的地方。

高熱烤焦了嘉莉所在的草地。

她環顧四周尋找其他需要摧毀的目標。現在竄向天空的濃煙來源已有好幾處——那兩棟南北戰爭前的優雅房子（現在只有一棟還能認出是房子）、馬廄、那堆原來是凱迪拉克的東西。而即使是在空曠地帶，熱氣也變得愈來愈強烈。

力量仍不斷打轉，想要被釋放出來，它**需要**被釋放出來，以免它在源頭崩潰，摧毀了源頭。

嘉莉不知道最後可能會發生什麼無法想像的事，但是，當她往回走向圍網以及遠離商店圍地的道路時，看到人們在極度盲目的恐慌中，不斷奔向圍網。圍網有幾個區段已經短路，他們可以從這裡攀爬過去。警衛犬咬住了其中一人，一名穿著黃色寬版褲裙的年輕女子驚恐地放聲尖叫。此時，嘉莉聽見父親的聲音大喊，清晰得有如他仍活生生站在她身旁：**夠了，嘉莉！這樣夠了！趁妳還能辦到的時候，停下來！**

但是，她辦得到嗎？

她轉身離開圍網，迫切找尋她所需要的東西，同時抗拒這股力量，努力暫緩它，讓它維持平衡。只是它開始漫無目的亂竄，逐漸擴大，狂亂席捲草地。

完全沒有，完全沒有，只除了——

鴨塘。

22

奧傑要出去，沒有狗兒可以阻擋他。

在其他人開始包圍馬廄時，他就已經逃離房子。他非常害怕，但沒有恐慌到在大門自動合起關上時，不顧一切衝向通電圍網。他躲在一棵老榆樹粗壯扭曲的樹幹後面，目睹了這場大屠殺的整個過程。當小女孩的力量讓圍網短路後，他一直等到她離開了一陣子，注意力轉向摧毀房子之後，才開始跑向圍網。他的右手緊緊握住他的追風手槍。

等圍網的一處完全死寂，他攀爬過去，讓自己跳進四下追逐的狗兒當中。兩隻狗過來追他，他的左手握住右手腕，持槍射殺了兩隻狗。牠們是大壞蛋，但是追風比牠們更狠。除非是上了狗兒天堂，不然牠們的肥差美事就到此終了。

第三隻狗從後面偷襲，咬下他臀部的長褲布料以及一大塊肉，把他撲倒在地。奧傑翻身，一手拿著追風，單手和牠扭打。他以槍托給予狠狠一擊，並在狗兒咬向他的咽喉時，把槍口俐落地送進杜賓犬的嘴巴，扣下扳機，發出悶沉的槍響。

「見血了！」奧傑大喊。他搖搖晃晃地站了起來，開始歇斯底里大笑。外層圍網的大門不再通電，即使微弱的電流也都已經短路。其他人逐漸聚集，他的身子跟著顛簸起來。其餘的狗兒齜牙咆哮，開始後退。一些倖存的探員也拔出槍，對著狗兒開槍。紀律開始恢復，持槍的人大致圍成一圈，把手無寸鐵的秘書、分析師和技術人員護在裡面。

奧傑以全身的重量撞向大門，它卻文風不動，跟其他東西一樣鎖死了。奧傑環顧四周，不知道接下來該怎麼辦。他稍稍恢復了神智，在獨自一人、沒有人看到的情況下逃跑是一回事，現在附近卻有太多目擊者了。

是說那個力量強大的小孩願意留下任何目擊者的話。

「你們只能翻過去！」他大喊，但聲音卻消失在全體的困惑當中。「該死，翻過去！」沒有反應，大家只是聚集在外層圍網附近，神情麻木透露著恐慌。

奧傑抓住擠在他身旁的一名女子。

「**不！**」她尖叫。

「賤人，快爬過去！」奧傑怒吼，催促她採取行動。她開始爬上圍網。

其他人見狀，也開始跟隨。內層圍網仍然冒著煙，不時閃現火花；奧傑認出餐廳廚子，這名胖子被兩千伏特的電流困住，他的身體震顫抖動，雙腳在草地上像跳著快板的機械舞，嘴巴張得老大，臉頰變得焦黑。

一隻杜賓犬撲向一名穿著實驗袍的瘦削眼鏡男，咬下他腿上一塊肉。一名探員對著這隻狗開槍，沒能命中，反倒傷了眼鏡男的手肘。年輕的實驗技師摔倒在地，握住手肘，呼喊著聖母瑪利亞來救救他。奧傑在狗兒撕裂年輕人的咽喉前，開槍擊斃牠。

真是一團亂，他心中嘀咕，哦，天啊，真是一團亂。

現在大概有十二個人在攀爬大門。被奧傑催促採取行動的女子已經爬到上方，她搖搖欲墜，結果摔落在圍網外，先是哽咽哭出聲，又旋即放聲尖叫。圍網大門很高，她大概摔下了兩米七的高度，落地姿勢錯誤，摔斷了手臂。

哦，耶穌基督，真是一團亂。

大家急切攀爬出去的模樣，簡直就像瘋狂版本的海軍新兵訓練。

奧傑往後眺望，想要找到那個小孩，想要看看她是否追了上來。如果是這樣，目擊者就只能自求多福；他要立刻翻牆離去。

然後一個分析師大喊：「老天，這到底是怎麼——」

此時，一陣滋滋作響的聲音，淹沒了他的話。奧傑後來說，他當下第一個想到的是外婆的煎蛋，只是這個聲響卻比它大了數百萬倍，彷彿一個巨人部族決定一起煎蛋。

聲音逐漸膨脹擴大，突然間，兩棟房子之間的鴨塘開始籠罩在一片白霧底下，顯得模糊不清。寬約五十呎、中央深度約四呎的整個鴨塘開始沸騰。

奧傑一度還看得到嘉莉，她背對大家，站在離池塘約二十碼的地方，原本身影還依稀可見，隨後就隱身在蒸氣之中。滋滋聲響一直持續著，白色霧氣飄過草地，明亮的秋日太陽在如棉絮般的霧氣中，投下不可思議的彩虹。蒸氣滾滾而來，又逐漸消退。可能的逃脫者像是蒼蠅一般掛在圍網上，他們翹首回望，密切注意眼前的一切。

要是水不夠怎麼辦？奧傑突然想到。要是沒有足夠的水可以撲滅她的火柴、火炬或管它是什麼玩意兒的東西，那該怎麼辦？到時會發生什麼事？

奧維．傑米森決定不要再逗留等待答案，他已經扮足英雄了。他把追風塞回肩背槍帶，幾乎小跑一段就爬上大門。到了上方，他身手俐落地往下跳，以化解力道的蹲姿，在摔斷了手臂、抱著手臂尖叫的女子身旁著地。

「我建議妳別再哀號，快點離開這裡。」奧傑告訴她，本人也立刻按照自己的建議行事。

23

嘉莉站在個人的白霧世界裡，源源不絕把體內的力量灌入鴨塘，全力對抗它，努力壓制它，想要結束這股力量。它的活力似乎永無止境，她現在已經控制住它，沒錯，她彷彿透過無形的管子，把它順暢地注入池塘。但要是在她瓦解並驅散力量之前，池水就全部蒸發完畢的話，會發生什麼事呢？

不要再有破壞，她寧可在自己容許它再次恣意而行，不斷自我補給增強之前，把它全部收回體內，摧毀自己。

（撤退！撤退！）

現在，她終於可以感覺到它減少了一些急切，一些……一些聚集的能力，並且開始分裂。到處都是濃密的白霧，以及洗衣房的氣味，她已經看不到池塘滋滋作響所冒出巨大水泡。

（！！撤退！！）

她再次隱約想起爸爸，新生的悲傷刺痛她的心：死了，他死了，這個想法似乎進一步驅散了僅存的力量，現在，滋滋聲終於退去。蒸氣磅礡騰起，撲面而過。頭上的太陽成了失去光澤的銀幣。

我改變了太陽，她思緒紊亂地想，後來猛然一覺，**不——不是這樣——是蒸氣——霧氣——最後會消散**。

只是她內心深處卻也倏忽確定，她知道自己**可以**改變太陽，如果想要……她遲早辦得到。

力量仍在增長當中。

這次的毀滅行動，如末日的災變，其實只接近它目前的極限。

它的**潛力**幾乎還未發掘出來。

嘉莉跪倒在草地上，開始哭泣。她哀悼父親、哀悼她所殺死的那些人，甚至是約翰。或許，雨鳥原本想對她做的事才是最好的，但即使父親死去，眼前毀滅景象是她的錯，她還是感覺到自己對生命的回應，是一種頑強無聲的生存渴望。

因此，或許她最哀悼的人是自己。

她不知道自己在草地上這樣雙手抱頭坐了多久，儘管貌似不可能，但她相信自己甚至睡著了。不管時間過了多久，等她清醒過來時，天空中的太陽已顯得較為明亮，也更為偏西。沸騰池水所冒出的蒸氣已被微風吹得零零落落，開始消散。

嘉莉慢慢站起來，環顧周遭。

首先映入眼簾的是那片池塘。她見到它縮小了……變得非常小，只剩下幾灘水窪，它們在陽光下淡然地發出光澤，有如池塘底部滑溜泥巴裡的明亮玻璃寶石。拖曳的睡蓮葉子和水草像是腐蝕的珠寶零星散落池底；幾處泥巴已經乾涸龜裂。她見到泥巴裡有幾枚硬幣，以及一個形似長刀、可能是割草機刀片的生鏽東西。池塘周遭的草地全被烤得焦黑。

商店圍地籠罩著一片死寂，只偶爾出現幾聲燃火的劈啪聲。父親告訴她，要讓他們知道這是戰爭，而眼前殘留的廢墟就非常像是棄置的戰場。馬廄、穀倉和池塘一側的房子現在都陷入熊熊大火之中；而另一側房屋也剩下一堆冒煙的瓦礫；這地方就好像受到大型燃燒彈或二戰時的德國彈道導彈攻擊。

草地上縱橫交錯著來自四面八方的爆炸和焦黑線條，形成仍冒著煙的愚蠢螺旋圖案。那輛武裝的轎車整個燒毀，陷在劃出的泥土淺溝另一頭。它不再像是車子，只是一堆無價值的破銅爛鐵。

通電圍網的狀況最是慘烈。

屍體散落在內圈圍網旁邊，那裡大約有六具屍體。而圍網中間還有兩、三具屍體，以及幾條死去的狗兒。

嘉莉猶如在夢中，開始往那個方向走去。

有人行走在草地上，但人數不多。兩個人看到她走過去，連忙閃開；其他人似乎不知道她是誰，也不知道是她造成了這一切。他們的步伐顯得恍惚，有些裝模作樣，就像是飽受衝擊的倖存者。

嘉莉開始攀爬內層圍網。

「要是我，可不會這麼做。」一個穿著白色清潔工制服的人對她說：「小女孩，如果妳這麼做，狗兒會咆哮過來咬妳。」

嘉莉沒有理睬他。剩下的狗兒對著她咆哮，但沒有上前；看起來牠們似乎也是受夠了。她開始攀爬外層圍網，緩慢而謹慎地移動，她緊緊握住網子，仔細把腳尖伸進菱形網格。她爬到頂端，小心翼翼跨過一隻腳，然後另一隻腳，再以同樣的謹慎往下爬，半年來第一次踏上不屬於商店的土地。好一陣子，她就只是站在那裡，像是深感震撼。

我自由了，她隱約想著，**自由了**。

遠方傳來尖銳的警笛聲，愈來愈接近。

摔斷手臂的那名女子仍坐在草地上，和空無一人的崗哨相距大約二十步。她看起來有如累得站不起來的胖小孩，眼睛下方嚇得發白，嘴脣發青。

「妳的手臂。」嘉莉沙啞地說。

女子抬頭看著嘉莉，浮現認出她的眼神。她開始忙亂地挪開，恐懼地啜泣。「別靠近我。」她急促地嘶吼。「都是他們的實驗！都是他們的實驗！我不需要實驗！妳這個女巫！女巫！」

嘉莉停下腳步。「妳的手臂受傷了。」她說：「別這樣，妳的手臂，對不起，讓我幫妳？」

她的嘴脣又開始顫抖。現在對她來說，這女人的恐慌、眼睛亂轉、無意識嘛嘴的模樣，就是最糟糕的事了。

「別這樣！」她大叫：「對不起！他們殺了我爹地！」

「應該連妳一起殺掉。」那女子說：「如果妳真的覺得抱歉，何不燒掉妳自己？」

嘉莉朝她走了一步，那女人再次挪開身子，在壓到自己受傷的手臂後，痛苦尖叫。

「別再靠近我！」

突然間，嘉莉發洩出她所有的受傷、悲痛和憤怒情緒。

「**這全都不是我的錯！**」她對著手臂受傷的女子大叫，「**這全都不是我的錯，是他們自找的，不怪我，我也不會殺死自己！妳聽到了嗎？聽到了嗎？**」

女子嘀嘀咕咕，縮著身子退開。

警笛愈來愈接近了。

嘉莉感覺到了力量，它隨著她的情緒熱切奔騰。

她用力壓抑，讓它消失。

（而我再也不會這麼做）

她穿過道路，留下那個喃喃抱怨的瑟縮女子。道路的遠方是一片田野，堆積著大腿高度的乾草和牧草，在十月時顯得遍地銀白，但芬芳依舊。

（我要往哪裡去？）

她還不知道。

但是，他們別想再抓到她。

第12章 嘉莉獨行

1

星期三深夜的電視新聞播報了這事件的片段，而美國人直到隔天上午醒來，才得知全貌。此時，所有可用的資料已搭配成美國人心目中真正想要的「新聞」模樣——他們真正想要的是「告訴我一個故事」，並確保它有開頭、中段及某種結局。

美國集體喝著咖啡，透過「今日」、「早安美國」及「CBS晨間新聞」所得到的故事是這樣：維吉尼亞州朗蒙特的一處秘密科學智囊團所在地，受到恐怖分子的燃燒彈攻擊。恐怖分子所屬團體目前仍不明朗，但已有三個組織出面聲稱由其主導——日本紅軍、巴勒斯坦黑色九月的分裂團體，以及一個有著奇特名字的國內組織「中西部軍事天氣人」。

儘管沒有人確定是誰籌劃了這次攻擊行動，但各家報導似乎都很清楚事件過程。一名叫做約翰·雨鳥的探員原來是雙重間諜，他同時也是越戰退役軍人及印第安人。他為恐怖組織放置了燃燒彈，並在炸彈安置場所之一的馬廄意外身亡，但也可能是自殺。一名消息人士聲稱，雨鳥其實是在試圖把馬兒驅離起火的馬廄時，死於高熱及濃煙；新聞媒體因此再次諷刺冷血恐怖分子，指稱他們更加在乎動物而不是人類同胞。這場悲劇共造成二十人死亡，四十五人受傷，其中十人重傷。所有生還者目前都接受政府的「隔離安置」。

這就是新聞報導的內容，商店的名字幾乎沒有出現，可說是相當令人滿意。只除了一個懸而未決的結尾。

2

「我不管她人在哪裡。」商店的新任領導人說。此時，距離那場大火和嘉莉逃走已經四個星期。事態在前十天是一片混亂，使商店錯過原本可以輕易把女孩重新收回網中的機會。現在他們仍未完全回到正軌，新的領導人坐在一張臨時湊合的辦公桌後面，她自己的桌子三天後才會送來。「我也不管她有什麼本事，她只是八歲小孩，不是超人。她不可能久久不露面，我要你們找到她，殺掉她。」

她對著一名中年男子說話，對方看起來像是小鎮圖書館員，但不用說，他當然不是。

他敲敲領導人桌上一堆整齊置放的電腦列印文件。上校的紙本檔案在大火中付之一炬，但大部分的資料已儲存在電腦資料庫。「目前的情況如何？」

「命運六號的議案已被無限期擱置。」領導人告訴他。「當然，這全是政治考量。十一名老人、一名年輕人，三名頭髮灰白、可能擁有瑞士山羊腺體移植診所股票的老女人……他們聽到那女孩現身後可能發生的事，都嚇得卵蛋冒汗。他們——」

「我倒是很懷疑愛達荷、緬因和明尼蘇達的參議員會嚇得卵蛋冒汗。」不是圖書館員的男人嘀咕。

領導人對此聳聳肩。「當然，他們對命運六號頗感興趣，我想可以形容成黃燈吧。」她開始把玩自己的頭髮，她有一頭漂亮蓬鬆的深褐色長髮。「『無限期擱置』的意思是，要等到我們把女孩的屍體交給他們。」

「我們要當莎樂美[26]。」坐在辦公桌對面的男人喃喃說著：「但盤子還空著。」

「你他媽的到底在說什麼？」

「沒事。」他說：「我們似乎又回到了起點。」

「不算是。」領導人冷酷地說：「她不再有父親替她看照一切，現在是隻身一人，我要你們快點找到她。」

「如果在我們找到她之前，她就找人說出內情怎麼辦？」

領導人往後靠在上校的椅子上，雙手交叉放在頸背。不是圖書館員的男人欣賞著她的毛衣拉緊所勾勒出的渾圓胸部，上校從來不是這個模樣。

「如果她要透露內情，我想現在早就說出去了。」她的身子再次往前傾，敲敲桌曆。「今天是十一月五日。」她說：「完全沒有動靜。而且，我想我們已採取所有合理的防範措施。《紐約時報》、《華盛頓郵報》和《芝加哥論壇報》……我們監視了所有大報，但目前為止，什麼也沒有。」

「萬一她決定去找小報社呢？像是無名小鎮的時報，而不是《紐約時報》？我們無法監視全國各地的每一家報社。」

「很遺憾，這的確是實情。」領導人同意。「但目前沒有動靜，表示她還沒說出去。」

「不過，八歲女孩說出這樣瘋狂的故事，真的會有人相信嗎？」

「如果她說完故事再點燃一把火，我相信他們可能就會。」領導人回答。「不過，要我告訴你電腦是怎麼說的嗎？」她微笑地敲敲列印文件。「電腦說，我們有百分之八十的機率，可以不費吹灰之力把她的屍體送到委員會面前……只需要確認她的身分就好。」

「自殺？」

領導人點點頭，這樣前景似乎讓她極為愉快。

「很好。」不是圖書館的男人起身說：「就我而言，我記得電腦也曾說過，安迪．麥吉幾乎已確定喪失能力。」

領導人稍稍收斂了笑容。

「長官，祝妳有美好的一天。」不是圖書館員的男人說完，就走了出去。

3

就在同一個十一月的日子，一名穿著法蘭絨襯衫、法蘭絨長褲，套著綠色長靴的人，在柔和的白色天空下，站著砍柴。像這樣溫和的日子裡，氣溫是合宜的華視五十度，另一個寒冬的腳步似乎還很遙遠。男人雖然被妻子呵斥要穿上外套，但外套現在卻掛在籬笆的柱子上。在他身後，一堆驚人的橘色南瓜堆放在老舊穀倉的牆邊——遺憾的是，其中一些已開始腐爛。

男人再把一根木頭放在砍柴木墩上，舉起斧頭往下劈。令人滿意的咚的一聲，木頭應聲劈開倒在木墩兩旁，變成兩根爐子長度的木柴。他彎下腰拾起木柴，把它們丟向其他柴薪當中。此時，一個聲音在他身後說道：「你有了新的砍柴木墩，但舊的痕跡還在，是不是，它還在那裡？」

他嚇了一跳，轉過身。眼前的情景讓他不由自由往後退了一步，斧頭掉落，倒在地面上那個

26. 聖經馬太福音的故事，即莎樂美聽從母親希羅底建議，向希律王要求施洗者約翰的頭顱作為獎賞，後來約翰的頭顱被放在盤子中交給莎樂美。約翰曾指責希律王篡奪兄長王位，不顧倫常娶了嫂子希羅底。

磨滅不了的深深燒焦痕跡上。剛開始，他以為自己看到鬼魂，是一個令人毛骨悚然的孩子幽靈，從三英里路程外的達特茅斯墓地而來。她站在車道上，骯髒憔悴，骨瘦如柴；她的眼睛空洞，在眼窩裡閃爍；身上的背心裙破爛不堪。右手手臂有一道幾乎到手肘的劃傷，像是已經感染。她的腳上套著樂福鞋，或者說應該是樂福鞋但現在卻很難看出的東西。

此時，他突然認出她來。是一年前那個小女孩，她說自己叫做蘿柏塔，可以用意念點火。

「蘿比？」他說：「我的天啊！是蘿比嗎？」

「對，它還在那裡。」她重複剛才的話，像是沒有聽到他的話。而他瞬間明白她眼裡的閃爍是什麼：是淚水。

「蘿比。」他說：「親愛的，怎麼了？妳爹地呢？」

「還在那裡。」她第三次說完，身體就往前昏倒。厄文・曼德斯驚險接住她，他抱住她，跪在前院的泥土地面，開始大聲叫喚他的妻子。

4

霍夫瑞茲醫師黃昏時抵達，在後面房間和小女孩待了大約二十分鐘。厄文和諾瑪・曼德斯坐在廚房，比較像是看著而不是吃著他們的晚餐。諾瑪不時看向她的丈夫，不是指責，只是探詢；並且充滿恐懼，但不在她的眼神，而在他們周遭——她的眼神像是忍受著緊張性頭痛或下背疼痛。

在農場大火隔天，一名叫做塔金頓的男人來到；他出現在厄文住的醫院，向兩人遞出名片，名片上面只寫著：政府調解員惠特尼・塔金頓。

「你最好滾出去。」諾瑪當時說道。她的嘴唇發白緊繃，眼睛有著如同現在的痛苦神情。她指著丈夫纏著厚厚繃帶的手臂，裡面放了讓他極為疼痛的引流管。厄文曾經告訴她，除了一次痛苦的痔瘡之外，他撐過大半的二次大戰期間，很少求醫；結果他卻在自己老家自己地盤的哈斯汀谷中槍。「你最好滾出去。」諾瑪重複。

但厄文或許有比較多的思考時間，只說：「塔金頓，直接說出你的來意。」

塔金頓拿出一張三萬五千美元的支票，不是政府支票，而是一家大型保險公司所開出的支票，只是也不是曼德斯家投保的那間公司。

「我們不想要你們的封口費。」諾瑪嚴厲地說道，伸手按向厄文床邊的呼叫鈴。

「我想你們最好聽我說完，免得做出後悔莫及的事。」惠特尼．塔金頓彬彬有禮地輕聲說道。諾瑪看著厄文，厄文點點頭，她的手不情不願地離開了呼叫鈴。

塔金頓帶了一個公事包，他把它放在膝蓋上，打開它，從裡面拿出一個標示曼德斯和布里洛夫的檔案夾。諾瑪的眼睛圓睜，胃部開始翻騰，布里洛夫是她的娘家姓氏，沒有人想要見到自己的名字出現在政府檔案上；想到被人窺探，或許查知了秘密，感覺就非常可怕。

塔金頓以低沉理智的語調說了大約四十五分鐘，不時從曼德斯／布里洛夫的檔案夾拿出影印文件舉例說明他要說的話。諾瑪會緊抿著嘴脣看過文件，再遞給躺在病床上的厄文。

塔金頓在那個可怕的傍晚說，這件事和國家安全有關，你們必須了解到，我們並不喜歡這麼做，但事實很簡單，需要讓你們得知緣由，你們對這些事所知甚少。

厄文回答說，我知道你們意圖殺害一個手無寸鐵的男人和他的小女兒。

塔金頓冷冷一笑——這種笑容專門留給愚蠢地裝作知道政府如何保護人民的人——然後回答說，你們並不了解你們看到的事以及它的意義。我的工作不是要說服你們相信事實，只是要試著說服你們不要談論它。好，聽著：這沒什麼好不愉快的。這是一張免稅支票，可以支付你的房子修繕和住院費用，之後還能剩下不少，並且避免許多不愉快的事情。

不愉快的事，諾瑪現在想著，她聽著霍夫瑞茲在後面房間走動的聲音，看著她幾乎原封不動的晚餐。在塔金頓離開之後，厄文看著她，嘴巴雖然帶著笑容，眼神卻顯得不快和受傷。他告訴她：我爸爸總是說，在一個潑糞大賽中，重要的不是往別人身上丟多少，而是自己沾惹上多少。

兩人都來自大家族，厄文有三個兄弟和三個姊妹；諾瑪有四個姊妹和一個弟弟。他們還有許許多多的叔叔、甥姪和表親，有爸爸媽媽、爺爺奶奶，姻親……而就跟每個家庭一樣，還有一些亡命之徒。

按照塔金頓的文件，厄文有一個叫做佛萊德·朱爾的外甥，在堪薩斯自家後院有個小型大麻園，而厄文只跟他見過三、四次。諾瑪有一個擔任承包商的叔叔債臺高築，在德州墨西哥灣的生意投資不利，這個叫做米羅·布里洛夫的叔叔有一家七口要照顧，只要政府一個耳語，就會讓米羅危急的生活如紙牌屋般崩潰，讓他們全處於破產狀態。厄文一名表姊（隔了兩代，他認為曾見過她一次，卻想不起她的長相）曾在六年前服務的銀行，盜用了一些公款。銀行發現這件事後，為避免不良的公眾反應，選擇不起訴她，只是解雇她，而她在兩年期間歸還了這筆錢，目前在明尼蘇達北叉鎮自行經營了一家還算成功的美容院。只是追訴時效未過，還是可能因為某些法規或其他銀行業務，遭到政府起訴。聯邦調查局還握有諾瑪弟弟唐恩的檔案，唐恩在六〇年代中期加入一個激進組織，這個組織曾計畫對費城陶氏化學公司辦公室施投燃燒彈。證據還不足以送上法庭（而且唐恩本人曾告訴諾瑪，耳聞該項計畫後，他就嚇得退出組織了），但如果把這文件影本交給他現在的公司，他肯定會被解雇。

塔金頓單調低沉的聲音在那關門的小房間裡，不斷敘述這樣的事情，而且他把最好的留在最後。厄文的曾祖父在一八八八年從波蘭移居美國時，他們的家族姓氏是曼德洛斯基。他們是猶太人，厄文本身也有部分猶太人血統。只是在他祖父娶了非猶太人後，祖父母從此就以不可知論者的身分，快樂地生活在一起；到了厄文的父親也是一樣，使猶太血統更加稀薄（厄文相同，他和基督教的諾瑪結婚）。但曼德洛斯基家族還有人留在波蘭，波蘭是在鐵幕，只要美國中情局願意，可以啟動一連串事件，讓厄文這些素未謀面的親戚過上非常艱困的生活。猶太人在鐵幕可不受歡迎。

塔金頓終於說完，他把檔案夾放回去，啪地合上公事包，再把它放在雙腳之間。然後他快活地看著兩人，像是順利朗誦完畢的好學生。

厄文躺在枕頭上，覺得非常疲倦。他感覺到塔金頓的眼睛盯著他，他對此不是特別在意；但諾瑪的目光也在他身上，顯得焦慮且充滿疑問。

你們找到我們老鄉的親戚，是嗎？厄文心想，這個老套說詞真是太可笑了，但他不知怎地一點都不想笑。**要隔上幾代，才不算是親戚？四代表親？六代？八代？我的天啊！如果我們拒絕這道貌岸然的混蛋，然後他們把這些人送去西伯利亞，我要怎麼辦？寄張明信片告訴他們，他們在鹽礦工作是因為我在哈斯汀谷的路邊，讓一個小女孩和她父親搭便車，我的天啊！**

年近八十的霍夫瑞茲醫師從後面房間緩緩走出，一邊用著粗糙的手把白髮往後梳。厄文和諾瑪回頭看他，很樂意從過去的回憶中驚醒。

「她醒了。」霍夫瑞茲醫師聳聳肩說道：「你們這個小流浪兒的狀況不太好，只是也沒什麼生命危險了。她的手臂和背部都有傷口感染，說是為了躲開『一隻對她發怒的豬』，從帶刺鐵絲網下方爬過去而受傷的。」

霍夫瑞茲嘆了一口氣，坐在廚房的餐桌旁，他拿出駱駝牌香菸，點了一根菸。他抽了一輩子的菸，他有時會告訴同事，就他來說，衛生部長可以滾得遠遠的。

「卡爾，你要吃點東西嗎？」諾瑪問。

霍夫瑞茲看著他們的餐盤。「不用──但如果我要吃，看來妳也用不著再上菜。」他不動聲色地說。

「她需要長期臥床休養嗎？」厄文問。

「應該帶她去奧爾巴尼。」霍夫瑞茲說，從餐桌的一盤橄欖上抓了幾顆橄欖。「需要觀察，她發燒到攝氏三十八度，應該是傷口感染的關係。我會留一些盤尼西林和抗生素油膏給你們，她主要還是需要多吃多喝和多休息。她營養不良，還有脫水現象。」他往嘴巴丟了一顆橄欖。「諾瑪，可以給她喝點雞湯。而其他東西，她都會吐出來，必定吐得跟子彈一樣快。明天只要給她一些清湯，牛肉湯、雞湯，還要喝很多水。當然還有許多琴酒，這可是最棒的飲料了。」他對這個諾瑪和厄文聽了不下二十次的老笑話咯咯發笑，然後再往嘴巴丟了一顆橄欖。「你們知道的，我必須知會警察這件事。」

「不。」厄文和諾瑪異口同聲，兩人互看了一眼，顯然很驚訝，霍夫瑞茲醫師見狀又笑了。

「她有麻煩，是吧？」

厄文看起來不太自在，張開了嘴，卻又閉上。

「或許和你們去年的麻煩有關？」

這一次換諾瑪張開了嘴，但在她說出話前，厄文說：「卡爾，我以為只有槍傷才需要回報警方。」

「按照法律是這樣。」霍夫瑞茲不耐煩地說，捻熄了香菸。「但厄文你知道，除了法律條文，還有法律精神。現在來了個小女孩，你說她的名字叫做蘿柏塔．麥考利，對我來說，它的可信度就跟豬會拉美鈔一樣。她說自己是爬過帶刺鐵絲網下方才劃傷背部，我想即使像現在汽油如此短缺，在找親戚的路上發生這種事也真是好笑。她說她不太記得上星期發生的事，這我倒是相信。厄文，她是什麼人？」

諾瑪看著丈夫，神情害怕。厄文靠向椅子，看著霍夫瑞茲醫師。

「對。」他終於說道：「她跟去年的麻煩有關，所以我才找你過來，卡爾。你見過麻煩，在這裡和以前的國家都見識過。你知道麻煩是什麼，知道有時候法律只操縱在掌管它們的人手中。我只是要說，如果你說出小女孩在這裡，這表示會有許多不該惹上麻煩的人會遇上麻煩。諾瑪和我，我們許多親……以及她。我想，我只能跟你說這麼多。我們彼此已認識二十五年了，你必須決定要怎麼做。」

「如果我不說出去。」霍夫瑞茲說著，點燃另一根菸。「你打算怎麼做？」

厄文看著諾瑪，諾瑪也看著他。過了一會兒，她困惑地微微搖頭，就垂下眼睛看著她的盤子。

「我不知道。」厄文輕聲說。

「你想把她像鸚鵡那樣關在籠子裡？」霍夫瑞茲說：「厄文，這是個小鎮。我可以不說出去，但我只是少數人。你和你妻子都有教會，還要去農莊，人們來來去去。會有牛奶公司的檢驗員過來檢視你的牛，天氣好時，還會有稅務師過來——那個禿頭的混蛋——評估你的房子。到時候，你要怎麼做？在地下室替她蓋個房間？這對孩子真是美好的生活呀。」

諾瑪現在看起來愈來愈不安了。

「我不知道。」厄文重複。「我想我得好好思考一下，我明白你的意思……但要是你知道要抓她的那些人……」

聽到這裡，霍夫瑞茲的眼神尖銳了起來，但他什麼話也沒說。

「我得好好思考一下，但是你可以暫時不說出她的事嗎？」

霍夫瑞茲把最後的橄欖丟進嘴巴，嘆了一口氣後站起來，他按住桌緣說：「好。」他說：「她穩定下來了，我給的藥發揮了作用。我不會說出去，而你要好好思考，認真地好好想想，因為小孩不是鸚鵡。」

「對。」諾瑪輕聲說：「對，當然不是。」

「這孩子有點奇特。」霍夫瑞茲拿起他的黑色包包說道：「她身上有點意思，我無法指出來，也說不清楚……但我感覺得到。」

「好。」厄文說：「卡爾，是的，她身上的確有奇特之處，所以她才會陷入麻煩。」

他目送醫師進入外面的十一月溫暖雨夜。

5

醫師那雙老手雖然粗糙卻驚人地溫柔，接受這樣的手觸診完後，嘉莉便在發燒中迷迷糊糊睡著了，但睡得不算不愉快。她聽見他們在另一個房間的聲音，了解到他們在談論她，不過她確定他們只是在談論……而不是密謀。

床單涼爽乾淨，沉沉的棉被舒服地蓋在胸口。她的意識慢慢模糊，她想起那個說她是女巫的女子，想起自己走開，想起搭便車坐了一輛載滿嬉皮的廂型車，他們全都呼麻嗑藥，喝著酒，她想起他們叫她小妹妹，問她要去哪裡。

「往北。」她回答，贏得大家一片叫好。

後來直到昨天之前的事情她就記不太清楚了，還有那隻追著她顯然是想吃了她的豬。至於自己是怎麼到曼德斯農場，又為什麼要來這裡——是有意識的決定，還是出自其他原因——她全都不記得了。

她慢慢熟睡。在夢裡，他們又回到海利森，她坐在床上從夢中驚醒，淚流滿面，害怕地大叫，媽媽衝了進來，紅褐色的秀髮在清晨陽光下耀眼輕柔，而她哭喊著說：「媽咪，我夢到妳和爹地都死了！」媽媽用冰涼的手試試她發熱的額頭說：「沒事，嘉莉，沒事，已經天亮了，那只不過是一場可笑的夢。」

6

那天晚上，厄文和諾瑪．曼德斯睡得很少，兩人接二連三看了好幾部黃金時段的愚蠢電視情境喜劇，接著收看新聞，然後是「今夜」脫口秀。諾瑪差不多每隔十五分鐘就會起身，悄悄離開客廳去確認嘉莉的狀況。

「她怎麼樣？」厄文大約在十二點三刻問道。

「很好，還在睡。」

厄文咕噥。

「厄文，你想過了嗎？」

「我們要收留她，直到她狀況好轉。」厄文說：「然後，我們再跟她談談，看看她爸爸怎麼了，我目前只能想到這裡。」

「要是他們回來──」

「他們為什麼要回來？」厄文問：「他們已經封住我們的嘴，以為嚇壞我們了──」

「他們**的確**嚇壞我了。」諾瑪輕柔地說。

「但是，那樣不對。」厄文也一樣輕柔地回答：「妳知道的，那筆錢……那筆『保險金』……我一直覺得不安，妳呢？」

「我也是。」她不安地挪動身子。「但是厄文，霍夫瑞茲醫師說得沒錯。小女孩需要和人們相處……需要去上學……交朋友……還有……還有——」

「妳目睹她當時做的事。」厄文淡然地指出：「那個什麼意念控火，妳說她是怪物。」

「我一直後悔說了那麼不客氣的話。」諾瑪說：「她的父親看起來像是好人，要是我們知道他現在人在哪裡就好了。」

「他死了。」他們身後一個聲音說道，諾瑪轉身看到嘉莉站在門口的模樣，不禁尖叫了一聲。她現在乾淨多了，但也因此顯得更加蒼白憔悴。她的額頭亮得像一盞燈，身上空蕩蕩套著諾瑪的法蘭絨睡衣。「我爹地死了，他們殺了他，我現在已無處可去。你們能不能幫忙我？對不起，這不是我的錯，我告訴過他們，這不是我的錯……我告訴過他們……但是那個女士說我是女巫……她說……」她的眼淚現在滑落下來，撲簌撲簌流下臉頰，嘉莉的聲音隱沒在斷斷續續的啜泣當中。

「哦，親愛的，過來這裡。」諾瑪說。嘉莉朝她奔去。

7

霍夫瑞茲醫師隔天過來，宣布嘉莉的狀況已經好轉。再兩天後，他又過來，表示她的狀況更加好轉。那個週末，他再次出現，說她已經康復。

「厄文，你決定要怎麼做了嗎？」

厄文搖搖頭。

8

那個星期天上午，諾瑪獨自一人去了教會，告訴大家說厄文「有點不舒服」。厄文在家裡陪嘉莉，嘉莉還是很虛弱，不過現在已經可以在屋子裡走動。在前一天，厄文買了很多衣服給她——但不是在哈斯汀谷，而是去了奧爾巴尼，因為在哈斯汀谷購買這樣的東西一定會引起議論。

厄文坐在爐子邊削木頭，過了一會兒，嘉莉走過來坐到他身邊。「你不想知道嗎？」她說：「不想知道我們開你的車離開這裡之後所發生的事嗎？」

他放下手中的事，抬起頭對她微笑。「小扣子，我想妳準備好後就會說的。」她的神情沒有改變，仍是蒼白、緊張，沒有笑意。「你不怕我嗎？」

「為什麼要怕？」

「你不怕我會燒了你嗎？」

「不怕，我認為不會。我告訴妳一件事，妳不再是小女孩了，或許妳還不是大女孩——妳現在是處於這兩者之間——但妳已經夠大了。像妳這種年紀的孩子——任何孩子都一樣——如果想要的話，完全可以拿到火柴，放火燒掉房子或任何東西。但沒有太多人這麼做，他們幹嘛要這麼做？妳又何必要這麼做？像妳這種年紀的孩子，只要有一半的聰明伶俐，就值得信任交付一把折疊刀或一盒火柴。所以，是的，我不怕。」

聽到這些話，嘉莉的神情放鬆了；接著流露出難以形容的如釋重負。

「我要告訴你。」她說：「我要告訴你每一件事。」她開始敘述，直到一小時後諾瑪回來時，她仍在述說。諾瑪站在門口聆聽，然後慢慢解開外套鈕釦脫下，再放下包包。而嘉莉年輕卻不知怎地顯得滄桑的聲音，仍持續說著，說出了所有一切。

等到她說完時，兩人都了解到其中的危險性，以及這危險有多麼巨大。

9

冬天來了，卻還是沒有確切的決定。厄文和諾瑪又開始一起去教會，留下嘉莉一人在家，只是給予嚴格指示，不要接電話，有人過來就去地窖。厄文腦海一直迴響起霍夫瑞茲說的話：「就像籠子裡的鸚鵡。」他去奧爾巴尼買了一堆課本，親自教嘉莉唸書。只是她學得很快，但他卻不是好老師，諾瑪比他好一點。只是，有時當兩人坐在餐桌旁，俯頭看著歷史或地理課本時，諾瑪會抬頭看他，露出詢問的眼神……這是厄文仍無法回答的詢問。

接著，新年到來；然後是二月、三月，以及嘉莉的生日，他們去奧爾巴尼買了禮物給她。就像籠子裡的鸚鵡，而嘉莉對此似乎毫不介意。厄文在難以入眠的夜晚，會得到這樣的推論：就某方面來說，這段慢慢療傷的期間，每一天都以冬天的緩緩腳步行進，這對她或許是全天下最棒的事。只是之後呢？他不知道。

後來在四月上旬的一個日子，因為接連下了兩天雨，過於潮溼，使得厄文怎樣也點不著廚房爐子的柴火。

「往後退一下。」嘉莉說，他往後退，自然而然以為她只是想看看裡面的東西。接著，他感覺到空中像有什麼東西經過他，某種緊繃火熱的東西，不一會兒柴火便熊熊燃燒。

厄文轉身，瞪大眼睛看著嘉莉，見到她帶著一種緊張、內疚又略帶期盼的表情注視著他。

「我幫了你，對不對？」她以不太平穩的語調說著：「它不真的是壞事，不是嗎？」

「對。」他說：「嘉莉，只要妳能控制它就不是。」

「我可以控制較小的力量。」

「但不要在諾瑪面前這麼做，孩子，她會嚇到襯褲掉下來。」

嘉莉微微笑。

厄文猶豫了一下，然後說：「至於我，妳隨時可以幫我一把，這可就省得我總要手忙腳亂來生火，就換妳來，我向來不太會生火。」

「我會。」她笑得更加開心了。「而且我會小心。」

「當然，妳當然會小心。」他說，但是剎那間，他又看到門廊那些頭髮著火的人，他們努力拍打，想要弄熄火焰。

嘉莉恢復得很快，只是還會作噩夢，胃口仍舊很不好，就是諾瑪．曼德斯口中那種「啄食」的人。

有時候，她會全身顫抖地從噩夢中驚醒，而且與其說是醒來，不如說是從夢中彈跳出來，就像機師那樣從飛機彈跳逃生一樣。她曾在四月的第二星期發生這種狀況，她原本還睡得好好的，但下一刻卻在後面房間的小床上驚醒，全身汗水淋漓，片刻間，噩夢仍可怕及栩栩如生跟著她（現在是楓樹分泌豐富樹液的時節，厄文那個下午曾帶她一起去換桶子；在她的夢中，兩人去取楓樹液，她聽見身後傳來動靜，回頭發現約翰．雨鳥悄悄接近當中，他在樹木之間輕快飛掠，幾乎看不到他的身影；他的獨眼充滿冷酷惡毒的目光，一手拿著射殺了她爹地的那把槍，愈來愈逼近），然後噩夢就消失了。幸好，她很快就會忘記這些噩夢，愈來愈少從噩夢中驚醒尖叫，嚇得厄文和諾瑪過來她的房間察看是否一切安好。

嘉莉聽到他們在廚房說話，她在斗櫃上摸索她的大笨鐘，拿到眼前細看。現在是十點鐘，她只睡了一個半小時。

「——要怎麼辦？」諾瑪問。

偷聽是不對的，但她又沒辦法。況且，他們說的是她的事；她知道。

「我不知道。」厄文說。

「你有想過報紙嗎？」

報紙，嘉莉心想，**爹地之前想要告訴報社，說這樣之後就沒事了。**

「哪一家？」厄文問：「《哈斯汀號角報》嗎？他們會把新聞刊登在超市廣告和本週劇場表演旁邊。」

「她父親當時就打算這麼做的。」

「諾瑪。」他說：「我可以帶她去紐約市，可以帶她到《紐約時報》，但要是大廳跑出四個人對我們掏槍射擊，那該怎麼辦？」

嘉莉現在全力傾聽。諾瑪的腳步聲走過廚房；茶壺蓋子咔咔作響，諾瑪的回答大部分隱沒在滾水沸騰的聲音裡。

厄文說：「對，我認為可能會發生這種事。我再告訴妳還可能更糟的狀況，儘管我很愛她，但她可能會想先發制人，如果情況失控，就像他們關她的那個地方所發生的事……哎，紐約市有將近八百萬的人口，諾瑪，我就是覺得自己已經太老，沒法承擔這樣的風險。」

諾瑪的腳步聲走回到餐桌，農舍的老舊地板在她腳下自在地吱嘎作響。「但是厄文，你聽我說。」諾瑪非常小心翼翼地緩慢說道，彷彿已思考了好一段時間。「即使小型報，即使像號角這樣的週報，都在美聯社注意的範圍內。近來，新聞來自各個地方，啊，兩年前有一家南加州的小報社贏得普立茲獎，它們的發行量還不到一千五百份！」

他大笑，嘉莉突然了解到，他的手伸過桌子握住了她的手。「妳一直在研究這件事，是不是？」

「是，沒錯，厄文．曼德斯，沒理由拿這件事嘲笑我，這可是非常非常嚴肅的事！我們陷入困境！在別人發覺之前，我們還能把她藏在這裡多久？你今天下午帶她去樹林收集樹液──」

「諾瑪，我不是在嘲笑妳，而且那孩子也該出去走走──」

「你以為我不知道嗎？我沒有說不可以，是不是？就是這樣！成長中的孩子需要新鮮空氣，需要運動，這樣才能有好胃口，而她──」

「啄食，我知道。」

「蒼白憔悴，而且啄食，沒錯。所以我沒有說不可以，我很高興你帶她出去。只是厄文，萬一強尼．戈登和雷伊．帕克斯今天像往常一樣，正好過來看到你們怎麼辦？」

「親愛的，他們沒來。」但厄文的語氣有點不安。

「這次沒來！之前也沒有！不過厄文，不可能一直這樣下去！我們一直很幸運，你也知道！」

她的腳步再次走過廚房，接著出現倒茶的聲音。

「是。」厄文說：「是的，我知道我們很幸運，但是……謝謝妳，親愛的。」

「不客氣。」她說，再次坐下。「別再說但是了。你知道，只需要一個人或兩個人，事情就會傳開，厄文，我們這裡來了小女孩的事，就會散播**出去**。更別提，這會對她造成什麼影響；要是這傳到**他們**耳中，那會發生什麼事？」

在後面房間的黑暗之中，嘉莉的手臂起了雞皮疙瘩。

厄文慢慢地回答她：「諾瑪，我知道妳在說什麼。我們必須採取行動，我在腦海裡一直反覆思考。一家小報社……嗯，這不夠**確定**。如果我們要確保這女孩餘生的安全，就必須把這個故事散播出去。如果要讓她安全，就必須讓許多人知道她的存在以及她的本事──是不是這樣？必須要有許多人。」

諾瑪．曼德斯不安地動了動，卻不發一語。

厄文繼續強調。「我們必須為她做出正確的事，這也是為了我們自己，因為我們的生命也可能危在旦夕。我，就曾經中槍。我相信這件事。我愛她，把她當成自己的孩子，我知道妳也一樣。但是諾瑪，我們必須務實一點，她有可能會讓我們兩人送命。」

嘉莉感覺到臉龐羞愧地燒紅……也因為恐懼，不是為自己感到恐懼，而是為了他們。她當時為他們的房子帶來了什麼事？

「而且，這不只是我們或她之間的事。還記得那個叫做塔金頓的男人說的事嗎？他給我們看的那份檔案？事關妳的弟弟和我的外甥佛萊德和姪女雪莉，還有──」

「──還有在波蘭的那些人。」諾瑪說。

「嗯，他對此或許只是在虛張聲勢，我向上帝祈禱，希望真是如此。我很難相信居然有人可以這麼卑鄙。」

諾瑪陰沉地說：「他們早就這麼卑鄙了。」

「不管怎樣。」厄文說：「我們知道這些卑鄙的混蛋會盡全力跟進，這些潑糞的事會蔓延，諾瑪，我想說的是，我不希望平白出現這樣潑糞的事。如果我們要採取行動，就希望是傑出的行動。我不想去找鄉間的週報，讓他們聽到風聲而壓下新聞。他們辦得到這種事，他們辦得到。」

「那這樣還剩下什麼？」

「這正是我一直想要弄清楚的。」厄文沉重地說：「找雜誌或報紙，但必須是他們意想不到的。應該要能說真話，並且是全國性的，而最重要的是，不能跟政府或政府想法有任何關聯。」

「你指的是商店。」她淡然地說。

「對，我就是這個意思。」接著是厄文輕聲啜飲熱茶的聲響。嘉莉躺在床上，聆聽，等待。

……我們的生命也可能危在旦夕……我，就曾經中槍……我愛她，把她當成自己的孩子，我知道妳也一樣。但是諾瑪，我們必須務實一點……她有可能會讓我們兩人送命。

(求你不要，我)

(她有可能會讓我們兩人送命，就像讓她媽媽喪命一樣)

(不要，求你不要，求你不要這麼說。)

(就像讓她爸爸送命一樣)

(求求你，別再說了)

淚水滑落她側躺的臉龐，流進她的耳朵，弄溼了枕頭。

「嗯，我們再好好想想。」諾瑪終於說道：「厄文，不知在哪裡，但一定有辦法的。」

「是，我也希望。」

「至於現在。」她說：「我們只能希望沒有人知道她在這裡。」她的聲音忽然興奮起來。「厄文，或許我們可以找律師——」

「明天再說。」他說：「諾瑪，我累壞了，而且還沒有人知道她在這裡。」

不過，有人知道，而且消息早已開始散播出去。

10

霍夫瑞茲醫師是一個堅定單身漢，而直到快七十歲時，都還跟他的長期管家雪莉．麥肯茲睡在一起。性事部分早已慢慢淡去，就霍夫瑞茲記憶所及，最後一次是在十四年前，而且有點異常。不過，兩人一直保持親密；事實上，沒有了性關係，友誼卻更為穩固，不再出現大部分性愛交往中總會產生的敏感摩擦問題。兩人的友誼轉為柏拉圖式，這種方式的交往關係似乎只存在於非常年輕和非常年老的異性之間。

然而，霍夫瑞茲還是一直沒把曼德斯家的「寄宿生」說出去，他隱瞞了三個多月。直到二月的一個晚上，他和雪莉（剛在一月滿七十五歲）一起看電視，喝了三杯酒之後，在要求她發誓保守秘密之後，跟她說了整件事。

上校或許會告訴霍夫瑞茲醫師，秘密比鈾二三五還不穩定，而且它的不穩定性會隨著秘密透露人數增加成正比。雪莉．麥肯茲幾乎保守了一個月的秘密之後，才告訴她的最好閨密賀坦絲．巴克萊；巴克萊大概保守了十天秘密，就告訴了**她的**最好閨密克莉絲汀．崔格；而克莉絲汀幾乎立即就告訴她的老公和她最好的朋友（總共有三人）。

小鎮的消息就是這麼傳播的；到了厄文和諾瑪的談話被嘉莉聽到的那個四月日子，哈斯汀谷已有許多人知道他們家來了一個神秘小女孩，大家的好奇心高漲，議論紛紛。

最後，消息傳到不該聽到的耳朵裡，防竊聽電話就撥出了一通電話。

商店的探員在四月的最後一天，第二度包圍曼德斯農場；這一次他們越過黎明的田野，穿過春天薄霧而來，身著明亮的防火衣，有如來自外行星的恐怖入侵者。一個單位的國民警衛隊在他們身後掩護，這些警衛隊根本不知道他們來這裡做什麼，也不知道為何會被派到紐約州哈斯汀谷這個小鎮。

他們發現厄文和諾瑪・曼德斯震驚地坐在廚房，兩人之間有一張字條。這張字條是厄文凌晨五點起來擠牛奶時看到的，上面只有一行字：我想我現在知道要做什麼了，愛你們的嘉莉。

她再次躲過商店的追捕——只是不管身在何處，她都是獨自一人。

唯一的安慰是，這一次她用不著搭那麼遠的便車。

11

圖書館員是個二十六歲的年輕人，蓄著鬍子，留著長髮。一個身著綠上衣藍色牛仔褲的小女孩現在站在他的桌子前方，她一手提著購物紙袋，瘦得可憐，年輕人不禁想著，她爸媽到底給她吃了什麼……如果真有給她吃東西的話。

他仔細且尊重地聆聽她的問題。她說，她爹地曾經告訴她，如果有非常困難的問題就要去圖書館找答案，因為在圖書館，他們幾乎知道所有問題的答案。在他們身後，紐約公共圖書館的大廳隱約傳來回聲，外頭的石獅持續它們無窮的守望。

等她說完之後，圖書館員比著手指概述她的要點。

「要說真話。」

她點頭。

「大型……也就是說，全國性的。」

她再次點頭。

「和政府沒有關聯。」

這名瘦小的女孩第三次點頭。

「我可以問妳為什麼嗎？」

「我——」她頓了頓——「我必須告訴他們一件事。」

年輕人考慮了一會兒，正準備回答時，又舉起一根手指要她稍候，然後找另一名圖書館員商量了一下。他回到小女孩面前，說了兩個字。

「你可以給我住址嗎？」她問。

他查到住址，然後以印刷體寫在一張黃色的方形紙上。

「謝謝你。」女孩說，轉身準備離開。

「等等。」他說：「孩子，妳上次吃東西是什麼時候？妳要一些錢去買午餐嗎？」

她微笑，笑得出奇地甜蜜與溫柔。剎那間，年輕人幾乎墜入了愛河。

「我有錢。」她打開紙袋讓他看。

袋子裡是滿滿的二十五分錢硬幣。

他還來不及說些什麼——像是她是不是宰了她的小豬撲滿——她就離開了。

12

小女孩搭著電梯來到摩天大樓的十六樓。和她一起搭電梯的男男女女好奇地打量她——這樣一個小女孩，穿著綠上衣藍色牛仔褲，一手提著縐巴巴的紙袋子，另一手拿著一顆香吉士柳橙。不過，他們是紐約客，而紐約性格的本質就是管好自己的事，別人的事由別人自己管。

她走出電梯，看了標示後，轉向左邊，走廊盡頭是一道雙扇玻璃門隔開的漂亮接待區。在圖書館員告訴她的那兩個字下面，寫著這個格言：「一切適合的新聞」。

嘉莉在外頭站了一會兒。

「爹地，我要做了。」她輕聲說：「哦，希望我沒有做錯。」

嘉莉．麥吉拉開玻璃門，走進圖書館員告訴她的《滾石》雜誌的辦公室。

接待員是一個有著清澄灰眸的年輕女子，她默默看了嘉莉好一陣子，注意到那個縐巴巴的「商店免除」購物紙袋、柳橙，以及纖細的女孩本人。她已經纖細到近乎孱弱的程度，身高卻較一般孩子高，她臉上散發出一種寧靜沉著的光彩。**她以後會變得多漂亮呀！**接待員心想。

「小妹妹，需要我為妳做什麼嗎？」接待員微笑問道。

「我想見見為你們雜誌寫文章的人。」嘉莉說。她的聲音不大，卻清晰堅定。「我要說一件事，還要讓妳看個東西。」

「就像學校裡的 show-and-tell（展示與講述）嗎？」接待員問。

嘉莉淺笑，露出那個讓圖書館員傾倒的笑容。「是的。」她說：「我已經等待了好久好久。」

後記

《燃燒的凝視》雖然只是小說，是一本我希望讀者可以藉以度過一、兩個愉快夜晚的虛構故事，但是這本小說的組成元素卻大部分基於確實發生過的事，其中有不愉快的，也有令人費解的，以及純粹迷人的部分。就不愉快的部分來說，這是美國政府或政府探員一個無可否認的事實，他們確實不只一次對不知情的對象施用具有潛在危險的藥物。而在純粹迷人——雖然有點不祥——的部分是，美國和蘇聯雙方都有針對所謂「野生才能」（這是科幻小說作者傑克．萬斯為超自然能力所創造的名詞）的隔離……或是讓他們效力的計畫。在美國，政府資助的實驗主要在於影響柯里安氣場[27]，並證明念力的存在。蘇聯的實驗大部分著重在精神療癒及心靈感應的溝通。根據蘇聯流出的報告透露，他們在後者確實取得了適度的成功，尤其是以同卵雙胞胎互為溝通者的情況下。

有兩種「野生才能」都得到雙方政府投入資金進行研究，分別是懸浮現象……以及意念控火。許多報導提到現實生活中意念控火事件（查爾斯．福特收錄了好幾則在《瞧！》和《詛咒之書》），這大部分圍繞在經由產生無法想像的溫度而造成自燃現象。我並未指出這樣的才能——或說詛咒——確實存在；也並未暗示應該相信它的存在。我只是提出，這些案例很詭異，卻也發人深省。我當然也無意指稱書中一系列的事件是很有可能，或有可能發生的。如果我真的想說些什麼，那就是，這個世界雖然被日光燈、白熾燈泡和霓虹燈照亮，卻仍舊充滿奇怪的黑暗角落和令人不安的隱蔽處及縫隙。

我同時要謝謝我在維京出版的精裝書編輯艾倫．威廉斯；NAL出版的平裝書編輯艾蓮．柯斯特；來自緬因州布吉鎮的醫師助理羅素．杜爾，謝謝他熱心協助我處理書中的醫學和藥物問題；我的妻子塔比莎，感謝她提出如同既往有用的批評和建議；我的女兒娜歐蜜，她讓一切明亮生色，並且協助我了解到──我想任何人都可以了解──即將十歲的年輕、聰明女孩是什麼模樣。她不是嘉莉，但是她幫助我讓嘉莉成為她自己。

──史蒂芬．金

緬因州班戈市

27. Kirlian aura，蘇聯工程師柯里安發現，在高壓電下，攝影膠片可以捕捉到有機物或無機物的電暈放電現象，神秘學常用來佐證靈魂存在。

國家圖書館出版品預行編目資料

燃燒的凝視/史蒂芬.金(Stephen King)著；陳芙陽譯. -- 二版. -- 臺北市：皇冠文化出版有限公司, 2022.05
面； 公分. -- (皇冠叢書；第5021種)(史蒂芬金選；47)
譯自：Firestarter.
ISBN 978-957-33-3882-6(平裝)

874.57　　111005043

皇冠叢書第5021種
史蒂芬金選 47

燃燒的凝視【新譯本】

Firestarter

作　　者—史蒂芬．金
譯　　者—陳芙陽
發 行 人—平雲
出版發行—皇冠文化出版有限公司
台北市敦化北路120巷50號
電話◎02-27168888
郵撥帳號◎15261516號
皇冠出版社(香港)有限公司
香港銅鑼灣道180號百樂商業中心
19字樓1903室
電話◎2529-1778　傳真◎2527-0904
總 編 輯—許婷婷
責任編輯—陳怡蓁
美術設計—江孟達、李偉涵
行銷企劃—許瑄文
著作完成日期—1980年
二版一刷日期—2022年5月

法律顧問—王惠光律師

如有破損或裝訂錯誤，請寄回本社更換
讀者服務傳真專線◎02-27150507
電腦編號◎508047
ISBN◎978-957-33-3882-6
Printed in Taiwan
本書特價◎新台幣499元/港幣166元